先秦文学作品选注

王义 选注
王德泰 整理

中国社会科学出版社

图书在版编目（CIP）数据

先秦文学作品选注/王义选注；王德泰整理．—北京：中国社会科学出版社，2015.4

ISBN 978-7-5161-6001-5

Ⅰ．①先…　Ⅱ．①王…②王…　Ⅲ．①中国文学—古典文学研究—先秦时代　Ⅳ．①I206.2

中国版本图书馆 CIP 数据核字（2015）第 081344 号

出 版 人　赵剑英
责任编辑　金　泓
责任校对　李冰洁
责任印制　王　超

出　　版　中国社会科学出版社
社　　址　北京鼓楼西大街甲 158 号
邮　　编　100720
网　　址　http：//www.csspw.cn
发 行 部　010-84083685
门 市 部　010-84029450
经　　销　新华书店及其他书店

印刷装订　三河市君旺印务有限公司
版　　次　2015 年 4 月第 1 版
印　　次　2015 年 4 月第 1 次印刷

开　　本　710×1000　1/16
印　　张　16.25
插　　页　2
字　　数　325 千字
定　　价　60.00 元

凡购买中国社会科学出版社图书，如有质量问题请与本社发行部联系调换
电话：010-84083683

目　录

一　古代神话

二　《诗经》

三　《楚辞》

四　历史散文

五　诸子散文

一　古代神话

自然神话

（一）关于盘古的传说

其一

天地混沌如鸡子[1]，盘古生其中[2]，七万八千岁，天地开辟，阳清为天，阴浊为地[3]。盘古在其中，一日九变，神于天，圣于地[4]。天日高一丈，地日厚一丈，盘古日长一丈，如此万八千岁，天数极高，地数极深，盘古极长，后乃有三皇[5]。

——选自《太平御览》卷三引《三五历记》

注：

〔1〕混沌：元气也，指阴阳未分之象。即古代神话传说（说明天地人物起源的神话）中所说的天地世界未开辟以前之象。

〔2〕盘古：俗说天地初开之时，最早创造和驾驭世界的神人即名曰盘古。

〔3〕阳清、阴浊：我国古代哲学术语。《易》曰："太极生两仪（阴阳）。""两仪未分，其气混沌如鸡子。盘古氏出，则天地之道，达阴阳之理，于是伏者为天，偃者为地，天尊地卑，乾坤定矣。"《幼学故事琼林》说："混沌初开，乾坤始奠，气之轻清，上浮者为天。气之重浊，下凝者为地。"

〔4〕神、圣：神，不可知之谓。又，《易》曰："阴阳不测之谓神。"圣，无所不通也。引申为无所不知，无所不通，合乎最高的道德标准。神于天，指在天为天神。圣于地，指在地为圣人。

〔5〕三皇：传说中的部落首领。三皇之名，最早见于《周礼·春官·外史》，其名各说不一，而常见的有五。1. 伏羲神农黄帝之说，见于《世本》、孔安国《尚书

序》、皇甫谧《帝王世纪》；2. 天皇地皇泰皇之说，见于司马迁《史记·秦始皇本纪》；3. 伏羲神农祝融之说，见于《白虎通·号》；4. 伏羲女娲神农之说，见于《风俗通·皇霸》、唐司马贞补《史记·三皇本纪》；5. 天皇地皇人皇之说，见于《艺文类聚·春秋纬》。

其二

首生盘古，垂死化身。气成风，声为雷霆，左眼为日，右眼为月，四肢五体为四极五岳，血液为江河，筋脉为地理，肌肉为田土，发髭为星辰，皮毛为草木，齿骨为金石，精髓为珠玉，汗流为雨泽，身之诸虫，因风所感，化为黎氓〔1〕。

——见（三国）吴梁整《三五历记》

注：

〔1〕黎氓（méng）：氓，古民，田民。黎氓即黎民。黎，众。即庶民。一说，黎，黑。黎民即后世黔首的意思。

人文神话

（二）精卫填海

发鸠之山〔1〕，其上多柘木〔2〕，有鸟焉，其状如乌，文首〔3〕，白喙〔4〕，赤足〔5〕，名曰精卫〔6〕，其名自詨〔7〕。是炎帝之少女〔8〕，名曰女娃。女娃游于东海，溺而不返，故为精卫。常衔西山之木石，以堙于东海〔9〕。

——见《山海经·北山经》

注：

〔1〕发鸠之山：山名。郭璞云："今在上党郡长子县西。"长子县属山西。发鸠山亦名发苞山、鹿谷山、廉山，为太行山分支。

〔2〕柘（zhè）木：即柘树，桑树的一种，叶卵形，可喂蚕，皮可染黄色。

〔3〕文首：头上有花纹。

〔4〕白喙（huì）：鸟嘴。（清）郝懿行云："《广韵》引此经作白首赤喙。"

〔5〕赤足：红色的脚爪。

〔6〕精卫：鸟名。六朝人纂辑的《述异记》云："昔炎帝女溺死东海中，化为精卫。偶海燕而生子，生雌状如精卫，生雄如海燕。今东海精卫誓处，曾溺此川，誓不饮其水。一名誓鸟，一名冤禽，又名志鸟，俗呼帝女雀。"可能是此一神话之流传演变。

〔7〕设（xiào）：与呼、叫义同。精卫本是这种鸟的叫声，所以说，它的鸣声是自己呼叫自己的名字。

〔8〕炎帝：郭璞注："炎帝，神农。"《汉书·人表》"炎帝神农氏"。张晏注云："以火德王，故号曰炎帝；作耒耜，故曰神农。"又，《绎史》卷四引《周书》："神农之时，天雨粟，神农遂耕而种之，作陶冶斧斤，为耒耜锄耨，以垦草莽，然后五谷兴助，百果藏实。"《拾遗记》卷一也说："炎帝时有丹雀衔九穗禾，其坠地者，帝乃拾之，以植于田，食者老而不死。"又，《淮南子·脩务篇》说："神农尝百草之滋味，一日而遇七十毒。"这些均属神农之神话。

〔9〕堙（yīn）：填塞。郭璞注："堙，塞也。"

（三）夸父逐日

夸父与日逐走〔1〕，入日〔2〕；渴，欲得饮，饮于河、渭〔3〕；河、渭不足，北饮大泽〔4〕。未至，道渴而死。弃其杖〔5〕，化为邓林〔6〕。

——见《山海经·海外北经》

注：

〔1〕夸父：古代神话传说中人名。《大荒北经》："大荒之中，有山，名曰成都载天。有人，珥（戴在耳朵上的饰物，此处作动词）两黄蛇，把（手里攥着）两黄蛇，名曰夸父。后土生信，信生夸父，夸父不量力，欲逐日景（影），逮之于禺谷（逮，追上；禺谷，又名虞渊，神话相传，是太阳所入处）。将饮河而不足也，将走大泽，未至，死于此。"即这一神话之异文。《海外北经》还记有一个"博父国"，据前人考证，认为博父即夸父，其国中皆为巨人（夸，大；父，男子之美称）。玄珠（即茅盾）在《中国神话研究 ABC》中还认为，夸父不仅是古大人之名，也是一个种族的名称。

〔2〕入日：郭璞注："言及于日将入也；逐：音胄。"言太阳入于地平线下。逐走，有的版本作竞走；入日，何焯校本作日入；黄丕烈、周叔弢校同。

〔3〕河、渭：河，黄河；渭，渭水。

〔4〕大泽：《海内西经》："大泽方百里，群鸟所生及所解，在雁门北。"《大荒北经》："有大泽方千里，群鸟所解。"似即此大泽。清毕沅以为即古之瀚海，疑是。似为古代我国北方之大湖。

〔5〕弃其杖：（清）郝懿行云：“《列子·汤问篇》‘弃其杖’下，有‘尸膏肉所浸’五字。”

〔6〕邓林：（清）毕沅说：“邓林即桃林也，邓、桃音相近。高诱注《淮南子·墬形篇》云：‘邓，犹木。’是也。《列子·汤问篇》云：‘邓林弥广数千里。’盖即《中山经·中次六经》所云‘夸父之山，北有桃林’矣。其地则楚境也。”故今以地名释之，其地在今大别山附近（河南、湖北、安徽三省交界处）。

（四）鲧、禹治水

洪水滔天[1]，鲧窃帝之息壤以堙洪水[2]，不待帝命[3]。帝令祝融杀鲧于羽郊[4]。鲧复生禹[5]，帝乃命禹卒布土以定九州[6]。

——见《山海经·海内经》

注：

〔1〕滔：郭璞注：“滔，漫也。”

〔2〕鲧、帝、息壤：鲧，神话传说中人名，禹的父亲。帝，天帝，上帝；据上文“黄帝生骆明，骆明生白马，白马是为鲧”，则此帝似应为黄帝。滔天洪水正是身为上帝的黄帝降以惩罚下民的。《旧约·创世记》云：“耶和华见人在地上罪恶极大，就后悔造人在地上，（便）使洪水泛滥在地上，毁灭天下。”可见洪水没世的传说，世界各民族是相类似的。息壤，一种神土，能自己生长不息，至于无穷，故能堵塞洪水。郭璞注云：“息壤者言土自长息无限，故可以塞洪水也。《开筮》曰：‘滔滔洪水，无所止极，伯鲧乃以息石息壤，以填洪水。’汉元帝时，临淮徐县地踊长五六里，高二丈，即息壤之类也。”

〔3〕待：俟，俗言等待。

〔4〕祝融、羽郊：祝融，神话中火神之名。羽郊，郭璞注：“羽山之郊。”《南次二经》有羽山，郭璞注云：“今东海祝其县西南有羽山，即鲧所殛处，计其道里不相应，似非也。”羽山据古传说似在东裔。近人杨宽《中国上古史导论》考订羽山即《淮南子·墬形训》中的委羽之山。高诱注：“委羽山在北极之阴，不见日也。”然凡神话传说中地名，往往不宜实指。

〔5〕鲧复生禹：郭璞注：“《开筮》（《归藏启筮》）曰：‘鲧死三岁不腐，剖之以吴刀，化为黄龙’也。”《初学记》卷二十二引《归藏》云：“大副之吴刀，是用出禹。”也是这一神话。这里“鲧复生禹”，即《楚辞·天问》所谓“伯鲧復禹”（原作“伯禹复鲧”），从闻一多《楚辞校补》改。復即腹之借字。

〔6〕卒、布、九州：卒，最后，终于。布，同敷，铺填之义。九州，九州之说常见的有三：其一，《尚书·禹贡》所记为：兖、冀、青、徐、豫、荆、扬、雍、梁（相传为

夏制）。其二，《尔雅》所记为：冀、豫、徐、雍、荆、扬、幽、兖、营（相传为商制）。其三，《周礼》所记为：扬、荆、豫、青、兖、雍、幽、冀、并（相传为周制）。

关于鲧、禹治水的神话，《楚辞·天问》记载较详："不任汩鸿，师何以尚之？佥曰：'何忧，何不课而行之？'鸱龟曳衔，鲧何听焉？顺欲成功，帝何刑焉？永遏在羽山，夫何三年不施？伯鲧复禹，夫何以变之？纂前就绪，遂成考功，何续初继业，而厥谋不同？洪泉极深，何以寘之？地方九则，何以坟之？应龙何画？河海何历？鲧何所营？禹何所成？九州安错？川谷何洿？东流不溢，孰知其故？东西南北，其修孰多？南北顺椭，其衍几何？"（文内有几字与今本异，系据闻一多《楚辞校补》及别本改）这已是神话传说与历史传说杂糅了。

（五）黄帝擒蚩尤

蚩尤作兵[1]，伐黄帝[2]。黄帝乃令应龙攻之冀州之野[3]。应龙蓄水，蚩尤请风伯雨师，纵大风雨[4]。黄帝乃下天女曰魃[5]，雨止，遂杀蚩尤[6]。

——见《山海经·大荒北经》

注：

〔1〕蚩尤、兵：《太平御览》卷七十二引《世本》说："蚩尤作兵。"宋衷注云："蚩尤，神农臣。"此说近似。因为"蚩尤作兵，伐黄帝"之说，大约是与炎黄斗争的历史传说有关。炎黄之战，炎帝失败，蚩尤奋起以给炎帝复仇也。兵，兵器。

〔2〕黄帝：传说中的上古帝号，称轩辕氏，亦称有熊氏，杀蚩尤之后，被部落首领尊为帝。

〔3〕应龙：据神话传说，有翅膀的龙叫应龙。《大荒东经》说，应龙住在凶犁土邱山（山在大荒东北角，司马贞《史记索引》引皇甫谧云："黄帝使应龙杀蚩尤于凶黎之谷。"大约是指此地），善能蓄水行雨。冀州，古九州之一，约有今河北、山西两省地及河南、辽宁之一部分地方。此句下郭璞注云："冀州，中土也。黄帝亦教虎、豹、熊、罴，以与炎帝战于阪泉之野而灭之。"见《史记·五帝本纪》。

〔4〕纵：（清）郝懿行云："纵当为从。《史记·五帝本纪》正义引此经云：'以从大风雨。'《艺文类聚》卷七十九及《太平御览》卷七十九引此经亦作从。"《藏经》本正作从。从通纵，《礼记·曲礼》："欲不可从。"《释文》："放纵也。"

〔5〕魃（bá）：郭璞注："音如旱妭之魃。"郝懿行云："《玉篇》引《文字指归》曰：'女妭，秃无发，所居之处，天不雨也，同魃。'李贤注《后汉书》（《张衡传》）

引此经作妭，云：‘妭亦魃也。’据此，则经文当为妭，注文当为魃，今本误也。《太平御览》卷七十九引此经作妭，可证。”王念孙校同郝注，吴任臣本注文作“音如旱魃之魃”，可见经应作妭，注文应作旱魃。当为旱神。孔颖达《毛诗正义》云“一名旱母”，或曰为黄帝的女儿。

〔6〕雨止：王念孙说：“《史记·五帝纪正义》引此雨止上有‘以止雨’三字，《后汉书·张衡传》注无，《御览》三十五同，七十九同。”

关于黄帝与蚩尤之战的神话，古来传说不一。较早者有《初学记》引《归藏启筮》说：“蚩尤出自羊水，八肱八趾，疏首。登九淖以伐空桑，黄帝杀之于青丘。”其后，《太平御览》卷七十八引《龙鱼河图》说：“黄帝摄政前，有蚩尤兄弟八十一人，并兽身人语，铜头铁额，食沙石子，造立兵杖、刀、戟、大弩，威振天下。诛杀无道，不仁不慈。万民欲令黄帝行天子事，黄帝仁义，不能禁止蚩尤，遂不敌。乃仰天而叹，天遣玄女，下授黄帝兵仪神符，制服蚩尤，以制八方。蚩尤没后，天下复扰乱不宁，黄帝遂画蚩尤形象，以威天下，天下咸谓蚩尤不死，八方万邦皆为殄服。”《御览》卷十五引《皇帝玄女战法》：“黄帝与蚩尤九战九不胜。黄帝归于太山，三日三夜，雾冥。有一妇人，人首鸟形，黄帝稽首再拜伏不敢起，妇人曰：‘吾玄女也，子欲何问?’黄帝曰：‘小子欲万战万胜。’遂得战法焉。”似将玄鸟神话混入黄帝神话之中（“天命玄鸟，降而生商”）。此外，还有《御览》卷十五引《志林》（晋虞喜撰）说：“黄帝与蚩尤战于涿鹿之野，蚩尤作大雾，弥三日，军人皆惑。黄帝乃令风后法斗机以别四方，遂擒蚩尤。”《通典·乐典》说：“蚩尤氏帅魑魅以与黄帝战于涿鹿，帝命吹角作龙吟以御之。”又刘恕《通鉴外纪》说：“蚩尤兄弟七十二人，食铁石，耳鬓如剑戟，头有角；与轩辕斗，以角抵人，人不能向。”这些神话，似俱晚出，受正统思想影响，故写蚩尤而近妖，失去古神话之本意。

（六）女娲补天

往古之时，四极废[1]，九州裂[2]，天不兼覆，地不周载[3]。火爁焱而不灭[4]，水浩洋而不息。猛兽食颛民[5]，鸷鸟攫老弱[6]。于是女娲炼五色石以补苍天，断鳌足以立四极[7]，杀黑龙以济冀州[8]，积芦灰以止淫水[9]。苍天补，四极正，淫水涸[10]，冀州平，狡虫[11]死，颛民生。

——见《淮南子·览冥训》

注：

〔1〕四极废：四极，指天的四边。古代科学很不发达，所以初民们认为，天的四边的尽头，都有顶天的柱子支撑着。废，坏。这里指柱折天倾。

〔2〕九州裂：九州，这里指天下（中国）。裂，指塌陷崩裂。

〔3〕“天不”二句：天不能全面地覆盖大地，地不能周全地容载万物。

〔4〕爁炎（lǎn 或读 liàn；yàn）：大火延烧之貌。炎，原作“炎”，依王念孙说改。

〔5〕颛（zhuān）民：颛，善。颛民，善良的人民。（颛，亦读端）

〔6〕鸷鸟：凶猛的鸟。攫（jué），用爪抓取。

〔7〕鳌（áo）：传说中海里的大龟。

〔8〕冀州：位于古九州之中，此指黄河流域的古中原地带。

〔9〕淫水：平地出水曰淫水，此指泛滥的洪水。

〔10〕涸（hé）：干枯。（指水干）

〔11〕狡虫：凶猛的害人之虫。

在我国古代神话中，女娲乃女神之名。据王逸《楚辞·天问》注说，女娲是人头蛇身的女神，有汉武梁祠石室画像可证。传说她在开天辟地的时候团土做人，创造了人类。故《说文》云：“娲，古之神圣女，化育万物者也。”《太平御览》卷七十八引《风俗通义》云：“俗说天地开辟，未有人民。女娲团黄土做人，剧务（工作太繁重），力不暇供，乃引绳絚（絚，同緪，大绳）于泥中，举以为人。故富贵（一本下有“贤智”二字）者，黄土人也。贫贱凡庸者，絚人也。”李宂（guǐ）《独异志》云：“昔宇宙初辟之时，只有女娲兄妹二人，在昆仑山中。而天下未有人民，议以为夫妻。又自羞耻，乃结草为扇，以障其面。今娶妇执扇，象其事也。”传说中以女娲为伏羲之妹，最早见于罗泌《路史后记》二注引《风俗通义》云：“女娲，伏希（羲）之妹。”以伏羲、女娲为夫妇之说，最早见于《淮南子》高诱注：“女娲，阴帝（女性上帝），佐伏羲治者也。”汉武梁祠石室画像则证明二人有夫妇关系。近人容庚《武梁祠画像考释》云：“第一段画二人，右为伏羲……下身鳞尾环绕，向左；左为女娲面，……同伏羲尾，亦环绕与右相交。中间一小儿，右向，手曳二人之袖，两脚卷走。”唐诗人张说、庐仝也都说他们为夫妇。近人芮逸夫、常任侠等，根据出土的古器物画像与边疆少数民族传说，证明这一神话本是传说中以兄妹为夫妇的一双人类的始祖（可参见闻一多《伏羲考》）。这些当然与创世说的自然神话有关。

（七）后羿射日

逮至尧之时[1]，十日并出[2]，焦禾稼，杀草木，而民无所食。猰貐、凿齿、九婴、大风、封狶、修蛇[3]，皆为民害。尧乃使羿诛凿齿于畴华之野[4]，杀九婴于凶水之上[5]，缴大风于青邱之泽[6]，上射十日而下杀猰貐，断修蛇于洞庭[7]，禽封狶于桑林[8]。万民皆喜，置尧以为天子。

——见《淮南子·本经训》

注：

〔1〕逮至：同义语，到、及之意，即等到。尧，传说中的古帝王之一，国号唐，在虞舜之前，是儒家理想中的圣王之一。

〔2〕十日并出：十个太阳同时出来。十日，据古神话传说，它们是东方天帝俊之妻羲和所生。《山海经·大荒南经》："东南海之外，甘水之间，有羲和之国。有女子名曰羲和，方日浴于甘渊。羲和者，帝俊之妻，生十日。"又《海外东经》："下有汤谷。汤谷上有扶桑，十日所浴，在黑齿北。居水中，有大木，九日居下枝，一日居上枝。"据说，帝俊规定，每天只许一日巡行宇内，轮流执行他们光照大地的任务。因此十日不满意，便背着帝俊一齐跑了出去。

郭注"羲和生十日"，多以历史人事释神话，于义多不安。其云"生十子各以日名名之"者尤迂。因为他对神话缺乏理解。羲和生日，犹常羲生月十二。古代神话大抵以天地日月星辰均为神所创造。至于日数为十，月数十二，大约为远古灾变之际，初民幻想中之夸张也。今留一日一月，是古英雄神人射落也。今苗、彝等族仍有射日射月神话。今只有羿射九日而无射月的神话，大约为早已散亡之故。

关于羿射十日的神话，始见于《楚辞·天问》："羿焉彃日？乌焉解羽？"其后《淮南子》始详记其事。郭引《淮南子》"羿射九日，日中乌尽死"云，今本无之。

〔3〕猰貐（yà yǔ）：《山海经》作"窫窳"，是怪兽之一种，形状传说不一，或言状如龙首，或谓似貍，行走极快，能吃人，叫声似婴儿啼哭。　凿齿：怪兽名，齿长三尺，直露在下巴外面，其状如凿。并能操持戈盾等武器。　九婴：据神话传说是一种能喷水吐火、长着九个脑袋的水火之怪。　大风：按甲骨文写法，风、凤相同；凤，或谓即大鹏，或谓即大孔雀；总之，是一种凶猛的大鸟，它一飞过，常有大风伴随，能毁人房屋，故有人以为它就是"风伯"（风神）。　封狶（xī）：大野猪。　修蛇：长大的蟒蛇。按《山海经》所记，它能吃掉大象，三年始吐出骨头。

〔4〕畴华：高诱注："南方泽名。"

〔5〕凶水：传说为北狄之水名。

〔6〕缴（zhuó）：系在箭尾上的绳。此处作动词，指用带缴的箭来射。 青邱：东方水泽名。

〔7〕洞庭：高诱注："南方泽名。"当即今之洞庭湖。

〔8〕禽：同擒。桑林：未详为何地。但据传商汤因天旱在这里求过雨，大约在中原地区。

羿，古天神名，即《海内经》所记"帝俊赐羿彤弓素矰，以扶下国，羿是始去恤下地之百艰"之羿。他为东夷民族之主神，故《天问》称"夷羿"，与传说中之夏时的有穷后羿，似为两人。羿扶下国乃帝俊所命。恤百艰即郭注所谓"射杀凿齿、封豕之属"。但他的主要功劳还是上射十日。十日，为帝俊之子，羿射之，当然得罪了这位东方天帝。所以《天问》说："冯珧利决，封豨是射，何献蒸肉之膏而后帝不若?"不若，天帝有憾于羿之射杀其子也。据说天帝只让后羿教训一下十日，而后羿却同情人们的苦难，不顾天帝的嘱咐，一连射落九日，刚要射第十日时，被百姓劝阻了。推想羿必因此降谪凡间，所以，后来才有往求不死之药于西王母，嫦娥窃以奔月的神话。此羿自非代夏而有天下，任用寒浞，受其愚弄，"将归自田，家众杀而亨之"的有穷后羿。然羿与后羿故事，先秦典籍即已混淆不清。如《离骚》云："羿淫游以佚田兮，又好射夫封狐；固乱流其鲜终兮，浞又贪夫厥家。"《天问》中在羿"射河伯"、"射封豨"二问之后，又说："浞娶纯狐，眩妻爰谋，何羿之射革而交吞揆之?"这都是把羿的神话和后羿的传说混为一谈了。这也是我国神话历史化的明证之一。

社会神话

（八）董永遇仙

汉董永，千乘人，少偏孤，与父居肆，力田亩，鹿车载自随[1]。父亡，无以葬[2]，乃自卖为奴，以供丧事[3]。主人知其贤，与钱一万，迁之[4]。永行，三年丧毕，欲还主人，供其奴职，道逢一妇人曰："愿为子妻。"遂与之俱。主人谓永曰："以钱与君矣。"永曰："蒙君之惠，父丧收藏，永虽小人[5]，必欲服勤致力，以报厚德[6]。"主人曰："妇人何能?”永曰：“能织。”主人曰：“必尔者[7]，但令君妇为我织缣[8]百匹。”于是，永妻为主人家织，十日而毕。女出门，谓永曰：“我，天之织女[9]也，缘君至孝，天帝令我助君偿债耳。”语毕，凌空而去，不知所在。

——见《搜神记》卷一

注：

〔1〕鹿车：谓窄小之车。

〔2〕无以葬：无钱物用以埋葬其父。

〔3〕以供丧事：用卖身之钱供其父丧葬的费用。

〔4〕迁之：送，发，让他走。此指打发董永回去。

〔5〕小人：小人是与君子相对而言。第一，指无官位的一般人。第二，无学问、道德之人。第三，指坏人、恶人。这里是董永自谦之词，谓自己是一般人、普通人。

〔6〕以报厚德：用自己的勤苦劳作去报答主人的深厚恩德。

〔7〕必尔者：一定要这样去做。

〔8〕缣：颜色微黄之绢。洁白者则称素。

〔9〕织女：星名。又《荆楚岁时记》云：“天河之东有织女，天帝之子也。年年织抒劳役，织成云锦天衣。天帝怜其独处，许嫁河西牵牛郎，嫁后遂废织纴。天帝怒，责令归河东，使其一年一度相会。”这是我国流传极早又极普遍的一个星辰神话故事。

汉人很提倡孝道，所以《搜神记》中记录了不少由汉代流传下来的有关孝子的故事。如《王祥卧冰》、《郭巨埋儿》等，而《董永遇仙》也是孝子故事之一。不过，这个故事反映了社会生活，因此，应属于社会神话。很明显，这个神话，在流传和记录的过程中，是经过文人加工的。可能对其原有情节和主题均有所改变。但仍有几点具有社会神话的特点。第一，董永家中贫寒，努力劳动；第二，董永为人诚朴，事父至孝；第三，董永品质纯洁善良，不愿无故受人之惠；第四，织女的下嫁是因董永事亲至孝，为人善良；第五，织女下嫁是她自己的主动，并非董永的哀求。这就反映了一定的社会现实，它与张皇灵异，称道鬼神的封建迷信是有所区别的。

二 《诗经》

（一）关雎

关关雎鸠[1]，在河之洲[2]。窈窕淑女[3]，君子好逑[4]。

参差荇菜[5]，左右流之[6]。窈窕淑女，寤寐求之[7]。求之不得，寤寐思服[8]。悠哉悠哉[9]，辗转反侧[10]。

参差荇菜，左右采之[11]。窈窕淑女，琴瑟友之[12]。参差荇菜，左右芼之[13]。窈窕淑女，钟鼓乐之[14]。

——见《周南》

注：

〔1〕关关：或作喧喧，象声词，此指鸟鸣声。可解为“雌雄相应之和声”。雎鸠（jū jiū）：（雎，又可读租）水鸟名，即王雎，今呼鱼鹰。牟应震云：“雕首凫颈，鹭尾鸭掌，钩喙深目，色黑如乌。”《本草纲目》云：“雄雌相得，挚而有别，交则双翔，别则异处。”《韩诗章句》云：“雎鸠贞洁慎匹。”张超《诮青衣赋》：“感彼关雎，性不双侣。”这些传说以为雎鸠鸟情意专一，不乱其匹。因而闻一多在其《诗经通义》中说，相传这种鸟雌雄情意专一，其一或死，其一亦忧思不食，憔悴而死，极笃于伉俪之情，故本诗以之起兴。鸠在《国风》中凡四见，都是以之比喻女性。故本诗以之比喻淑女之宜配君子和彼此感情的融合。但也有人根据明高启题《芦雁图》故事，认为本诗是以关雎求鱼象征男子求女。《蓬轩杂记》云：“高季迪年十八未娶，妇翁周建仲出《芦雁图》命题，季迪赋曰：‘西风吹折荻花枝，好鸟飞来羽翮垂，沙阔水寒鱼不见，满身风露立多时。’翁曰：‘是将求室也’，择吉日以女妻之。”

〔2〕洲：本作州，水中陆地。《说文》：“水中可居者曰州。”此处指水中沙碛，为水鸟栖息之地。

〔3〕窈窕（yǎo tiǎo）：娴雅美好貌。本诗用以形容少女的体态容貌幽娴美好。故《诗集传》云：“窈窕，幽闲也。”而后世形容美女美男皆曰窈窕。《孔雀东南飞》：“云有第三郎，窈窕世无双。”亦可描绘山水宫室幽邃深远。杜甫诗：“烟生窈窕溪。”

曹摅诗："窈窕山道深。"乔知之诗："窈窕九重闺。"杜牧诗："柳村穿窈窕。" 淑女，文静而又美丽的姑娘。淑：美、善。

〔4〕君子：在本诗中应是古代对男子的美称。与淑女相对。别书中有时指统治剥削阶级中的上层人物。相对的称劳动人民为小人。

好逑（hào qiú）：好，爱，喜欢。一说，好从女从子，男女结合，义为匹配，配偶。又云，子己一字，则好妃也为一字，妃也为匹义。妃也与配同义，如《左传》："各有妃耦。"妃耦即配偶。《礼记》："天子之妃曰后。"妃也是配义。逑：《毛传》："本亦作雠，"即雠之假借。雠，双鸟之意，犹言匹，配耦（偶）。本诗作动词，即结成配偶。好逑，即爱慕而愿结成配偶（夫妇）之意。或曰，好逑，犹匹仇，匹俦，妃仇，均有配偶或结为配偶的意思。

一章章四句，写诗人因见河州上一双双雎鸠鸟，雄雌和鸣，因而联想到淑女是君子的意中佳偶。

〔5〕参差（cēn cī）：长短不齐。荇菜：荇，《说文》作莕，《尔雅》作荇，读如xìng。水草名，又名接余，采之可供食用。《诗集传》："荇，接余也。根生水底，茎如钗股，上青下白，叶紫赤，圆径寸于，浮在水面。"一说，"鬻（煮之古体）其白茎以苦酒浸之，脆美可案酒"。

〔6〕左右：此指向左边，向右边。描写"窈窕淑女"采荇菜的情状。流（jiū 或 liú）：通摎，或作揪，捋取、采摘之意。《毛传》作求解。《诗集传》作"顺水之流而取之也"，亦通。姚际恒《诗经通论》说："此处正以荇菜喻其左右无方，随水而流，未即得也。"从诗义看，这里似指以勉力求取荇菜来起兴，隐喻君子努力追求淑女。

〔7〕寤寐（wù mèi）：寤，睡醒；寐，睡眠。此言不论是醒着或梦中，都在思念她。又，马瑞辰说："寤寐，犹梦寐。"亦可通。

〔8〕思服（bì）：思，在《诗经》中多作助词，无实义。有时用在语首，如《大雅・文王》："思皇多士。"有时用在语尾，如《周南・汉广》："不可休思。"一说，思与斯一声之转，古通用，故亦可训为"斯"。或云，思为实词，即思念之义。 服，（古读 bì，或音 pèi）：此指思念之意。《毛传》："服，思之也。""寤寐思服"，亟言无时不思，两字似同义

〔9〕悠哉：义同悠悠，形容其思念之情绵绵不尽。《尔雅・释诂》郭璞注："悠，感思。"即思念之义，或指思绪绵长。郑《笺》云："思之哉，思之哉，言已诚思之。"即今之想念呀，想念呀（哉，古读 zī，"音资"）。

〔10〕辗转反侧：言其思慕之切，心绪不宁，在床榻之上，忽而俯身而卧，忽而又侧身而卧。翻来覆去，不得安睡。朱熹《诗集传》云："辗者，转之半；转者，辗之周；反者，辗之过；侧者，转之留。皆卧不安席之意。"（侧，古读 zhēi，与上句哉叶韵）

二章章八句，写君子追求淑女而尚未成功之时的思绪绵绵的心理状态。

〔11〕采：古读 qī，或读 cī。《诗集传》："取而择之也。"即边采集边拣择。比上

章的流又进了一层。

〔12〕琴瑟友之：义为弹琴鼓瑟，与她友爱和乐地在一起。古琴五弦或七弦，古瑟（sè）二十五弦或五十弦。 友：古读 yī，与上文的 qī 或 cī 叶韵，即友爱和乐之义。 之，代词，她，即淑女。

〔13〕芼（mào）：古又音 miào，亦可叶 mò，挑选拣择，比上采又更进一层。《玉篇》引作覒。按芼，或为覒之假借。《说文》："覒，择也。"《尔雅·释言》："芼，搴也。"注云："皆择菜也。"而搴也是拔取之意。但从芼的另一含义说，芼，又指烹芼，即把菜做熟了加在肉中。如《五音集韵》："用菜杂肉为羹也。"《礼记·内则》："芼羹"下注云："按公食大夫礼，三牲皆有芼者。牛藿，羊苦，豕薇也。是芼乃为菜也。用菜杂肉为羹。"《诗集传》："芼，熟而荐之也。""彼参差之荇菜，既得之，则当采择而烹芼之矣。此窈窕之淑女，既得之，则当亲爱而娱乐之矣。"

〔14〕钟鼓乐之：义为敲钟击鼓，奏乐娶她，使她快乐。或谓指结婚时，鼓乐齐鸣的热闹场面。 乐：叶 lào（涝）。甲骨文乐字，上从丝，下从木，丝在木上乃琴瑟之象。《说文》："五声八音总名。"故"乐"之原义为乐器，音乐，引申为喜乐，安乐，爱好。在本句中为"使之快乐"。 钟鼓：是继木石之后的古老乐器。鼓，有人称之为乐器之父。可能在原始时代，初民们有人偶然碰撞了干燥的兽皮，发出隆隆之声，于是，第一面原始的鼓就出现了。后来，当然就逐步发展成各式各样的鼓。钟的发明，当然也离不开初民们的劳动生活。钟鼓的节奏感很强，所以在劳动生活中，可以协调众人的劳动动作；在舞蹈中可使舞姿更整齐优美；在练兵时可使步伐整齐，振作军威。《关雎》这首诗中的"琴瑟友之"、"钟鼓乐之"等句，很明显，是诗人追求美满的爱情与婚姻的愿望，并非已然之词。从文义看，君子如果也是指劳动少年，在当时他就不可能用"琴瑟"、"钟鼓"之乐来迎娶新妇。所以后来的封建儒生，才臆造出"盖指文王之妃大姒为处子时而言也"一类的话来。但因此，也有人认为这是诗人借"琴瑟"、"钟鼓"等乐器之声的互相配合，协调齐鸣，比喻男女爱情的诚笃。类似这样的艺术夸张与比兴手法，是《诗经》中常用的表现技巧，在读《诗经》时可以举一反三。

（二）氓

氓之蚩蚩〔1〕，抱布贸丝〔2〕。匪来贸丝〔3〕，来即我谋〔4〕。送子涉淇〔5〕，至于顿丘〔6〕。匪我愆期〔7〕，子无良媒。将子无怒〔8〕，秋以为期〔9〕。

乘彼垝垣〔10〕，以望复关〔11〕。不见复关，泣涕涟涟〔12〕。既见复关，载笑载言〔13〕。尔卜尔筮〔14〕，体无咎言〔15〕。以尔车来〔16〕，以我贿迁〔17〕。

桑之未落，其叶沃若〔18〕。于嗟鸠兮〔19〕，无食桑葚。于嗟女兮，无与士耽〔20〕。士之耽兮，犹可说〔21〕也，女之耽兮，不可说也〔22〕。

桑之落矣，其黄而陨[23]。自我徂尔[24]，三岁食贫[25]。淇水汤汤[26]，渐车帷裳[27]。女也不爽[28]，士贰其行[29]。士也罔极[30]，二三其德[31]。

三岁为妇[32]，靡室劳矣[33]。夙兴夜寐[34]，靡有朝矣[35]。言既遂矣[36]，至于暴矣[37]。兄弟不知，咥[38]其笑矣。静言[39]思之，躬自悼矣[40]。

及尔偕老，老使我怨[41]。淇则有岸，隰则有泮[42]。总角之宴[43]，言笑晏晏[44]。信誓旦旦[45]，不思其反[46]。反是不思[47]，亦已焉哉[48]。

——见《卫风》

注：

〔1〕氓之蚩蚩：氓：古音 méng，又作甿，或作萌、人。（清）顾栋高《毛诗订诂》直以之为民，疑是对男子的鄙称。此诗中为弃妇的丈夫，是一个愚而诈的形象。蚩（chī），《韩诗外传》作嗤。嗤嗤，马瑞辰以为是“戏笑貌”，犹言笑嘻嘻的。《毛传》：“蚩蚩者，敦厚之貌。”似不当。《诗集传》：“无知皃。”亦不甚确切。此句犹言“氓笑嘻嘻地装作老实样”。

〔2〕布、丝：布，有二解：一是指布匹；二是指布泉，即货币。贸丝，贸，古音读“某”（móu），以物易物，是古代一种交易方式，犹今之买。丝，叶音可读“希”（xī），其句意为：以布换丝，或以钱买丝。

〔3〕匪：《诗经》中的匪通作非。实即本字。

〔4〕即、谋：即，就，靠近，前来。谋，古音“迷”（mí），或叶音 méi，商量。诗中指商量婚姻之事。

〔5〕子、淇：子，您，先生，古代对男子的尊称。淇，当时卫国的水名。

〔6〕顿丘：本为高丘之通称，后转为地名。其地在淇水之南，而淇水又曲折流经其西方。丘，叶音 qī（期）。

〔7〕愆（qiān）：错过，耽误过去。

〔8〕将（qiāng）：古音羌（qiáng），愿，请求。无，勿，不要。

〔9〕秋以为期：意为以秋为期。期，指约定的婚期。

一章章十句，与二章意同，均为追求婚前相爱的情况。

〔10〕垝垣：垝（guǐ），毁坏。以破之墙曰垝。垣（yán）：叶音沿，墙头曰垣。垝垣，破颓的墙。

〔11〕复关：王先谦解为重关。此处似指男子所居之地，而借作男子的代称。一说，为男子所去之关。今澶州临河县复关城，在南黄河北岸，有复关堤在其南约三百步，诗中复关似指此处。关，古音 gān（干）。

〔12〕泣涕涟涟：泣涕，此处指眼泪。涟涟，本义为水流不断貌，此处指眼泪涌

流貌。

〔13〕载笑载言：载，犹言则，且。意即且笑且言。一说，载，始也。（《尔雅·释诂》文）此说亦通。

〔14〕卜筮：卜（bǔ），按古人习惯，凡遇事烧龟甲而观察其裂纹以判断其吉凶者曰卜。凡遇事以蓍草五十根占卦，每三次画一道，十八次画六道，即《易》中一个卦名，用以观其吉凶者曰筮。筮，音式（shì）。蓍，音诗（shī）。古人迷信，遇事总要占卜吉凶。

〔15〕体无咎言：体，卦体，即卦象、卦辞。咎（jiù），原义为错误、过失。诗中指不好、不吉。咎言，即凶辞。又，《齐诗》、《韩诗》体作“履”，可解作庆幸。其意犹言：卜筮结果，幸无凶辞。

〔16〕车（jū）：诗中指迎新妇之车。其意为用你的大车来迎娶。

〔17〕贿迁：贿（huì），财物，诗中指作陪嫁的妆奁。迁，徙，诗中指女子迁于夫家，即嫁过去的意思。

〔18〕沃若：茂盛。常见的有二解：一、沃若，即沃然，肥泽貌。按此说即以桑叶肥泽，喻女子正在年轻貌美之时。二、润泽貌，意指桑叶浓厚润泽的样子，此说以桑叶喻男子情意浓盛之时。（欧阳修说）

〔19〕于嗟鸠兮：于嗟（xū juē），叹息声。于为吁之省借字。鸠，斑鸠鸟。《毛传》：“鸠，鹘鸠也。食桑葚过，则醉而伤其性。”据传说，斑鸠鸟吃桑葚过多会昏醉，以喻人若迷恋男女之情，也会为之颠倒。诗中是指女子惑于爱情，不思后患。

〔20〕士耽：士，古人对男子表尊重的称呼。耽，常见有二解：一、读为 dān，乐，欢爱。二、读 chén，玩乐，沉溺。诗中指沉湎于爱情。或读 zhèn，同鸩，诗中指过分耽醉，即过分迷恋于欢乐。如此则句意为，一个少女千万不要过分耽溺于爱情。（闻一多说）

〔21〕〔22〕说：常见的有二解：一、不可说，犹不堪说、不忍说。意即女与士耽，其结果是不堪说、不忍说的。为表示悲痛之语。二、应读脱，即解脱。此在诗中系指男子如溺于爱情，尚能解脱，而女子则是无法解脱的。

三章章十句，是描写诗中女主人公追述自陷于情网的状态。

〔23〕陨（yǔn）：落。诗中以“桑之未落”喻女子青春（或男子情意正浓），又以“桑之落矣”喻女子色衰爱弛，遭到遗弃。一说，以桑叶黄落喻男子情意之衰，亦可通。

〔24〕徂尔：往你家去，嫁往你家。徂，有三读：cú（殂），jǔ（举），zǔ（祖）。均为往、去之意。尔，你。

〔25〕三岁食贫：三岁，多年。古人常常以三代多数（“数之众也”），或解为三年亦可。食贫，过着贫苦的生活。

〔26〕汤汤：有二读，一、shāng（商音）。二、如字读 tāng。水盛大貌，水流滚滚貌。

〔27〕渐车帷裳：渐，渍，慢慢浸湿。一说溅之古体，溅湿。一说渐车即裧车。裧（chàn），指车帷。帷裳，帏裳。指女子车上的布幔、车篷之类。唐孔颖达《正义》据《郑笺》释此为“言已虽知汝贫，犹尚冒此深水渐车之难而来，明已专心于汝”。一说，此指女子被遗弃后渡水而归的情况。此一说较近情理。

〔28〕爽：叶平声。过失，差错。

〔29〕贰其行：行为前后不一，变化无常。贰，读 tè（特）。《经义述闻》：“贰，当为贰之讹。贰音他得切。即忒之借字也。”忒与上文爽同义。但似近迂曲难明。按诗意应为贰。《尚书》：“无贰尔心。”即今言“三心二意”。行，叶音 háng（杭），行为。此二句言，女子并无过错，是男子自己三心二意，行为有过失。

〔30〕罔极：常见的有二解：一、罔，无。极，中。“无中即是二三之谓。”（陈奂说）犹今言“没中儿”，“反复无常”。二、《诗集传》注《魏风·园有桃》“士也罔极”句，释为“其心纵恣，无所至极”。犹今言“什么坏事都能做得出来”。按诗意即“没有准则，行为不端”。亦即“无常”之意。

〔31〕二三其德：行为再三反复，前后不一。亦即三心二意。德，德行。一说，心意。叶音 dí（敌）。

四章章十句，诗人叙写女子自叙其感情的诚笃，但仍终于被弃，因而对男子的负心极表怨恨之情。

〔32〕为妇：做媳妇。

〔33〕靡室劳矣：犹室靡劳矣。靡（mí），无，没有。室，家中，犹今言家务。劳，操劳，劳苦。意即家中诸事无不操劳。一说，不以操持家务为劳苦。一说，不仅是对家务的劳苦操作。言外之意，是说家务之外的一切事务都得自己负担。诸说皆可通。

〔34〕夙兴夜寐：早起晚睡。夙，早，指黎明之前。兴，起，指起床。寐，睡眠。

〔35〕靡有朝矣：没有一朝不如此。义指起早睡晚之事不仅一日如此，实即朝朝如此，天天如此也。

〔36〕言既遂矣：言，助词。常见的有三种用法：一、发语词（用在句首，如本句）；二、语助词（用在句中，如下“静言思之”）；三、终语词（用在句末）。或解为我，似不当确。果如此解，则句意即为，我在你家既已久了。如按发语词，则“既遂”即可释为，已经随心如愿了。又，王先谦以为此句义为“约既成矣”，指女子安心与男子过日子了。亦可通。

〔37〕至于暴矣：越来越达到暴虐不仁了。

〔38〕咥（xì）：嘻笑貌，讥笑，张口大笑。

〔39〕静言：静，静静地，默默地。又训审，即仔细地。言，助词，无义（用于句间）。

〔40〕躬自悼矣：伤悼自己不幸的遭遇。即“独自悲伤”。躬，自身。悼，内心极度悲伤。

五章章十句，描写女子无所依托而自悲不幸。

〔41〕“及尔偕老”二句：过去你说要“白头到老”，现在想起你那诺言，却永远增加我的怨恨与痛苦。 前一“老”字指年老，后一“老”字指永远。（或解为“徒然”）

〔42〕隰：常见的有二解：一、读 xí（席），水泽，低洼之地。二、湿之借字，水名，即漯河，与淇水同流于卫国境内（闻一多说）。按前说，此二句意为：淇水尚有岸（边岸），隰洼尚有泮（同畔，边沿），用以比兴其夫之行为放荡，毫无约束，难以捉摸（没有边际）。按后说，此二句意为：淇水尚有岸，隰河尚有泮。以水之岸、泮比兴事之有边际，或人之有依托。然而自己的命运却是渺茫而暗淡，生活失去依托（即以之喻女子痛苦无边）。此说较安。 岸，叶音 yàn（厌）。泮（pàn），边际，水边，涯。

〔43〕总角：古人习俗，凡未成年的男女，将头发打成两个髻，叫总角。 宴，欢聚，玩乐。故王先谦认为，此女自小即与氓相识。

〔44〕晏晏：温和愉快貌，何其柔顺貌。

〔45〕信誓旦旦：信誓，忠诚信实的盟誓，或坚决的誓言。《释文》：“信誓，本亦作矢誓。”旦旦（dàn）：怛怛的借字。怛，本音 dá（达），《三家诗》作“悬”，悬即怛字，诚恳坦率，或明明白白。

〔46〕不思其反：常见的有二解：一、没想到他还会反复无常，或不能设想他的信誓还会被违反。二、反，同返。（指和气愉快的生活再回来）其句意为：不要再想从前那样和睦的生活再返回来了。 反，叶音 fàn（范），与“但”叶韵。

〔47〕反是不思：常见的有三解：一、与上文同意，即我没想到你还会违反信誓的。二、不要再想从前和睦的夫妇生活再返回来了。三、是，犹“而”。不思，不念旧情。思，叶音 xī（西）。三说皆可通，但后说近理。

〔48〕亦已焉哉：也只好算完了吧。指女子干脆和那无情义的丈夫一刀两断，断绝关系。哉，叶音 zī（姿），或叶 jī（基）。焉、哉连用，是表感叹不已的语气。相当于“亦已焉”、“亦已哉”重叠句的作用。犹云：“完了！”“完了！”或“算完吧！”“算完吧！”后来项羽《垓下歌》也有这种类似句式：“力拔山兮气盖世，时不利兮骓不逝。骓不逝兮可奈何？虞兮虞兮奈若何？”第三句“可奈何”，犹“怎么办呢？”第四句“奈若何？”即“奈何”、“若何”的重叠合并。分言之，即“怎么办呢？”“怎么办呢？”其意为：实在没办法了。

六章章十句，描写女子以悔恨交加的心情表示决裂。

全诗共六章，前四章叙事，追述了她们从恋爱到结婚的经过情形。后二章抒情，从回忆往事到最后决裂，发抒了女主人公内心真挚的感情，描绘了一场古代社会的人间悲剧。

（三）伐檀

坎坎伐檀[1]兮，寘之河之干兮[2]，河水清且涟猗[3]。不稼不穑[4]，胡取禾三百廛兮[5]？不狩不猎[6]，胡瞻尔庭有县貆兮[7]？彼君子兮，不素餐兮[8]！

坎坎伐辐兮[9]，寘之河之侧[10]兮，河水清且直[11]猗。不稼不穑，胡取禾三百亿[12]兮？不狩不猎，胡瞻尔庭有县特兮[13]？彼君子兮，不素食[14]兮！

坎坎伐轮兮，寘之河之漘[15]兮，河水清且沦猗[16]。不稼不穑，胡取禾三百囷[17]兮？不狩不猎，胡瞻尔庭有县鹑兮[18]？彼君子兮，不素飧[19]兮！

——见《魏风》

注：

〔1〕坎坎伐檀：坎坎，象声词，犹咔咔、铿铿，伐木声。 檀，是一种硬木材，可作造车原料。树分多种，本诗似无定指。伐檀，是指一群奴隶在为奴隶主服劳役。

〔2〕寘、干：寘，同置，置放。干，古音 jiān（间），河岸，涯，崖。《易·渐》："鸿渐于干。"注："干谓大水之旁故停水者"。

〔3〕涟猗：涟，有二解：一、大波。《鲁诗》作澜，义同。二、风吹水面，纹如连锁。按诗意，明显为风吹起的水纹。猗（yī），助词，犹"兮"字，相当于"啊"。

〔4〕稼穑（jià sè）：耕种曰稼，收获曰穑，稼穑，统指农事。不稼不穑，是控诉剥削者不参加生产，坐享劳动果实。

〔5〕"胡取禾"句：胡，何。为什么，怎么。取，这里指夺取，占取，攫取。禾，百谷之通称。三百廛（chán），三百，言数量之多，不一定指确数（三，数之众也。故古人多用为多数）。廛，犹户。《毛传》："一夫之居曰廛。"指当时的诸侯、大夫有采邑三百户。取禾三百廛，言收取此三百户的谷子。一说，按古制，百亩为廛，今称顷。三百廛，即三百顷（三万亩）。一说，廛，同缠，束也。[（清）俞樾说］诸说皆可通。

〔6〕狩、猎：《郑笺》："冬猎曰狩，宵田曰猎。"其实，狩也可指四时打猎；猎也可指昼夜打猎；狩猎，即打猎的通称。

〔7〕"胡瞻"句：瞻，仰视。因奴隶主的庭院墙垣高大，故须仰视乃见悬挂之物。尔，你。庭，院子，或庭院之墙。县，古悬字。貆（xuān 或音欢）同獾，即猪獾。其句意为，为什么看到你家院子里有挂着的猪獾？

〔8〕素餐：白吃饭。素，空，白白地。下文素食、素飧同义。这里是故作反语以为讥刺。即斥责奴隶主都是素餐尸位者。《集传》解"素"为空，讽刺了君子的不劳而

食，颇有见地。本诗在上文中先从正面斥问“君子”的不种田、不打猎却夺取了大量劳动果实，而在每章结尾却说那些“君子”可不是白白吃闲饭啊！反语之意自明。一说，不素餐是没有荤菜不吃饭，虽也近理，但不如前解为当。或者解为是从正面回答上文的斥问之词，似也不合歌谣本身的讽刺意味，故仍觉不确当。餐，古音 qiān（千）。

〔9〕辐，本音读 fú，古音叶 bī（逼）。车轮上的辐条。伐辐，指砍伐能制车辐的木材，实际仍指伐檀，诗中为求声律错落和谐而变文。

〔10〕侧：读 zhī（知），或读 zhēi。河边。

〔11〕直：直流，或曰直的波纹。

〔12〕亿：数目单位。按周制，十万曰亿。今谓万万曰亿。《郑笺》：“三百亿，禾秉之数。”（禾秉，今言禾把子）. 一说，亿，同繶，束也（俞樾说）。三百亿，指谷束之数，亦即“禾秉之数”。

〔13〕特：古读 téi，或叶 tí。小兽，或曰大兽。《毛传》：“兽三岁曰特。”或曰兽四岁为特。或雄性之兽亦名特。诗中应泛指野兽（猎获物）。

〔14〕食：古叶 shéi（谁）。

〔15〕漘（chún）：或作滣，河坝，河漄，河岸。故马瑞辰以为指水边（见《毛诗传笺通释》）。

〔16〕沦：旋涡。一说，小波。一说，水纹有伦理也。又，微风吹水面而成纹也。

〔17〕囷（qūn）：读群。仓廪小而圆者，今称为囤（dùn）。三百囷，指收取三百囷粮食。一说，囷为稛之借字，亦束义（俞樾）。

〔18〕鹑（chún）：鸟名，形似鸡雏，头小尾秃，俗名鹌鹑。诗以鹑为飞禽之代称。

〔19〕飧（sūn）：熟食，晚饭亦曰飧，又可泛指饭食。《正义》：“《传》意以飧为飧饔之飧，客至之大礼，其食熟致之，故云熟食曰飧。《秋官·掌客》云，公飧五牢，侯、伯飧四牢，子、男飧三牢，卿飧二牢，大夫飧一牢，士飧少牢。注云公侯伯子男飧皆饪一牢，则卿大夫亦有饪，故曰为熟食也。”《说文》：“飧，水浇饭也。从夕食，言人旦则食饭，饭不可停，故夕则食飧，是飧为饭之别名。”

参考注释：

廛的含义有三，一是指“一夫之居”，一是指“百亩之田”，一是说廛为缠之假借，即束义。《毛诗正义》：“一夫之居曰廛，谓一夫之田百亩也。”居，所安之处，住处。《尚书·盘庚》：“奠厥攸居。”《广韵》：“安也。”廛，《说文》：“一亩半一家之居。”《周礼·地官·遂人》：“辨其野之土，上地中地下地，以颁田里，上地，夫一廛，田百畮，莱五十畮。”注：“廛，城邑之居。”《扬子方言》：“东齐海岱之间谓居曰廛。”《汉书·扬雄传》：“有田一廛。”颜注引晋灼曰：“廛，一百亩也。”按此，廛，原称一夫之居，又因一夫所耕之田百亩，于是，廛成了百亩的数量词，自汉以后又称顷。至清俞樾又释廛为缠之借字，作束解，此又一说也。

这是一首讽刺剥削者不劳而食的诗。全诗共三章，每章前三句以劳动者在河边伐木的情景起兴，第四句以下则是直斥素餐的“君子”之词。全诗强烈地反映出当时劳动人民对剥削者的怨恨。

（四）硕鼠

硕鼠硕鼠[1]，无食我黍[2]！三岁贯女[3]，莫我肯顾[4]。逝将去女[5]，适彼乐土[6]。乐土乐土，爰得我所[7]？

硕鼠硕鼠，无食我麦！三岁贯女，莫我肯德[8]。逝将去女，适彼乐国。乐国乐国，爰得我直[9]？

硕鼠硕鼠，无食我苗[10]！三岁贯女，莫我肯劳[11]。逝将去女，适彼乐郊。乐郊乐郊，谁之永号[12]？

——见《魏风》

注：

〔1〕硕鼠：硕（shuò，又音 shí），大，肥大。硕鼠即肥大的老鼠。硕又借作鼫。马瑞辰《毛诗传笺通释》以为硕鼠即鼫鼠。《尔雅》作鼫，鼫鼠即田鼠、豆鼠，即一种专喜食田中粟豆类的大田鼠。以之比喻不劳而食，巧取豪夺的奴隶主贵族。又，牟应震《毛诗物名考》云：“硕鼠即鼫鼠。《古今注》蝼蛄也。方首短翅，六足，前二足如鼢鼠，故以鼠名。……春苗生时，恒穿田为苗害，故曰无食我苗。……其为蝼蛄无疑也。而《尔雅》以硕鼠入鼠部，陆、郭因之误也。”按上文，前二说近理，后一说亦可参考。

〔2〕无食我黍：无，勿，不要。食我黍，吃我的粮食。黍，诗中一般作为粮的代称。故诗人以之比喻剥削者对劳动者的残酷压榨。

〔3〕三岁贯女：三岁，三年，亦解作多年。贯，事，养，侍奉。或为宦之通借。汉《石经》残碑作宦（系用《鲁诗》）。义同。女，你。

〔4〕莫我肯顾：莫肯顾我。顾，念，体贴。

〔5〕逝将去女：逝，有三解：一、誓的借字。近人张慎义《诗经异文补释》据《公羊传》徐彦疏引此诗作誓。二、杨树达以为是句首助词，无义。三、什么，怎么，为什么。诗中作什么解。如此逝即何的意思。《尔雅·释言》：“遏，遾逮也。”《小雅·四月》：“曷云能穀”。《毛传》：“曷，逮也。”可见遏与曷通。遾又作逝，而遏、逝都是曷的意思。曷，音义同何。故逝义同何。三说皆可通。去女，离你而去。

〔6〕适彼乐土：适，去，往。乐土，与下二章乐国、乐郊，均为诗人想象中的安乐地方，即空想的乌托邦。郊，古人称邑外为郊。国，古音可读 yù（玉）。或为域之借，义即邦，或地方。有时也指城。

〔7〕爰得我所：爰，有二解：一、乃。得我所。获得了适于我们安居的处所。二、何处。《邶风·击鼓》："爰居爰处？爰丧其马？于以求之？于林之下。"按，爰，何处。或与"于以"合呼。《击鼓》上用"爰"，下用"于以"，是变文避复，又能补足下句。故谓爰，于以，都是何处的意思。本诗用这样的疑问代词，更能表现当时处于水深火热中的劳动人民渴求自由幸福的强烈愿望，所以他们说："何处才是我的安身之所？"所，叶音 sù（素），安身之所。

〔8〕德：恩德，好处。莫我肯德，即莫肯德我，不肯以德加我。一说，德，动词，谓感德也。即不肯感念我的好处。前说较长。 德，叶音 dì（地），与上文"麦"字叶韵。麦，古音 qì（气），亦可读 mì（密）。

〔9〕直：常见的有二解：王引之、马瑞辰等以为是职之假，训为处所。"爰得我直"犹如"爰得我所"，异章互文也。一说，直，值之古字，即劳动之值。还有训直道而行，或无困顿等，似为难解。

〔10〕苗：古音 máo（矛），禾苗。诗中泛指粮食。

〔11〕劳：慰问，犒劳。《郑笺》："不肯劳来我。"

〔12〕谁之永号：之，其，义犹将、还。永号，长号，长声哀号。或长叹。《汉书·刘向传》注："谓哭而且言也。"或云："有声无泪曰号。"又解为长歌、长呼。其句义为，到了乐郊，谁还长吁短叹呢！

全诗共三章，章八句，是一首反映农奴对剥削者的沉重剥削表示愤怒的诗。诗人把剥削者比成了不劳而食、贪婪害人的大田鼠，并且希望能逃到另外的地方去躲避残酷的剥削与压迫，这在当时，不过是一种乌托邦的空想罢了。

（五）无衣

岂曰无衣？与子同袍〔1〕。王于兴师〔2〕，修我戈矛〔3〕，与子同仇〔4〕！
岂曰无衣？与子同泽〔5〕。王于兴师，修我矛戟〔6〕，与子偕作〔7〕！
岂曰无衣？与子同裳〔8〕。王于兴师，修我甲兵〔9〕，与子偕行〔10〕！

——见《秦风》

注：

〔1〕岂曰二句：难道我们没有衣服穿？不，是因为大家都是战友，可以合穿一件战袍。二、三章第一、二句，含义类比，但又递进一层。袍，叶音 póu（抔）。长衣也。行军者昼以作衣，夜以作被，即今之披风，或称斗篷。同袍是表友爱，表示同甘共苦之意。

〔2〕王于兴师：王，此指秦王或周王。于，语助词。犹“曰”或“聿”，无义。兴师，出兵。按，当时秦国地处陕甘一带，经常受西戎侵扰，故抵抗戎族的战争可能是很多的。秦穆公伐西戎，辟地千里。但在当时还是以“尊王攘夷”的名义兴师。这种以“王命”为旗号的战争，即本诗的“王于兴师”。

〔3〕修我戈矛：修，修整，指擦拭、磨砺、锻修等事。戈，长兵。长六尺六寸，有金属锋刃。矛，长兵。长一丈六尺，有金属曲线形的锋刃，或直锋刃（秦陵出土者即是）。戈矛，均为长柄兵器，戈平头而旁有枝，矛头尖利。

〔4〕同仇：同仇敌忾，共同的敌人。仇，亦作雠。《吴越春秋》引诗正作讐，与仇同义。“与子同仇”，犹你的仇敌就是我的仇敌。可引申为：我们一起把共同的敌人消灭掉。一说，仇，可训为匹。

〔5〕泽：叶音 tuó（驼），或音 duó（夺），内衣，汗衣，衬衣。因是贴身衣服，易于沾染垢泽，故称为泽。

〔6〕戟：音 jǐ，叶音 jiē（阶），或音 juē（撅），古兵器名，形似戈，其横直两锋，长一丈六尺。《说文》段注：“戟为有枝之兵，则非若戈之平头，而亦非直刃，似木枝之衺（mào；或 mǒu，长也）出也。”

〔7〕偕作：一同起来出征作战，共同行动起来。偕，同，共同。作，起，行动起来。

〔8〕裳：下衣。诗中与袍、泽同义，泛指衣服，即军装。

〔9〕甲兵：盔甲、兵器。兵，叶音 bāng（邦）。

〔10〕偕行：同往，同上战场。行，叶音 háng（杭），往，去。

全诗三章，章五句，以兵士相语的口气，反映出战士的同仇敌忾、同甘苦共患难的战斗友谊，表现了士兵的慷慨从军和史书说秦俗尚武的精神。诗中造语虽很寻常，然含义深远。

（六）七月

七月流火〔1〕，九月授衣〔2〕。一之日觱发〔3〕，二之日栗烈〔4〕。无衣无褐〔5〕，何以卒岁〔6〕？三之日于耜〔7〕，四之日举趾〔8〕。同我妇子〔9〕，馌彼南亩〔10〕，田畯至喜〔11〕。

七月流火，九月授衣。春日载阳〔12〕，有鸣仓庚〔13〕。女执懿筐〔14〕，遵彼微行〔15〕。爰求柔桑〔16〕，春日迟迟〔17〕，采蘩祁祁〔18〕。女〔19〕心伤悲，殆及公子同归〔20〕。

七月流火，八月萑苇〔21〕。蚕月条桑〔22〕，取彼斧斨〔23〕，以伐远扬〔24〕，猗彼女桑〔25〕。七月鸣鵙〔26〕，八月载绩〔27〕。载玄载黄〔28〕，我朱孔阳〔29〕，为公子裳[30]。

四月秀葽[31]，五月鸣蜩[32]。八月其获[33]，十月陨萚[34]。一之日于貉[35]，取彼狐狸[36]，为公子裘[37]。二之日其同[38]，载缵武功[39]，言私其豵[40]，献豜于公[41]。

五月斯螽动股[42]，六月莎鸡振羽[43]。七月在野[44]，八月在宇[45]，九月在户[46]，十月蟋蟀入我床下[47]。穹窒熏鼠[48]，塞向墐户[49]。嗟我妇子[50]，曰为改岁[51]，入此室处[52]。

六月食郁及薁[53]，七月亨葵及菽[54]。八月剥枣[55]，十月获稻[56]。为此春酒[57]，以介眉寿[58]。七月食瓜，八月断壶[59]。九月叔苴[60]，采荼薪樗[61]，食我农夫[62]。

九月筑场圃[63]，十月纳禾稼[64]。黍稷重穋[65]，禾麻菽麦[66]。嗟我农夫，我稼既同[67]，上入执宫功[68]。昼尔于茅[69]，宵尔索绹[70]。亟其乘屋[71]，其始播百谷[72]。

二之日凿冰冲冲[73]，三之日纳于凌阴[74]。四之日其蚤[75]，献羔祭韭[76]。九月肃霜[77]，十月涤场[78]。朋酒斯飨[79]，曰[80]杀羔羊。跻彼公堂[81]，称彼兕觥[82]，万寿无疆[83]。

——见《豳风》

注：

〔1〕七月流火：七月，应指夏历七月。据《逸周书·周月篇》记载，周人兼用夏历。故《诗集传》云："七月，斗建申之月，夏之七月也。后凡言月者仿此。"三正：指夏历正月为建寅之月；殷历正月为建丑之月；周历正月为建子之月。 又，郭沫若认为，七月是指周正七月，而实为夏历五月。《青铜时代》云："这不是王室的诗，并也不是周人的诗。诗的时代当在春秋末年或以后。诗中的物候与时令是所谓'周正'，比旧时农历，所谓'夏正'，要早两个月。据日本新城新藏博士《春秋长历研究》，发现在鲁文公与宣公的时代，历法上有过重大的变化。以此时期为界，其前半叶以含有冬至之月份的次月为岁首（所谓建丑），其后半叶则以含有冬至之月份为岁首（所谓建子）……他根据这个发现推论到三正论的问题。""关于三正论之文献，由来颇古。然由研究春秋长历之结果，可知其断非春秋以前历史上之事实。余以为，盖在战国中叶以降，将行之冬至正月历（建子）拨迟二个月，改为立春正月历（建寅）时，因须示一般民众以改历之理由，遂倡三正论而笃宣传耳。其后，因秦代施行十月岁首历（建亥），更加以汉代之宣传，遂至认三正之交替真为上古历史上之事实。时至今日，信者尚不乏人。此与中国上古天文历法发展史之阐明，系累非浅，诚可谓憾事。""所

谓三正论系出于后人捏造，毫无疑问，唯造此说之时代不当在战国中叶，而当在春秋末年。孔子已在主张‘行夏之时’，足见当时对于改历之要求已相当普遍，存世有《夏小正》一书。大抵即为春秋时代的历术家所拟述的私人计划。……知道了中国古代并无所谓三正交替的事实，而自春秋中叶至战国中叶所实施的历法即是所谓‘周正’，那么，合于周正时令《七月》一诗是作于春秋中叶以后，可以说是毫无问题的了。《七月》，《鲁诗》无序，其收入《诗经》，大率较其他为晚。假使真是采自豳地，当得是秦人统治下的诗，故诗中只称‘公子’与‘公堂’。这也可以算得是一些内证。”此说虽有相当理由，但仍觉证据不够充分，须继续待考，故这里仍按旧说。流，下，落。或向下降行。火（叶音 xǐ，或 huǐ）：即大火，心宿。为东方苍龙七宿之一。《春秋·昭公十七年》：“有星孛于大辰。”《公羊传》：“大辰者何？大火也。”按，根据当时历法，六月黄昏，大火星在正中；七月黄昏，大火便偏西下。服虔云：“火，大火，心也。冬季十二月平旦正中，在南方，大寒。夏季六月黄昏，火星中，大暑退。是火为寒暑之候事也。”或说，每年夏历五月黄昏，大火星出现于正南方，方向最正而位置最高，以后之月便偏西而下行，故曰流。流火，指大火星在七月黄昏时就已偏西下行了。

附注一： 三正月建对照

月建	子	丑	寅	卯	辰	巳	戊	未	申	酉	戌	亥
周	正月	二月	三月	四月	五月	六月	七月	八月	九月	十月	十一月	十二月
殷	十二月	正月	二月	三月	四月	五月	六月	七月	八月	九月	十月	十一月
夏	十一月	十二月	正月	二月	三月	四月	五月	六月	七月	八月	九月	十月

附注二： 大火星位置

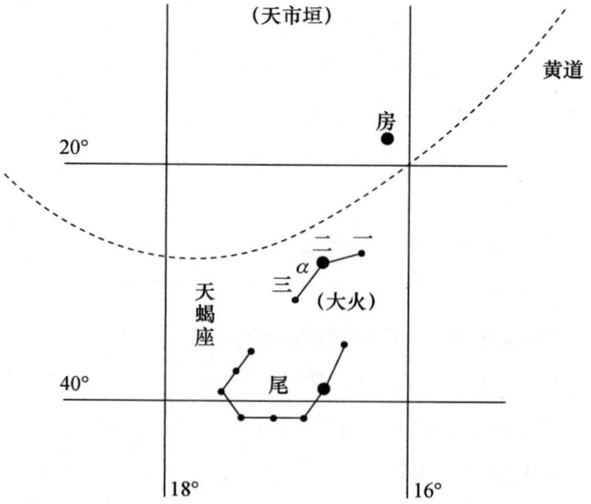

附注三： 二十八宿名称

古人经过长期观测，先后选择了黄道、赤道附近的二十八个星作为坐标以研究星体之位置。

东方苍龙七宿：角亢氐房心尾箕
北方玄武七宿：斗牛女虚危室壁
西方白虎七宿：奎娄胃昂毕觜参
南方朱雀七宿：井鬼柳星张翼轸

［2］授衣：常见的有三解：一、给以寒衣。如此，应解为奴隶主给其家人寒衣（以物予人曰授）。 二、授女工使为之。即将裁制冬衣的工作交给妇女们去做（闻一多之说），可从。三、郭沫若以为“古时对于农民应该有一定的制服，就如像现在军服一样”（《青铜时代》）（须待考）。衣，叶上声。

〔3〕“一之日”句：一之日，夏历十一月的时候。以下的二之日，三之日，四之日，蚕月，四月，五月，六月，七月，八月，九月，十月，即为夏历之十二月，正月，二月，三月，四月，五月，六月，七月，八月，九月，十月。而全年月份皆备，此似为豳历（周历）的记月方法。故《诗集传》云：“一之日，谓斗建子，一阳之月。二之日，谓斗建丑，二阳之月也。变月言日，言是月之日也。后凡言日者仿此。”觱发（叶音 bì fèi）：形容风寒的状语，义为十一月时寒风甚紧。《说文》作毕发，《鲁诗》作滭泼。或云觱发为大风触物之声。亦可读为毕拔。

录高亨《诗经》今注 夏殷周豳四历对照表

月建	寅	卯	辰	巳	午	未	申	酉	戌	亥	子	丑
夏历	正月	二月	三月	四月	五月	六月	七月	八月	九月	十月	十一月	十二月
殷历	二月	三月	四月	五月	六月	七月	八月	九月	十月	十一月	十二月	正月
周历	三月	四月	五月	六月	七月	八月	九月	十月	十一月	十二月	正月	二月
豳历	三之日	四之日	蚕月	四月	五月	六月	七月	八月	九月	十月	一之日	二之日

附注四：

在《论语》中孔子已号召“行夏之时”，《左传·昭公七年》云：“梓慎曰：‘火出于夏为三月，于商为四月，于周为五月。’”可见周代及以前确有过不同的历法。豳历即其一种。从《七月》观察，豳历是用十个数目记十二个月份，因而在记月上采用两种形式：一是“某之日”，如“一之日”、“二之日”等；二是“某月”，如“四月”、“五月”等。这是很特殊很古拙的一种记月方法。豳历的岁始于“一之日”，终于“十月”，一岁的始终与周历相当，可能是未曾改进过的周历，即周历的前身。后来周历颁行以后，各地不同历法还是长期并行的。因此，我们不能断定《七月》这首诗作于武王灭殷之前。也有人认为“某月”指夏历，“某之日”为周历。也有人认为《七月》成诗较晚，是后来才混入《诗经》的，但亦无确据。

〔4〕栗烈：犹今言凛冽，形容天气寒冷的状语。意谓十二月的时候天气极冷。烈，叶音 lì。《说文》作颲颲。或借作溧冽。

〔5〕褐：叶音 xī（西），毛布，引申为毛布衣，粗布衣。

〔6〕卒岁：终岁，年终，指度过寒冬残年。或曰：发、烈、褐皆如字，而岁读 xuě（雪）。或可读古音 shì（示）。（上二句意谓，没有衣服，怎样过冬？）

〔7〕于耜（sì）：叶音 yī（易）。开始整修耒耜，以备春耕。于，犹为也。[（清）马瑞辰《毛诗传笺通释》之说]《仪礼・士冠礼》：“宜之于假。”注：“于犹为也。宜之见为大矣。”又司马相如《长门赋》叙：“因于解悲愁之辞。”此诗中应为修理或整治之意。耜，犁铧。其句意谓，正月里开始修理农具。

〔8〕举趾：趾，此指足。此言二月里举足下田，开始了耕耘。

〔9〕同我妇子：同，会同，一起。我，指农奴的家长（老人）。妇子，指妻子和小孩。子，叶音 jǐ（挤）

〔10〕馌彼南亩：馌（yè，音业）：叶音 yuè（越）。义为以食物予人，即馈，饷（馈食，送饭）。南亩，南面的田地，向阳田地，或谓南北为垄的田地。此似为泛指田地。其句意谓，老年人带着妇女和小孩到田地送饭给壮年农民（朱熹之说）。亩，叶音 mǐ。

〔11〕田畯：掌管农事的大管家，古时又称田大夫、农正、啬夫、田官等。畯（jùn，或 zùn），指奴隶主贵族所派遣的直接管辖农奴的农官（孔颖达说）。喜，有二解：一、喜欢，高兴。二、通饎，读为 chì（斥），叶音 xǐ（喜）。饎，是饮食、酒馔之通称。《尔雅・释训》：“饎，酒食也。”注：“犹今云饎馔，皆一语兼通。”疏：“饎，一字通酒食两名也。李巡云：得酒食则喜欢也。”按，喜（饎）字作如此解，在此应是动词化，即用酒食，今言吃吃喝喝。指田官来吃喝。此说亦可通。

一章十一句，总括全诗，从岁寒写到春耕开始。

〔12〕载阳：有二解：一、《郑笺》：“载之言则也。阳，温也。温而仓庚又鸣，可蚕之候也。”故句义为，春日则暖和。二、载，始也。其句意谓，春天来临，天气开始和暖了。

〔13〕仓庚：鸣禽，一名黄鹂，黄莺。或作鸧鹒。庚，叶音 gāng（刚）。

〔14〕懿筐：采桑用的一种深筐。《诗集传》：“懿，深美也。”

〔15〕遵彼微行（háng）：遵，循，沿着，顺着。彼，有二解：一、指墙下。二、是“那”，指桑间。微行，有二解：一、小路。二、《毛传》：“墙下径也。五亩之宅，树之以桑。”故句意为，其一，沿着墙下小路。其二，顺着桑间小道。二说皆可通。

〔16〕爰求柔桑：爰，于，往，于是。求，前去采摘。柔桑，柔嫩的桑叶，用以饲蚕。

〔17〕迟迟：舒缓。指春日天长。

〔18〕采蘩祁祁：有三解：一、采蘩以作蚕蔟，让蚕作茧。二、《诗集传》："盖蚕生未齐，未可食桑，故以此啖之也。"即用以饲幼蚕。三、据明何楷《诗经世本古义》引徐光启语："蚕之未出者，煮蘩沃之则易出。"蘩，菊科，即白蒿。祁，本音 qí（其），叶音 jī（基）。祁祁，众多。其句意为，春天日长，农夫劳作之时间也长，故所采之蘩亦甚多也。（或训为采蘩之人多）

〔19〕女：女子，此指采桑之少女。或曰，指女奴。

〔20〕殆及公子：殆（dài），恐，畏。《孟子》："殆不可复。""殆于不可。"一说，殆为将、始之意。公子，指奴隶主贵族公子，或指豳公之子。二说皆可通。及，与。其句意为，采桑少女害怕她们被公子掳去，或强迫与公子同归。此言当时农村采桑少女怕贵族公子胁迫她们与之同归，以为妾媵。

二章章十一句，总写农村妇女蚕桑之事。

〔21〕萑苇：蒹葭，荻芦。可引申为以荻芦编制席、箔等养蚕工具。 萑（huán，音环。或读 wán），似苇，今名荻，茎比芦苇坚实。又读 zhuī（追），草多的样子。又为萑之省借。《毛传》："薍为萑，葭为苇，豫畜萑苇可以为曲也"。今按，曲为苗之省借。苗，养蚕用的箔、帘。《说文》："苗，蚕薄也。"薄，帘。《礼·曲礼》："帷薄之外不趋。"《史记·周勃世家》："勃以织薄曲为生。"《索引》曰："织蚕薄也。"故句意似为，八月取萑苇存蓄起来到明年春天作曲。

〔22〕蚕月条桑：蚕月，养蚕之月，即夏历三月也。《夏小正》："三月，妾子始蚕。"条，有二解：一、动词，犹言修剪。条桑，即修剪桑树的枝条。二、条，又作挑，即拣择桑叶。条桑，即拣择好的桑叶。

〔23〕斧斨：均为斧之属。受柄之孔椭圆者称斧，受柄之孔方者称斨。斨，读 qiāng（羌）。"取彼斧斨"，意为以斧斨取彼（桑）。或训"彼"为"那"、"他"等，亦可通。

〔24〕远扬：指长得又长又高的桑条。远，枝远，枝长。扬，条扬，条高。"以伐远扬"，即以之伐远扬，亦即用斧头砍下长得又长又高的桑枝。

〔25〕猗彼女桑：猗，读 yī（衣），或读 jǐ（掎）。指攀枝采桑而不伤枝条。猗，同掎，攀引。《说文》："掎，偏引也。"（猗、掎可通借）"猗彼女桑"，即以手攀引桑枝采摘嫩叶。一说，"角而束之也"，即以绳缚住桑枝把它拉低，然后采叶。女桑，嫩桑。《尔雅》："女桑，桋桑。"郭注："今俗呼桑条小而条长者，为女桑树。"按，桑之小者为女桑，墙之低者为女墙，其义一也。故女桑即初生之嫩桑。

〔26〕鵙（jú，音局；又音 jué，叶音 jī）：今本作鵙，此从《唐石经》改。其字又可作鴂。鸟名。《毛传》："鵙，伯劳也。"《郑笺》："伯劳鸣，将寒之候也。"

〔27〕载绩：开始绩麻。《毛传》："载绩，丝事毕而麻事起矣。"《毛诗传疏》："丝曰纺，麻曰绩；丝所成曰帛，麻所成曰布。"此言八月天气渐寒，开始绩麻织

布了。

〔28〕载玄载黄：载，古关联词，即今言“或”、“又是”。玄，黑里透红之色。《毛传》：“玄，黑而有赤也。”《尔雅义疏》引《易·系辞下》注云：“乾为天，坤为地。天色玄，地色黄。故玄以为衣，黄以为裳。”《毛传》：“祭服，玄衣纁裳。（纁：《广韵》：“许云切。”《尔雅·释器》：“三染谓之纁。”）”玄黄，这里均指对丝、麻织品所染之色是“或玄或黄”。一说，指丝麻织品之染色朱红鲜明，炫熿夺目。玄黄即炫熿，释下句之“朱”。

〔29〕我朱孔阳：我，是染丝麻者自己的自指，即“我”或“我们”。一说，似作为冠词用，与“彼”、“其”之义近。朱，正红，纯红。此指纯红的丝麻织品。《读诗偶识》：“周人尚赤，故曰‘我朱孔阳’。”孔，甚，大，极其。阳，鲜明。《毛传》：“朱，深纁也。阳，明也。”《诗集传》：“蚕事既备，又于……麻熟之时，则绩以布。而凡此蚕绩之所成者，皆染之，或玄或黄，而其朱者，尤为鲜明，皆以供上而为公子之裳。”

〔30〕为公子裳：裳，下装的裙、裤等。按古人习惯，上曰衣，下曰裳。以上三句意为，农民所染的丝麻织品有玄色，有黄色，有红色，而红色的最为鲜明，这是为豳公子作祭服的。

三章章十一句，专言妇女蚕绩之事，是为公子作衣裳。

〔31〕秀葽（yāo）：秀，不开花而结子。《毛传》：“不荣而实曰秀。”今谓抽穗叫秀穗。葽，植物名。《郑笺》：“《夏小正》：‘四月王萯葽秀。’葽，其是乎？”后人以为王萯即王瓜。《尔雅义疏》：“陈启源云：宋曹粹中《诗说》据《尔雅》：‘葽绕，棘蒬。’郭注：‘今远志也。’……以为今药中小草。”此说近理。（四月远志结子了。）

〔32〕鸣蜩（tiáo）：蝉，鸣蜩，即蝉鸣。夏历五月乃盛夏之时，蝉遍鸣也。又，甘大昕《读七月流火》一文说：“鸣蜩，即蝉鸣黍。”《礼疏》：“蔡邕云：‘仲夏黍新熟。今蝉鸣黍是也。’”亦可参考。

〔33〕其获：指农作物可以收获了。

〔34〕陨萚（yǔn tuò）：陨，坠落。萚，草木脱落的皮叶。《说文》云：“草木凡皮叶落陊地为萚。”此言十月草木黄落。（一说，萚，木名，质坚硬）

〔35〕于貉：于，取。即往捕，往猎之意。貉（hé 或音 háo），一种小兽，似狸，皮毛厚软，棕灰色，很珍贵。《毛传》：“于貉，谓取狐狸皮也。”貉，当读为貊（mò）。《尔雅义疏》：“《说文》：‘貊似狐，善睡兽。’《论语》曰：‘狐貊之厚以居’，今字通假作貉。貊与裘韵作貉，则诗失韵矣。”一说，貉与祃通，读 mà。古人在射猎之前演习武事之礼叫貉祭，或祃祭。于，为。于貉，举行貉祭也。亦可参考。

〔36〕取彼狐狸：猎取狐狸，用其毛皮。

〔37〕裘（qiú）：叶音 qí（其），皮衣，皮袍。

〔38〕其同：同，会同，会集。此指猎前会同众人。即把奴隶们集合起来，然后

大队出发去打猎。

〔39〕载缵武功：载，此为语助词。缵（zuǎn），继承，继续。武功，武事，此指狩猎之武功。清·崔述《读风偶识》说，于貉三句是指私猎，即小规模的个别行动。其同四句则指大猎，即大规模的集体行动。

〔40〕言私其豵（zōng）：言，句首语助词。私，私人，指猎者自己，此作“归私人占有”解。豵，一岁的小猪，此泛指小猪或小兽。其句意为：将小野兽留给自己用。

〔41〕献豜于公：豜（jiān），三岁大猪，此泛指大野猪或大野兽。《毛传》：“豕一岁曰豵，三岁曰豜。”公，公家，此指王公贵族等剥削统治者。句意为：把大野兽献给公家。

四章章十一句，总写农事既毕之后的冬猎。

〔42〕斯螽动股：斯螽（zhōng），蝗属，是一种善鸣的昆虫。俗名蝈蝈，传说此虫能以两股相切而发声。又因其产卵众，故古人用以喻人子女众多（见《周南·螽斯》）。动股，指螽斯以两股相摩擦而发声。实则为两翅相摩而发声。斯，语词，犹“之”字。

〔43〕莎鸡振羽：莎（suō）鸡，蟋蟀类，又名纺织娘。振羽，指莎鸡振动翅膀而发声。羽：叶音 rǔ（乳）。

〔44〕野：叶音 shǔ（署），田野间。

〔45〕宇：古音 wú（吴），屋檐下。

〔46〕户：叶音 hǔ（虎），单扇门，引申为门。

〔47〕下：叶音 hǔ（虎）。

以上四句的主语均为蟋蟀，前三句省略。四句言蟋蟀的鸣声由远而近，夏天在野外，秋天渐凉，便移于宇下，户下，床下，此亦天气由暖而寒之意。

〔48〕穹窒（qióng zhì）：即窒穹。窒，堵塞。穹，空，此指空洞，空隙。一说，穹，尽，即穷意。《毛传》：“穹，穷。窒，塞也。”故穹窒有二义：其一，指天气凉了，便把墙洞堵好。其二，指尽塞室中的孔隙。熏鼠，指用烟火熏烧老鼠，使其无法存身。(一说，穹窒，供为烘室，形近而误。)

〔49〕塞向墐户：向，朝北之窗。塞向，堵塞朝北的窗子以御寒风。墐（jǐn），涂，此指用泥涂。墐户，指用泥封好柴门。(古代农奴贫苦，门户多以荆薪枯竹之属编成，冬日以泥涂封以御风寒)。

〔50〕妇子：老婆孩子。子，叶音 zǔ（祖）。

〔51〕曰为改岁：曰，发语词。为，当，是。改岁，指岁序更改，即旧岁过完，新年复始，犹今言过年。故句意为：又将是新的一年了。

〔52〕处：居处，居住。农奴们在农事忙时，令其露宿于田野，冬日天寒农闲，才能搬回室内居住。

五章章十一句，写秋去冬来，农奴们才收拾住房，准备御寒过冬。

〔53〕郁及薁：郁（yù），树名，唐棣之属，亦名郁李或糖李，果实可食，果仁可入药。 薁，又名婴薁，即山葡萄，或云李属。

〔54〕亨葵及菽：亨（pēng），在古代，亨、享、烹实为一字，故亨为烹之古体。葵，菜名，即凫葵（莼菜）、楚葵（芹菜）之属，亦名滑菜，冬葵。菽（shū），豆类总称。

〔55〕剥枣：剥，读如扑（pū），扑之借字，敲击之意，犹今言“打”。枣，酿酒原料之一。叶音为走（zǒu）。

〔56〕稻：叶音为斗（dǒu）。

〔57〕春酒：《毛传》：“春酒，冻醪也。”又，（清）马瑞辰《毛诗传笺通释》以为，冬季酿酒，春季始成，故名春酒。 为，作，此指酿造。

〔58〕以介眉寿：介，读为匄（gài），即古丐字，祈求或乞求之意。见《左传·昭公六年》：“不强丐。”又，训助、益。亦可通。眉寿，为古代成语，意为长寿。按，传说老寿的人眉上长有较长的毫毛，称为寿眉，或称秀眉，以象征长寿，故以眉寿表长寿。寿，古音为 shǒu（守）。古人认为，酒所以养老，故以酒祈长寿，在此为颂祷之词，犹今敬酒祝人健康长寿之意。

〔59〕壶：瓠之借字，瓠瓜，即大形的葫芦。断壶，指断其蒂而摘取葫芦。瓜，古音 gū（孤）。

〔60〕叔苴（jū）：叔，收拾，取。苴，叶音 zū（租），青麻，亦可指青麻子。

〔61〕采荼薪樗：荼（tú），一种苦菜。薪，此处作动词用，即采伐樗树以作薪。犹今言打柴。樗（shū，或读 chū），臭椿。

〔62〕食（sì）：饷，以食物予人。

六章章十一句，写农桑之余，农夫还得辛勤地从事副业生产。

〔63〕筑场圃：筑，把土培平。场圃（古音 bù，布）。圃，本指菜园，但到秋后，便将其培平当作打谷场，故名场圃。《郑笺》云：“场圃同地。自物生之时，耕治以种菜茹。至物尽成熟，筑坚以为场。”

〔64〕纳禾稼（古音 gǔ 古）：纳，收，即将庄家收到场上，或纳谷入仓。禾稼，泛指一切农作物，故下文则一一分说。（禾稼，五谷的通称）。

〔65〕黍稷重穋：黍（shǔ），具有黏性的小米（糜子、黄米）（高亨）。稷（jì）（谷子，粟），不具黏性的谷米，俗称黄米。或谓即高粱。重，注家读法不一，可读 chóng（虫），亦读 tóng（同），即种的借字。总之，指早种晚熟的谷类农作物（生长期长）。穋（lù 陆），稑的借字，指晚种早熟的谷类农作物（生长期短）。

〔66〕禾：在古时的我国北方，称粟为谷子，去皮为小米；称麦属为嘉禾。（清）马瑞辰《毛诗传笺通释》以为是专指一种谷物，又名粱，即今小米之一种（似为今之粱谷米，为小米中之上品）。麦，叶音 qì（气），或音 mì（密）。

〔67〕同：聚，收齐，集中，指把各种谷物集中入仓。

〔68〕上入句：上入，上入于都邑。又，上同尚，犹言还得。执，执持，执行，作，负担。宫，指奴隶主统治者的宫室、住宅；或谓指修建宫室。 功，事，指各种劳役。其句意为：还要到都邑中统治者的家里去服劳役。

〔69〕昼尔于茅：尔，助词。于，取。按，朱骏声《通释》："於、与、为，古通用，义为取。"又谓借于为捕，故训取。"于即於也，故亦得训取。"于茅，往取茅草。

〔70〕宵尔索绹：宵，夜晚。索，本指绳索，此为动词，指绞制绳索，搓绳子。绹（táo），绳子。

〔71〕亟其乘屋：亟，同急，赶快。乘，登，升；或为治，整。指登上房屋而修葺之。乘屋，修缮房屋。

〔72〕其始句：或谓是预祝来年顺利播种百谷。

七章章十一句，总写农奴们在收成完毕之后，还得为贵族家服杂务劳役。

〔73〕凿冰冲冲：凿冰，指奴隶们凿取冰块。（仌，古冰字。冰，古凝字。）冲冲，古音为 tōng（通），凿冰之声，犹今之象声词通通。

〔74〕纳于凌阴：纳，收藏。凌，冰纹。（与训为水纹之凌有别）此指冰。阴，闻一多以为即窨之借字，本音为 yìn（印），叶音为 yīng（英）。凌阴，冰窖（藏冰备暑）。

〔75〕其蚤：蚤，同早。（皁，从日从甲，日出也。）朱熹《诗集传》以为是指早朝。即《礼记·月令》所说，每年夏历二月（仲春之月）朔日（初一日）有献羔开冰之礼，是贵族统治者用以祭祀祖先的。故诗人把凿冰与祭祖仪式放在一起来写。而蚤，以含有早晨或月初两种意义。

〔76〕献羔祭韭：羔，小羊。韭，叶音 jiǎo（绞），即韭菜。其意为：在开冰之礼时，以羊羔、嫩韭献祭于寝庙神位之前。

〔77〕肃霜：常见的有二解：一、肃为缩意，霜降之后，万物收敛萎缩。《毛传》以为，肃，缩也。霜降而收缩万物。《集传》："气肃而霜降也。"（清）王先谦说："霜降之后，万物收敛，天地之气为之清肃也。"二、犹言肃爽，指天高气爽。王国维《观堂集林》卷一《肃霜、涤场说》："此二句乃与'一之日觱发，二之日栗烈'同例，而不与'七月流火，九月授衣'同例。'肃霜、涤场'皆互为双声，乃古之联绵字，不容分别释之。肃霜，犹言肃爽。涤场，犹言涤荡也。九月肃霜，谓九月之气清高颢（hào）白而已；至十月，则万物摇落无余矣。与'觱发、栗烈'，由风寒而进于气寒者，遣词正同。"其两说皆可通，而后说较安。

〔78〕涤场：与上句同，有二解：一、扫除场园。指农事完毕，将场园打扫干净。《毛诗》以为打扫禾场，农事已毕。王先谦亦说，此言农事已毕，打谷场上已清除干净。 二、王国维以为场与荡通，涤荡，指天宇澄净，草木尽脱。此两说皆可通，而以后说为安。

〔79〕朋酒斯飨：朋酒，两坛酒。《毛传》：“两尊（酒坛）曰朋。”斯飨，是飨。斯，语词，犹是。飨（xiǎng），同享，享用之意，指以酒食给人吃喝。

〔80〕曰：同聿，发语词。

〔81〕跻彼公堂：跻（jī），升，登。公堂，《毛传》：“公堂，学校也。”《左传》载子产不毁乡校，以发扬舆论。乡校和学校疑皆指古代公共场所，用以集众之处。一说，为君之堂，即豳公（公刘）之堂，也通。或说指一般奴隶主贵族的厅堂，也可通。

〔82〕称彼兕觥：称，举，两手捧起，故举杯敬酒亦曰称。　兕（sì），顶生一角的犀牛。觥（gōng），叶音 guāng（光），大型酒器。兕觥，用犀牛角制成的大酒杯。或指状如犀牛角的青铜酒杯。

〔83〕万寿无疆：万寿，《郑笺》以为犹大寿。《通释》：“万，古训大。《正义》云：‘使得万年之寿’，失之。”无疆，《毛传》：“疆，竟也。”此即无止境、无尽、无限。为颂祝之词。　以上二句的祝颂场面，表现了奴隶主贵族炙手可热的权势与穷奢极欲、饫甘餍肥的豪华生活，这与农奴们的“采荼薪樗”，形成了鲜明的对比。

八章章十一句，从凿冰写到年终宴饮，末及奴隶们为贵族献礼祝寿。

从《七月》的内容、人称等来看，应该是奴隶们的集体口头创作，它是一首周代的奴隶们所唱的农事诗，是一首优秀的具有史诗意义的长篇民歌。它具体描述了周代的农业奴隶们全年的集体生产劳动过程和为奴隶主服役的辛酸悲痛的生活苦况。全诗共八章八十八句，是《国风》里最长的一首诗。它叙写了农业奴隶的全年劳动。第一章总括全篇，从冬寒写到春耕；第二、三章写妇女蚕桑之事；第四章写农闲冬猎；第五章写农夫准备御寒过冬；第六、七章写杂务劳动和副业生产；第八章写年终宴饮。从这些描写中，给我们展现了一幅在多种劳役剥削下的农奴生活的广阔长卷，我们可以从中看出周代奴隶生活的图景。他们被剥削的程度是相当惊人的！他们在全年之中，绝大部分的劳动是为“公家”的，很小部分才是为自己的。因此，我们可以从本诗中明显地看出下列三点：

第一，诗中的劳动者显然是指周代的农业奴隶。他们经年累月的劳动，直不起腰来；他们不仅要替奴隶主贵族耕种土地，而且还要负担其他繁重的杂务劳役，如养蚕、纺织、染缯、酿酒、狩猎、凿冰、祭神、祝寿等。他们种的庄稼，织的布帛，猎获的野兽，都要归“公家”所有。农事完毕，还要到奴隶主贵族家里去当差，从事家内劳动，根本没有喘息的机会。他们终年劳累，却只能过着“无衣无褐，何以卒岁”、“采荼薪樗，食我农夫”的苦日子。阶级的分野是十分鲜明的。剥削者与被剥削者的对立是非常清楚的。

第二，奴隶主不仅从生产关系方面统治着奴隶大众，而且在精神上、肉体上统治着奴隶大众，奴隶们没有丝毫的人格与人身自由。奴隶主把他们当作牛马看待，妇女们更苦，随时都有可能被抢去遭受蹂躏。然而，奴隶们还必须在年终走上“公堂”，向剥削压迫他们的奴隶主高祝“万寿无疆!”这就反映了当时社会制度的黑暗与腐朽。

第三，虽然在这首早期的农事诗中，奴隶们的斗争意志还不很明显，但不满情绪还是相当强烈的。例如，“何以卒岁”、“嗟我妇子”、“嗟我农夫”等，不仅悲叹和哀怨，同时也是不满与抗议。诗中在字里行间，都蕴蓄着明显的阶级矛盾和对立，诗的思想意义也正在此。

（七）东山

我徂东山〔1〕，慆慆不归〔2〕。我来自东，零雨其濛〔3〕。我东曰归，我心西悲〔4〕。制彼裳衣〔5〕，勿士行枚〔6〕。蜎蜎者蠋〔7〕，烝在桑野〔8〕。敦彼独宿〔9〕，亦在车下〔10〕。

我徂东山，慆慆不归。我来自东，零雨其濛。果臝之实〔11〕，亦施于宇〔12〕。伊威在室〔13〕，蠨蛸在户〔14〕。町畽鹿场〔15〕，熠耀宵行〔16〕。不可畏也，伊可怀也〔17〕。

我徂东山，慆慆不归。我来自东，零雨其濛。鹳鸣于垤〔18〕，妇叹于室。洒扫穹窒〔19〕，我征聿至〔20〕。有敦瓜苦〔21〕，烝在栗薪〔22〕。自我不见，于今三年。

我徂东山，慆慆不归。我来自东，零雨其濛。仓庚于飞〔23〕，熠耀其羽〔24〕。之子于归〔25〕，皇驳其马〔26〕。亲结其缡〔27〕，九十其仪〔28〕。其新孔嘉〔29〕，其旧如之何〔30〕？

——见《豳风》

注：

〔1〕我徂东山：徂，cú（殂），往，到。东山，大概是当时战地。当在奄国（山东曲阜境内），或谓在鲁国东境（山东费县蒙山）。

〔2〕慆慆（tāo）：久远。《毛传》：“慆慆，言久也。”三家诗作滔，亦作悠，义并同。

〔3〕零雨其濛：《说文》引此诗作“霝雨其濛”。零当作霝。霝雨，落雨。零雨，或训为细雨，小雨。濛，形容小雨的状词，今俗言濛濛细雨者是也。

〔4〕“我东曰归”二句：常见的有二解：一、我在东方说到西归时，心即西向家乡而悲伤。朱熹《集传》：“其在东而言归之时（刚说要西归的时候），心已西向而悲。”二、曰字为语词，无实义。即我自东而归之时，心已西向而苦悲。

〔5〕制彼裳衣：制，古製字，即今之简化字。裳衣，此指日常家居时所穿的普通衣服。古代男服分上衣下裳，但戎装不分。此指日常服装。

〔6〕勿士行枚：士，通事，动词，犹言“从事于”。行枚，行（héng），衡，通横。行枚，衔枚。古代行军时，为防出声而横衔口中的一种形似筷子的小木棍。可引申为军伍征战，行军衔枚等一般军事活动的代称。句意为：回家之后，可以穿上普通的平民服装，不再过那行军衔枚的军队生活了。

〔7〕蜎蜎者蠋：蜎蜎（yuān，或读 juān），昆虫蜷曲貌，蚕类蠕动貌，虫爬行貌。蠋（zhú），本作蜀，又多加虫旁。《毛传》：“蠋，桑虫。”当为桑蠖。此指桑间野蚕。

〔8〕烝在桑野：烝（zhēng），处，在，置放。或训久，或训众多。又，发语词，有“乃”、“曾”之意。此以桑蚕久在桑野，象征战士长期在野外露宿。 野，古音 shǔ（暑）。

〔9〕敦彼独宿：敦（古音 duī），训为“团团”，指独宿者缩作一团。余冠英说：“敦，本是器名，形园如球。这句连下句是说在车下独宿，身体蜷曲成一团。上文‘蜎蜎者蠋’两句，以蠋和人对照，独宿者蜷曲的形状象蠋，但蠋在桑间是得其所，人在野地露宿是不得其所。”

〔10〕车下：兵车之下。古音 jū hù（居户）。

一章章十二句，写久戍得归的战士，自觉幸免于死伤之苦，从此可以恢复平民身份了。

〔11〕果赢（luǒ）：蔓生的葫芦科植物，即瓜蒌，亦名栝楼。

〔12〕施（古音 yí 移）：义同移，在此有蔓延之意。上二句义为：果赢的果实都蔓延到屋檐下来了。以下六句亦为设想自己的屋舍田园荒凉的描写。

〔13〕伊威：《本草》作蛜蝛，虫名，椭圆而扁，体长三分余，灰色多足，生栖于潮湿之地。古名鼠妇，今名土鳖，俗名潮虫。句言屋子里因久无人住都生了伊威。

〔14〕蟏蛸（xiāo shāo）：长脚的小蜘蛛，又名喜蛛。此言门上都结了蛛网。

〔15〕町畽鹿场：（tǐng tuǎn）：町，《说文》：“田处曰町。”畽，又作疃，《说文》：“疃，禽兽所践处也。”町畽，指院旁土地。此言自己的院落已成为野鹿来往的场地了。

〔16〕熠耀（yì yào）：光芒闪闪貌。《说文》：“熠，盛光也。”据《毛传》，此指磷光，即俗言鬼火。宵，夜。行，叶音 háng（杭），流动。此言鬼火在夜间流动，其光甚盛。

〔17〕不可谓也二句：前言自己从戎去后，园庐荒废，故此便问：这岂不可怕么？但紧接着却说：这还是可怀念的啊！极写归人心情之复杂。伊，此，指荒废之园庐。怀，思念。

二章章十二句，写归途之中思念久别的家园，故怀乡与畏惧之情，一时俱起。

〔18〕鹳鸣于垤：鹳（guàn），水鸟名，形似鹤，羽毛有灰、白、黑等色。垤（dié），叶音 zhí（侄）。小土丘，蚁封（土粒堆积突起的蚁穴）。古人认为，蚁知雨，鹳喜水。《文选》李善注引《韩诗薛君章句》云："天将雨而蚁出壅土，鹳鸟见之长鸣而喜。"此以鹳鸣起兴，以喻下句妇叹。即归人设想，自己的妻子因在家思念自己而长叹。自此以下至章末，均为征人假设其妻的盼望之词（陈启源之说）。

〔19〕穹窒：见《七月》注。言其妻洒扫收拾房屋，准备迎接丈夫。

〔20〕我征聿至：征，此指征夫。聿（yù），语词，无实义。用法同"曰"，聿、曰都有"将"义。《七月》："曰为改岁。"言将改岁。本诗"我东曰归"，言自东将归。此句言我的征人将要回来了。

〔21〕有敦瓜苦：敦，见前注。本是一种圆形青铜器皿之名，盖与器身均呈半圆球形，上下合成球形。《礼·明堂位》："有虞氏之两敦。"注："敦，音对。黍稷器。"我国出土文物中有此器。此指圆的形状，或指如敦之圆的东西。瓜苦，即苦瓜，亦即瓠瓜。（闻一多以为应读如瓠）。古人婚礼，将切成两半的瓠瓜，给夫妇各执一半，盛酒漱口，行合卺之礼。

〔22〕烝在栗薪：栗，《释文》引《韩诗》作蓼，聚合之意。故栗薪即束薪，积薪之意。古人婚礼，将一束柴薪放置于洞房之内，用以象征永结同心，共同生活。直至近代，有的农村举行婚礼时，将一束筷子和一柄木勺束起，放置于洞房的上方，似为栗薪遗风。一说，蓼，即蓼，是一种苦菜。故《毛传》："言我心苦，事又苦也。"《通释》云："以苦瓜而乃在苦蓼之上，言我之心苦而事又苦。"而余冠英以为是诗人的妻子看团团的瓠瓜放在柴堆上，因而想起他们新婚之后离别已经三年了。二说皆可通。

三章章十二句，叙写征夫设想其妻正在思念他的情况。

〔23〕仓庚：黄鹂，黄莺。见《七月》注。

〔24〕熠耀：指仓庚的羽毛在阳光下闪闪发光。

〔25〕之子于归：之子，此女。于，往。归，嫁。于归，犹言出嫁。

〔26〕皇驳其马：皇，黄白相间（淡黄色）。驳，赤白相间（淡红色）。马，古音 mǔ，似指陪嫁的马。

〔27〕缡（lí 离）：古音 luó（罗）。古代女子佩用的一种香缨或香囊。女子出嫁时，由母亲将香缨（或香囊）给系在带上，称为结缡。一说，指古代女子的佩巾。女子出嫁，母亲训诫，替她结好佩巾的带子，称为结缡。闻一多认为可能就是系同心结。

〔28〕九十其仪：九十，即九、十，形容礼仪繁多。仪（古音 é 俄）：指结婚时的

礼节、仪式。以上为追忆新婚时的情形。与上章瓜苦蓼薪的回忆紧相承接。

〔29〕其新孔嘉：其新，指刚结婚时，妻子还是新人。孔，大，甚。嘉（古音 gē 哥），好，美善。孔嘉，很好。指夫妇感情融洽。

〔30〕其旧如之何：其旧，指婚后已时历数年，妻子已非新人。以上两句是说，征人在想：我们新婚之时，两情甚笃；而数年不见，她现在对我又是怎样呢？久别重逢，胜过新婚，想必她一定对我会更好吧。又《郑笺》以为，旧犹久。嘉犹美。此二句意为：女子新嫁来时很美，而今已一晃三年，又不知怎么样呢？

四章章十二句，回忆三年之前的新婚光景。

全诗共四章，四十八句，是一首描写久戍的士卒在还乡途中思念家园的诗，它反映了征人归途中的复杂心情。他边走边想，回忆了久别的故乡，回忆了新婚的幸福，回忆了悲叹的妻子，也设想了解甲归田、夫妻团聚的愉快。极写出一个离家多年的戍卒，在细雨濛濛的路上一种悲喜交集、忐忑不安的心情。也写出了战争给人民大众所带来的结果。

（八）采薇

采薇采薇[1]，薇亦作止[2]。曰归曰归[3]，岁亦莫止[4]。靡室靡家[5]，猃狁之故[6]。不遑启居[7]，猃狁之故。

采薇采薇，薇亦柔[8]止。曰归曰归，心亦忧止。忧心烈烈[9]，载饥载渴[10]。我戍未定[11]，靡使归聘[12]。

采薇采薇，薇亦刚止[13]。曰归曰归，岁亦阳[14]止。王事靡盬[15]，不遑启处[16]。忧心孔疚[17]，我行不来[18]！

彼尔维何[19]？维常之华[20]。彼路斯何[21]？君子之车[22]。戎车[23]既驾，四牡业业[24]。岂敢定居[25]？一月三捷[26]。

驾彼四牡，四牡骙骙[27]。君子所依[28]，小人所腓[29]。四牡翼翼[30]，象弭鱼服[31]。岂不日戒[32]？猃狁孔棘[33]！

昔[34]我往矣，杨柳依依[35]。今我来思[36]，雨雪霏霏[37]。行道迟迟[38]，载渴载饥。我心伤悲，莫知我哀！

——见《小雅·鹿鸣之什》

注：

〔1〕薇：豆科植物，野生，初生时可食。又名大巢菜，野豌豆苗。

〔2〕作止：作，出生，此指初生。止，语尾助词，无实义。

〔3〕曰归：说是要回去。曰，言，说。一说，语首助词，无实义。

〔4〕莫：古暮字。暮，《说文》："日且冥也。从日在茻中。"段注："且冥，将冥也。"按，茻，《说文》："众草也。"即今莽字。即日没草中之意（会意）。其句意为：一年又将尽（完）了。

〔5〕靡：无，没有。其句意为：征人远戍于外，终年与妻子远离，虽有家室，也等于无。意指男旷女怨。以下即追述所以遣戍的原因。

〔6〕玁狁（xiǎn 险 yǔn 允）：为我国古代北方的一个少数民族的名称。西周时称玁狁（一作猃狁），春秋时称北狄，自战国、秦、汉以降则称匈奴。自周以来，这个部族常在北方与中央政权有军事冲突，时附时离，《小雅》中即有好几首描叙同玁狁作战的诗。

〔7〕不遑启居：遑，暇。启，跪，或跪坐、小跪。居，安坐，安居。古人席地而坐，故坐或跪时，均两膝着席，坐时臀部放于脚跟之上，跪时将腰伸直。其句意为：日夜奔走不停，无暇安稳地坐下休息。

一章章八句，总写为平定玁狁之乱而离家远戍于外。

〔8〕柔：柔嫩。指薇初生时肥嫩貌。比"作"有了进一步的生长。

〔9〕烈烈：本义为火势猛烈貌，此用以形容忧心，犹言忧心如焚。

〔10〕载饥载渴：则饥则渴，又饥又渴。此言在行军途中又饿又渴。

〔11〕我戍未定：戍，驻防之地，戍守之地。此言驻防未有定处。

〔12〕靡使归聘：常见的有二解：一、没有归聘的使者代我问候家室安否。二、我驻防的地方一直未曾决定，因而无法使人带回家书去。归，带给，带回。聘，问候，指问候家人的音讯。

二章章八句，写忧心如焚，饥渴劳苦，戍守无定处，故而与家人音讯隔绝。

〔13〕刚：指薇已将老而变得粗硬了。比"柔"更进一层。

〔14〕阳：指夏历十月。犹今言十月为"小阳春"。

〔15〕靡盬（gǔ 古）：无暇。故王引之训为无止息。盬，闲暇。（无休无止）

〔16〕启处：与前文启居同义。

〔17〕孔疚：孔，很，甚，非常。疚，叶音 jì，病痛也。句言心中忧愁，极为痛苦。

〔18〕来（古音 lí 厘）：常见有二解：一、来，返归。此承上文，是说因为远戍在外，不得回来。二、来，慰勉，慰抚。是说我行日久，无人慰问。《大东》云："职劳不来。"来作"慰抚"解，与此同义。按文意两说皆通。

三章章八句，与上章同意。

〔19〕尔：《说文》引作"薾"，同音。花开繁盛貌。其义为：那开得很繁盛的是什么呀？

〔20〕常：木名，即常棣。花开时两三朵结成一缀，下垂，果实似李。此答上句，是说那是常棣花啊。两句以常棣起兴，引出下文壮盛军容的描写。

〔21〕彼路斯何：路，同辂，音同。车高大貌。斯，语助词，与上文“维”同义。那高而大的是什么呀？

〔22〕君子之车：君子，将帅，主帅。车，指下句之戎车（兵车）。

〔23〕戎车：指主将（主帅）的兵车。

〔24〕四牡业业：牡，指驾车的雄马。业业，壮大貌，高大貌。

〔25〕定居：犹言安居。

〔26〕三捷：常见的有二解：一、三，泛指次数频繁。捷，接之假借，指接战，交战。此言一月之中，屡次和敌人交战。二、抄行小路谓之“捷”。三捷，言多次行军，即不敢定居之意。二说皆可通。

四章章八句，追述在戍守时紧张而又劳苦的军旅生活。下章与此章同义。

〔27〕骙骙（kuí）：强壮，威武。

〔28〕依：乘也。

〔29〕小人所腓：小人，此指士兵。腓（féi），隐蔽，掩护，庇。《郑笺》：“腓当作芘（庇）。此言戎车者，将率之所依乘，戍卒之所芘倚。”古代多以车战，将帅在车上指挥，步兵在车后以之作为掩护，以防矢石。故此二句的主语为戎车。其意谓：那驾着四牡的戎车是主帅所乘，也是兵卒所借以掩护身体的。

〔30〕翼翼：安闲貌，说战马训练有素。一说，行列整饬貌。

〔31〕象弭鱼服：象，指象牙。弭（mǐ），弓两端受弦之处称弭。象弭，指用象牙作的弓弭。鱼，指沙鱼皮。服，箙的假借字，箭袋。鱼服，指用沙鱼皮作的箭袋。以上是叙写军容之严整，武器之精良。

〔32〕日戒（古音 jí 亟）：每日警惕戒备。句意为：岂能不每天戒备。

〔33〕孔棘：棘，亟，急。孔棘，甚为紧急，非常紧急，极为急迫。

〔34〕昔：指出征远戍之时（时令正是春天）。

〔35〕依依：旧解作“盛貌”，似不当。按文义似指柳条柔软迎风披拂之貌。一说，依恋貌，即表依依不舍的情感。亦可通。

〔36〕今：指回来之时（时令正是冬天）。思，语尾助词，无义。

〔37〕雨雪霏霏：雨，去声，动词。雨雪，即落雪，下雪。霏霏，雪大貌，雪盛貌。以上四句言春去冬还。

〔38〕迟迟：迟缓貌（道路漫长）。

六章章八句，写戍卒在归途中抚今追昔，痛定思痛，因而更为悲伤。

这是一首描写戍卒远征玁狁在归途中回顾与哀怨的诗。第一至第三章叙写远别家室，历久不归，饥渴劳累的苦况；第四、第五章叙写将帅车马服饰之盛及军容的严整；也写了戍卒不敢定居之劳。末章写归途中雨雪饥渴之苦和痛定思痛之情。是一首千古传诵的名诗。《汉书·匈奴传》本《齐诗》之说，云：“懿王时，王室遂衰。戎狄交侵，暴虐中国，中国被其苦。诗人始作，疾而哥之曰：靡室靡家，猃狁之故。岂不日戒，猃狁孔棘。”此说似可信，而《诗序》以为是文王时之作品，殊与诗意不合。

（九）生民

厥初生民[1]，时维姜嫄[2]。生民如何？克禋克祀[3]，以弗无子[4]。履帝武敏[5]，歆攸介攸止[6]。载震载夙[7]，载生载育[8]，时维后稷[9]。

诞弥厥月[10]，先生如达[11]。不拆不副[12]，无菑无害[13]，以赫厥灵[14]。上帝不宁[15]。不康[16]禋祀，居然生子[17]！

诞寘之隘巷[18]，牛羊腓字之[19]。诞寘之平林[20]，会伐平林[21]。诞寘之寒冰，鸟覆翼之[22]。鸟乃去矣，后稷呱[23]矣。实覃实讦[24]，厥声载路[25]。

诞实匍匐[26]，克岐克嶷[27]，以就口食[28]。蓺之荏菽[29]，荏菽旆旆[30]，禾役穟穟[31]。麻麦幪幪[32]，瓜瓞唪唪[33]。

诞后稷之穑，有相之道[34]。茀厥丰草[35]，种之黄茂[36]。实方实苞[37]，实种实褎[38]，实发实秀[39]，实坚实好[40]，实颖实栗[41]。即有邰家室[42]。

诞降嘉种[43]，维秬维秠[44]，维糜维芑[45]。恒之秬秠[46]，是获是亩[47]。恒之糜芑，是任是负[48]，以归肇祀[49]。

诞我祀如何？或舂或揄[50]，或簸或蹂[51]。释之叟叟[52]，烝之浮浮[53]。载谋载惟[54]，取萧祭脂[55]，取羝以軷[56]。载燔载烈[57]，以兴嗣岁[58]。

卬盛于豆[59]，于豆于登[60]。其香始升，上帝居歆[61]。胡臭亶时[62]！后稷肇祀，庶无罪悔[63]，以迄于今。

——见《大雅·生民之什》

注：

〔1〕厥初生民：厥，其。初，始，最初。民，人。指周人，周族最早的祖先。

〔2〕时维姜嫄：时，是，此。维，为。时维，犹言“这就是”。一说，为语助词，无义。姜，姓。嫄（yuán），名，一说，嫄，同原，为本源之意，系谥号。姜嫄，周始祖后稷的母亲。自秦汉以来的史籍，如《史记》等，均认为姜嫄是古帝高辛氏

（帝喾）之妃。其实为后来的传说，当然不可据为信史。此二句意为：最初生出周人祖先后稷的就是姜嫄。

〔3〕克禋克祀：克，能，可引申为长于、善于。禋（yīn），《说文》："洁祀也。一曰精意以享曰禋。"祀，《说文》："祭天已也。"禋祀，似有祀天帝之意。旧解为"祀谋于郊"（谋 méi，主生子之神，常祀于郊外）也通。

〔4〕以弗无子：弗，《郑笺》读为祓（fú）（古人习惯，长斋戒沐浴以除灾求福，称为"祓"），弗即祓之假借字，为除去不祥之意。祓无子，即除去无子的不祥，亦即求得有子。我国古代的习惯，十分重视后嗣，故以为无子即不祥，所以姜嫄要虔诚地祈求生子。

〔5〕履帝武敏：履，践踏。帝，天帝。武，足迹。《毛传》："武，迹也。"段注以为是武之别义。敏，拇也。武敏，足迹的大指处。

〔6〕歆攸介攸止：有人主张歆应属上读，解作忻，即欣喜。指欣然有所感。《郑笺》据姜嫄履巨人迹感而生后稷的传说，记云："时则有大神之迹，姜嫄履之，足不能满；履其拇指之处，心体欣欣然……如有人道感己者也，于是遂有身（身孕）。"一说，歆（xīn），动。即心有所感而体动。也有人以为，履迹是祭祀仪式的一部分，为一种象征性的舞蹈。所谓帝即为代表天地的神尸。神尸舞于前，姜嫄随其后，以践神尸之迹而舞。此说亦可参考。攸，所。一曰语助词。介，助，左右。一说，读为愒（同憩），息也。又，同界，分开，指独居。止，停止。一说，处，居处。又，止息，休息。又，陈奂以为介上攸字为衍文，即"歆介攸止"。根据以上解释，其句意常见的有三种说法：一、姜嫄履迹之时，忽身体歆动，不能自止，经左右之人帮助，歆动始止。二、姜嫄感而有孕之后，乃与人别居而独处。三、姜嫄于祭祀之后休息。三说皆可通，然以第三说为安。

〔7〕载震载夙：载，语助词，优则。震，同娠（shēn），本指胎儿在母体中微动，泛指怀孕。马瑞辰《通释》："《尔雅》，'娠，震动也。'郭注娠犹震也。……震即娠之声近假借。"夙，同肃。"肃之言肃也"，指私生活很有规律，律己很严肃认真，即古人所谓"谨守胎教"。一说，为"夙夜"之夙，谓"早敬"。又，亦可训为动，指胎动。

〔8〕载生载育：生，生下婴儿，分娩（miǎn）。育，指养育。

〔9〕时维后稷：犹是为后稷。后稷亦名弃。后稷，因善稼穑而所称的尊号。

一章章十句，叙写姜嫄履巨人迹而感孕的神异。

〔10〕诞弥厥月：诞，发语词，含有叹美之意。或以为时间介词，犹当、方。弥，满、足、终。弥厥月，犹言满了她怀孕应有的月数。

〔11〕先生如达：先生，指妇女生第一胎婴儿。如，读为而，义同。《郑笺》："达，羊子也。"胡承珙以为，达应作滑利解，指婴儿生得很顺利。

〔12〕不坼不副：坼（chè），同拆，破裂，绽开。副（pì 或读 bì），义同坼。《集

传》："坼、副，皆裂也。"又同疈，分离。其句义常见有二说：一、生子时很滑利，因而产门和胞衣均未破裂。（余冠英说）二、胞衣破裂，胎盘与婴儿分离。（不，为语助词，无义。）二说皆可通。

〔13〕无菑无害：菑，古災（灾）字。害，古音 hé，同曷。句意为：母子平安，均无灾害。

〔14〕以赫厥灵：赫，显示。言从后稷出生时的顺利情况已显示出他的灵异来。

〔15〕不宁：不安。此与下句"不康"之康，均训安。

〔16〕不康：与上不宁同意。

〔17〕居然：徒然，竟然。因履迹生子是怪异之事，故姜嫄疑为不祥而惴惧，因生子不敢养育，所以说是"徒然"。以上三句与下章的辞意弃置紧相连接（启下），故此为姜嫄疑问惴惧之词。其大意为：莫非上帝不安，不能愉快地享受我的禋祀吗？怎么竟然生出个孩子呢？一说，两"不"字均为发声词，无义。宁为安宁，康为安乐，居然亦犹安然。故此上四句为诗人对这一事情的赞美之词，并非叙写姜嫄生子时的心理活动，故与下章不敢养育而抛弃后稷之事并无矛盾。

二章章八句，叙写后稷诞生时的灵异。

〔18〕寘之隘巷：寘，同置，弃置。隘，狭。此言姜嫄因履迹生子，以为不祥，不敢养育，故弃置于狭巷之中。

〔19〕腓字之：腓，避开。读为庇，见《采薇》。何楷解作厞隐，犹今言庇荫，也通。字，爱抚，抚养。《毛传》："腓，辟。字，爱也。"即覆庇与爱护之意。又，乳育婴儿曰字。

〔20〕平林：平原上的林木。

〔21〕会：恰值，适逢。此言适逢有人来伐平林，所以后稷不死。

〔22〕鸟覆翼之：有鸟张翼盖着他。

〔23〕呱（gū）：小儿哭声，啼也。

〔24〕实覃实訏：实，同寔，即是、此。为关联词，或语助词。覃，长。訏（xū），大。《毛传》："覃，长也。訏，大也。"此言后稷啼哭时，气息既长，哭声又大。

〔25〕载：充满。句意为：他的哭声满路上都听得见（他的哭声充满了道路）。

三章章十句，写后稷被抛弃而不死的神异。

〔26〕匍匐：小儿伏地爬行。（匐，古音 bī）。

〔27〕克岐克嶷：岐，解人意。《毛传》："岐，知意也。"段注云："岐者，山之两岐也，心之开明似之，故曰'知意'。"按，其引申之意即为夙智早慧，能分别事物之同异。嶷（yí 宜，或 nì 尼），本作㘈或擬，认识。指心中能辨认事物的特点和异同。《毛传》："嶷，识也。"段注云："《说文》引诗作㘈，……今本《毛诗》作嶷，浅人依岐字偏旁改之耳。……㘈者，心口之间有所识也。"今按，嶷、擬、㘈，音义

相近，似指模仿动作之意，或指对事物能有所识别。故其句意为：后稷幼时，他的智慧知识成长很快啊。一说，马瑞辰《通释》以为："岐，当即跂之假借；嶷，当读如仡立之仡。"据此，其句意则为：能举步，能屹立。

〔28〕以就口食：以，同已。就，自动寻求。口食，犹今言吃食。或曰，指农作物。以上三句是说：后稷刚能匍匐而行的时候，就很有聪明智慧，并能自求口食。或者说：后稷匍匐而行，逐渐地能举步，能直立，能自找食物了。

〔29〕蓺之荏菽：蓺，同藝（艺），种植。蓺之，直贯下"禾役"、"麻麦"、"瓜瓞"三句。荏菽，荏，通戎，大。菽，豆类。荏菽即戎菽，大豆也。

〔30〕旆旆（pèi）：犹朮朮（bèi）。《说文》："朮，艸木盛，朮朮然。读若辈。"亦犹芾芾，茂也。此指大豆长得很茂盛。一说，长，即枝叶扬起貌。亦可通。

〔31〕禾役穟穟：禾役，《三家诗》与《说文》均引作颖，即禾尖、禾末、禾穗。盖役、颖双声通用。一说，役，行列。《毛传》："役，列也。"穟穟（sùi），禾苗美好貌，禾穗美好貌（亦训美好）。

〔32〕幪幪（méng）：茂盛，茂密覆地（本指覆盖物，如帐幕等）。

〔33〕瓜瓞唪唪：瓞（dié），小瓜。唪唪（fěng 讽，或 pěng），《三家诗》、《说文》均作菶。亦作茂盛之意。此指果实丰硕。以上五句，描写后稷在刚懂事时就喜种植农作物，所种各种谷物瓜果无不茂盛丰硕。

四章章八句，叙写后稷在幼时就表现出不平凡的对农艺的天赋才能。

〔34〕有相之道：常见的有二解：一、相，视，观察。道，方法。《史记·周本纪》：后稷"相土之宜，亦谷者稼穑焉。""有相之道"即此意。二、相，去声，助。言后稷的种植庄稼有其助成之道。指后稷能用人工方法（加强田间管理）使农作物生长丰硕。此二说可并存。

〔35〕茀厥丰草：茀（fú），治，拔除。《毛传》："茀，治也。"丰草，长草，长得丰茂之草。其意为：尽除田中之草。

〔36〕黄茂：指嘉谷。《毛传》："黄，嘉谷也。茂，美也。"此言播种上既黄熟又丰茂的嘉谷（优良品种）。

〔37〕实方实苞：方，有始义。《尔雅》："方，始也。"马瑞辰《通释》："方为苗生之始……方之言分也，放也，谷种得气始分放也。"此指开始放芽。苞，包，指包叶，含苞。一说，方，齐也。苞，丰也。指农作物生得整齐，长得丰茂。二说皆可通。

〔38〕实种实褎：种（zhǒng），短。读如《左传》"余发如此种种"之种。褎（xiù）（或 yòu），长，杰出。读如《汉书》"褎然举首"之褎。种短褎长，对文见义。指禾苗由短而长也。一说，种，矮，与肿义近，指粗而壮。褎，高。指禾苗长得粗壮而高大。

〔39〕实发实秀：发，舒也。指禾茎舒展地发育成长。秀，扬花，初成穗。指禾

穗长得又大又好。《说文》："采，禾成秀也。(采，即穗字)"

〔40〕实坚实好：坚，指谷粒坚实、充实。好，指谷粒形味好，颜色正。

〔41〕实颖实栗：颖，禾末，穗芒。此指谷实繁硕，禾穗末梢下垂之状。栗，犹言栗栗，众多貌。此指谷粒成熟而繁多。《毛传》："颖，垂颖也。栗，其实栗栗然也"。

〔42〕即有邰家室：邰，地名。古邰城在今陕西武功县南二十五里。相传邰是周始祖后稷之国。后稷传至公刘（后稷之曾孙）始离邰至豳。后稷因在虞舜时佐禹有功，始封于邰。一说，姜嫄之国（《毛传》之说）。

五章章十句，写后稷在播种、田间管理方面的经验。

〔43〕降：自天而降，天赐。指后稷发现了许多谷物的优良品种，给民众带来了好处。

〔44〕维秬维秠：秬（jù），黑黍。秠（pī），黑黍之一稃（fū，米壳）二米者。

〔45〕维穈维芑：穈（mén 门，或 méi 眉），据（清）程瑶田《九谷考》说，穈是赤苗嘉谷，初生时叶纯赤，生三四叶后，赤青相间，七八叶后，色始纯青。芑（qǐ），白苗嘉谷。初生时色微白，故通称白苗（《九谷考》之说）。

〔46〕恒：亘之借字，周遍、满。此言田中种满了秬秠。

〔47〕是获是亩：常见的有二解：一、是，连词，于是。获，收获。亩，指以亩计算产量。《郑笺》："成熟则获而亩计之。"二、收获之后，堆放于田亩之中。两说皆可通。

〔48〕是任是负：任，抱起。负，背起。此与上句相连，言把堆放田中的各种谷物抱负而归。

〔49〕以归肇祀：以归，以之而归家。肇（zhào），始也。祀，郊祀，祭天。《毛传》："始归郊祀。"此言后稷遍种嘉谷，丰收之后，抱负而归，始祭上帝。

六章章八句，叙写后稷发现了许多嘉种，对农作物丰产作出了很大贡献。

〔50〕或舂或揄：舂（chōng），以杵捣米，使脱其糠皮。揄（yǎo，或 yú 由），舀之假借，古读由，训为抒臼。《三家诗》、《说文》均作舀。此指舀取。即从臼中把舂好之米舀取出来（孔颖达、马瑞辰之说）。

〔51〕或簸或蹂：簸（bǒ），扬去米之糠皮。蹂（róu），《说文》作㽥，即今揉字。指用两手将米反复揉搓，使之脱去其皮。（马瑞辰之说）又，余冠英说："蹂，复也，言再舂。"亦可通。

〔52〕释之叟叟：释，淅米，淘米。叟叟，一作溲溲（sōu），淘米声。

〔53〕烝之浮浮：烝，同蒸。浮浮，《鲁诗》、《说文》均作烰烰，指蒸东西时热气上升貌。

以上四句，叙写洁治米谷，以备祭祀。

〔54〕载谋载惟：谋，计议，商量。惟，思虑，思考。此言在祭祀之前，郑重周

详地商量和考虑，如何才能使祭祀之事做得更为完美。

〔55〕取萧祭脂：萧，香蒿。祭脂，膋也，此指牛肠间脂。古人祭祀时用香蒿、牛肠脂、黍、稷等物合烧，使其香气远闻以享神。

〔56〕取羝以軷：羝（dī）牡羊，公羊。軷（bō，或 bá），祭祀道路之神的礼仪。《毛传》："道祭也。"言在郊祀上帝之前，应先取牡羊为牲，以祭道路之神，是为軷祭。《说文》："将有事于道，必先告其神。"即指此也。又，于省吾《诗经新证》则说軷是跋的本字，"取羝以軷"，是说取牡羊拔除其皮。

〔57〕载燔载烈：燔，即古"焚"字，亦读 fán，以物附于火上烧炙曰燔。此指烧肉。烈，把连成串的东西加于火上烘烤曰烈。此指烤肉。以内容看，此句似接上句取萧取羝而言，应指焚萧脂以取其香气，烈羝肉以供尸羞（神所享用者）。

〔58〕以兴嗣岁：兴，兴旺，兴盛。嗣岁，新岁，来年。此言为了来年的兴盛。《郑笺》："将求新岁之丰年也。"

七章章十句，写后稷用谷物祭祀上帝，以祈求来年的丰收。

〔59〕卬盛于豆：卬（áng），《毛传》："我也。"似指周人自称。豆，盛肉菜用的木制食器（豆祭器）。

〔60〕登：同登，从肉从又，与从癶的登字有别。此指瓦制食器。《郑笺》："木曰豆，瓦曰登。"登，祭祀时用以盛大羹。

〔61〕居歆：居，安也。《郑笺》训为安，陈奂作语词解，皆可通。歆（xīn），享。此言上帝安然地享受周人奉献之祭品。

〔62〕胡臭亶时：胡，大。臭，气味，此指芳香之气。胡臭，言芳香之气实在盛大，即香气浓烈。亶（dàn，或 dǎn），诚，实在。时，善。亶时，实在美好，确实不错。马瑞辰《毛诗传笺通释》云："《广雅》云：'胡，大也。时，善也。'胡臭谓芳臭之大。亶时，犹云诚善也。"从内容看，此句应为赞美之词。一说，胡，何也。臭，气也，指上文其香始升之香。亶，诚也。时，得其时也。此句则言：何以馨香之气是那样真正得其时呢。亦可通。

〔63〕庶无罪悔：庶，庶几，庶几乎。没有一个完全切合于"庶"字语意的现代汉语词汇，如果勉强译过来，只可用"几乎"一词代替。罪，罪过。悔，悔恨。下句迄，至。最后三句说：自后稷为周人创始祭祀上帝的制度以来，从未发生过获罪于天，遗恨于心的事，一直到今天为止（指诗人写此诗之时）。

八章章八句，写祭祀上帝，归功于后稷，总结了全诗。

这是一首周民族的史诗，诗中陈述了周始祖后稷诞生经过及播种五谷的不少古代传说，歌颂了后稷的功德和灵异，是周人自述其创业历史的诗篇之一。前三章写姜嫄履迹、后稷诞生后被弃而不死的神异；四、五、六章写后稷的农艺天才与对农业的贡献；七、八章写祭祀上帝、归功后稷。所以《诗序》说：“《生民》，尊祖也。后稷生于姜嫄，文武之功起于后稷，故推以配天焉。”

（十）噫嘻

噫嘻[1]成王，既昭假尔[2]。率时[3]农夫，播厥百谷。骏发尔私[4]，终三十里[5]。亦服亦耕[6]，十千维耦[7]。

——见《周颂·臣工之什》

注：

〔1〕噫嘻：语气词，表示叹美的口气。

〔2〕既昭假尔：昭，明，有显示之意。假，通作格。格，初文为各，甲骨写作，象足践地之意，故作“至”、“到”解，犹今言“达于”。昭假，谓显示其敬诚之心以通于神。故郭沫若解为昭请，即请神、降神之意。按，文献中凡言昭假者，皆指祀上帝而言。清人王先谦说：“《诗》凡言‘昭假’者，义为‘昭其诚敬以假（达于）神，昭其明德以假（达于）天’；精诚表现曰昭，贯通所至曰假。”尔，你。指昭请的神灵，即所祭对象。一说，尔，语词，与“矣”同，按文意，此句主语为成王，言“成王既已昭示其诚敬之心于上帝”。

〔3〕率时：率，率领。时，同是，此，犹言“这些”。

〔4〕骏发尔私：骏，大，此处似为副词，犹言“大大地”。一说，骏，快。《郑笺》：“疾也。”发，开发。尔，你们，指农夫。私，旧说指“民田”，即私田。郭沫若以为指“你们全部的土地”（尔私）。后人或疑为“耜”字之讹，或指田官的私田。众说纷纭，莫衷一是。

〔5〕终：终极，尽。犹言将此三十里土地完全开发出来。

〔6〕亦服亦耕：亦，《郑笺》：“亦，大也。”此处似亦作副词。一说，亦，作语助。服，从事。《郑笺》：“服，事也”。其句意为：你们都要从事耕种的工作。

〔7〕十千维耦：十千，万。指万人。耦（ǒu），耦耕。两人并耕曰耦。按此意，此句言成王号召农夫万人毕出，并力齐心，从事于耕作。

《噫嘻》凡一章，章八句，似为周康王春夏祈谷祭祀时告诫农官的乐章。《诗序》说：“《噫嘻》，春夏祈谷于上帝也。”《集传》以为是天子告诫农官之作。郭沫若以为是“成王亲耕之前，昭假先公先王，史官们把这事做成颂歌来助祭”（《读了关于〈周颂·噫嘻〉篇的解释》）。当然，是否为成王亲耕，尚觉证据不足。因此，有人认为是康王时诗，但至今仍无定论。根据诗的内容，是叙述成王既祀上帝，即率农夫播种百谷，并鼓励农夫垦发私田，号召大家参加耕作。可能是周人歌颂成王的乐章，而奏于春耕开始之际（参用顾镇之说）。诗中反映了西周时大规模的农业生产情况，有较高的史料价值。

三　《楚辞》

（一）山鬼

若有人兮山之阿[1]，被薜荔兮带女罗[2]。既含睇兮又宜笑[3]，子慕予兮善窈窕[4]。乘赤豹兮从文狸[5]，辛夷车兮结桂旗[6]。被石兰兮带杜衡，折芳馨兮遗所思[7]。

余处幽篁兮终不见天[8]，路险难兮独后来[9]。表独立兮山之上[10]，云容容兮而在下[11]。杳冥冥兮羌昼晦[12]，东风飘兮神灵雨[13]。留灵脩兮憺忘归[14]，岁既晏兮孰华予[15]？

采三秀兮於山间[16]，石磊磊兮葛蔓蔓[17]。怨公子[18]兮怅忘归，君思我兮不得闲[19]。山中人兮芳杜若[20]，饮石泉兮荫松柏[21]。君思我兮然疑作[22]。靁填填兮雨冥冥[23]，猨啾啾兮又夜鸣[24]。风飒飒兮木萧萧[25]，思公子兮徒离忧[26]。

——见《楚辞·九歌》

注：

〔1〕若有人兮山之阿：若，语气词。如“粤若稽古”，“王若曰”，“若夫”之若均其例，非“好像”或“恍惚”之意。但有人译为仿佛，亦可通。若有人，即仿佛有人。人，指山鬼，亦即山中女神。　阿，曲隅，曲处曰阿。山之阿，指山深处。

〔2〕被薜荔兮带女罗：被，同披。女罗，亦名松罗，蔓生植物，即菟丝。此指以女罗为带。薜荔，亦为蔓生香草名。

〔3〕含睇：睇（dì），微视也。含睇，秋波含情而视。宜笑，是说口齿美丽，最适宜于嫣然浅笑。（笑得极为自然）

〔4〕子慕予兮善窈窕：子，指山鬼所思念的人。予，山鬼自称。慕，思慕，爱慕。一说，子慕予，子慕是慈慕，即山鬼的性情慈和，不能作“你我”解。亦可通。窈窕，此处有深远、含蓄之意，指山鬼意态上的美，即脉脉含情。或说是指山鬼的姿容仪态苗条美丽。

〔5〕乘赤豹兮从文狸：赤豹，豹毛赤褐色，有黑色斑点，故曰赤豹。从，随行。文狸，狸毛有黄黑相杂的花纹，故曰文狸。

〔6〕辛夷车兮结桂旗：辛夷，香木名。结，编结。句意为：以辛夷为车，以桂枝为旗。

〔7〕折芳馨兮遗所思：芳馨（xīn），馨，可远闻的香气。芳馨，泛指香花香草。遗（wèi），赠予。遗所思，送给所思慕的人。

〔8〕余处幽篁兮终不见天：余，山鬼自称。从这句起是山鬼的唱词。篁（huáng），本义为竹的通称，此处引申为竹木。幽篁，竹木深处。不见天，谓看不见碧空与太阳的光辉。

〔9〕后来：迟到。来，古音 lí（厘）。

〔10〕表：表，异也，特也。此处为特出貌，形容山鬼的处境高远幽深，隔绝人世。

〔11〕容容：通作溶溶，本为水流貌，此为形容云气在空中浮动，故注家多解为"云出貌"。下，古音 hù（户）。

〔12〕杳冥冥兮羌昼晦：杳（miāo），深沉貌。冥冥，昏暗貌。羌，楚地方言，语气词。昼晦，白天昏黑。

〔13〕神灵雨：神灵（雨师）在下雨。这句是说：高山深处，飘风骤雨，来去无常，变幻不定的山林景象。

〔14〕灵脩、憺：灵脩，本为神巫。此指山鬼。一说，指山鬼所思慕之人。留灵脩，即为灵脩而留。憺（dàn），安也。

〔15〕岁既晏兮孰华予：岁，年岁。晏，迟。华，荣华。岁既晏，犹言年华老大。此言：年华老大了，谁能使我再归荣华（回复年轻）呢？一说，华，失宠之意。孰华予，即有谁还爱我呢？

自"余处幽篁"至此八句，是山鬼自己的唱词。这位女神本处于"山之阿"的幽篁里，为了"折芳馨兮遗所思"，故乘兴而来。但由于路途的险阻艰难而迟到，未能会见她所思念的人（从下文看，似为对方爽约）。于是，她只好孤独地登高山远望，痴痴地久立在万峰之巅，聊以寄情。然而，在那云霞变幻、风雨交加的山林景象中，仍是一无所见，这就更增加了这位多情的女神与情侣别离之思和美人迟暮之感。下文即把这种心情加以细致的描绘。

〔16〕采三秀兮於山间：三秀，芝草之别名。秀，泛指植物开花。而芝草一年三花，故曰三秀。於山，於，古音 wū（巫），叹词。於山即巫山（郭沫若《屈原赋今译》），此处为同声假借字。由此可以肯定，本篇所写的女神，就是楚民间神话传说中的巫山神女。现存一些有关巫山神女的资料，和本诗都有一定的联系。《昭明文选》江淹《杂体诗》李善注引《宋玉集》曰："楚襄王与宋玉游于云梦之野，望朝云之馆，有气焉，须臾之间，变化无穷。王问：'是何气也？'玉对曰：'昔先王游于高

唐，怠而昼寝，梦见一妇人。自云：‘我帝之季女，名曰瑶姬。未嫁而亡，封于巫山之台。闻王来游，愿荐枕席。’王因幸之。去，乃言：‘妾在巫山之阳，高丘之岨。旦为朝云，暮为行雨；朝朝暮暮，阳台之下。’旦而视之，果如其言。为之立庙，名曰朝云。”今《昭明文选》仍有宋玉《高唐赋》一篇，情节大致相同。其故事虽属寓言性质，但其来源，可能有流传已久的民间传说作为依据，绝非作者臆造。瑶姬是一位未嫁而亡的少女，《高唐赋》所写的迷离恍惚的荒唐幽梦，正表现了她孤独无依的寂寞情怀和追求的狂热，这与本篇所刻画的山鬼在彷徨怅惘中的失恋忧思，在心情上很有共同之处。《高唐赋》中所述“巫山之阳，高丘之岨”的葬地，“旦为朝云，暮为行雨”的自然化身，与本篇所写的独立高山，云气容容，东风送雨的环境描绘，在意境的表现上也很有吻合之处。《昭明文选》江淹《别赋》李善注：“宋玉《高唐赋》曰：‘我帝之季女，名曰瑶姬，未行而亡，封于巫山之台。精魂为草，实曰灵芝。’”《山海经》云：“姑瑶之山，帝女死焉，名曰女尸。化为䔄草，其叶胥成，其花黄，其实如兔丝，服者媚于人。”郭璞注：“瑶与䔄并音遥。然瑶与䔄同。”据此，则䔄草之所以得名，是由于瑶姬的精魂所化。《山海经》名䔄草，《高唐赋》名灵芝，实为一物而异名。本篇三秀，又为灵芝别名。可见“采三秀兮於山间”正表现了巫山女神的缠绵生死终古不化的心情，决不类一般泛指。也可见三文的题材来源是同出楚民间流传的同一神话故事（参用余冠英说）。

〔17〕石磊磊兮葛蔓蔓：磊磊（lěi），众石聚集貌，石头很多。蔓蔓（màn，或wàn），一、常用一些书面语词，如蔓草、蔓延。二、细长能缠绕的茎。蔓蔓，连接纠缠貌。

〔18〕公子：指山鬼所爱慕之人。

〔19〕君思我兮不得闲：君思我，谓对方思念我（第一层意思）。不得闲，谓君不来会是因无空闲。（语气转折为第二层）

〔20〕山中人兮芳杜若：山中人，山鬼自称。杜若，草本植物，叶广披作针形，味辛而香。芳杜若，谓如杜若一样芬芳。

〔21〕饮石泉兮荫松柏：石泉，山石中流出的清泉。饮石泉，谓饮食芳洁。荫松柏，以松柏为荫，谓居处清幽（柏，古音bó博）。

〔22〕然疑作：然，肯定，不疑。疑，怀疑。相对成文。作，交作，交并。此言设想对方思念自己而又信疑交作。

〔23〕靁填填兮雨冥冥：靁，古雷字。填填，雷声。冥冥，此指阴雨时光线幽暗的景象。

〔24〕猨啾啾兮又夜鸣：猨，猿的本字。啾啾，猿鸣声。又，一作狖（yòu），一种长尾猿。

〔25〕风飒飒兮木萧萧：飒飒（sà），风声。萧萧，古音sōu（搜）。风吹树木，动摇作声。

〔26〕徒离忧：徒，徒然，空。离忧，楚方言，忧伤。一说，离，同罹。离忧，遭忧。此句意为：思念公子，不能相见，空有忧伤而已。

篇名《山鬼》，即山中之神。称之为鬼者，非正神之谓也。楚人祭山鬼，当然为“淫祀”。但按其文意，所写为一缠绵多情的山中女神，必有流传于当地的民间神话作依据，当非通称。所以郭沫若关于巫山神女的解释是可信的。可以想见，屈原时代，楚民间关于巫山神女的传说，一定比今天我们所知者更为丰富，更为美丽动人。这就给诗人在创作上直接提供了题材。诗作一开始，即用极为精练的语言正面描写山鬼的意态和姿容。这位女神，不但具备一切女性美，而且空灵缥缈，仪态万方，使人觉得她更是自然美的化身。当然，她是山之女神，绝不同于人间某一类型的女性。诗歌通过她的失恋，表现她始终不渝、坚贞纯洁的情操，对其心理活动，特别刻画得细致、深刻而入微。“子慕予兮善窈窕”，“折芳馨兮遗所思”，闪耀着青春喜悦的光辉；“岁既晏兮孰华予”，蕴藏着“美人迟暮”的哀怨；“君思我兮不得闲”，“君思我兮然疑作”，“思公子兮徒离忧”则标志着心理变化的三个过程。在爱情力量的支配下，千回百折，愈折愈深，真不失为名篇佳作。

（二）国殇

操吴戈兮披犀甲〔1〕，车错毂兮短兵接〔2〕。旌蔽日兮敌若云〔3〕，矢交坠兮士争先〔4〕。凌余阵兮躐余行〔5〕，左骖殪兮右刃伤〔6〕。霾两轮兮絷四马〔7〕，援玉枹兮击鸣鼓〔8〕。天时坠兮威灵怒〔9〕，严杀尽兮弃原壄〔10〕。

出不入兮往不反〔11〕，平原忽兮路超远〔12〕。带长剑兮挟秦弓〔13〕，首身离兮心不惩〔14〕。诚既勇兮又以武〔15〕，终刚强兮不可凌〔16〕。身既死兮神以灵〔17〕，子魂魄兮为鬼雄〔18〕！

——见《楚辞·九歌》

注：

〔1〕操吴戈兮披犀甲：操，持也。戈，武器名。《说文》：“戈，平头戟。”吴戈，吴国所产的戈，以锋利著称。一说，吴戈即吾科，大楯也。亦可通。但戈（）长兵也。属进攻武器。盾（），盾牌，属防御武器。按，战士所配武器，不外攻与防两类，吴戈与犀甲相对成文。戈以进攻，甲以防御，吴表戈之锋利，犀表甲之坚韧，语意上极为合适。如解吴戈为吾科（或吴科），即盾牌，在句义上与犀甲重复，似为不

妥。故应解戈为安。被，同披。犀甲，犀牛皮制的甲。（手持吴戈，身披犀甲）。

〔2〕车错毂兮短兵接：错，交错。毂（gǔ），车轮贯轴处。车错毂，谓敌我战车的轮子互相交错。短兵，指刀剑一类短武器。言短者，是对戈矛一类长兵器而言。王逸《章句》：“言戎车相迫，轮毂交错，长兵不施，故引刀剑以相接击也。”

〔3〕旌蔽日兮敌若云：旌旗之多遮蔽了太阳，敌人之众纷如云集。

〔4〕矢交坠兮士争先：士，战士。先，叶音 xún（询），与上文云叶韵。其句意为：敌我两军彼此相射，流矢在双方的阵地上纷纷坠落，而战士们则奋勇争先以杀敌。

〔5〕凌余阵兮躐余行：凌，侵犯。阵，阵地。躐（liè），践踏。行，古音 háng，行列。句意为：敌人已侵入我军的阵地，践踏我军的行列。

〔6〕左骖殪兮右刃伤：骖，古人用四马驾车，居中者曰服，两旁者曰骖。在左曰左骖，在右曰右骖。殪（yì），倒地而死。刃伤，为兵刃所伤。

〔7〕霾两轮兮絷四马：霾，当作薶，通埋。霾两轮，指车陷埋于地下。挚（zhí），绊，系。马，古音 mǔ，与下文鼓叶韵。此言战士的破釜沉舟，决心战死之心。《史记·项羽本纪》：“皆沉船，破釜甑，烧庐舍，持三日粮，以示士卒必死，无一还心。”一说，接上句之意，是说两骖一死一伤，战车两轮埋于土中，两服像被绳子系住一般。四马，是就全数而言。亦可通。

〔8〕援玉枹兮击鸣鼓：援，持，拿着。玉枹，以玉饰之枹。枹（fú），鼓槌。鸣鼓，其声可远闻之鼓。此言主帅鸣击战鼓以振作士气。

〔9〕天时坠兮威灵怒：坠，古字作怼，怨也。天时坠，犹言天昏地暗。威灵怒，犹言鬼神震怒。即天怨神怒，惊天地泣鬼神之意。

〔10〕严杀尽兮弃原壄：严杀，肃杀（指战场的肃杀之气）。朱熹《集注》：“犹言鏖战痛杀也。”尽，指战士全数被杀。一说，犹终止（指战争结束）。壄，古野字。古音 shǔ（署）。弃原壄，言弃尸于原野之中，无人收葬。

〔11〕出不入兮往不反：反，返。出不入与往不反为互文，写战士出战之时都抱着视死如归、一去不返的决心，即“壮士一去兮不复还”之意。此言死者的壮烈。

〔12〕平原忽兮路超远：忽，常见的有三解：一、同伆，远也。超远，亦遥远也。王逸《章句》：“言身弃平原山野之中，去家道甚远也。”闻一多《校补》：“平原忽与路超远只是一义，而变文重言之以足句。此与上文‘出不入兮往不反’词例正同。”二、若有若无，指平原旷野之中，一片风尘弥漫的萧索景象，此写凭吊之悲哀。三、迅急。此写战士出击后，于平原之中急速前进，顷刻之间即离家甚远。

〔13〕秦弓：秦国所产良弓也。一说，疑秦为泰之误。泰弓即大弓（见《周礼·夏官》）。大弓与长剑对文。亦可通。此言战士们虽已为国牺牲，但仍带长剑挟秦弓，不改英武之度。

〔14〕惩（chéng）：常见的有二解：一、止也。此言战士的报国之心终不止息。

二、悔也。此言战士们虽身首异处而心无悔意。《离骚》“岂余心之可惩”，与此意同。

〔15〕诚既勇、武：勇，指精神。武，指力量、技艺。（清）蒋骥《山带阁注楚辞》：“勇，称其气也。武，称其艺也。勇、武以战时言，刚强以死后言。总承上文，以明设祀之意。”

〔16〕终：有人解为始终之终，似不当（马茂元即解为“到头”）。按其文意，似应为连接词，作“且”解，犹今语“既什么，又什么”之意。如“终善且美”即其例。故此二句言：这些为国牺牲的战士，既勇又武，而且刚强不可侵犯。

〔17〕身既死兮神以灵：此言战士们身躯虽已死去而精神却是长存的。

〔18〕子魂魄兮为鬼雄：子魂魄，一本作魂魄毅。毅，威武英挺，有刚毅之气。王逸《章句》云：“言国殇既死之后，精神强壮，魂魄武毅，长为百鬼之雄杰也。”语意谓战士的魂魄与众不同，他们在群鬼中也是出类拔萃的英雄豪杰。闻一多说：“王注曰：‘魂魄武毅，长为百鬼之雄也。’是王本有‘毅’字。《文选》鲍明远《出自蓟北门行》注引亦作‘魂魄毅’。”闻说为是。

《国殇》是《九歌》第十篇，实即最后一篇。《九歌》是一套自成系统的祭歌，从《东皇太乙》至《山鬼》，所祭者皆自然界神祇，至本篇始祭到人鬼，这是有其历史背景的。自周室衰微，诸侯争雄以来，楚人二败于晋，一败于吴，数败于秦。据《史记·楚世家》记载：“（怀王）十七年，与秦战于丹阳。秦大败我军，斩甲士八万，掳大将屈匄，遂取汉中郡。楚悉国兵复袭秦，大败于蓝田。韩、魏闻楚困，袭楚至郢，楚引兵归。”“二十八年，秦与齐、韩、魏共攻楚，杀楚将唐眛，取重丘。”“二十九年，秦复攻楚，大败楚军，死者二万（《六国年表》作三万），杀将军景缺。”“三十年，秦复伐楚，取八城。”“（顷襄王）元年，秦攻楚，大败楚军，斩首五万。”此后，秦胜楚败的战争更多更惨烈。由此可知，在屈原时代，楚人为保卫楚国所付出的牺牲代价是十分惨重的。因而在祭神时列入阵亡将士，并以极为沉痛的心情，历史地描绘了战争的实况，以示不忘之意。

篇名《国殇》是泛指为国战死的将士。《小尔雅》：“无主之鬼谓之‘殇’。”王逸《章句》：“谓死于国事者。”戴震《屈原赋注》：“殇之义二：男女未冠（二十岁）笄（十五岁）而死者，谓之殇。在外而死者，谓之殇。殇之言伤也。国殇，死国事，则所以别于二者之殇也。歌此以吊之，通篇直赋其事。”或曰，全国哀悼曰国殇。按其文意，这是一篇追悼阵亡将士悲壮的祭歌。篇中生动地描写了在卫国战争中这些为国捐躯的英雄们的崇高品质，坚强斗志和壮烈的牺牲精神。热情地歌颂、慷慨地赞美所形成的刚毅质朴的风格，在《九歌》中可谓独树一帜。

（三）哀郢

皇天之不纯命兮[1]，何百姓之震愆[2]！民离散而相失兮[3]，方仲春而东迁[4]。去故乡而就远兮，遵江夏以流亡[5]。出国门而轸怀兮[6]，甲之鼌吾以行[7]。发郢都而去闾兮[8]，荒忽其焉极[9]，楫齐扬以容与兮[10]，哀见君而不再得。望长楸[11]而太息兮，涕淫淫其若霰[12]。过夏首而西浮兮[13]，顾龙门[14]而不见。心婵媛[15]而伤怀兮，眇不知其所蹠[16]。顺风波以从流兮[17]，焉洋洋而为客[18]。凌阳侯之泛滥兮[19]，忽翱翔之焉薄[20]。心絓结而不解兮[21]，思蹇产而不释[22]。

将运舟而下浮兮[23]，上洞庭而下江[24]。去终古之所居兮[25]，今逍遥而来东[26]。羌灵魂之欲归兮，何须臾而忘反[27]。背夏浦而西思兮[28]，哀故都之日远。登大坟以远望兮[29]，聊以舒吾忧心。哀州土之平乐兮[30]，悲江介之遗风[31]。

当陵阳之焉至兮[32]，淼南渡之焉如[33]。曾不知夏之为丘兮[34]，孰两东门之可芜[35]？心不怡之长久兮，忧与愁其相接。惟郢路之辽远兮，江与夏之不可涉[36]。忽若不信兮[37]，至今九年而不复[38]。惨郁郁而不通兮[39]，蹇侘傺而含慼[40]。

外承欢之汋约兮[41]，谌荏弱而难持[42]。忠湛湛而愿进兮[43]，妬被离而鄣之[44]。尧舜之抗行[45]兮，瞭杳杳而薄天[46]。众谗人之嫉妒兮，被以不慈之伪名[47]。憎愠惀之修美兮[48]，好夫人之忼慨[49]。众踥蹀而日进兮[50]，美超远而逾迈[51]。

乱曰：曼余目以流观兮[52]，冀壹反之何时[53]！鸟飞反故乡兮，狐死必首丘[54]。信非吾罪而弃逐兮，何日夜而忘之[55]！

——见《楚辞·九章》

注：

〔1〕皇天之不纯命：皇天，义含双关，字面上指天，实兼指楚君。纯，正，常。即不杂而有常之意。不纯命，言失其常道也。此句言天道无常，天命失常。并兼指当时楚王失政，国无常法。

〔2〕何百姓之震愆：百姓，蒋骥《山带阁注楚辞》：“百姓与民皆呼天自指之辞。

原以忠获罪于君，而归其咎于天，又若泛言老百姓者，逊辞也。”一说，百姓，泛言老百姓，即人民。震，蒋注：惧也。一说，震动。即动荡不安之意。愆（qiān），蒋注：罪也。一说为相失。王夫之《楚辞通释》：“失其生理也。”震愆，指百姓心怀震惧，恐获罪过。一说为百姓动荡不安，相失离散，即下句之意。

〔3〕民离散而相失兮：指郢都失陷时，人民逃难，流离转徙，彼此失散，骨肉不能相顾的悲惨情形。

〔4〕方仲春而东迁：仲春，夏历二月。东迁，常见的有二解：一、指楚王东迁陈城（河南淮阳县）。据《史记·楚世家》记载，秦将白起破郢后，“楚襄王兵散，遂不复战，东北保于陈城”。二、此言当仲春二月之时，诗人自己被放而东行。蒋注：“原迁江南，而至陵阳，其地正在郢都之东地。”后说较安。

〔5〕遵江夏：遵，循着，顺着。江，长江。夏，夏水。据《水经注》，夏水出于长江而流入汉水，流经江陵东南而又东过华容县南，再东至沔阳县西北而入汉水。其水仅于夏日才流，入冬即涸竭，故称夏水。今已改道。按，夏水去长江甚近，楚辞中江与夏每并称，皆指长江与夏水。一说，系指自石首至汉阳一段汉水之别名。汉水入夏水位高涨，至石首东溢合于江，故汉水又名夏水，汉口亦名夏口。

〔6〕出国门而轸怀兮：国门，指郢都城门。轸，痛。怀，内心。或曰怀念。轸怀，言内心沉痛，或谓沉痛的怀念。

〔7〕甲之鼂吾以行：甲，指甲日。鼂，古朝字，早晨。行，古音 háng（杭）。此言诗人在仲春二月甲日的早晨离开郢都而上路了。

蒋注以为，自“皇天”至此，皆追叙初被放时情景。而马茂元《楚辞选》注则说：“屈原晚年，在长期的流放生活中，行踪遍于江、汉、沅、湘一带，往来不定。王夫之认为屈原曾经谏阻顷襄王迁都陈城，虽无史实可证，但郢都被围时，屈原恰巧回到郢都，郢都城破，他和难民一同逃出，独自南下沅、湘，这一点是可以肯定的。”据此，则为实写而非追叙。按，两说可并存。

〔8〕闾：里门，此指长久居住的故里。其句意为：从郢都出发，离开自己的故里。

〔9〕荒忽其焉极：明夫容馆本《楚辞》此句作“怊荒忽之焉极”。（怊 chāo 超，惆怅，远）。荒忽，即恍惚，心神不定，或神志不清。焉极，犹哪有极止。一说，荒忽，指遥远而无边际。在此为形容词，指诗人被放，行程遥远，何处才是尽头呢！焉，何。极，至，终点。此句犹言，国破家亡，前路茫茫，心神恍惚，不知何往。

〔10〕楫齐扬以容与兮：楫（jí），拨船的桨。齐扬，并举。容与，从容缓慢。此言船在水中徐徐前进。这句是描绘诗人对故乡依依不舍的心情。因为是诗人最后一次离郢，顷襄迁陈而他却南下沅、湘，故下句说“哀见君而不再得”。

〔11〕楸（qiū）：紫葳科落叶乔木，指郢都长大的梓树。朱熹《集注》：“梓也。所谓故国之乔木，使人顾望，徘徊不忍去也。”《孟子》：“所谓故国者，非谓有乔木之谓也，有世臣之谓也。”乔木与世臣并举，犹言凡有悠久历史的国都，必有高大的

乔木作标志。这与后人用松竹来指故园，用松楸来指先人坟墓，同属于一个意义。

〔12〕涕淫淫其若霰：涕，指泪。淫，过甚。淫淫，涕泪交流貌。霰（xiàn），雪珠。朱熹《集注》：“雨冻如珠，将为雪者也。”

〔13〕过夏首而西浮兮：夏首，常见的有二解：一、夏水发源于长江之处称为夏首。蒋注用王逸之说。“《水经》云：‘夏水出江，流于江陵县东南。’是则夏首去郢绝近，郢城已不可见，故其心伤怀而不已也。”二、夏水入江之口，即夏口，今之汉口也。诗人此次流亡行程，约可分为两段：自郢出发，遵江、夏东行，至夏口，为第一段；自夏口转入湖、湘，为第二段。第二段行程，可说是由东转西，亦可说是由北转南。故此处说是“西浮”而下文则转“南渡”，均指过夏首后的转折方向。但本篇所述总路程，对郢都来说，仍为自西向东，故下文又言“来东”、“西思”，叙述错综而文义互见。一说，西浮，指船顺水势向西浮流，即是指舟行至水流曲折之处，路有向西者。蒋注：“舟行之曲处，路有西向者。”

〔14〕顾龙门：顾，回头远望。龙门，有二解：一、郢都东门。郢都东关有两门，即下文之两东门，总名为龙门。这次屈原被放，可能从此门出郢城。二、郢都南关共三门，其中之一即名龙门（洪补引《江陵记》之说）。

〔15〕婵媛：王注《离骚》：“婵媛，犹牵引也。”即因内心关切而表现出牵持不舍貌。闻一多《楚辞解诂》以为是啴咺的假借字。啴，喘息。咺，惧。急言之曰喘，缓言之曰婵媛，即气急而喘之貌。扬雄《方言》：“凡恐而噎噫，南楚江湘之间曰啴咺。”即因内心忧惧而表现出呼吸急促之貌。一说，牵连也。《文选》张衡《南都赋》注：“婵媛，枝相连引也。”此处为表惜别之情。

〔16〕眇不知其所蹠：眇，同渺。指前途渺茫遥远。蹠（zhí），践踏。古音 què（鹊）。指脚踏在地上。不知其所蹠，即不知其所止。此句犹言前途渺茫，自己不知所停留之处在什么地方，即托身何处之意。诗人此次被放，杂于难民之中，至夏首，有人停留，有人随楚王向东北陈城，而诗人乃为放逐之臣，仍须独自向西南行，所以有前途渺茫之叹。此句和上文“荒忽其焉极”，下文“焉洋洋而为客”、“忽翱翔之焉薄”、“淼南渡之焉如”等，在意义上颇有相同之处。

〔17〕顺风波以从流兮：此言顺着风波，跟着江流而前行。

〔18〕焉洋洋而为客：焉，王引之作“乃”、“始”解。洋洋，漂泊无所归貌。客，古音 què（恪）。此言我已漂泊无处归，成为流浪他乡之客。

〔19〕凌阳侯之泛滥兮：凌，乘，驾于其上。阳侯，波涛。据《淮南子》高注说，阳侯，相传为伏羲氏时诸侯，封为陵阳国侯，溺死于水，遂为水神，能兴波作浪。后乃引申以其名为波涛之代称，亦为波涛之神。泛滥，波涛起伏貌。此句犹言，船只凌驾于泛滥起伏的波涛之中，忽上忽下，如翱翔于天空的飞鸟一般，不知将要栖止于何处。

〔20〕焉薄：焉，何。此指何处。薄，止，靠近。此似指靠岸。焉薄，栖止于何

处。（鸟翼上下摆动曰翱，直刺不动曰翔。）

〔21〕絓结：絓（guà），悬挂，墨碍。牵连不忘之意。结，郁结。郁结不解之意。

〔22〕蹇产：旧解为诘屈貌，即委屈忧郁之意。按文意应为：思虑纠缠，心境不能舒畅开朗之意。絓结双声，蹇产叠韵，上下字意略同。不释，解不开。此二句言：心中总好似有什么东西牵挂着，郁结着，纠缠着而解不开。

〔23〕运舟而下浮：运，本作回旋、转动解，此处引申为驾。下浮，蒋注："顺江而东下也。"即顺流下航之意。一说，指由汉水入长江，即下文的"下江"。

〔24〕上洞庭而下江：江，古音 gōng（工）。此句有二解：一、系指由汉水入长江为"下江"。从夏口回望，则洞庭在长江之上游，故云。二、蒋骥注云："洞庭入江之口，在今岳州巴陵县。'上洞庭而下江'，上下，谓左右。《礼》：东向西向之席，俱以南方为上，今自荆达岳，东向而行，洞庭在其南，故以洞庭为上而江为下也。"按其文意，以第一说为安。

〔25〕终古之所居：祖先世代居住的地方。此指郢都。因为屈、景、昭为楚王族之三大姓，郢为其祖宗丘墓之乡。据《史记·楚世家》说，周庄王七年（公元前690年），楚文王熊赀立，始郢都，至郢都陷落（顷襄王二十一年，即公元前278年），历412年，故云终古所居。

〔26〕逍遥：此处与飘荡义同。此句犹言：现在我飘荡于江湖，一天天更向东来了。

以上描叙郢都陷落后，诗人被迁谪东行的经过。

〔27〕须臾：片刻，最短的时间。反，同返。指返回故土郢都。

〔28〕背夏浦而西思：背，背向。夏浦，夏水之滨，此似指夏口。西思，思念西方，即思郢。与前"来东"相应。因离夏口，向洞庭，离郢愈远，思乡之情亦更切，故下句即言"哀故都之日远"。朱熹《集注》以为此二句是未过夏浦之情景，疑非是。钱澄之说："此是已过夏浦也。以故都地势论之，夏浦在东，故背夏浦乃西向而思，思郢也，迹渐远郢，而魂仍恋郢也。"蒋注也说："浦，水涯也。夏水东径沔阳入汉，兼流至武昌而会于江，谓之夏口。背夏浦，则过夏口而东，去郢愈远矣。西思，指郢言。"

〔29〕大坟：坟，水中高地。王逸《章句》："水中高者为坟。《诗》曰：'遵彼汝坟。'"而《诗经·汝坟》毛传却说："坟，大防也。"防即堤，则此处的"大坟"实指江边之高堤。远望，王逸《章句》："想见宫阙与廊庙也。"朱熹《集注》："望郢都也。" 聊，姑且。舒，舒散。

〔30〕州土之平乐：州土，指诗人此次流放时经过的江汉地区的乡邑。平乐，土地宽平而人民富乐。诗人看到眼前州土平乐，想到楚国的迫近危亡的命运，恐此地亦将不能长保，故不禁心中哀痛。钱澄之说："哀州土之平乐，隐隐有不能长保之忧，非徒哀已也。"即此句开头用哀之义。

〔31〕悲江介之遗风：介，畔，侧。江介，犹言江畔，江边。指沿江一带地方。

遗风，指古代遗留下来的质朴风俗。蒋注：“州土平乐，江介遗风，皆先世所养育教诲以贻后人者，故对之而愀然增悲也。”

马茂元《楚辞选》注：“楚自建国以来，以汉水流域为根据地，不断向东北发展。长江以南，虽属楚领地，但还是很闭塞的。屈原过江以后，在远望中所看到的仍然是‘平乐州土’的‘江介遗风’；而这次强秦侵凌，国都陷落的重大事变，在这里似乎还找不出一点感受的迹象，因而是可哀，可悲的。”此解于文义有所发挥，可备一说，故录以备考。

自“运舟”句至此，叙写诗人初放时眷恋故国之情怀。

〔32〕当陵阳之焉至兮：当，面对。陵阳，地名。在今安徽东南青阳、石埭之间，居大江之南约百里，以当地有陵阳山而得名。焉，何。此句犹言：我既已到达陵阳，还会再到何处去吗？蒋注：“至陵阳，则东至迁所矣。”一说，陵阳，即陵阳侯。指高大的波涛。焉至，指波涛不知自何处而来。其句意为：面对的这些高大的波涛不知是何处而来？

〔33〕淼南渡之焉如：淼（miǎo），此字原缺，据明夫容馆本《楚辞》补。大水茫茫，漫无边际之貌。如，往。焉如，何往，即到何处去呢。此言烟波浩渺，我如南渡，又将到何处去呢？

〔34〕曾不知夏之为丘：曾不知，简直未料到。夏，厦之假借字。为丘，荒废成为丘墟。此言简直未能料到高楼大厦会成为丘墟的。一说，此句意为：“江介”人民既然不曾知道郢都的繁华宫阙已化为丘墟之事。两说似可并存。

〔35〕孰两东门之可芜：孰，谁。两东门，郢城东关之二门。芜，乱草丛生貌。即荒芜。郢都的两东门为先王所建，谁已使它变为荒草丛生呢？一说，此句意为：江介之民当然更不会想到两东门能长满荒芜的春草。按第一意，是说诗人指斥楚之君臣昏聩无能，竟使国家走到如此残破之境地。按其第二意，此两句应为实写。因为此次秦兵破郢，残破极多。《史记·楚世家》说，连楚先王坟墓夷陵也全被烧毁，则城阙宫室化为废墟，更自不待言了。

〔36〕江与夏之不可涉：江之北，夏之西，即郢城所在地，而郢已为秦攻占，故不可再涉江夏而回郢也。即不堪回首之意。

〔37〕忽若不信：一说“若”下有“去”字，朱熹、闻一多均认为应从之。忽，恍惚。闻一多《解诂》说：“此盖言身虽去国，犹疑未去，心志瞀乱，若在梦中也。”一说，若为语气词，“忽若”与《涉江》之“忽乎吾将行兮”的“忽乎”同义。去，去国。不信，不被信任。下文“不复”，指不复被信任。九年，多年。非确数。 又，或解“忽”为速。此句意为：时光迅速得简直令人不可置信。此说较安。

〔38〕复：回返，指回到郢都。意指诗人被放，已经过去了九年，至今仍不能回去。

〔39〕惨郁郁而不通：惨，副词，修饰郁郁。即可悲可伤之义。郁郁，形容词。

即忧闷郁结之义。似指压抑在诗人内心的忧闷，无法上通于顷襄王。蒋注：“郁郁不通，谓有怀而不能自达也。”

〔40〕蹇侘傺而含慼：蹇，发语词，楚方言。侘傺（chà chì），失意而精神恍惚貌。含，原作舍，据明夫容馆本《楚辞》改正。慼（qī），忧也。忧愁悲哀之意。

自“当陵阳”句至此，叙写诗人因国破家亡，久被放逐，忧国思归的悲哀心情。

〔41〕外承欢之汋约兮：外，外表，外貌，表面。承，奉承。欢，欢心，喜欢。承欢，承君之欢心。指在国君面前讨好。汋（zhuó 酌，或 chuò 绰）约，姿态柔美貌，谄媚之态。承欢汋约，外表上巧言佞色，阿谀奉承，饰媚态以讨国君之欢心。

〔42〕谌荏弱而难持：谌 chén，同诚，真实。荏，音 rěn（忍），亦弱也。荏弱，软弱，脆弱。持，坚持，持有。一说，义同恃，有靠的意思。

据上所解，此二句应有二说，其一，这群小人，外表上饰为媚态，以奉承国君之欢心，然而其内心却是极为软弱，很难有坚定的操守。其二，谓众小人外表上以柔美之态讨君欢心，但其实是靠不住的。

〔43〕忠湛湛而愿进兮：忠，忠臣，忠贞之士。湛湛（zhàn），厚重貌。愿进，愿意进身于君前而被任用。指原为国尽力。此句谓具有深厚忠心的贤士，很希望进身于君前而被任用。

〔44〕妬被离而鄣之：妬，指嫉妒的馋人。被，同披。披离，众盛貌，即众多而杂乱的样子。鄣，同障。壅塞，障蔽，障碍。此指造谣中伤，在楚王面前制造障碍，使忠贞之士不得进用。

〔45〕抗行：抗，高。抗行，高抗的行为。即高尚而伟大的行为。

〔46〕瞭杳杳而薄天：瞭，眼光明亮。一说，与遼通，远也。杳杳，远貌。一说，高不可攀。瞭杳杳，一本作“杳冥冥”，高远貌。薄天，接近天。天，叶音 tīng（汀）。此言其德行高可及天。其句意为：尧、舜的德行是高尚而伟大的，其高远的程度足能高可及天。

〔47〕被以不慈之伪名：被，加上。不慈，不善。此指恶名。洪补云：“尧、舜与贤而不与子，故有不慈之名。《庄子》曰：‘尧不慈，舜不孝。’言此者以明尧、舜大圣，犹不免馋谤，况余人乎？”在战国时代，有的学派认为，尧、舜禅让，对其子来说，即是不慈。故此句谓：如尧、舜大圣之人，还遭受毁谤，被以不慈之伪名，足见馋人的惯于颠倒是非。

〔48〕憎愠惀之修美兮：憎，憎恨，憎恶。主语应为国君。愠惀（wěn lǔn），忠心耿耿而不善表述貌。此处似指忠心耿耿而不善表达之人。朱熹《集注》：“愠，心所缊积也。思求晓知谓之惀。”洪补：“君子之愠惀若可鄙者；小人之忼慨若可喜者。惟明者能察之。”王夫之《通释》：“愠惀，诚积而不能言也。”此言忠贞之士虽内行修美，但因不善于表达，故为国君所憎恨。

〔49〕好夫人之忼慨：好，爱好，喜欢。主语为国君，与上文“憎”字用法相

同。夫，犹彼也。夫人，指当时在朝的众小人。忼，同慷。忼慨，指口头上说的激昂慷慨，天花乱坠，装出非常积极的样子。此言国君是不辨君子小人。此句犹言，那群在朝的小人，只在口头上讲得好听，但反为国君所喜好。

〔50〕众踥蹀而日进：众，指在朝群小。即党人。踥蹀（qiè dié），行走貌。引申为奔走钻营之意。日进，一天比一天高升。

〔51〕美超远而逾迈：美，指修美的君子。超远，犹言疏远。迈，往也。逾越也。引申有远去之意。逾迈，愈走而愈远也。蒋注："言君子深忧远虑，而君故憎之；小人喜为浮说，而君故爱之。是以小人日进而日亲，君子愈疏而愈远也。"

自"外承欢"句至此，结合诗人自己的经历，痛斥小人之蔽贤误国，伤君子之失位远逝，指出楚国所以失败的原因。

〔52〕曼余目以流观：曼，远，延长。可作展开解。曼余目，犹言放开我的眼界，即纵目四望之意。流观，向四面眺望。

〔53〕冀壹反之何时：冀，希望。壹，同一。壹反，回去一次。此二句意为：我纵目四望，希望什么时候再能回去一次啊。

〔54〕"鸟飞"二句：据传说，禽鸟无论它飞出多远，因思念旧巢，终于会飞回来；狐狸将死时总要把头枕在它所出生的山丘上。以此喻人之不忘根本。在这里是表示诗人对祖国对故乡眷恋不舍之情。

〔55〕"信非"二句：大意是：我遭到弃逐，确实不是自己的罪过；无论白天或夜晚，又何曾有片刻而忘掉祖国和故乡呢！

乱辞数语，总结全文，申明不能忘郢之意。（乱：就诗的内容说，是终篇的结语。篇章既成，撮其大要为乱。就诗的音乐节奏说。是乐歌的卒章，即尾声。因乐曲终结时，繁音促节，交错纷飞，故曰乱）。

《哀郢》是《九章》中的一篇。王夫之的《楚辞通释》断为顷襄王二十一年所作（公元前278年）。是年秦将白起攻陷郢都，故诗人以《哀郢》名篇。篇中"民离散而相失"、"哀见君而不再得"、"江与夏之不可涉"等，都从正面阐明哀郢的意义。而诗人的心境，则是"何须臾而忘之"、"何日夜而忘之"、"冀壹反之何时"。所以诗人在"眇不知其所蹠"、"焉洋洋而为客"、"忽翱翔之焉薄"、"淼南渡之焉如"的流亡生涯中，他"望长楸而太息"，"顾龙门而不见"，这正是对危亡前夕的楚国的悼念。洪补云："此章言已虽被放，心在楚国徘徊而不忍去，蔽于馋谄，思见君而不得，故太史公读《哀郢》而悲其志也。"王夫之《通释》亦云："《哀郢》即哀故都之弃捐，宗庙之丘墟，人民之离散，顷襄之不能效死以拒秦，而亡可待也。"这些说法都是很得其旨。

四　历史散文

（一）秦誓

公曰[1]：“嗟！我士[2]，听！无哗[3]！予誓告女群言之首[4]。”

古人有言曰：“民讫自若，是多般。”[5]责人，斯无难[6]；惟受责俾如流，是惟难哉[7]！我心之忧，日月逾迈，若弗员来[8]。“惟古之谋人，则曰‘未就予惎[9]’。惟今之谋人，姑将以为亲[10]。虽则员然，尚繇询兹黄发[11]，则罔所詧[12]。

番番良士[13]，旅力既詧[14]，我尚有之[15]。仡仡勇夫[16]，射驭弗违，我尚弗欲[17]。惟截截善谝言[18]，俾君子易辞[19]，我皇多有之[20]？

昧昧我思之[21]：如有一介臣[22]，斷斷猗！无他伎[23]。其心休休焉[24]，其如有容[25]。人之有伎，若己有之[26]；人之彦圣，其心好之[27]，弗啻若自其口出[28]。是能容之[29]。以保我子孙[30]，黎民亦职有利哉[31]！人之有伎，冒疾以恶之[32]；人之彦圣，而违之，俾弗达[33]。是不能容[34]。以不能保我子孙，黎民亦曰殆哉[35]！

《邦之杌陧[36]，曰由一人[37]；邦之荣怀[38]，亦尚一人之庆[39]》。

——见阮刻《尚书注疏》，用敦煌《尚书》残卷参校。

注：

〔1〕公：指秦穆公。

〔2〕我士：《史记》作“士卒”。《孔传》说：“誓其群臣，通称士也。”此说较为确当。《诗经·文王》篇的“多士”、“殷士”，均指群臣。按本文的内容，主要也是对其群臣讲话。故《孔传》之解为宜。

〔3〕无哗：无，勿，不要。哗，指人多声杂，乱吵乱嚷。无哗，即不要吵。

〔4〕予誓告女群言之首：誓告，以誓词的方式告诉其群下众臣。女，同汝。群言，许许多多的言语。首，古文作百。《说文》：“头也。”段注：“引申之义为始也，本也。”群言之首，许多话中最重要最基本的方面。

〔5〕“古人”句：古人有言，此处指在当时流传的古人格言，是泛指。民，人民，群众。讫（qì），本义为完结，终了。此处为尽，全。若，《尔雅·释诂》云：“若，善也。”般，今本《尚书》作盤。（清）俞樾《群经评议》云：“盤，当作般。《说文》：‘般，辟也。’”敦煌写本《秦誓》正作般。辟，指邪僻，恶，坏。此格言犹言，假如有人认为他所做的事都是善举，好事；而这种思想却一天天发展起来，那他将会做出许许多多邪僻的坏事来。

〔6〕责人，斯无难：责，指责过失，责问。斯，此，这。难，今本《尚书》作艰，敦煌写本正文及注文均作难（古人用艰字多指用心艰险之意）。斯无难，即这没有什么难处。

〔7〕“惟受责”句：惟，单纯，只。或同维，可作语助词。受，接受。俾（bǐ），使也。其句意为：只有当别人指责他的过失时，他能如流水一样顺利自然地听其指责之词，这才是困难啊（是惟的惟作语助词解）！此言穆公自悔未听老臣蹇叔之言而遭受失败。

〔8〕“我心”句：忧，忧愁：此指谋虑国事。日月，指时光，光阴。逾，越。迈，往。逾迈，过往，此言迅速地过去。若，像，如。弗，不。员（yún），训为“旋转”。若弗员来，意即好像它不会转回来。此句意为：我心中经常考虑的是：光阴迅速地过去了，好像它不会再转回来。（这时秦穆公在位已过三十三载，于三十九年卒）。言外之意是指，由于他不愿放过任何一次向东发展的机会，所以招致了秦师的败绩（暗含追悔莫及之意）。

〔9〕“惟古之”句：惟，思，考虑。古，同故，旧。谋人，谋臣，有谋之人。就，成就。或曰，有继长增高之义。曰，语词，无义。惎（jì），今本《尚书》作忌。《说文》引作惎，敦煌写本《秦誓》亦作惎。志也。王引之《经传释词》云：“《广雅》：‘惎，志也’。《广韵》：‘惎，志也。’誋与惎同。未就予惎者，未就我之志也。”古之谋人，即旧日的谋臣，似指蹇叔等曾谏穆公伐郑之老臣。一说，指古代曾辅助国君成就大业之谋臣，如傅说相武丁之类。此句意为：自己经常思念古之谋臣，但他已不可能成就我的事业。

〔10〕“惟今之”句：今之谋人，谓左右众臣。似指杞子等力主伐郑之臣。姑，且，姑且，暂且。将以为亲，是穆公思念当前应有一位谋臣，他一定能虚心纳谏。

以上四句，含有引咎自责之意。

〔11〕“虽则”句：员，同云，语词。虽然如此。繇（yóu），《说文》作䌛，询为“随从也”。《尔雅·释诂》：“道也。”段注：“道路及导引。”与由同。此处可训为“谋”。黄发，头发由白而转黄，乃指特别年高之人。《诗经·閟宫》云：“黄发台背。”（黄发驼背）即此义也。此句言：还想询问这些老臣的治国之策。

〔12〕则罔所諐：罔，无。諐（qiān 千），过失。《玉篇》以为是籀文愆字。《诗经》郑注曰：“过也。”则罔所諐，就会没有什么过错。

〔13〕番番良士：番番（pó），与皤皤同，白，素。此处指头白。良士，犹言贤臣。一说勇武貌。《尔雅·释训》："番番，勇也。"但从下句内容看，似不当。

〔14〕旅力既愆：旅，吕的假借字，或作膂。吕，本为脊骨之义。此处旅力，犹俗言腰板的气力。愆，愆的异体字。此处训为"失"。

〔15〕尚有：尚，还。一说，同常。有，亲也。王念孙《读书杂志》云："有之，谓亲之也。古者谓相亲曰有。"

〔16〕仡仡勇夫：仡仡（gē），壮勇貌，或高大貌。即体力强壮、精神勇敢之意。勇夫，此处犹言仅有一夫之勇而无谋。

〔17〕"射驭"句：射驭，指射箭和驭马驾车的技术。违，失。弗违，准确而无差错。古时行军作战，驭（驾车驭马者）和车右（司射敌和防御者）是极其重要的战斗人员，故此处特提出射驭来。射驭弗违，犹言他对射和驭的技术都很纯熟。我尚弗欲，我尚（一说可解为常）不愿去亲近他们。

〔18〕惟截截善谝言：截截，一作戋戋，浅薄貌（戋，字或通谫 jiǎn，浅薄也。）一说，善言也，谄也。《公羊传》文十二年论穆公时引此文作"惟戋戋善竫言，俾君子易怠"。《汉书·李寻传》也说"秦穆说戋戋之言"。截为戋之假借。故何休注云："戋戋，浅薄之貌。"谝（piǎn），巧言也。《说文》："谝，便巧言也"。《公羊传》作"竫言"。竫（jìng 静），杜撰，编造。此谓其人能善于杜撰出一套巧言来。此与"便巧"之意相通。

〔19〕俾君子易辞：俾，使，让。君子，此指当政者。辞，与台（yí）音义同，即怡字，喜悦，高兴。一作怠（《公羊传》），怠惰也。

〔20〕我皇多有之：皇，古同遑。有闲暇，匆忙二义。一作况，益，更加。

以上三句的大意为：那些见解浅薄片面之人，善于编造一套动人的言辞，使当政者易于听信而喜欢，但我哪有工夫多亲近这种人呢（或为，使当政者轻易怠惰，我哪能更加亲近这种人呢）？

〔21〕昧昧我思之：昧昧，深潜也。亦即冥冥。所虑深远之意。心思深奥曰冥，谓思索能入于深幽也。之，指所思之人。

〔22〕介臣：介，个。一说，介臣，即大臣。此处谓其确然自守，能担当大任（介，坚固自守义。《荀子·修身》："善在身，介然必以自好也。"）。

〔23〕㡯㡯猗！无他伎：㡯㡯，古断字。《说文》："古文断字。《周书》曰：㡯㡯猗，无他伎。"即有决断的魄力。猗，语气词，与兮同，相当于今之"啊"字。

这三句是说，秦穆公想有一位具有决断毅力的旧臣，来帮助他成就一番事业。

〔24〕休休：美大，美善。《诗经·毛传》和《公羊传》均以为是形容人有宏伟抱负与乐道好善之情。一说，有容也。郑注："宽容貌。"如此似与下句语意重复。

〔25〕其如有容：指他有很大的容量，即胸怀宽广，能容人之善。

〔26〕人之有伎二句：别人有专长和技艺，好像是他自己所有一样（言外指爱护

之而不能嫉妒)。

〔27〕人之彦圣二句:彦,美才,出众之才。圣,大智,超人的智慧(或曰为生而知之者)。此处指深谋远虑的见解与智慧。其,指一介臣。其意为:思贤若渴,喜欢人才。

〔28〕弗啻若自其口出:弗啻(chì),不啻,即岂但,相当于今语“不但……而且”,亦有不止,不异于之意。《尚书·无逸》:“弗啻弗敢含怒。”《多士》:“尔弗啻弗有尔土。”战国时人多变用为“奚啻”。此处是描写一介臣在接纳别人意见时的极为喜悦的心情。即他对别人所讲的话比出于自己口中之言还要信任。

〔29〕是能容之:是,此,这。其义为:这就是他能容纳众善。即取人之长。

〔30〕保我子孙:保,安也。

〔31〕黎民亦职有利哉:黎民,众民。职,常也。一作尚,义同。一说,主也。

〔32〕冒疾以恶之:冒,一作娟,妒也。疾,同嫉。冒疾,嫉妒。恶(wù),谗毁。王念孙《读书杂志》:“恶,同诬(憎恶之义)。谓谗毁之。古书皆谓相毁为恶。”

〔33〕而违之,俾弗达:违,阻挠,抵制。达,一作通。俾弗达,使彦圣者的意见行不通。

〔34〕是不能容:是,这,这种人,即冒疾者。其句意为:这种人是不能容纳人才的。

〔35〕亦曰殆哉:曰,语词。殆,危。此言也就危险啊。

〔36〕邦之杌陧:邦,国家。杌陧(wù niè),不安貌。指国家不安定。

〔37〕曰由一人:曰,语词。一人,可指大臣,亦可指国君。视其文义,应指冒疾者。

〔38〕荣怀:荣,繁荣,此指国家强盛。怀,本为思念之意,可引申为归,此指人民来归。

〔39〕亦尚一人之庆:尚,古时多用为常字。庆,赐。《诗经·楚茨》:“孝孙有庆。”郑笺云:“庆,赐也。”一人,应指一介臣。

以上四句,犹言国君或大臣的贤否,关系到国家的安危。

《秦誓》是秦穆公誓众之词。誓,誓词,是一种有约束性并表示决断的文字。所以古人用《牧誓》、《泰誓》等名篇。《说文》:“誓,约束也。”《周礼》五戒,一曰誓。用之于军旅。以后凡自表不食言之词曰誓。《秦誓》可能是史官所记录。记录人把穆公的誓词记得准确、扼要,文辞也很生动,语气亦颇坚定,真实地描绘了一位雄心勃勃的历史人物。可算得一篇优秀的散文。

《秦誓》是《尚书》最末一篇。据《尚书序》中说:“秦穆公伐郑,晋襄公率师败诸崤。还归，作《秦誓》。”事件经过见于《左传》鲁僖公三十二年、三十三年传。按《书序》，此文作于穆公三十三年（公元前627年）被俘三帅归秦之后。但司马迁之说却不同。《史记·秦本纪》以为是穆公三十六年（公元前624年）大败晋师之后，“封殽中尸，为发丧，哭之三日，乃誓于军”中之词。而根据文义看，《尚书序》之说，比较合乎史实。

（二）郑伯克段于鄢

初，郑武公娶于申，曰武姜[1]。生庄公及共叔段[2]。庄公寤生[3]，惊姜氏，故名曰“寤生”，遂恶之[4]。爱共叔段，欲立之[5]。亟请于武公，公弗许[6]。及庄公即位，为之请制[7]。公曰：“制，岩邑也，虢叔死焉，他邑唯命[8]。”请京，使居之，谓之京城大叔[9]。

祭仲曰[10]：“都城过百雉，国之害也[11]。先王之制，大都，不过参国之一；中，五之一；小，九之一[12]。今京不度，非制也[13]。君将不堪[14]。”公曰：“姜氏欲之，焉辟害[15]？”对曰：“姜氏何厌之有[16]？不如早为之所，无使滋蔓[17]！蔓，难图也[18]。蔓草犹不可除，况君之宠弟乎？”公曰：“多行不义，必自毙，子姑待之[19]。”

既而大叔命西鄙、北鄙贰于己[20]。公子吕曰[21]：“国不堪贰，君将若之何[22]？欲与大叔，臣请事之[23]；若弗与，则请除之，无生民心[24]。”公曰：“无庸，将自及[25]。”

大叔又收贰以为己邑，至于廪延[26]。子封曰[27]：“可矣，厚将得众[28]。”公曰：“不义，不昵。厚将崩[29]。”

大叔完聚[30]，缮甲兵[31]，具卒乘[32]，将袭郑。夫人将启之[33]。公闻其期[34]，曰：“可矣！”命子封帅车二百乘以伐京，京叛大叔段。段入于鄢。公伐诸鄢。五月辛丑[35]，大叔出奔共[36]。

书曰：“郑伯克段于鄢。”段不弟，故不言弟[37]。如二君，故曰克[38]；称郑伯，讥失教也[39]。谓之郑志[40]。不言出奔，难之也[41]。

遂寘姜氏于城颍[42]，而誓之曰：“不及黄泉，无相见也[43]！”既而悔之。

颍考叔为颍谷封人[44]，闻之，有献于公[45]。公赐之食，食舍肉[46]。公问之，对曰：“小人有母，皆尝小人之食矣，未尝君之羹[47]，请以遗之[48]。”公曰：“尔有母遗，繄我独无[49]！”颍考叔曰：“敢问何谓也[50]?”公语之故，且告之悔[51]。对曰：“君何患焉[52]？若阙地及泉，隧而相见，其谁曰不然[53]?”公从之。公入而赋[54]：“大隧之中，其乐也融融[55]!”姜出而赋：“大隧之外，其乐也泄泄[56]!”遂为母子如初。

君子曰[57]：“颍考叔，纯孝也，爱其母，施及庄公[58]。《诗曰》，‘孝子不匮，永锡尔类’[59]其是之谓乎[60]!”

——见《左传·鲁隐公元年》（公元前722年）

注：

〔1〕初，郑武公娶于申，曰武姜：初，在文言中是表示追叙往事的时间副词。即当初。

郑武公，姬姓，名掘突。《春秋》称郑伯。武是谥号。公为诸侯之通称，在此非公、侯、伯、子、男五等爵也。申，姜姓之侯国，传为伯夷之后，后为楚所灭。故城在今河南省南阳市境内。武姜，春秋时诸侯嫡夫人的称呼。在习惯上是以丈夫的谥号加上自己的姓。所以，武是武公之谥，姜为姓。此句意为：当初，郑武公娶了申侯的女儿为妻，称为武姜。

〔2〕生庄公及共叔段：庄公即标题上的郑伯。郑为姬姓之国，是周宣王母弟桓公友之后。在今河南新郑县境内，春秋后为韩所灭。《史记》有世家。庄公，武公之子，在位四十三年。共叔段，共，读为恭（gōng）。贾逵、服虔以为是谥号，杜注以为段出奔共，故称。叔为排行，段为名。《史记·十二诸侯年表》云：“郑武公十年娶申侯女武姜，十四年生庄公，十七年生太叔段。”可知庄公长于段三岁。

〔3〕寤生：寤，音wù，牾之借字，犹言逆生，即胎儿倒着生出（足先出）。《史记·郑世家》所谓“生之难”，是也。而杜注以为寤寐而生者实不当。一说，谓生而开目能视曰寤生（读寤为牾），似亦不当。其他异说，皆不足信。

〔4〕遂恶之：于是就厌恶他。

〔5〕欲立之：打算立共叔段为太子。

〔6〕亟请句：亟（qì器），屡次。弗，不。丁声树《释否定词弗不》以为其义同于“不……之”，动词下之宾语包括在内，其说对较早的古文献大体是适用的。句意为：屡次向武公请求，武公不允许。

〔7〕及庄公即位，为之请制：及，等到。即位，指天子或诸侯就职。为之请制，替段去请求封给制这个地方。制，古地名（今河南荥阳汜水，亦名虎牢关）。

〔8〕“公曰：制……”句：岩邑，险邑，险要的城邑。虢，指东虢。虢叔，东虢国君，为始封君虢仲之后。恃其地势险要，不修德政，为郑武公所灭。又，据《竹书纪年》，虢叔之死，在桓公四年灭虢之时。焉，在此为“于此”之意。句意为：庄公说，“制是极险要之地，虢叔就因此死在那里”。

他邑唯命：他，原作佗，义同。犹言佗邑唯命是听，或唯命是从。是语言省略。

〔9〕“请京”句：京，郑地名，为郑国第二大城。故城今荥阳南二十余里。大，同太。京城大叔，《史记·郑世家》云：“庄公元年，封弟段于京，号太叔。”顾颉刚先生说，古人用太字，本指其位列之在前，叔段之称太叔，以其为郑庄公的第一个弟弟也。其句意为：姜氏又请求封于京，庄公即命段居住在那里，称他为京城太叔。

〔10〕祭仲：郑大夫，祭为其食邑。（河南中牟县之祭亭。与祭伯之祭在郑州者为两地）

〔11〕“都城”句：都、城为两词。都，城邑也。城，城垣也（城墙）。与闵元年传的“分之都城而位以卿”的都城为一词之义不同。古城邑皆可称都。庄公二十八年传：“凡邑有宗庙先君之主曰都，无曰邑。”实则亦可通称也。雉，三堵。长一丈，高一丈谓之堵，三堵为雉。则雉高一丈长三丈，是衡量城墙的单位。刘师培先生《左盦集·百雉说》：“《战国策·赵策》二引马服君对田单云：‘且古者城虽大，无过三百丈’，与《左传》不过百雉说互符。”古制，侯伯之城方五里，计每面长九百丈，即三百雉。大都不过其三之一，故不能说过百雉（雉之说，古人颇有异说，兹不详述）。害，祸害。《管子》说：“国小而都大者弑。”与此义同。

〔12〕“先王之制”句：参，同三。国，此指国都，与国家之国意义不同。中、小，指中都，小都。此句意为：先王规定的制度，最大的城不得超过国都的三分之一，中等的不得超过五分之一，小的不得超过九分之一。

〔13〕“今京”句：不度，不合乎法度。与非制之语意似有重复，这是要强调其不可而已。

〔14〕君将不堪：堪，胜也，任也。有忍受之意，亦可引申为控制。不堪，犹言受不了。

〔15〕姜氏句：庄公称其母为姜氏，这是当时习惯的称谓。如赵盾称其嫡母为君姬氏，申生称骊姬为姬氏。焉，何，哪能，怎能。辟，同避，逃避也。

〔16〕何厌之有：即有何厌。厌，足也。其意为：哪能满足呢？此为宾语置于动词之前。之，结构助词，仅表示倒装，无义。

〔17〕不如早为之句：之，代词，指太叔。所，处所，地方。其意为：及早给他安排地方。即及早处置之意。无，勿。滋蔓，滋长蔓延。古为同义联绵词。《说文》作兹，训为“草木多益也”。此处为比喻太叔地益广，势益大也。

〔18〕蔓，难图也：蔓，自成一读，犹言若使滋蔓。图，图谋，对付。

〔19〕“多行不义”句：毙，踣也，倒仆。此言跌跤，失败。子，古人对人的尊称，犹今言您、先生等。

〔20〕“既而”句：既而，犹言不久。鄙，边邑。贰，杜预注：“两属。”从其实际言之。清洪亮吉《春秋左传诂》谓有二心，均确。贰于己，句法与隐公三年传“王贰于虢”同。句意与成公十三年传“君有二心与狄”同。实指并入自己的管辖

范围。

〔21〕公子吕：郑大夫，字子封。

〔22〕“国不堪贰”句：国家接受不了两属的情况，您将怎么办呢？

〔23〕“欲与”句：犹言如以国君之位让与大叔，就请允许我去臣事他。

〔24〕“若弗与”句：若，如果。无，勿。其意为：不要使人民生怀疑之心。

〔25〕无庸，将自及：庸，用。无庸，用不着，不用管他。将自及，言祸将自及也。亦即自取祸败之意。

〔26〕“大叔又收”句：收，取。此据强占。贰，指两属之邑，非二邑。《左传》中凡数字借用二，不用贰。两字义分别极为明显。廪延，郑地名。据杜注，当在今河南盐津县北，是郑国北鄙之地。句意为：大叔又将两属之地收为自己的领地，一直到达北部边的廪延。

〔27〕子封：公子吕之字。

〔28〕“可矣”句：可矣，犹今语“好了”。厚，指土地广大，势力雄厚。下厚字同。众，人众，此指民心。

〔29〕“公曰”句：不义不暱（nì），杜注解为不义于君，不亲于兄。暱为亲近之义。一说，暱，《说文》作𪏮。粘连之意，可引申为团结。犹今言不义则不能团结其众。（沈钦韩《左传补注》之说）崩，山塌，此指崩溃。其句意为：庄公说：对国君不义，对兄长不亲之人，专事扩张势力将会崩溃的。

〔30〕完聚：完，修葺（qì）。此指完城郭。《孟子》：“城郭不完也”。完有坚牢之意。《周礼·考工记·轮人》：“轮敝，三材不失职。谓之完。”聚，应指聚粮食。与襄公三十年传“聚禾粟”同义。杜注解为聚人民，即集聚民众，似为不甚确当。

〔31〕“缮甲兵”：缮，修补。此处包括制造。甲，盔甲。兵，武器。句可单言缮。如《左传·哀公二十四年》：“军吏令缮，将进。”

〔32〕具卒乘：具，备也，足也。卒乘，指战士。古人以步兵曰卒，车兵曰乘。此处犹言战士满员。一说，乘（shèng），兵车。先秦时期，一乘有一车四马，左右两边之马曰骖，辕内中间之马曰服。上站甲士三人，车后步兵七十二人。

〔33〕“将袭郑”句：袭，偷袭。即行军不用钟鼓。庄公二十九年传：“凡师，有钟鼓曰伐，无曰侵，轻曰袭。”郑，此指郑国都。启，指开门做内应。僖公三十二年传记杞子告秦之言曰：“郑人使我掌其北门之管，若潜师以来，国可得也。”凡袭人城邑者，宜有内应。

以上数句的大意是：太叔修筑城池，聚集粮秣，整修盔甲武器，补足战士车辆，将偷袭郑国首都，以夫人做开城门的内应。

〔34〕期：指太叔准备袭郑的日期。

〔35〕“帅车二百乘”以下数句：帅，同率，率领。二百乘，似为两千人。前已言之，春秋时期多用车战，车一辆谓之一乘。杜注根据《司马法》，说车一乘有甲士

三人，步卒七十二人。但《司马法》所言，似为战国之制（因其为战国时书），未必合乎春秋制度。根据《左传》记载：闵公二年，齐侯使公子无亏帅车三百乘，甲士三千人以戍曹。可知一车用甲士十人。僖公二十八年，晋文公献楚俘于王，驷介百乘，徒兵千。亦可见一车徒兵十人。隐公四年传注引《禹鼎铭》文，也说西周时一乘有徒兵十人。鄢（yān），本妘姓之国，为郑武公所灭。在河南鄢陵县境内。五月辛丑，指五月二十三日。（古人以天干地支记日，自甲骨钟鼎即如此。）

〔36〕出奔共：出奔，逃亡至外国避难。共，即闵公二年“益之以共、滕之民”的共，本为小国，后为卫之别邑（今河南辉县）。隐公十一年传郑伯云：“寡人有弟，不能和协，而使餬其口于四方。”可见段并未死。但公、穀皆谓郑伯克段，即杀段也。唐陆淳《春秋集传纂例》卷一也说：“《竹书》自是晋史，其中有郑庄公杀公子圣（原注：《春秋》作段），又与公羊同。”而司马迁《史记》又全用《左传》之说。

〔37〕不弟：不像兄弟，谓弟不敬兄长，不行为弟之道。一说，弟，或破读为悌，亦通。

〔38〕“如二君”句：此处犹谓庄公与段之战，与两国国君之战相同。庄公胜，故用“克”。

〔39〕“称郑伯”句：此句是说，古人礼俗，为兄者本有教弟之责，而庄公对其弟不加教诲，养成其恶，故不言兄，而直书其爵。

〔40〕郑志：指郑庄公之意。此言郑庄公养成段之罪，其意在诛之。故历史家则探其本心而书之也。在《左传》中类似写法很多。如，桓公十九年传：“宋志也。”庄公七年传：“齐志也。”襄公七年传：“谓之宋志。”昭公十六年传：“宣子曰：二三子请皆赋，起亦以知郑志。”（郑六卿之志。）

〔41〕不言出奔，难之也：此指《春秋》记其事只言“郑伯克段于鄢”而不言段之出奔，是既归于段，也归罪于郑伯之意。襄公二十九年《春秋经》云：“齐高止出奔北燕。”传云：“书曰‘出奔’，罪高止也。”昭公三年《春秋经》云：“北燕伯欵出奔齐。”传云：“书曰：‘北燕伯欵出奔齐’，罪之也。”可知，“出奔”为指有罪之词。若书“段出奔”，就是专罪段。其实，庄公亦有不教的罪过，故《春秋经》若言“出奔”，则实难下笔。而《左传》始书为“难之也”。

〔42〕遂寘姜氏于城颍：寘，音义同置，安置。此处指放逐。城颍，郑地名。在今河南临颍县西北。

〔43〕“而誓之曰”句：誓之，向姜氏发誓。黄泉，地下之泉水。此指阴间。此言不死不相见也。

〔44〕颍考叔为颍谷封人：颍考叔，郑人名。颍，《广韵》作颖，下注云：“又姓，《左传》颖考叔。”但《水经注》又谓：“阳乾山之颍谷，颍考叔为其封人。”是也，此字当从水，不当从禾。颍谷，在今河南登封市西南。封人，管理和镇守边疆的地方官员。

〔45〕闻之：他听到这件事，就趁机给庄公进献贡品。

〔46〕食舍肉：舍，音义同捨，置也。犹今语“放着”。此谓食时将肉另置一边。

〔47〕“皆尝小人之食”句：皆，备，遍。张文虎《螺江日记》：“皆者，备也。言小人之母备尝小人之食。”羹，肉汁，肉汤。此处指上文所舍之肉。《尔雅·释器》与《仪礼·郑注》皆言“肉谓之羹”。

〔48〕请以遗之：遗（wèi），去声，馈也。即赠给，送给。

〔49〕繄（yī）：发语词，无义。按：繄与噫古为平入对转，属今语之叹词，似可单独为一逗。

〔50〕敢问何谓也：我冒昧问问，这话怎么讲？即颍考叔问庄公此言何意。以其有母却言无，所以要明知故问。敢为表谦虚恭敬的副词。

〔51〕“公语之”句：庄公告诉颍考叔这件事情的缘故，而且也告诉他后悔的心情。

〔52〕君何患焉：患，忧虑。此意为：您忧虑什么呢？

〔53〕“若阙地”句：阙同掘。其，表疑问的语气词。隧，此处作动词，指掘地道。

〔54〕公入而赋：赋，赋诗。指随口吟其自作词句。此赋字有二义，即郑玄所说“赋者或造篇，或诵古”。《左传》中其例甚多。如本文之“公入而赋”、“姜出而赋”，闵公二年传之“许穆夫人赋《载驰》”，文公六年传之“国人哀之，为之赋《黄鸟》”，皆为创作之意。其余赋字多指诵古诗之意。

〔55〕其乐也融融：融融，和乐相得貌。中、融为韵，古音同在冬部。

上两句意为：庄公走进地道，赋诗道：“见娘来至宽大的地道中，两人心中乐融融。”

〔56〕“姜出”句：泄泄，本作泄，今作洩者，系按唐石经避太宗讳改。金泽文库本即作泄。外、泄叶韵，古音同在曷部。其句意为：姜氏走出地道，赋诗道：“跟随儿子走出宽大的地道外，两人的心情多畅快。”

〔57〕君子曰：这种写法，在《国语》、《国策》和先秦诸子书中多有之，或是发表作者自己的议论，或为作者引述他人言论以表己意。其法后人模仿者很多。如《史记》之“太史公曰”，《聊斋志异》之“异史氏曰”等。

〔58〕颍考叔句：施（yì），延及也。原为给予而不取代价之意。

〔59〕“诗曰”句：此诗见于《诗经·大雅·既醉》。匮（kuì），竭尽，乏。永，长，久。锡，赐。此句犹言，《诗经》上说：“孝子之为孝，没有竭尽之时，所以能够用此孝道长赐予你的族类。”

〔60〕其是之谓乎：意谓“其谓是”。即这说的正是颍考叔行孝而感动庄公之事啊。

本文选自《左传·隐公元年》，描述了春秋初年郑庄公家族内讧的历史。全文可分为三段。第一段自开头至“谓之京城大叔”，介绍了庄公母子兄弟三人的关系，叙述了他们之间矛盾的起因和发展。第二段自“祭仲曰”至“既而悔之”，继续描述庄公母子兄弟三人之间矛盾的进一步激化过程和最后的结局。第三段自“颍考叔”至结尾，叙述了庄公在颍考叔的帮助下扮演的一出“行孝”的讽刺喜剧，这是矛盾的尾声。

本文在艺术上的特点是通过人物的语言行动，十分生动地描画了武姜、庄公与共叔段的形象。

武姜出身于侯门，又是郑武公的嫡夫人，养尊处优，形成了她的自私褊狭。由于对幼子的偏爱，她企图打破长子继承君位的世袭制，极力为段争夺太子地位。但由于武公的反对，使她的图谋第一次遭到失败。于是，她展开了第二次的争夺，为段请制请京，准备用武力夺权。到段扩张势力将偷袭郑都时，她不顾一切，暗做内应，准备开城，导致了骨肉相残的恶果。

庄公是一个善耍权谋的伪君子。他用放钓饵设陷阱的手段来对付其母与弟，让他们“多行不义”，一旦时机成熟，便以迅雷不及掩耳的策略，将他们置于死地。从他对祭仲等人的谈话中可知，他是采用了欲擒故纵的策略，在共叔段“将袭郑”，武姜“将启之”的时候，他准确掌握其机密行动计划，一举扑灭。也说明段之内部早有庄公的耳目。由此更可见庄公玩弄权谋的用心。

在庄公克段于鄢之后，立即将其母亲软禁于城颍，并对之发誓：“不及黄泉，无相见也。”但紧接着在颍考叔出谋划策之下，又扮演了一出慈母孝子的喜剧，来掩盖了蒙在封建伦理道德上的刀光血影。

共叔段愚蠢而又贪婪。他仗恃武姜的支持，与其兄庄公争权位。他无视先王之制，先是高城深池，厉兵屯粮，扩张领土，利令智昏，最后发动了武装叛乱，终于落得个身败名裂的下场。对庄公的阴险，共叔段的冥顽贪婪，（宋）吕祖谦《东莱博议》说得比较中肯：“庄公的雄猜阴狠，视同气如冠雠，而欲必致之死；故昵其机而使之狎，纵其欲而使之放，养其恶而使之成。甲兵之强，卒乘之富，庄公之钓饵也；百雉之城，两鄙之地，庄公之陷阱也。彼叔之冥顽不灵，鱼尔，兽尔，岂有见钓饵不吞，过陷阱而不投者哉？导之以逆而反诛其逆，教之以叛而反讨其叛，庄公之用心亦险矣。”

《左传》叙事曲折而又简洁；描写人物形象生动而又故事性强；用字

造句简练而又传神。如郑伯克段于鄢，主要就是描写郑庄公和他的弟弟共叔段的一次争夺政权的家族内讧。作者根据事件的发生、发展和结局的自然顺序去进行描写：首先，采用追述的手法介绍事件发生的原因和主要人物。其次，有选择有重点地叙述以郑庄公为一方，以庄公的母亲武姜、其弟共叔段为另一方的两个集团之间矛盾的逐渐深化过程。当矛盾发展到高潮时，又把一些大臣如祭仲、公子吕等都卷入了进去，使斗争更加尖锐和复杂。最后，以共叔段的失败，郑庄公的胜利而告终。通篇结构紧凑，叙事有头有尾，人物形象刻画也很成功。像庄公的远谋深算、坐待良机、伪善伪孝、阴险凶狠的面目，共叔段的愚昧无知、贪得无厌的权势欲望，武姜的自私溺爱、不顾大局、不看形势、处处偏袒幼子的短视行为等，都描写得十分形象、逼真。故事情节也曲折迂回，紧张动人。尤其最后写“遂为母子如初”的那一段，更具有较强的戏剧性。

总之，文章组织得严谨完整，矛盾的开端、发展、结局和尾声紧密相连，事件的展开又安排得自然合理。在人物刻画上，作者又很善于运用烘托、对比和对话等艺术方法来表现人物性格，既简练又生动，真不失为一篇佳作。

（三）曹刿论战

十年春〔1〕，齐师伐我〔2〕。公将战〔3〕，曹刿请见〔4〕。其乡人曰〔5〕：“肉食者谋之，又何间焉〔6〕？”刿曰：“肉食者鄙，未能远谋。”乃入见〔7〕。

问：“何以战〔8〕？”公曰：“衣食所安，弗敢专也，必以分人〔9〕。”对曰：“小惠未徧，民弗从也〔10〕。”公曰：“牺牲玉帛，弗敢加也，必以信〔11〕。”对曰：“小信未孚，神弗福也〔12〕。”公曰：“小大之狱，虽不能察，必以情〔13〕。”对曰：“忠之属也，可以一战，战则请从〔14〕。”

公与之乘〔15〕，战于长勺〔16〕。公将鼓之〔17〕。刿曰：“未可〔18〕。”齐人三鼓。刿曰：“可矣。”齐师败绩〔19〕。公将驰之〔20〕。刿曰：“未可。”下，视其辙〔21〕，登轼而望之〔22〕，曰：“可矣！”遂逐齐师〔23〕。

既克，公问其故〔24〕。对曰：“夫战，勇气也〔25〕。一鼓作气，再而衰，三而竭〔26〕。彼竭我盈〔27〕，故克之。夫大国，难测也，惧有伏焉〔28〕。吾视其辙乱，望其旗靡〔29〕，故逐之。”

——见《左传·鲁庄公十年》

注：

〔1〕十年春：鲁庄公十年（公元前684年）。鲁庄公名姬同，公元前693年至公元前662年在位。《左传》据说是根据《春秋》叙事，而《春秋》为鲁之史记，故先书鲁君年号，并称鲁为“我”，称鲁君只用一个“公”字。

〔2〕齐师伐我：《史记·十二诸侯年表》：“齐伐我，为纠故。”当时，齐襄公无道，其弟小白与公子纠等恐被连累，想离齐避祸。公元前686年，鲍叔牙奉公子小白出奔莒（jǔ）（小国名）。此年齐大臣杀襄公，立公孙无知为君。变乱之中，管夷吾奉公子纠出奔鲁。公元前685年，齐大臣又杀公孙无知。小白即从莒回齐，立为齐君（即桓公）。鲁亦派公子纠回齐，但未成功。后公子纠虽被杀，而桓公仍以此为借口，攻打鲁国，因此发生了齐鲁长勺之战。

〔3〕公：指鲁庄公，姓姬，名同，在位三十二年。

〔4〕曹刿请见：曹刿请求谒见鲁庄公。曹刿（guì）：鲁人，似为无政治地位之人。有人认为曹刿即《史记·刺客列传》中劫桓公的曹沫。关于曹刿之事，古代传说不一。杨伯峻《春秋左传注·庄公十三年》“盟于柯，始及齐平也”注曰：“庄十年败齐师于长勺”；齐宋联军，又败宋师于乘丘，此时方与齐言和。柯之盟及曹刿事，《公羊传》以及《齐世家》所述，与《左传》不同。《齐世家》云：“（桓公）五年，伐鲁，鲁将师败。鲁庄公请献遂邑以平，桓公许，与鲁会柯而盟。鲁将盟，曹沫以匕首劫桓公于坛上，曰：‘反鲁之侵地！’桓公许之。于是遂与曹沫三败所亡地于鲁。《左传》此年即无齐伐鲁之事，且长勺之役，鲁胜齐败，更无曹刿之三败。然《史记》所述，颇流行于战国。《战国策》屡言曹沫劫桓公，《齐策》六载《鲁仲连遗燕将书》且举此事以劝燕将；《荀子·玉制篇》又云：‘桓公劫于鲁庄’，复与《管子·大匡篇》及《吕氏春秋·贵信篇》所述相合。然而诸书所言，无不有破绽可寻。遂为齐所灭，则《史记》所言，‘献遂邑以平’者误也。春秋无关内侯之称，则《管子》及《吕氏春秋》所言‘鲁请比关内侯’者误也。汶阳之田至成二十年鞌之战齐始归鲁，不但载之《春秋经》与《左传》，《史记》亦载之于《年表》与《世家》，则《公羊传》诸书所言‘请汶阳之田’者误也。叶适《习学记言序日》卷十曰：‘是时东迁未百年，人材虽陋，未至便为刺客。’庐文弨《钟山札记》谓曹沫劫桓公事出于战国之人所撰造。但以耳目所见，施之上世，而不知其有不合，诚哉是言也。司马迁不取《左传》曹刿论战，而取其劫桓公，已载之《年表》与《齐世家》、《鲁世家》，复为之作《刺客列传》，盖亦好奇之过。”引述较详，录以备考。

〔5〕其乡人：其，指曹刿。乡人，同乡之人。

〔6〕肉食者谋之，又何间焉：肉食者，当时的习惯语，指有官位的人。因为大夫以上的官员，每日必食肉也。谋之，谋划这件事。间（jiàn），参与。焉，此处表疑问语气。下文“惧有伏焉”的“焉”表陈述语气，故二字意义有别。此句意为：有权位的人自会谋划，你又何必参与其事呢？

〔7〕“肉食者鄙”二句：鄙，固陋不通也，此指眼光短浅。乃，副词。就，于是。就入朝进见庄公。

〔8〕何以战：何，疑问代词，什么。以，介词，用。文言疑问句中，以疑问代词作介词宾语，一般置于介词之前。故“何以战”即“以何战”之意。亦即凭什么条件作战呢？

〔9〕“衣食所安”句：安，养也。衣食这些用以养生的东西。专，专有，独享。必以分人，即必以之分于人。犹言一定拿它分给别人。

〔10〕“小惠”句：小惠，犹今言小恩小惠。徧，亦作遍。义音同。其句意为：以衣食分于人，受恩惠的不过是近臣，未能遍及于众人。民众是不会听从你去决一死战的。

〔11〕“牺牲玉帛”句：牺牲，指祭祀用的牛、羊、豕三牲。玉，宝玉。帛，绸缎等丝织物。均为祭祀鬼神之物品。弗敢加也，（祝词中）不敢以小为大，以恶为美，夸大虚报。（加有增加、虚报之意）一说，凡祭神之物，必依礼为之，不使超过规定。必以信，一定用诚实的态度。信，诚实。《说文》：“信，诚也。”

〔12〕“小信”句：对神态度诚实，不讲虚言，此为小信。孚，信任，相信，似指大的信任。一说，孚，借为覆（fū），古音平人通转。《孟子·离娄上》：“而仁覆天下矣。”覆有盖被之意，即遍及之意，与上“未徧”之“徧”字异而义同。福，赐福，保佑。

〔13〕“大小之狱”句：大小之狱，大大小小的诉讼案件。察，仔细调查清楚，明察。必以情，《国语·鲁语上》作“必以情断之”。《孟子·离娄下》“声闻过情”。情为实情。或曰：情，忠诚也。（见《荀子·礼论注》义较长）

〔14〕“忠之属也”句：忠，尽己之心。属，类。则，就。此句意为：这是能尽心于民的一类事情，凭此条件可以去作战。如果作战，我愿意跟您去。

关于这段情节，《国语》中也有记述，兹录以备考。《鲁语》云：“长勺之役，曹刿问所以战于庄公。公曰：‘余不爱衣食于民，不爱牲玉于神。’对曰：‘夫惠大（各本大作本，依俞樾说改）而后民归之志，民和而后神降之福。若布德于民，而均平其政事，君子务治，而小人务力，动不违时，器不过用，财用不匮，莫不共祀，是以用民无不听，求福无不丰。今将惠以小赐，祀以独恭；小赐不咸，独恭不优。不咸，民不归也；不优，神弗福也。将何以战？夫民求不匮于财，而神求优裕于享者也。故不可以不大（各本亦误作本）。’公曰：‘余听狱，虽不能察，必以情断之。’对曰：‘是则可矣。夫苟中心图民，智虽弗及，必将及焉。’”文虽异而义略同，可以互参。

〔15〕公与之乘：鲁庄公与曹刿同乘一辆兵车。

〔16〕长勺：鲁地名。

〔17〕鼓之：鼓，此处作动词，指击鼓。之，与表陈述语气的“焉”相似。下文“驰之”的“之”与此相同。鼓之，击鼓进军，之字无义。

〔18〕未可：不可以（表决断语气）。

〔19〕三鼓：三次击鼓。鼓仍为动词。文言习惯，表动作的数量，一般将数词直接置于动词之前，中间不加量词。败绩：大败，彻底崩溃。

〔20〕驰之：驰，谓驱车而逐齐师（此之字似为代词）。或曰，驱车追赶。（之字无义）。

〔21〕辙（zhé）：车迹。此指齐军战车行过的轨迹。下为下车。

〔22〕登轼（shì）：登上车前的横木。

〔23〕逐：驱逐。赶跑。

〔24〕既克：已经打了胜仗。

〔25〕夫战，勇气也：作战是要凭勇气的。夫，在文言里是用于句首而表现起始的发语词，无义。

〔26〕一鼓作气句：第一次击鼓进兵，必然士气振作，第二次就衰落了，第三次就耗尽了。再，与现代汉语中表示动作重复者的意思有别。文言中表示动作两次时，一般用再不用二。两个“而”字的意思均相当于则。

〔27〕彼竭我盈：盈，满也。此处为充沛，旺盛之意。句意为：他们的士气已尽，我们的士气正旺。

〔28〕伏：伏兵，埋伏。此处犹言有埋伏之兵，则其败奔为诈而诱我者。

〔29〕辙乱、旗靡：靡，倒下。旧注：“披靡也，偃也。”“辙乱则行列不振，旗倒是师失耳目，是知其为真败。”

全文选自《左传·鲁庄公十年》。共分三段。第一段，自开头至“乃入见”，写曹刿请见的原因和经过。鲁庄公不计成败，将与齐战，而曹刿则深谋远虑，再三追问有无决定战争胜负的政治准备。直至得到肯定的答复后，才判断说“可以一战”。第二段，自“公与之乘”至“遂逐齐师”，写曹刿请见之后与鲁庄公同赴长勺，战胜齐军的经过。只讲其然，不讲其所以然，只写果，不谈因，为下文的论战埋下伏笔。第三段，自“既克”至“故逐之”，写齐鲁长勺之战鲁国所以取胜的原因，补叙了所以然，表现了曹刿的军事才能和战略见解。这样写法，于事合理，因在作战之际不可能作详细说明；于文生色，突出了一个“论”字。

这篇短文在内容上阐述了长勺之战是强凌弱，大欺小，齐攻鲁守的防御战的胜利经过情况，说明取信于民和采取“敌疲我打”的原则是战争取胜的重要条件，进而歌颂了曹刿的政治远见和良将之才。关于这一点，毛泽东在他的《中国革命战争的战略问题》一文中已经论述得极为深刻透辟，所以是我们学习本文的指南，应认真仔细地阅读。

此外，文章在艺术上也有几点值得注意。第一，在取材方面，它和《左传》其他写战争的传文不同，对战争的起因、动员、经过和结束情况一概略而不谈，重点只是突出一个“论”字，写曹刿论述决战胜负的几个主要因素，对取信于民，敌疲我打，一鼓作气等防御原则进行了深刻具体的发挥，着重刻画了曹刿的政治远见和良将才能，使之中心突出，成为名副其实的论战文章。第二，在论到具体的反攻和追击的时机时，只选择“击鼓”和“逐师”两件事，而这两件事也未详叙，只是两次使用了“未可”与“可矣”四字写曹刿的判断与决策，突出了他的远谋果断的指挥将才。第三，在论述战略防御原则时，又是各有重点。例如写战前的准备，就略去了军事、经济等方面的准备工作不写，而突出了政治准备工作。在政治准备上又抓住了人心向背这一关键问题。第四，在材料组织方面，作者也是匠心独运，叙事完整，层次清楚，结构严密。文章完全按照战争的发生、经过和结局的自然顺序为线索来组织材料，先写入见，再写备战，后写作战、制胜，末写总结经验，把一个矛盾交错，头绪纷繁的战争全过程，井然有序地告诉了读者。行文跌宕多姿，有转折，有波澜，前呼后应，成为一个整体。第五，在运用语言方面也很精练，做到了言简意赅。全文共二百字，但却相当完整地写出了战争的全过程，除工于剪裁外，也得力于语言的精简。例如，“未可”、“可矣”四字，即包含着曹刿观察、分析、推论和判断的整个过程和深思果断的神态。“乃入见”三字，就省去了许多曹刿请见鲁君的礼仪程序，略去与论战无关的废话。真不失为一篇脍炙人口、千古传诵的名作。

（四）晋楚城濮之战

二十八年春，晋侯将伐曹，假道于卫[1]。卫人弗许。还，自南河济[2]。侵曹伐卫[3]。正月，戊申，取五鹿。

二月，晋郤縠卒[4]。原轸将中军[5]，胥臣佐下军[6]。上德也[7]。

晋侯、齐侯盟于敛盂[8]。卫侯请盟[9]，晋人弗许。卫侯欲与楚[10]，国人不欲；故出其君，以说于晋[11]。卫侯出居于襄牛[12]。

公子买戍卫[13]，楚人救卫，不克。公惧于晋[14]，杀子丛以说焉[15]。谓楚人曰：“不卒戍也[16]。”

晋侯围曹。门焉[17]，多死[18]。曹人尸诸城上[19]，晋侯患之。听舆人之谋曰[20]：“称，舍于墓[21]。”师迁焉[22]。曹人凶惧[23]。为其所得者，棺而出之[24]。因其兇也而攻之。三月，丙午，入曹[25]。数之，以其不用僖负羁，而乘轩者三百人也[26]。且曰："献状[27]！"令无入僖负羁之宫[28]，而免其族，报施也[29]。魏犨、颠颉怒，曰："劳之不图，报于何有[30]？"爇僖负羁氏[31]。魏犨伤于胸。公欲杀之，而爱其材[32]。使问，且视之[33]。病，将杀之[34]。魏犨束胸见使者，曰："以君之灵，不有宁也[35]？"距跃三百，曲踊三百[36]。乃舍之[37]。杀颠颉以徇于师，立舟之侨以为戎右[38]。

注：

〔1〕"二十八年春"句：二十八年，指鲁僖公二十八年（公元前632年）。伐曹假道事，乃为晋文公用狐偃之谋以救宋之事。僖公二十七年传："冬，楚子及诸侯围宋。宋公孙固如晋告急。先轸曰：'报施救患，取威定霸，于是乎在矣！'狐偃曰：'楚始得曹，而新昏于卫。若伐曹、卫，楚必救之，则齐、宋免矣。'"曹都今山东定陶县，卫都楚丘（今河南滑县东六十里）。曹在卫东，晋自西往攻，故假道于卫（假，借也）。

〔2〕还，自南河济：南河，阮刻本作"河南"，今依《唐石经》与金泽文库本改。古黄河东北流，如卫人借道，即可自卫境渡河，卫人弗许，则晋军只好南还，由南河而渡，再东伐曹。南河，即南津，亦称棘津、济津、石济津，在河南淇县南，延津县北，故河道今已湮。

〔3〕侵曹伐卫：《史记·卫世家》云："成公三年，晋欲假道于卫救宋，成公不许。晋更从南河渡，救宋。"

正月，戊申：二十八年正月九日也。

五鹿：卫地名。其说有二：一在今河北大名县东，一在今河南濮阳县南三十里。顾栋高《大事表》主前说；沈钦韩《地理补注》主后说。按，后说较可信。僖公二十三年传云：晋文出亡"过卫，卫文公不礼焉。出于五鹿，乞食于野人，野人予之块（一训为土块；一训为盛于土器中）。公子怒，欲鞭之。子犯曰：'天赐也。'稽首受而载之"。今取以应其兆。

〔4〕郤縠（xì hú）：人名，晋大夫。

〔5〕原轸：即先轸。原为其食邑，古人多以食邑为氏。先轸为晋之名将，是城濮之战的晋军主帅。

〔6〕胥臣：即司空季子，亦名胥臣臼季。胥臣佐下军，补先轸之空缺。《国语·晋语四》："取五鹿，先轸之谋也。郤縠卒，使先轸代之，胥臣佐下军。"

〔7〕上德：上，同尚，崇尚，注重。此言以先轸有德，故令其以下军佐跃为中军帅，故云尚德。（作者评语）

〔8〕敛盂：敛，旧音廉（lián）。敛盂，卫地名，在今河南濮阳县东南。一说，今河北濮阳县东南有敛盂聚（聚，市集），即此地。

〔9〕卫侯请盟：卫侯，卫成公，名郑，僖公二十六年（公元前634年）即位，在位三十五年。此言卫侯也愿意同齐、晋结盟。

〔10〕欲与楚：与，亲近，和好。此言卫侯又想同楚合作。

〔11〕以说于晋：说，同悦。讨好之意，亦可如字读，解说也。下文同此。此言卫人为取悦于晋，便将成公驱逐出去。

〔12〕襄牛：卫地名，后归宋。即今河南睢县。而清江永《考实》则谓襄牛当在今山东范县境，卫之东鄙。

〔13〕公子买戍卫：公子买，鲁大夫。因为鲁本与楚同盟，故迁买为之戍卫，表亲楚也。

〔14〕公惧于晋：公，鲁僖公。僖公见楚救卫不胜，惧怕晋侯讨伐自己。

〔15〕杀子丛以说焉：子丛，公子买之字。此言杀公子买以取悦于晋。

〔16〕"谓楚人曰"句：《唐石经》、金泽文库本无"曰"字，亦通。不卒戍，杜注："诈告楚人，言子丛不终戍事而归，故杀之也。"据此，杜所据本仍似有"曰"字。

〔17〕门焉：门，名词作动词用，言攻其城门。

〔18〕多死：指晋军死伤甚众。

〔19〕尸诸城上：指将晋军的死尸摆列于城上。一说，"尸"，作"磔"（zhé）解，此指用刀剐碎尸体。

〔20〕听舆人之谋曰：舆人，役卒。谋，金泽文库本、敦煌初唐写本残卷皆作"诵"，与孔疏所称或本合，今从孔疏作"谋"。曰，据王引之《经义述闻》称，此"曰"字为衍文。原文应作："听舆人之谋，称：'舍于墓'。"称，言也。犹"说道"。"舍于墓"为所言内容，亦即所谋。金泽文库本、敦煌残卷无曰字，与《通典·兵》十五及《太平御览·兵部》四十五所引合，是也。

〔21〕舍于墓：舍，去声，训为驻扎。意为把军队驻扎在曹人墓地上，表示要掘墓曝尸。按，古人多族葬。《周礼·春官·墓大夫》之职，"令国人族葬"，《周书·大聚篇》："坟墓相连，民乃有亲。"因而晋师拟宿营于曹人墓地，准备掘其坟墓。此墓沈钦韩《补注》说，即《周礼·春官·墓大夫》之邦墓，所葬皆曹之国人，曹军之主力，故其主力因恐发其祖墓而凶惧也。

〔22〕师迁焉：晋侯从舆人之谋，把晋军迁驻于曹人族葬之墓地。

〔23〕凶惧：凶，有二解：一、清惠栋认为，凶与恟通，扰攘恐惧之意。《说文》："凶，扰恐也。"故凶惧为同义词平列，犹今言恐惧。二、凶与哅通。哅哅，喧哗之声（清洪亮吉《春秋左传诂》之说）。二说皆可通。

〔24〕"为其所得"句：指曹人把得到的晋人尸首皆装入棺送了出来。

〔25〕“因其兇”句：此言晋师趁曹人恐惧纷乱之时而进攻曹城。三月丙午，三月八日也。《经》云：“三月丙午，晋侯入曹，执曹伯。”

〔26〕“数之”句：数，上声，数其罪也。犹今言责问。之，指曹共公。僖负羁事见二十三年传：“僖负羁之妻曰：‘吾观晋公子之从者，皆足以相国。若以相，夫子必反其国。反其国，必得志于诸侯。得志于诸侯，而诛无礼，曹其首也。子盍蚤自贰焉！’乃馈盘飧，置璧焉。公子受飧反璧。”《淮南子·人间训》也说，重耳出亡及曹，曹共公欲观其骈胁（肋骨比迫若一骨然），趁浴薄而观之。僖负羁曾阻止过这种无礼行为。　乘轩者三百人，古制，大夫以上乘轩车。此言曹本小国，但却滥封官爵，大夫竟达三百人之多。轩，曲辀（音侜，辕也）而有藩蔽之车。大夫以上始能乘之。

〔27〕献状：自古即有数解。唐颜师古《匡谬正俗》云：“我之来，献骈胁容状耳。”此近儿戏，录以备考。清惠栋《补注》与于鬯之《香草校书》均已指出其误。《国语·晋语四》：“文公诛观状以伐郑。”惠栋曰：“献状，谓观状也。先责其用人之过，然后诛观状之罪，以示非恶报也。”此说较安。杜《注》云：“言其无德居位者多，故责其功状。”其意谓晋侯质问曹大夫，令其说明究有何功而获禄位。此说与“且曰”两字文义上似不能贯通，故沈钦韩《补注》已指出其不当。其他如于鬯之说，亦难置信。

〔28〕宫：此指住宅。

〔29〕“免其族”句：赦免僖负羁同族之人。报施，报馈盘飧置璧之惠。《韩非子·十过篇》记此事曰：“又令人告釐负羁曰：‘军族薄城，吾知子不违也，其表子之闾！寡人将以为令，令军勿敢犯。’曹人闻之，率其亲戚而保釐负羁之闾者七百余家。”

〔30〕“魏犨、颠颉怒”句：魏犨（chóu），晋大夫，与颠颉同为重耳从亡之人，故各有从亡之功劳。然而晋侯作三军时，除狐毛、狐偃、赵衰为曾从亡者外，若郤縠、郤溱、栾枝、先轸皆非从亡者。魏犨仅为戎车中卫，颠颉未言其官，则位还在其下。故二人有不平之忿，始有“劳之不图的怨言”（劳，功劳；图，图谋，考虑）。其意为：对我们的功劳不加考虑，还谈什么报答僖负羁呢！报于何有，犹言何有于报。此处为倒语。

〔31〕爇僖负羁氏：爇（ruò），又音芮（ruì）。点燃，焚烧。氏，犹家也，指居室。昭公二十七年传：“令尹欲饮酒于子氏。”《吕氏春秋·慎行论》即作“令尹欲饮酒于子之家”。可证。

〔32〕爱其材：爱，惜也。

〔33〕使问，且视之：问，馈遗以物。犹今言慰问。视，视察病情。

〔34〕病，将杀之：病，谓伤甚也。此言若其伤甚重，则将杀之。

〔35〕“以君之灵”句：灵，威灵，可引申为福佑。杜注：“不以病故自安宁。”

其句意为：托国君的福佑，你看我不是很安宁的吗？

〔36〕距跃三百，曲踊三百：二句旧解纷纭，大多俱无确证，似亦难从。距跃、曲踊，均为跳跃之名。顾炎武《补证》引邵宝之说，以为距跃为直跳，曲踊为横跳。刘文淇《疏证》谓直跳者，向上跳，犹今之跳高；横跳者，向前跳，犹今之跳远。此说或可从。按古文惯例，三百应为虚数，言其跳跃次数之多。亦犹可用。

〔37〕乃舍之：宽宥其罪，舍而不杀。

〔38〕徇于师、舟子侨：徇于师，犹今言示众于军中，使将士遍知之。《商君书·赏刑篇》云："晋文公将欲明刑，以亲百姓，于是合诸侯大夫于侍千宫。颠颉后至，吏请其罪（吏字本无，依《太平御览》六三六、六四六增）。君曰：'用事焉。'吏遂斩颠颉之脊以徇（徇，各本均作殉，今据《御览》六四六改），晋国之士稽焉皆惧，曰：'颠颉之有宠也，断以徇（徇字依《御览》六三六引改），况于我乎？'"《韩非子·外储说·右上篇》亦记此事，均与《左传》不同。舟子侨，原为虢国大夫，鲁闽公二年奔晋。立为戎车右卫，以罚魏犨，魏即免职。

宋人使门尹般如晋师告急〔1〕。公曰："宋人告急，舍之则绝〔2〕，告楚不许，我欲战矣，齐、秦未可，若之何〔3〕？"先轸曰："使宋舍我而赂齐、秦，借之告楚〔4〕。我执曹君，而分曹、卫之田以赐宋人〔5〕。楚爱曹、卫，必不许也〔6〕。喜赂怒顽〔7〕，能无战乎〔8〕？"公说〔9〕：执曹伯〔10〕，分曹、卫之田以畀宋人〔11〕。

楚子入居于申〔12〕，使申叔去穀，使子玉去宋〔13〕，曰："无从晋师〔14〕！晋侯在外，十九年矣〔15〕，而果得晋国。险阻艰难，备尝之矣；民之情伪，尽知之矣〔16〕。天假之年〔17〕，而除其害〔18〕。天之所置，其可废乎〔19〕？《军志》〔20〕曰：'允当则归〔21〕。'又曰：'知难而退〔22〕。'又曰：'有德不可敌〔23〕。'此三志者，晋之谓矣〔24〕。"子玉使伯棼请战〔25〕，曰："非敢必有功也〔26〕，愿以间执谗慝之口〔27〕。"王怒，少与之师〔28〕，唯西广、东宫与若敖之六卒实从之〔29〕。

子玉使宛春告于晋师曰〔30〕："请复卫侯而封曹〔31〕，臣亦释宋之围。"子犯〔32〕曰："子玉无礼哉！君取一，臣取二〔33〕，不可失也〔34〕。"先轸曰："子与之〔35〕！定人之谓礼〔36〕，楚一言而定三国〔37〕，我一言而亡之；我则无礼，何以战乎？不许楚言，是弃宋也；救而弃之，谓诸侯何〔38〕？楚有三施〔39〕，我有三怨〔40〕，怨雠已多〔41〕，将何以战〔42〕？不如私许复曹、卫以携之〔43〕，执宛春以怒楚〔44〕，既战而后图之〔45〕。"公说。乃拘宛春于卫，且私许复曹、卫。曹、卫告绝于楚〔46〕。

子玉怒，从晋师[47]。晋师退。军吏曰[48]：“以君辟臣[49]，辱也，且楚师老矣[50]，何故退？”子犯曰：“师直为壮，曲为老，岂在久乎[51]？微楚之惠不及此[52]，退三舍辟之[53]，所以报也[54]。背惠食言[55]，以亢其雠[56]，我曲楚直。其众素饱[57]，不可谓老。我退而楚还，我将何求[58]？若其不还，君退臣犯，曲在彼矣。”退三舍。楚众欲止，子玉不可[59]。

夏四月，戊辰[60]，晋侯、宋公、齐国归父、崔夭、秦小子慭次于城濮[61]。楚师背酅而舍[62]，晋侯患之[63]，听舆人之诵，曰：“原田每每[64]，舍其旧而新是谋[65]。”公疑焉[66]。子犯曰：“战也！战而捷，必得诸侯。若其不捷，表里山河[67]，必无害也。”公曰：“若楚惠何[68]？”栾贞子曰[69]：“汉阳诸姬[70]，楚实尽之[71]。思小惠而忘大耻[72]，不如战也。”晋侯梦与楚子搏[73]，楚子伏己而盬其脑[74]，是以惧。子犯曰：“吉！我得天[75]，楚伏其罪[76]，吾且柔之矣[77]。”

子玉使斗勃请战[78]，曰：“请与君之士戏[79]，君冯轼而观之[80]，得臣与寓目焉[81]。”晋侯使栾枝对曰：“寡君闻命矣。楚君之惠，未之敢忘，是以在此[82]。为大夫退[83]，其敢当君乎[84]？既不获命矣[85]，敢烦大夫，谓二三子[86]：戒尔车乘[87]，敬尔君事[88]，诘朝将见[89]。”

晋车七百乘[90]，韅、靷、鞅、靽[91]。晋侯登有莘之虚以观师[92]，曰：“少长有礼[93]，其可用也。”遂伐其木，以益其兵[94]。己巳，晋师陈于莘北[95]，胥臣以下军之佐当陈、蔡[96]。子玉以若敖之六卒将中军[97]，曰：“今日必无晋矣[98]。”子西将左，子上将右[99]。胥臣蒙马以虎皮，先犯陈、蔡，陈、蔡奔，楚右师溃[100]。狐毛设二旆而退之[101]。栾枝使舆曳柴而伪遁[102]，楚师驰之[103]。原轸、郤溱以中军公族横击之[104]。狐毛、狐偃以上军夹攻子西[105]，楚左师溃[106]。楚师败绩[107]。子玉收其卒而止[108]，故不败。

晋师三日馆，穀[109]，及癸酉而还[110]。甲午[111]，至于衡雍[112]，作王宫于践土[113]。

注：

〔1〕门尹般：宋大夫，官为门尹，名般。《晋语四》般作班，古同音通假。马宗琏《补注》云：“班，盖宋卿掌门尹之任……楚围急，故使重臣如晋乞师。”如，往。此时，楚之令尹子玉已率兵围宋，故宋向晋军求救。

〔2〕舍之则绝：如果放弃宋国而不去救它，则宋将与晋断绝邦交。

〔3〕“告楚”句：告请楚释宋之围，楚又不允许。《国语·晋语四》：“宋人告急，舍之则宋绝，告楚则不许我。”释二句文义更明。齐、秦未可，齐、秦尚未同意。此时，齐、秦虽在晋国一边，但重大军事行动必须征得两国的同意。若之何，怎么办？

〔4〕“使宋舍我”句：叫宋放开我们而贿赂齐、秦，借齐、秦之力，使之为宋告于楚，请释宋之围。杜注：“假借齐秦，使为宋请。”

〔5〕“我执曹君”句：这时，曹、卫已被晋军击破。以曹、卫之田赐宋人，一则，可以怒楚；一则，可以补偿宋与齐、秦之贿赂。

〔6〕“楚爱曹、卫”句：楚爱曹、卫，犹言楚国爱护曹、卫两个盟国，实即楚舍不得丢失曹、卫之地。必不许，必然不许齐、秦为宋之请，而释宋之围。

〔7〕喜赂怒顽：此言齐、秦喜得宋之赂，而怒楚之态度顽固。《国语·晋语四》：“齐、秦不得其请，必属怨也。”

〔8〕能无战乎：还能不与楚作战吗？此乃以计激发齐、秦两国参战。

〔9〕公说（yuè）：晋文公感到高兴。

〔10〕执曹伯：伯，是曹君原来的封爵。此言把曹共公扣押起来。

〔11〕“分曹、卫”句：畀（bì），给予。司马迁《史记·晋世家》：“楚围宋，宋复告急晋。文公欲救，则攻楚，为楚常有德，不欲伐也。欲释兵，宋又尝有德于晋，患之。先轸曰：‘执曹伯，分曹、卫地以与宋，楚急曹、卫，其势亦释宋。’于是文公从之。”与《左传》记事略有不同。

〔12〕“楚子”句：楚子，楚成王。楚君初封子爵，故中原诸侯国均称楚君为子。但楚君主对内则称王。入，申在方城内，楚子由伐宋退居方城内，故曰入。申，见《郑伯克段于鄢》注〔1〕。

〔13〕使申叔去穀：申叔，即申公叔侯，楚大夫。二十六年传：“公以楚师伐齐，取穀。”“楚申公叔侯戍之。”可知申叔曾奉命伐齐，占领齐之穀（今山东旧东阿），一直在那里戍守，故楚王命他自穀撤兵。子玉，楚令尹，名成得臣，僖公二十三年受子文（名斗穀於菟，庄公三十年为楚令尹）推荐任令尹之职。这时为楚围宋的主帅，故楚王命他由宋撤兵。

〔14〕无从晋师：无，勿。从，进逼，周旋之意。此言不要与晋交战。

〔15〕晋侯在外，十九年矣：晋文公重耳于僖公五年出奔，在狄十二年，于僖公十六年离狄，过卫、齐、曹、宋、郑、楚、秦等诸侯国，于二十四年方入晋，以夏正数之，则整十九年矣。

〔16〕情伪：情，实也。情伪犹今言真假虚实。

〔17〕天假之年：旧注说法不一，《左传》、《国语》等以为重耳出亡，时年十七，亡十九年反国，时年三十六，城濮之战，即位已四年，则为四十岁，死时四十四岁。而《史记·晋世家》则说，重耳出亡年四十三，凡十九年而得反国，时年六十二，城濮之役，他已六十六岁。所以说，天给予他长寿，或为天使晋侯享高年。如按《左

传》、《国语》之说，犹言其十九年在外，流离转徙，犹得生存。而且，献公之子九人，只他一人在耳，故云“天假之年”。

〔18〕而除其害：除晋之害，清除了他的敌人。此指惠公死，怀公及吕、郤被杀。

〔19〕“天之所置”句：其，同岂。句首语气词，加强反问。句意为：天意要把他扶植树立起来，怎能推翻呢？

〔20〕《军志》：古之兵书。

〔21〕允当则归：允当，公平得当。此句犹言适可而止，恰如其分则止。

〔22〕知难而退：今《吴子·料敌篇》袭用此语。按兵书系指战术，非指战略。意为应知己知彼，不要盲目冒进。

〔23〕有德不可敌：有德之人是不可与为敌的。亦即凡正义所在，是不能抵挡的。

〔24〕“此三志”句：三志，三条记载。者，此处为语气词。之，代词，复指宾语“晋”。即：这三条军志上的话，就是在说晋国啊！

〔25〕伯棼（fén）：楚大夫，名斗椒，字伯棼，一字子越，故又称斗越椒。楚臣斗伯比之孙。请战，请求楚王批准子玉去作战。

〔26〕“非敢”句：非敢必有功，不敢保证一定能成功。间执，间，同閒，亦同闲。即防闲，防止，杜塞之意。

〔27〕“愿以”句：谗慝，《庄子·渔父》：“好言人恶谓之谗。”《荀子·修身》：“伤良曰谗。”又，《尔雅·释训》：“崇谗慝也。”《释文》：“言谗慝其情以饰非。”可见古人谗慝连用，其意为好言人之过恶。谗慝之口，指僖公二十七年蒍贾之言：“子玉刚而无礼，不可以治民。过三百乘，其不能以入矣。”云云。子玉认为，这是有意破坏和打击他，因而很想打一胜仗以堵住讲他坏话的谗人之口。

〔28〕少与之师：只给他少数的兵力。

〔29〕“唯西广”句：西广，广，去声。鲁宣公十二年《左传》说：楚“其君之戎，分为二广。广有一卒，卒偏之两”。（此言楚王亲兵戎车分为左右两部，每部皆名曰广。每部之车数有一卒。卒之数为偏之两，即两偏。下文言“楚子为乘广三十乘”，指一偏为十五乘，两偏为三十乘。楚以三十乘为一卒，以一卒称一广。清江永《群经补义》说，此卒为战车之数，非指徒兵之数，昔人多以《司马法》及《周礼》百人为卒之说证之，使车徒相混，似不当。二广，亦称左右广，西广即右广。）又，唐孔颖达《春秋左传正义》认为“广”乃兵车之名。东宫，指本隶属于太子的军队。鲁文公元年《左传》说：太子商臣在“冬十月，以宫甲围成王”。杜注曰：“太子宫甲，僖二十八年东宫卒从子玉，盖取此宫甲。”可知东宫有兵。此处东宫，当指太子的宫甲。若敖，楚武王之祖。楚君之无谥者皆以敖称，而冠以所葬地名。例如，《左传·鲁昭公十三年》所谓“葬子干于訾，实訾敖”是也。故若敖为楚君之葬于若者，似为子玉之祖。（敖即豪，犹今言酋长）若敖之六卒，似为若敖所初设的宗族亲军。卒为车法，非徒法，江永已言之甚详。杜注以一卒为百人，六卒为六百人，以徒法释

车，似误。《楚语上》：“及城濮之役，唯子玉欲之，与王心违，故唯东宫与西广寔来。”此指除子玉原来围宋之军队外，此又以西广、东宫及若敖之六卒益其军。寔，同实，是从子玉作战。

〔30〕宛春：宛，音（yuān 鸳）。宛春，楚大夫。和《吕氏春秋·分职篇》、《新序·刺奢篇》所说谏卫灵公之宛春为宋大夫者，自为两人。

〔31〕“请复卫侯”句：请你恢复卫侯的地位和重新建立曹国，我也就解宋之围。（卫侯虽出居襄牛，但仍在卫国境内，故曰复。曹君已被晋军执于宋国，等于失去国君身份，故曰封。）臣，为子玉自称。

〔32〕子犯：晋大夫，文公的母舅狐偃。

〔33〕君取一，臣取二：晋文公为君，仅得宋围之释一项利益；子玉为臣，却得到复卫、封曹两项利益。

〔34〕不可失也：犹言作战时机不可失去。

〔35〕子与之：子，您。与，允许。许子玉所提之条件。先轸劝子犯应当答应子玉所请。

〔36〕定人之谓礼：安定了别人的国家就叫有礼。

〔37〕楚一言而定三国：楚人一句话就安定了三个国家。此指释宋围、复卫、封曹，是三国安定了。

〔38〕“救而弃”句：晋本为救宋而来，结果反弃而不顾，将以什么理由给齐、秦等诸侯去回答呢？（意为将无辞以对诸侯。）

〔39〕〔40〕三施、三怨：施，给予。怨，怨恨。此处是指上文“楚一言而定三国，我一言而亡之”之意。犹言复卫、封曹、释宋围，是楚施恩于三国，故曰三施。若晋不从先轸之言，则使宋、曹、卫三国之众皆将怨晋，故曰三怨。

〔41〕怨雠已多：已，太也，过也。

〔42〕将何以战：即将以何战。言将凭什么条件作战呢？

〔43〕“不如私许”句：携，离也。即离间。私，暗中，私下。不如私下允许复卫封曹以离间曹、卫与楚之同盟。

〔44〕怒楚：激怒楚国。

〔45〕“既战”句：此言等到战争结束之后再考虑是否应复卫封曹的问题。

〔46〕告绝于楚：曹、卫声明与楚断绝关系。

〔47〕从晋师：指释宋之围而进逼晋师。《国语·晋语四》：“子玉释宋围从晋师。”楚成王令子玉无从晋师，子玉反其道而行之。

〔48〕军吏：军佐。

〔49〕以君辟臣：辟，同避。此指晋文公避子玉。（以文公为君，子玉为臣。）

〔50〕老：士气衰落不振，暮气很深。楚师自去年冬围宋，至此已半年有余，故言其疲惫。

〔51〕“师直为壮”句：此言战争中士气盛衰，在于理之曲直，理直的一方则气壮，理曲的一方则气衰，那里在用兵时间的久暂。“乎”字阮刻本作“矣”。

〔52〕微楚之惠不及此：微，少。此处可引申为无。此言文公如果没有楚国给予的恩惠，就不会有今天。鲁僖公二十三年传云：“晋文公重耳之及于难也……及楚，楚子飨之，曰：‘公子若反晋国，则何以报不穀?’对曰：‘子、女、玉、帛，则君有之；羽、毛、齿、革，则君地生焉。其波及晋国者，君之余也；其何以报君?’曰：‘虽然，何以报我?’对曰：‘若以君之灵，得反晋国。晋、楚治兵，遇于中原，其辟君三舍。若不获命，其左执鞭、弭，右属櫜、鞬，以与君周旋。’子玉请杀之。楚子曰：‘晋公子广而俭，文而有礼。其从者肃而宽，忠而能力。晋侯无亲，外内恶之。吾闻姬姓唐叔之后，其后衰者也，其将由晋公子乎？天将兴之，谁能废之？违天，必有大咎。’乃送诸秦。”以后，秦又送他入晋，得为晋君。

〔53〕三舍：在古代，师行一宿为一舍。鲁庄公三年传云：“凡师一宿为舍。”而师行每日三十里，故三十里亦称一舍。《国语·晋语四》韦昭注引《司马法》：“进退不过三舍，礼也。”此言晋如不退避三舍，就是对楚负恩失信。

〔54〕报：报德也。即上文注所言文公过楚时曾许楚成王之言。

〔55〕背惠食言：背惠，背弃楚之恩惠。食言，取消自己的诺言。

〔56〕以亢其雠：亢，扞蔽，扞御。其，指楚。仇，指宋。即晋去保护楚之仇人宋国。此指楚伐宋而晋救之。（见王引之《经义述闻》）一说，亢，同抗。其意为：以此抵御敌人。似欠妥。因下句言“我曲楚直”，即：这样做是晋理亏而楚理直了。故前说近理。

〔57〕素饱：素，向来，一贯。饱，谓士气饱满。一说，一贯不缺粮，吃得很饱。按下句，前说近理。

〔58〕“我退”句：此言晋退兵而楚亦撤回，我还要求些什么呢？

〔59〕《史记·晋世家》叙此事以子犯语为晋文公语，与《左传》和《晋语四》所记皆不合。

〔60〕戊辰：夏四月朔日。一说，初三日。

〔61〕“晋侯、宋公”句：宋公，宋成公，名王臣，鲁僖公二十四年（公元前636年）即位，在位十七年。国归父、崔夭，皆为齐大夫。今传世有齐大宰盘铭云“隹王八月丁亥，齐大宰遷父甾为忌（己）盥盘”，郭沫若《两周金文辞大系考释》谓大宰遷父甾即此国归父。方濬益《缀遗斋彝器考释》卷七之说同。崔夭，其先出姜姓，食采于崔，因以为姓。小子慭（yìn），秦穆公子。次，临时驻扎，进驻。城濮，卫地，今山东旧濮县（1956年已并入范县）南七十里有临濮城，即古城濮也。以上诸人均以盟军将领身份参加了这次战役。

〔62〕背酅而舍：背，背负着。酅（xī），城濮附近的地名，是一个丘陵险阻的地带。舍，驻军宿营。此言楚人凭靠着险要的地势而驻军宿营。

〔63〕患之：心有疑虑，为战事担心。

〔64〕原田每每：原田，即《说文》之“趄田”。趄、原古韵同部，声亦相近，可通用。即今之休耕田，或轮休田。《周礼·大司徒》有“不易之地”、“一易之地”、“再易之地”，郑玄注：“不易之地岁种之，地美。”“一易之地休一岁乃复种，地薄。”“再易之地休二岁乃复种。”此处原田即指一易、再易之地。这种田休耕时，田中草茂盛，可用以为绿肥。故每每，一可作莓莓，即形容草盛也。一说，原田，高田也，似欠妥。

〔65〕舍弃旧而新是谋：此连上文，犹言去年已耕种者，今年即不再种，而种其先休耕者，故曰“舍其旧而新是谋”。杜注：“喻晋军之美盛，若原田之草每每然，可以谋立新功，不足念旧惠。”虽得其意，但未透彻。是，代词，复指宾语“新”。一说，其句意为：原田中的草正茂盛地生长着，应该去掉旧根，考虑赶快播新种。按其内容，似不当。

〔66〕公疑焉：上文说“晋侯患之”，因其怕不易战胜楚国，等听到“舆人（役卒）之诵”（不合乐之歌唱），又觉战士有求速战之意，故心中疑虑重重。必得诸侯：一定能得到诸侯们的拥戴。

〔67〕表里山河：杜注云：“晋国外河而内山。”言进可攻，退可守，形势很好。

〔68〕若楚惠何：义为楚惠若之何。对楚国从前的恩惠怎么办呢？亦即楚国从前给予我们的恩惠，奈何？

〔69〕栾贞子：即栾枝。

〔70〕汉阳诸姬：阳，水之北岸。周、晋同姓（姬）之诸侯小国在汉水之北者很多，不便一一举名，故言诸姬。

〔71〕楚实尽之：指楚实际上尽灭汉阳诸姬之国。据《史记·楚世家》记载，楚武王三十五年伐随，始开濮地而有之。文王六年伐蔡。楚强，陵江、汉间小国，皆畏之。十一年，楚亦始大，成王时楚地千里。指楚吞并江、汉间小国之事。

〔72〕“思小惠”句：重耳出亡于楚，楚成王厚待之，是小惠；灭我汉阳同姓诸姬，是大耻，故不能忘。

〔73〕搏（bó）：两人格斗。清汪中《左氏春秋释疑》：“左氏所书，不专人事，其别有五；曰天道，曰鬼神，曰灾祥，曰卜筮，曰梦。其失也巫，斯之谓欤？”是也。

〔74〕“楚子伏己”句：盬（gǔ），咀嚼，咬，啮。或吮吸，吸取。此句犹言楚子伏在文公的身上，吮吸文公之脑汁。

〔75〕我得天：晋侯压在下边，仰面向上，故云得天。即得天保佑之意。

〔76〕楚伏其罪：楚子伏，面向下，故云伏其罪。西安半坡遗址有公共墓地，氏族中埋葬死者（指成年人），有仰身葬与俯身葬两种。仰身葬有殉葬品，俯身葬无。仰身者贵，俯身者贱。前者其葬为得天，后者其葬为伏其罪。子犯之言与此相似，可能春秋时仍有此习。

〔77〕吾且柔之矣：柔，柔顺，驯服。此处作动词，犹言使楚驯伏。或曰，为柔能克刚之意。按，晋侯的梦境当然因疑惧而生，原不足信，子犯圆梦之言，不过是故作曲解，以消晋侯之疑虑，鼓舞其作战信心而已。

〔78〕斗勃：楚大夫，即下文的子上。

〔79〕请与君之士戏：戏，角力，较量。《晋语九》："少室周为赵简子右，闻牛谈有力，请与之戏；弗胜，致右焉。"韦注："戏，角力也。"此戏字义同此（见王引之《经义述闻》）。

〔80〕君冯轼而观之：冯，同凭。古人乘军车多站立，冯轼则较舒适而能持久。轼，车前横木（或云为平板，或云为扶手横木。据始皇陵出土之兵车，后说较安）。

〔81〕得臣与寓目焉：得臣，子玉之名。他名成得臣，此处自己称名。与，参与，参加。寓目，观看，过目。

以上三句意为：请与国君的战士作一次角力游戏，君王靠在车前横木（横板）上观看，得臣可以陪同君王一起观看啊。

〔82〕"未之敢"句：未之敢忘，之，代词，指楚君之惠，此作忘的宾语。即未敢忘之。是以在此，此指退避三舍之地。

〔83〕为大夫退：因为不敢忘楚君之惠，故对大夫尚且还要退让，岂敢出兵抵挡楚君呢？一说，为同谓，以为楚君已退也，亦通。

〔84〕其敢当君乎：其，同岂。因为子玉为臣，晋侯为君，臣不应与君抗，君退，臣亦当退，故以为大夫退也。此说似亦有理。

〔85〕既不获命矣：既然不能获得楚人退军的命令。鲁僖公二十三年传，重耳答楚成王之言曾有"其辟君三舍，若不获命"等语。然而，楚军未退，又进逼晋师，故言不获命。

〔86〕"敢烦大夫"句：大夫，指斗勃。谓，对……说。二三子，指子玉、子西等楚之将领。

〔87〕戒：准备。犹言准备好你们的战车。

〔88〕敬尔君事：敬，尊重。尔，你们。犹言诚实地重视你们国君交给你们的军事任务。或尽心尽力地对待你们国君的军事任务。

〔89〕诘朝：明日早朝。

〔90〕七百乘：按古时每辆战车有步兵七十五人计，七百乘共有参战士兵五万二千五百人。

〔91〕韅、靷、鞅、靽：韅（xiǎn）、靷（yǐn）、鞅（yǎng）、靽（bàn），指战马驾车时的各种装备。杜注云："在背曰韅，在胸曰靷，在腹为鞅，在后曰靽。"清人王引之、段玉裁、陈奂等有详细解释，可参考。

〔92〕有莘之虚：有，古人加在名词之前的习惯用语，无实义。莘，古国名。据《春秋舆图》记载，有莘氏虚，在今山东省曹县北十八里。关于有莘的记载很多，

《大戴礼·帝系》,《诗经·大雅·大明》及鲁昭公元年传载，夏、商、周皆有莘国（疑为部落)。即以《左传》而论，则庄公十年《春秋经》之莘为蔡地，三十二年《传》之莘为虢地，成公二年《传》之莘为齐地，此处则又一莘，盖古莘国之废也。虚，同墟。废城遗址。

〔93〕少长：常见的有两说：一、下级和上级。即官兵之间很讲礼让。二、年幼和年长。其一指训练时长教幼，幼敬长，很有礼貌；其二指布阵时幼壮者在前，年长者在后，士兵们很懂礼让，故云有礼。

〔94〕以益其兵：益，增添。犹言用以增加他们的兵器。杜注：“伐木以益攻战之具。”如戈、矛之柄，俱须伐木以为之。

〔95〕己巳句：己巳，四月初四日（一说为初二日)。陈于莘北，陈，即列阵。莘北，城濮。

〔96〕“胥臣以下军”句：胥臣，晋下军之佐，即下军副帅。晋军以中军当楚中军，以上军当楚左师，栾枝以下军将诱子玉，胥臣以下军佐当陈、蔡。陈、蔡在当时为楚盟邦，派军参战，属于楚之右师。

〔97〕“子玉以若敖”句：子玉带上叫做若敖的六卒战车部队以率领中军，进行指挥。

〔98〕“今日”句：今天一定没有晋国了。

〔99〕子西、子上：子西，楚大夫，名斗宜申，当时为楚之司马，令其统率左军。子上，即斗勃，令其率领右军。

〔100〕蒙马以虎皮：以虎之皮蒙于马上。

〔101〕“狐毛”句：狐毛，狐偃之兄，晋上军主帅。旆（pèi)，军中大旗。按，古代出师，只有中军是全军主帅所居之地，可树立二旆。狐毛率领的本为上军，他却故意设二旆，而向后撤退，使楚人以为是晋中军败走，以诱其深入（参见杜注)。一说，晋之前军曰旆。杨伯峻《春秋左传注》云：“刘书年《刘贵阳经说》曰：设二旆，设前军之两队也。庄二十八年传，‘楚子元、斗御彊、斗悟、耿之不比为旆，斗班、王孙游、王孙喜殿。’旆殿对文，而日为旆，是旆必前军。楚前军名旆，晋制亦然。哀二年传晋赵鞅御郑师于戚，阳虎曰：‘吾军少，以兵车之旆与罕驷兵车先陈（注：旆，先驱车也。以先驱车益其军以示众)。’盖以兵车之先驱者为一军，故云兵车之旆，是晋前军名旆之确证。又襄十八年传，晋伐齐，‘左实右伪以旆先，舆曳柴而从之’，此旆亦是前军。张衡《东京赋》‘殿未出乎城阙，旆以返乎郊畛’，薛综注：‘旆，前军；殿，后军’。本《左氏》也。所以名旆者，以其载旆也。旆本旌旗之旒，旌旗之有旒（飘带）者曰旆。……刘说是。杜注以旆为大旗，误。退之，之指楚右师。盖楚右师溃败，必四处乱窜，狐毛将上军，以当楚左师，今另设前军二队以防楚他师之窜入，楚右师之溃者亦被击而他窜矣。”

〔102〕“栾枝”句：栾枝，晋下军主帅。使舆曳柴，使战车后面拖着树枝使其尘

土飞扬。杜注："曳柴起尘，诈为众走。"此伪装下军主力败退也。《淮南子·兵略训》："曳梢肆柴，扬尘起竭，所以营其目者，此善为诈佯者也。"

〔103〕驰之：驰，驱马急追也。此指楚之中军。

〔104〕"原轸"句：原轸即晋中军主帅，郤溱为晋中军副帅。中军之中，有以公族子弟组成的部队，故云中军公族。公族，一般有广狭二意。凡公之同姓子弟曰公族，此广义。自西周至春秋时公族大夫（掌公卿子弟）之官亦简称公族。此狭义也。而此处的中军公族，是指中军中由晋公室子弟组成的部队，即晋侯之亲兵。

〔105〕"狐毛、狐偃"句：晋上军将佐各自率领其部属从两翼攻子西，故曰夹攻。

〔106〕楚左师溃：这次战争中，楚右师因有陈、蔡军，故先溃。此后，晋人集中优势兵力，以运动战打击楚左师，左师也溃。

〔107〕败绩：军队大崩溃叫败绩。

〔108〕"子玉收"句：其卒当为若敖之六卒。

"故不败"以上为城濮之战的正文。先写晋进一步化被动为主动，拉过来宋、曹、卫，使楚完全陷入孤立无援的境地；又退避三舍，把楚在道义上、舆论上的一点有利条件也剥夺净尽。晋侯忧虑的原因是楚军的强大，胜负未卜，而晋能避实就虚，先击溃楚左右两翼，终于取得全胜。

〔109〕馆、穀：馆，义同舍，住宿，动词。此指住楚人的军营。穀，吃楚人所积之军粮，动词。宣公十二年传："城濮之役，晋师三日穀。"即此义也。

〔110〕癸酉：四月初八日。一说，四月初六日。二日胜楚军，三、四、五日馆穀，六日而返。

〔111〕甲午：四月二十九日。一说，二十七日。

〔112〕衡雍：杜注，郑地。以宣公十二年传的邲之战的楚次于衡雍可证其是也。王夫之《稗疏》谓为王畿，恐非。其地在今河南原武县西北五里处。

〔113〕作王宫于践土：此处指周襄王闻晋侯胜楚军，亲往慰劳，所以晋侯给他建造了一所行宫。今河南荥泽县西北有王宫城，城内东北角有践土台，距衡雍三十余里，即此地也。杜注："襄王闻晋战胜，自往劳之，故为作宫（作，义为建造）。"

乡役之三月〔1〕，郑伯如楚致其师〔2〕。为楚师既败而惧，使子人九行成于晋〔3〕。晋栾枝入盟晋伯。五月丙午〔4〕，晋侯及郑伯盟于衡雍。

丁未〔5〕，献楚俘于王〔6〕：驷介百乘〔7〕，徒兵〔8〕千。郑伯傅王〔9〕，用平礼〔10〕也。己酉〔11〕，王飨醴〔12〕，命晋侯宥〔13〕。王命尹氏及王子虎、内史叔兴父策命晋侯为侯伯〔14〕，赐之大辂之服〔15〕、戎辂之服〔16〕，彤弓一，彤矢百〔17〕，玈弓矢千〔18〕，秬鬯一卣〔19〕，虎贲〔20〕三百人。曰："王谓叔父[21]：‘敬服王命[22]，以绥四国[23]，纠逖王慝[24]。’”晋侯三辞[25]，从命，曰：“重耳敢再拜稽首，奉扬天子之丕显休命[26]。”受策以出[27]，出入三觐[28]。

卫侯闻楚师败，惧，出奔楚[29]，遂适陈[30]。使元咺奉叔武以受盟[31]。癸亥[32]，王子虎盟诸侯于王庭[33]，要言[34]曰：“皆奖王室，无相害也。有渝此盟[35]，明神殛之[36]，俾坠其师[37]，无克祚国[38]，及而玄孙[39]，无有老幼[40]。”君子谓是盟也信[41]，谓晋于是役也，能以德攻[42]。

注：

〔1〕乡役之三月：乡，同曏，今作向，犹言不久以前。役，指城濮之役。城濮战役之前故曰乡役。三月，有二义：一，三个月。城濮之役为四月，前三个月则为一月。二，一年中的春季三月，则为斯役之前月，即三月。

〔2〕“郑伯”句：郑伯，郑文公。致，送给，交给。指把军队指挥权交出，听候使用。其句意为：郑伯到楚国去，把他的军权交给楚国去指挥掌握。《孔疏》云：“致其师者，致其郑国之师，许以佐楚也。战时虽无郑师，要本心佐楚，故既败而惧。”《史记·郑世家》云：“四十一年，助楚击晋。自晋文之过无礼，故背晋助楚。”《史记·晋世家》云：“初，郑助楚，楚败，惧，使人请盟晋侯。”皆言其事。

〔3〕“使子人九”句：子人九，子人是桓十四年郑伯弟语之字，故其后人以字为氏。故此处即姓子人名九，当时为郑大夫。行成，犹言求和（入，入郑都也）。

〔4〕五月丙午：五月十一日。一说，九日。

〔5〕丁未：五月十二日。一说，十日。

〔6〕献楚俘于王：把楚国的俘虏献给周襄王。即武装押楚俘于周王。

〔7〕驷介百乘：驷介，四马被甲拉一战车者。《诗·郑风·清人》：“驷介旁旁。”驷，驾车的四马。介，甲。古时战马有金甲，当为青铜之属。也有革甲。皆以护体也。旁，古音 péng（朋），旁旁，驱车不息的样子古人战车用马必披甲，成公二年鞌之战，齐侯不介马而驰晋军，《左传》以特例而书。

〔8〕徒兵：步兵。

〔9〕郑伯傅王：傅，相，指赞礼者。此句意为：当行献俘礼时，郑文公为周襄王之相，此似当年周平王（名宜臼，幽王之子，公元前770—前720年在位）接见晋文侯仇时以郑武公为相一样。今《尚书·文侯之命》应从《书序》之说，当为周平王赐晋文侯之命。《史记》之《周本纪》与《晋世家》和《新序》之《善谋篇》均以为周襄王赐晋文公之命，似误。郑武公所以傅周平王，因武公当时为平王卿士。城濮之役，郑文公所以傅襄王，是因为晋文公命其“各复旧职”。《左传·鲁襄公二十五

年》载子产答晋人说："我先君武、庄为平、桓卿士，城濮之役，文公布命曰：'各复旧职'，命我文公戎服辅王，以受楚捷"，即其证也。

〔10〕用平礼：襄王以当年平王接待晋文侯的礼仪接待晋文公。

〔11〕己酉：十四日。一说，十二日。

〔12〕王饗醴：醴，甜酒，以麦芽酿之，一宿而成，汁与糟不分，味极薄，浊而甜。饗醴，享时用醴不用味厚之酒。《周礼·春官·大行人》郑《注》："饗，设盛礼以饮宾也。"沈钦韩说，饗即享，考之彝铭，作鄉，即饗之初文。《师遽彝》："隹正月既生霸丁酉，王在周康寝饗醴，师遽蔑曆晉（侑）。"

〔13〕命晋侯宥：宥，同侑（yòu）。古时劝人吃喝加餐曰宥。此指周王劝晋文公进餐。

〔14〕"王命"句：尹氏、王子虎为周王卿士（大臣）。内史，周王室掌策命之官。策，简策，书写工具。策命，以书面形式任命，表示郑重。侯伯，诸侯之长，有权赏罚诸侯。杜注云："以策书（犹后世之诏书）命晋侯为伯也。"这是周王以法律形式肯定文公的霸主地位。

〔15〕大辂之服：辂（lù），亦作路。《礼记·乐记》："所谓大辂者，天子之车也，则所以赠诸侯也。"大辂乃天子之车的总名，不仅可赐之诸侯，也可赐之国卿。据《周礼·春官·巾车》，王有五路，玉路，金路，象路，革路，木路。金路，即大辂也。据《巾车》金路以封同姓。此大辂即金色车，祭祀大典时所乘，以鷩冕（鷩 biè，赤羽雉鸟，此言冕上以鷩羽为饰）为服。服，服装。此指与金路相配的服装，天子赐予同姓诸侯。

〔16〕戎辂之服：戎辂，兵车也。举行军礼时所乘，为韦弁（熟皮所制的冠）为服。按，二辂各有其服装与配备，赐时一同颁发，所以说是"大辂之服，戎辂之服"。沈钦韩《春秋左传补注》说："此大辂之服则金路（按，即以铜片为饰）衮冕，戎辂则革路韦弁服。"

〔17〕彤弓、彤矢：彤（tóng），红色。《说文》："丹饰也。"段注："以丹拂拭而涂之。"彤弓矢，与下文玈弓矢，均指所漆之色。古人习俗，凡天子赐予诸侯弓矢，即表示该诸侯即可从事征伐。

〔18〕玈弓矢：玈（lǔ 旅或 lú 庐），正字当作黸。《说文》："齐语黑为黸。"段注："经、传或借卢为之，或借旅为之，皆同音假也。旅弓旅矢，见《尚书》、《左传》，俗字改为玈（同音盧）。"古代一弓百矢，故《尚书·文侯之命》云："彤弓一、彤矢百，卢弓一、卢矢百。"此处玈弓矢千，矢千则弓十，不言十者可推知，此为省文（亦有弓一矢五十之记载）。

〔19〕秬鬯一卣：秬（jù），黑黍，今之黑色小米。鬯（chàng），以黑黍捣以香草合煮所酿造成之酒，其味芬芳条畅，故曰鬯，古人用以降神。卣（yǒu），古代盛酒之器。

〔20〕虎贲（bēn）：古书中或作虎奔，贲、奔古通，言其士之勇猛如虎之奔也。此指国王之卫士。《国语·鲁语下》："天子有虎贲，习武训也。"

〔21〕叔父：指晋文公。天子称同姓诸侯曰伯父或叔父。称异姓诸侯曰伯舅。襄公十四年传云："王使刘定公赐齐侯命曰：'昔伯舅大公右我先王。'"是周王于齐称伯舅。至于同姓诸侯，于鲁、卫皆称叔父，于晋自唐叔至文公、景公皆称叔父（也有称伯父的）。

〔22〕敬服王命：恭敬地服从天子的命令。

〔23〕以绥四国：绥，安也。四国，四方诸侯。此言以安定四方。

〔24〕纠逖王慝：纠，检举揭发，纠举弹劾。逖（dí），杜注："逖，远也。有慝于王者，纠而远之。"清惠栋《补注》："《鲁颂》'狄彼东南。'《郑笺》云：'狄当为剔。剔，治也。'此传当训为治也。"此为剔除之义。慝（tè），恶，奸邪。指有害于周王的坏人。

〔25〕三辞：辞让三次。此为古代接受策命前的惯例。

〔26〕"重耳敢"句：敢，表谦恭的副词，无义。再拜稽首，古代极为隆重的礼节。先拜两次，再跪下，双手合抱于胸前，头低至手上，然后双手合抱按地，头伏至手前地上，并停留片刻，称为再拜稽首。奉扬，承受发扬。丕显休命，丕，大也。显，明也。即今言伟大、光明之义。休，美，即美好。三字形容天子的策命伟大光明美好。一说，休，赐予之义，旧训为美，误。《江汉》"虎拜稽首，对扬王休"，答扬王赐也。此句意为：奉扬天子之赏赐与策命。休命为平列名词（参阅杨树达《积微居小学述林·诗对扬王休解》）。

〔27〕受策以出：沈钦韩《补注》："蔡邕《独断》：'策长二尺，下附篆书，起年月日，称皇帝曰，以命诸侯王三公。'按古制大略也如此。"今命晋侯为侯伯，故有加策也。

〔28〕出入三觐（jìn）：杜注："出入犹去来也。从来至去，凡三见王也。"据此，出入犹前后。三觐，明邵宝《左觿》说："始至而见，一觐也；享醴再策，二觐也；去而辞，三觐也。"享醴与受策非同时之事，此说似有误。沈钦韩《补注》说："当献楚俘之时，则觐礼裨冕墨车以朝，一也；受策之后，拜命于王，二也；聘礼食饗之后，拜礼于朝，三也。其三享即在始觐，又天子亲饗，意在待宾，不主于觐，皆不与焉。受策又于馆，不于朝也。"受策于馆与受策以出有矛盾，故此说仍可商榷。杨伯峻《注》云："窃疑献楚俘，一觐也；王享，二觐也；受策，三觐也。前后三觐，自统始终言之。"一说，郭沫若《两周金文辞大系考释》据《颂鼎铭》"颂拜稽首，受令册佩，以出，反入（返纳）堇章（瑾璋）"云："盖周世王臣受王册命之后，于天子有司有纳瑾报璧之礼。《召伯虎毁》第二器言'典献伯氏，则报璧琱生'，典即召伯所受之册命，琱生即《嫠毁》之宰琱生，乃天子之宰，其塙证也。《左传》'出入三觐'亦当读为'出纳三瑾'。金文凡瑾、觐、勤、谨均以堇为之，《左氏》古文亦必

作堇，后人因读为觐，更进而更易其字。”录之以备考。

〔29〕出奔楚：自襄牛出奔。

〔30〕遂适陈：适，往也。《史记·卫世家》：“晋文公重耳伐卫，分其地于宋，讨前过无礼及不救宋患也。卫成公遂出犇陈。”

〔31〕“使元晅”句：元晅（xuǎn），卫大夫。奉，辅佐，陪侍地位高的人曰奉。叔武，卫侯的弟弟，这时在卫摄政。

〔32〕癸亥：五月二十八日。一说，五月二十六日。

〔33〕“王子虎盟”句：王庭，周王的住处。指践土之行宫。

〔34〕要言：要（yāo），平声，约也。要言，互相约束之誓言。

〔35〕“皆奖”句：奖，《国语·周语中》：“修旧得以奖王室。”韦注：“奖，成也。”而杜注则言“奖，助也。”定公四年传之“以奖王衷”又注为：“奖，成也。”杨伯峻以为“当以成义为确”。渝，叛变，违背。

〔36〕明神殛之：明神，据襄公十一年传云：“或间兹命（间，犯也）。司慎、司盟（《仪礼·觐礼·疏》：‘二司，天神。司慎，察不敬者；司盟者’）名山、名川（名山大川之神），群神、群祀（群神，各种天神；群祀，天神之外在于祀典者。）先王、先公（先王，诸侯之大祖；先公，始封君）七姓十二国之祖（晋、鲁、卫、曹、滕、姬姓；邾、小邾，曹姓；宋，子姓；齐，姜姓；莒，己姓；杞，似姓；薛，任姓。）明神殛之。”可见，明神包括甚广，凡天地、日月、山川、祖宗之神都概括其中。殛，诛也。

〔37〕俾队其师：俾，使。队，同坠，失落，丧失。旧注，陨也。《金泽文库》本、敦煌初唐写本残卷皆作坠。

〔38〕无克祚国：无，勿。克，能。祚（zuò），好的命运。此言使国运不能长久。一说，无克，不能够。祚国，享有国家。

〔39〕及而玄孙：而，同尔。阮刻本作其，误。《石经》、宋本、金泽文库本、敦煌初唐写本残卷均作而。《尔雅·释亲》：“曾孙之子为玄孙。”据古书记载，曾孙有两义，一为孙之子，一为远孙之通称。玄孙恐亦有两义，一为曾孙之子，一为远孙之通称。此处似指第二义。其意为：直到你们的玄孙。

〔40〕无有老幼：不论老少，皆将被殛。

〔41〕“君子”句：君子，《左传》中假设的评论员（发议论的人），通过他说出作者的见解。是盟也信，这次盟约是有信用的。

〔42〕德攻：以德义进行教育然后用兵，故能取胜。此二句是作者以儒家立场对历史事件的美化。

初，楚子玉自为琼弁、玉缨〔1〕，未之服也〔2〕。先战〔3〕，梦河神〔4〕谓己曰：“畀余！余赐女孟诸之麋〔5〕。”弗致也〔6〕。大心与子西使荣黄谏〔7〕，弗听。荣季[8]曰："死而利国，犹或为之，况琼玉乎？[9]是粪土也[10]，而可以济师[11]，将何爱[12]焉？"弗听。出，告二子[13]曰："非神败令尹[14]，令尹其不勤民，实自败也[15]。"既败，王使谓之曰："大夫若入，其若申、息之老何[16]？"子西、孙伯[17]曰："得臣将死。"二臣止之，曰："君其将以为戮[18]。"及连榖而死[19]。晋侯闻之，而后喜可知也[20]，曰："莫余毒也已。蒍吕臣实为令尹，奉己而已，不在民矣[21]。"

注：

〔1〕"初"句：初，当初，追写以前的事情，犹今言倒叙。琼弁（biàn），用美玉装饰的冠。缨，冠上垂下的缨子。一说，琼弁，马冠，在马鬣毛前，其弁饰之以琼玉，故谓之琼弁。缨即马鞅，马颈之革，饰之以玉，故谓之玉缨。此两物汉人皆解为马饰，杜注解为皮弁，即为子玉所自戴，不知何据（琼，赤色玉）。

〔2〕未之服也：服，动词，即穿戴。其意为，还没有使用过。

〔3〕先战：先于战，指城濮之战以前。

〔4〕河神：传说中的黄河之神。

〔5〕"畀余"句：畀（bì），给予。孟诸，宋之薮泽，《尚书·禹贡》称孟豬。在今河南商丘市东北，接虞城县界，以屡被黄河冲决，早已无存。麋，同湄，水草之交曰麋。其句意为：子玉梦见河神给自己说："把你所制的琼弁玉缨送给我，我把孟诸之麋赐给你。"义指你送我琼弁玉缨作礼物，我就让你打胜仗，占领宋国的地方。

〔6〕弗致也：不肯送予。指送河神之礼物须抛于河里，子玉不肯。

〔7〕"大心"句：大心，子玉之子，即下文的孙伯。子西，子玉之同族。荣黄，楚臣，即下文之荣季，黄为名，季为字。

〔8〕荣季：即荣黄。

〔9〕死而利国：而，犹假如之如。金泽文库本及敦煌残卷均作"国利"。似误倒。利国即对国家有利。其意为：假如牺牲自己的生命对国家有利，往往也要去做，何况牺牲琼玉呢？

〔10〕是粪土也：朽土，为古人常语。《论语·公冶长》："粪土之墙，不可圬也。"亦此意。

〔11〕而可以济师：而，转折连词，犹然而。一说，假设连词，犹如。济师，济，成也。犹对……有益。此言琼玉和生命相比，不过粪土，但舍却可以帮助军队打胜仗，对它还吝惜什么呢（意连上下句）？

〔12〕爱：惜也。

〔13〕二子：指大心与子西。

〔14〕败：使动用法，即河神使令尹失败。

〔15〕“令尹其不”句：不勤民，不勤于民事，即不以民事为重。其，语气词。此连上句意为：不是河神使令尹失败，是令尹不勤于民事，实际上是自招失败。

〔16〕“王使”句：王使，楚成王所派的使者。谓之曰，给子玉说。若入，假如活着回到楚国。申，已见前注。息，古小国名，姬姓。鲁庄公十四年为楚所灭，其地在今河南息县。申、息为当时楚之二邑名。老，父老，父兄。此言申、息二邑的子弟皆从子玉而战死，子玉若生还楚国，以何面目对申、息之父老？此与后来项羽无颜对江东父老有相似之处。按当时的社会习惯，大臣误了国事，不须等待国家依法处罚，就应自杀，故王使逼子玉死。

〔17〕孙伯：子玉之子大心。

〔18〕“得臣将死”句：二臣，子西、孙伯对王使之自称。其句意为：子玉本欲自杀以谢罪，而我二人阻止了他，跟他说，您且等待君王之刑戮吧。

〔19〕及连縠而死：及，到达。连縠，楚地名，其地今阙，不知何指。高士奇《春秋地名考略》说：“楚子入居于申，杜注：‘申在方城内，故曰入。’子玉败，王使谓之曰：‘大夫若入，其若申、息之老何?’盖不欲其入方城也，然则连縠乃方城外地。”杜注：“至连縠，王无赦命，故自杀也。”《左传·文公十年》云：“城濮之役，王思之，故使止子玉曰：‘毋死!’不及，止子西，子西缢而悬绝，王使适至，遂止之。”似此，楚成王曾两次遣使，前使欲其死，后使止其死，止子玉而不及也。《史记·楚世家》说：“成公怒，诛子玉。”《晋世家》又说，“子玉自杀”，可能是楚成王前命实欲子玉死，自杀乃奉命耳。

〔20〕喜可知也：知，犹见也。杜注：“喜见于颜色。”顾炎武《左传杜解补证》以为指文公喜悦之情见于颜色。《吕氏春秋·自知篇》：“文侯不说，知于颜色。”即见之于面容也。《淮南子·修务训》：“奉一爵酒，不知于色。”即不见于色也（可参看梁履绳《补释》）。

〔21〕“莫余毒”以下两句：毒，害也。莫，无定指代词，犹言“没有谁”。已，同矣。莫余毒，即莫毒余。此句意为：再没有谁来毒害我了。《说苑》：“楚有子玉得臣，文公为之侧席而坐（即坐不安席）。”即指此。又，重耳出亡过楚时，子玉曾劝楚王杀之。此处似因忆及往事而发此言。　蒍吕臣，即二十三《传》之叔伯，楚大夫，继子玉为令尹。　奉己，保护自己，保全自己。杜注：“言其自守，无大志。”不在民，不为人民之事用心了。

本文选自《左传·僖公二十八年》，叙写的是一次晋楚争霸之战。春秋初期，南方的楚国逐渐向北方扩张，黄河流域的诸侯国开始受到威胁。齐桓公虽曾做过侯伯，取得了霸主地位，但也只能使楚参加盟约，不能使之屈服。尔后，晋国逐渐强大。文公重耳取得政权之后，励精图治，国势更强，因此，很自然地形成与楚对峙的局面。城濮之战正是晋楚争霸的首次大战役。全文可分为四大段。第一段，自开头“二十八年春”至“立舟之侨以为戎右”，叙述城濮之战正式交兵前，晋先声夺人，使鲁、卫与楚疏远，使齐、秦与晋联盟，陷楚于孤立境地。第二段，自“宋人使门尹般”至“作王宫于践土”，是城濮之战的正文，叙写了战争的经过及胜负情况。第三段，自“饗役之三月”至“能以德攻，”叙写周王封赏晋侯及盟于王庭的情况。第四段，即最后一段，补叙子玉之死。也表示子玉为文公之劲敌。

城濮之战是《左传》中详细记载的战役之一，也是我国军事史上一次很有名的战役。战争正式开始之前，晋国本处于相对的被动和劣势。楚之国力比晋强大，士气也旺盛。而晋之盟国却又情况不一，宋被围，鲁观望，秦不欲战，齐有后顾之忧。但由于晋国的君臣同心协力，上下一致，加以策略与指挥的正确无误，因而终于取得了胜利。毛泽东同志在他的《论持久战》中曾以城濮之战等著名战役为例，说明“主观指导的正确与否，影响到优势、劣势和主动、被动的变化”的深刻道理。这一精辟的论述，为我们分析这篇文章的内容和价值指出了方向。

本篇在艺术成就上也值得注意。文章叙述的重点是战前的准备；其次是战后的处理。至于交战过程，则寥寥数笔。这说明《左传》的作者是一个着眼于政治分析的历史学家，他具有驾驭和表现纷繁的历史事件的高超能力。全文按两条线索叙写，而重点则放在晋师一面。在僖公二十八年交代过城濮之战的原因以后，紧接着就先写了双方的备战情况，次叙前哨战以及双方的谋略，战后又分叙了双方的善后工作：晋国利用周王朝残存的威望，正式取得了霸主的地位，而楚军主帅子玉却被迫自杀。全文以文公闻子玉死而后喜可知作结，“莫余毒也已”一句，既能深刻地表现出文公的心理状态及其性格，也是对子玉的为人和力量的评价，正是作者用笔高妙之处。此外，全文首尾呼应，叙事严密，有条不紊，张弛相间，详略得体，曲折生动。叙事之中又很注意人物的刻画，从治兵于芳，伯棼请战，斗勃挑战等描述以及别人的评论中，读者不难想见子玉行事的坚决果敢而又刚愎自用的性格。此外，如文公的谨慎，晋臣的齐心，也都是有血有肉，各有特点。这些至今仍有其借鉴意义的。

（五）秦晋殽之战

冬，晋文公卒。庚辰[1]，将殡于曲沃[2]。出绛[3]，柩有声如牛[4]。卜偃[5]使大夫拜。曰："君命大事[6]。将有西师过轶我[7]，击之，必大捷焉[8]。"

杞子自郑使告于秦曰："郑人使我掌其北门之管[9]，若潜师以来[10]，国可得也[11]。"穆公访诸蹇叔[12]。蹇叔曰："劳师以袭远[13]，非所闻也[14]。师劳力竭，远主备之，无乃不可乎？师之所为，郑必知之[15]。勤而无所[16]，必有悖心[17]。且行千里，其谁不知？"公辞[18]焉。召孟明、西乞、白乙[19]，使出师于东门之外[20]。蹇叔哭之，曰："孟子！吾见其师之出而不见其入也[21]。"公使谓之曰："尔何知？中寿[22]，尔墓之木拱矣[23]。"

蹇叔之子与师[24]，哭而送之，曰："晋人御师必于殽[25]，殽有二陵焉[26]。其南陵，夏后皋之墓也[27]；其北陵，文王之所辟风雨也[28]。必死是间[29]，余收尔骨焉！"

秦师遂东[30]。

注：

〔1〕庚辰：僖公三十二年十二月十日或八日。《春秋经》则曰："冬十有二月己卯（九日），晋侯重耳卒。"

〔2〕殡于曲沃：周人礼制，人死，敛尸于棺，于西阶掘一坎地停柩。《左传》记载，僖公八年、襄公四年均有不殡于庙为非礼的说法。而曲沃（山西闻喜县）为晋宗庙所在，因殡于庙故往曲沃也。故殡，为停棺待葬之义。可知春秋时代尚有殡庙之礼。一说，殡，埋棺于墓穴，即埋葬。杜注，曲沃为晋君祖坟所在之地。

〔3〕出绛：绛，晋之国都，故城在今山西翼城县东南。《元和郡县志》说晋文公墓在绛县东二十里，未知何据。

〔4〕柩有声如牛：柩（jiù），棺木。《曲礼》云："在床曰尸，在棺曰柩。"此言棺中有声如牛鸣。

〔5〕卜偃：晋国卜筮之官，名偃。

〔6〕君命大事：君，指文公。命，命令，指示。大事，军事，戎事。成公十三年《左传》云："国之大事，在祀与戎。"杜注："声自柩出，故曰君命。"

〔7〕将有西师过轶我：西师，晋在秦之东，故称秦军为西师。过，经过，越过。轶（yì），后车越过前车，即自后突出于前。过轶我，越我之境而过也。此指秦袭郑

时，必过晋之南境，秦过晋境而不假道，故云。一说，我字属下句，亦可通。

〔8〕击之，必大捷焉：杜注云："卜偃闻秦密谋，故因柩声以正众心。"此说故属合理，但《左传》中卜筮之记载，其应如响者很多，不必强之为解释，很明显，此乃作者的迷信思想附会使然。

〔9〕"杞子"句：杞子，僖公三十年传云："秦伯说，与郑人盟，使杞子、逢孙、杨孙戍之，乃还。"（即烛之武退秦师）而《史记·郑世家》则谓"郑司城缯贺以郑情卖之"，《晋世家》也说"郑人或卖其国于秦"，《秦本纪》也如此说。可见似非三十年戍郑的秦大夫杞子。此说与《左传》不同，可互参。管，锁钥，犹今之钥匙也。《周礼·地官·司门》"掌授管键"，《礼记·月令》"修键闭，慎管钥"，与此处的管字同义。犹言杞子负责掌管郑都北门的锁钥。

〔10〕若潜师以来：假若秘密派军队前来。

〔11〕国可得也：可以取得郑国啊。

〔12〕"穆公访"句：访，询问。蹇叔，秦之老臣。此言穆公以此事访问于蹇叔。

〔13〕劳师以袭远：辛辛苦苦调动军队以袭击远方的郑国。《吕氏春秋·悔过篇》说："蹇叔谏曰：'不可；臣闻之，袭国邑，以车不过百里，以人不过三十里，皆以其气之趚与力之盛。至，是以犯敌能灭，去之能速。今行数千里，又绝诸侯之地以袭国，臣不知其可也。'"

〔14〕非所闻也：不是曾经听过的，亦即我从来没有听说过啊。

〔15〕"师劳力竭"以下两句：远主，指郑君。此两句意为：军队疲劳，力量衰竭，远地之君主有防备，恐怕是不可以做的吧？我们军队的所作所为，郑国一定是知道的。

〔16〕勤而无所：勤，劳也。句义为，劳苦而无所得。一说，所，处所。其义则为：郑既知其来袭而有备，则无用武之地了。

〔17〕悖（bèi）心：懊悔怨恨之心。士卒千里行军，劳苦而无所得（或无所用其力），必有怨恨背犯之心。

〔18〕辞：拒绝不听。杜注："辞不受其言。"竹添光鸿曰："桓十三年，'楚子辞焉'一例。"

〔19〕"召孟明"句：孟明，三十三年《传》作百里孟明视，可知百里为姓氏，孟明为字，视为其名。《秦本纪》说："使百里傒子孟明视，蹇叔子西乞术及白乙丙将兵。"司马迁以孟明视为百里奚子，或者如此，以西乞、白乙为蹇叔子，似有误。《吕氏春秋·悔过篇》以视为蹇叔之子，似更误。因为下文说："蹇叔之子与师"，仅说参军，未说为帅。《广韵》西字注："西乞，复姓，《左传》秦帅西乞术。"白字注："白，姓，秦帅有白乙丙。"孔疏说："术、丙必是名，西乞、白乙，或字，或氏，不可明也。"即秦之三帅。

〔20〕"使出师"句：使三帅自东门外出兵。

〔21〕“孟子”句：孟子，即孟明视。《唐石经》初刻作“孟子”，后磨改作“孟兮”，《释文》也说“孟子本或作孟兮”。但各本皆作“孟子”，作兮者似有误。一说，先秦人称子，前面必有姓。而孟，字也，故以兮为当。孟兮，犹今呼“孟明啊！”此二句意为：孟明啊，我看到军队出去而看不到军队回来了！

〔22〕中寿：中寿之说不一。孔颖达《正义》云：“上寿百二十岁，中寿百，下寿八十。”说本《文选》李善注引《养生经》。似太长。《庄子·盗跖》云：“人上寿百岁，中寿八十，下寿六十。”《吕氏春秋·安死篇》云：“人之寿久之不过百，中寿不过六十。”《淮南子·原道训》云：“凡人中寿七十岁。”《论衡·正说篇》云：“上寿九十，中寿八十，下寿七十。”洪亮吉《春秋左传诂》说：“此云中寿，当在八十以下，六十以上。”俞樾亦如此说。此说较近理。从文义看，蹇叔在当时可能已经七八十岁了，超过了中寿（一般老人年岁）了。

〔23〕尔墓之木拱矣：拱，两手合抱。此连上句意为：如果你中寿，你坟墓上的树木早已合抱了。这时穆公斥蹇叔的话，言其老而不死，昏悖无知，出语不祥，其不可用。按，《白虎通·崩薨篇》引《礼纬·含文嘉》说：“天子坟高三仞，树以松；诸侯半之，树以柏；大夫八尺，树以乐；士四尺，树以槐；庶人无坟，树以杨柳。”而《易·系辞下》所说“古之葬者不封不树”，似指远古而言。

〔24〕与师：参加了这次出征的军队。

〔25〕“晋人”句：御师，指晋设伏兵以狙击秦师。殽，亦作崤，山名，在今河南洛宁县西北六十里处，西接陕县，东接渑池。有两山，即下文之二陵，相距三十五里，故曰“二崤”。其山上有峻岭，下有绝涧，山路奇狭，不能同时容两车并进，为绝险之地。《尚书·秦誓序》云：“淆山险扼，是晋之要道关塞也。从秦向郑，路经晋之南境于南河之南崤关而东适郑。礼，征伐朝聘，过人之国，必遣使假道。晋以秦不假道，故伐之。”

〔26〕殽有二陵焉：二陵，陵指山头，山峰。《说文》：“陵，大阜也。”实际上在此处山与陵同义。二陵即东、西崤山。《元和郡县志》云：“自东崤至西崤三十五里，东崤长坂数里，峻阜绝涧，车不得方轨。西崤全是石坂十二里，险绝不异东崤。”

〔27〕“其南陵”句：南陵，指西崤山。夏后，夏代天子。皋，桀之祖父。《史记·夏本纪》：“孔甲崩，子帝皋立。帝皋崩，子帝发立。帝发崩，子帝履癸立，是为桀。”

〔28〕“其北陵”句：北陵，东崤山。辟，同避。文王，周文王。是说文王避过风雨。

〔29〕必死是间：一定死于二陵之间。暗指二陵之间必有晋之伏兵。林纾《左传撷华》说：“不言险地渡兵，为人劫蹑（暗算），但虚写险阻之状，隐诏（暗示）三帅早为之备……‘必死是间’，正是（晋人）必备是间，惜三帅无谋，岸然不顾。”此败之因。

〔30〕秦师遂东：秦国的军队就出发东进了。

三十三年[1]，春，秦师过周北门[2]，左右免胄而下[3]，超乘者三百乘[4]。王孙满[5]尚幼，观之，言于王曰："秦师轻而无礼[6]，必败。轻则寡谋，无礼则脱[7]。入险而脱[8]，又不能谋，能无败乎？"

及滑[9]，郑商人弦高将市于周[10]，遇之，以乘韦先[11]，牛十二，犒师[12]，曰："寡君闻吾子将步师出于敝邑[13]，敢犒从者。不腆敝邑[14]，为从者之淹[15]，居则具一日之积[16]，行则备一夕之卫[17]。"且使遽告于郑[18]。

郑穆公使视客馆[19]，则束载、厉兵、秣马矣[20]。使皇武子辞焉[21]，曰："吾子淹久于敝邑，唯是脯、资、饩、牵竭矣[22]。为吾子之将行也。郑之有原圃[23]，犹秦之有具囿[24]也。吾子取其麋鹿，以閒敝邑[25]，若何？"杞子奔齐，逢孙、扬孙奔宋[26]。

孟明曰："郑有备矣，不可冀也[27]。攻之不克，围之不继[28]，吾其还也。"灭滑而还。

注：

〔1〕三十三年：鲁僖公三十三年，甲午，公元前627年。

〔2〕周北门：周王都洛邑的北门。江永《考实》："门名乾祭，见昭二十四年。"

〔3〕"左右"句：指戎车之左右卫。凡古兵车，若非将帅所乘，而御者在中，射者在左，戈盾勇力之士在右。若将帅之车，或天子诸侯亲为将帅，则在中央鼓下，御者在左，戈盾勇士在右，即戎右。此处所指为一般兵车，故左右皆下，御者不下，仍驾车前行。胄，音zhòu（宙），士卒的头盔。此言秦军过周北门时，戎车上的左右卫，解除去铁盔，下车步行，表示对周天子的敬礼。

〔4〕超乘者三百乘：超乘，超，《说文》："跳也。"毕沅《吕氏春秋新校正》："盖既下而即跃以上车，示其有勇。"此谓一跃而登车。上文言"免胄而下"，此又言"超乘"，则为刚一下车就又跳上车去，是轻狂无礼的行动。《吕氏春秋·悔过篇》记王孙满之言说："过天子之城，宜橐甲乘兵，左右皆下，以为天子礼。"此处仅免胄亦非全礼。又，《悔过篇》记超乘者为五百乘，但《礼记·丧服小记》孔疏引此文为三百乘。《国语·周语中》亦作三百乘。传言可信。

〔5〕王孙满：《通志·氏族略四》引《英贤传》："周共王生圉，圉曾孙满。"梁履绳《补释》："共王，穆王之子。穆王名满，其六世孙何得亦名满？"似未必可信。一说，周定王时大夫。

〔6〕轻而无礼：轻，轻狂放肆，指超乘者轻佻不庄重也。无礼，是指免胄而不卷甲束兵，过天子之门而不敬，是目中无人也。

〔7〕脱：简易，今言脱略，疏略，粗疏，即粗心大意。其句为：行动轻率就会遇

事不加考虑，没有礼仪就会疏忽大意。

〔8〕入险：险，指崤山。此言进入危险之地。

〔9〕滑：本为姬姓小国，僖公三十三年为秦所灭。后因秦不能守，终为晋所占，改为县邑。其地在今河南滑县。

〔10〕“郑商人”句：将市于周，到周的都城去做生意。

〔11〕“遇之”句：遇之，与秦军相遇。以乘韦先，乘，此处为四。按，古时一辆兵车叫一乘，每乘驾四马，故乘可借用为四。韦，熟牛皮。先，最先送去的礼物。古人致送礼物，先以轻物为引，而后致送贵重之物。故弦高先给秦军送上四张熟牛皮。孔疏云：“乘车必驾四马，因以乘为四名，《礼》言乘矢为四矢，此谓乘韦为四韦也。”

〔12〕犒师：犒（kào），慰问。此言弦高以四张熟牛皮和十二头牛慰劳秦军。

〔13〕步师出于敝邑：步，行。步师，行军。敝邑，对本国的一种谦称。此句犹言：我国国君听说你们行军经过我国。

〔14〕“敢犒”句：敢，谦词，有冒昧之意。从者，随从之人，此指秦军。腆（tiǎn），富厚。不腆敝邑，谦词，犹言我国很不富裕，条件很差。按，不腆一词，为当时流行的客套惯语。如，文公十二年传：“不腆敝器，不足辞也。”“不腆先君之敝器，使下臣致诸执事为瑞节。”成公二年传：“不腆敝赋，诘朝请见。”“不腆敝赋，以犒从者。”襄公十四年传：“我先君惠公有不腆之田，与女剖分而食之。”不但田赋与他物可以谦言不腆，人亦可言之。如，昭公三年传：“不腆先君之适以备内官。”不腆亦可作无腆。如，昭公七年传：“郑虽无腆。”等等。

〔15〕为从者之淹：淹，久，留，居。此指留居郑地。成公二年传：“无令舆师淹于君地。”（久于君地）淹久可以作同义词连用，如宣公十二年传：“二三子无淹久。”所以此句意为：恐怕你们的部下在外耽搁的日子太久。

〔16〕居则具一日之积：具，准备。积，柴米油盐及饲料等物。杜注：“积，刍米菜薪。”此句意为：如果居住下来就准备一天的供应物品。

〔17〕行则备一夕之卫：如果你们要走开，我们负责准备一夜的保卫工作。

〔18〕且使遽告于郑：且，指一面犒秦师，一面报郑君，故有同时、并且、而且之义。遽，杜注：“遽，传车。”传车犹后代之驿马，是古代传递紧急公文之办法。其制，每隔若干里设驿站，每站接力换马，务求迅速。此句犹言弦高使人用接力快马驾车到郑国报信。一说，遽，急，疾。《吕氏春秋》叙此事云：“遽使奚施归告。”即急使或疾使也。此说亦通。

〔19〕郑穆公使视客馆：郑穆公，名兰，文公庶子，僖公三十三年（公元前627年）即位，在位二十二年。客馆，犹后世之外宾招待所。此时杞子、逢孙、杨孙等曾戍郑秦将即住此馆中，郑人以客礼待之。

〔20〕束载、厉兵、秣马：载，指可载于车之物。束载，捆束行装。厉兵，厉，

同砺。此指磨砺兵刃。秣马，秣（mò），喂。秣马，喂饱了战马。这些行动似已准备作战，以待秦师之来也。

〔21〕使皇武子辞焉：皇武子，郑大夫。辞，道歉。此处谓皇武子以婉言辞谢戍郑的秦大夫要他们离开郑国。即示意郑已知秦谋。

〔22〕脯、资、饩、牵：脯，干肉。杜注："资，粮也。"即干粮。沈钦韩《春秋左传补注》云："脯资当为斧资，《易》旅九四'旅于处，得其资斧'。"解斧资为钱财。似虽成理，但依下文"吾子取其麋鹿"看，似仍解为食品为宜。饩（xì），指已宰杀的牲畜的肉。旧注：牲生曰饩。犹今鲜肉也。牵，指牛、羊、猪等可以牵行之物。此指尚未宰杀之牲畜。故杨伯峻注以为是"饩牵为同义词连用"。故其句意谓：你们在我国居留得太久了，一切食物也都罄尽了。

〔23〕原圃：郑之猎苑，在今河南中牟县西北。亦即郑之圃田泽。《水经注·渭水注》："泽在中牟县西，西限长城，东极官渡，北佩渠水，东西四十许里，南北二十许里，中有沙岗，上下二十四浦，津流径通，渊潭相接。"

〔24〕具囿：秦之猎苑，在陕西凤翔县境内。一说，即《淮南子·地形训》之阳纡泽，《尔雅》之杨陓，《山海经》作阳华之山，毕沅注谓："今名杨华薮，在陕西华阴县东，南至潼关"。

〔25〕以閒敝邑：常见的有二解：一、欲其自取，以令我们得以闲暇，为意示之辞。亦即你们可以从猎苑中猎取麋鹿，给敝邑以休息之机会。二、閒，同闲，终止，留下。故其句意是：郑与秦相同，也有一个猎苑，你们可以从中猎取麋鹿，仍旧留居郑国，怎么样？亦即暗示叫他们离开。

〔26〕"杞子奔齐"句：三人出奔东逃者，怕晋、郑防西兵，自己被其截获也。

〔27〕不可冀也：冀，希望。此言郑已有准备，不能再希望什么了。意即不可对郑存侵略野心。此乃遥接前文弦高犒师之语。

〔28〕"攻之"句：继，后继之师。此言秦如进攻不能取胜，包围又无增援之师。《淮南子·人间训》云："郑伯乃以存国之功赏弦高，弦高辞之。"

晋原轸[1]曰："秦违蹇叔，而以贪勤民[2]，天奉我也[3]。奉不可失，敌不可纵。纵敌患生[4]，违天[5]不祥。必伐秦师！"栾枝曰："未报秦施，而伐其师[6]，其为死君乎[7]？"先轸曰："秦不哀吾丧，而伐吾同姓[8]，秦则无礼，何施之为[9]？吾闻之：'一日纵敌，数世之患也。'谋及子孙，可谓死君乎[10]？"遂发命[11]，遽兴姜戎[12]，子墨衰绖[13]，梁弘御戎[14]，莱驹为右[15]。

夏四月，辛巳[16]，败秦师于殽[17]，获百里孟明视、西乞术、白乙丙以归[18]，遂墨以葬文公[19]。晋于是始墨[20]。

文嬴请三帅[21]，曰："彼实构吾二君[22]，寡君若得而食之，不厌[23]；君何辱讨焉[24]！使归就戮于秦[25]，以逞寡君之志[26]，若何？"公许之。

先轸朝，问秦囚[27]。公曰："夫人请之，吾舍[28]之矣！"先轸怒，曰："武夫力而拘诸原[29]，妇人暂而免诸国[30]。堕军实而长寇雠，亡无日矣[31]！"不顾而唾[32]。

公使阳处父追之[33]，及诸河，则在舟中矣[34]。释左骖[35]，以公命赠孟明。孟明稽首曰："君之惠，不以纍臣衅鼓[36]，使归就戮于秦，寡君之以为戮[37]，死且不朽[38]。若从君惠而免之[39]，三年，将拜君赐[40]。"

秦伯素服郊次[41]，乡师而哭[42]，曰："孤违蹇叔，以辱二三子，孤之罪也。"不替孟明[43]，曰[44]："孤之过也，大夫何罪？且吾不以一眚掩大德[45]。"

注：

〔1〕原轸：即先轸，因其食采邑于原（晋地名），故亦称原轸。

〔2〕以贪勤民：因秦穆公贪于得郑地以致使人民受了劳苦。

〔3〕天奉我：奉，有二解：一、给予，奉送。杜注："奉，与也。"二、助。（清）梁履绳《左传补释》、刘文淇《疏证》均言："奉，助也。"即天助我之义。

〔4〕纵敌患生：放走敌人就会生出后患。

〔5〕违天：意为天与不取，即为违天。

〔6〕"未报"句：施，施与，恩惠。秦施，指晋文公在外流亡途中，曾路过秦国，得到秦穆公的优待和帮助，使之回晋国即君位的恩惠。其句意为：没有报答秦国的恩施而讨伐秦之军队（意为不应该）。

〔7〕其为死君乎：诸家解释不同。其，岂，难道。其意为，难道是为文公吗？指不合乎文公之意。一说，死君，文公。惠栋《补注》说："君在殡，故称死君。"为，有也。《易·夬·初九》："壮于前趾，往不胜，为咎。"俞樾《群经平议》即读为为有。《孟子》也有以为为有之例。《滕文公上》："夫滕，埌地褊小，将为君子焉，将为野人焉。"即谓将有君子，将有野人。《尽心下》："为间不用。"即有间不用。此处栾枝是说晋文公曾受秦人之惠，不为之报，反伐秦师，是心目中根本无先君。故句意为：难道心中还有死去的君主吗？即心中无文公之意。又一说，顾炎武《补正》、王引之《述闻》均以"死"为动词，顾云："死君，谓忘其先君。"犹言这岂不是忘记了先君（文公）的遗命吗？（此说对"为"无解。）三说中以第二说似较安。

〔8〕"秦不哀"句：此指伐郑灭滑，因郑、滑与晋同为姬姓诸侯之国，故称同姓。此句意为：秦国不哀悼我国的丧事，反而征伐我们的同姓诸侯国。

〔9〕何施之为：此言何足以为恩施。《史记·晋世家》说："秦侮吾孤，伐吾同姓，何德之报？"似与此同义。

〔10〕"谋及子孙"句：此言伐秦师即为子孙而谋，是可以有言以对先君的。故其句意为：伐秦师正是为后世子孙谋利益，怎么能说是心中无先君呢？

〔11〕遂发命：于是就发出了起兵的命令。

〔12〕遽兴姜戎：遽，迅急。此言立即迅速地以驿车传令起兵。姜戎，是当时处于秦晋之间的一个部族，名姜氏之戎，一向与秦交恶，受秦所逐，因与晋善，愿为晋出力击秦。

〔13〕子墨衰绖：子，指文公子襄公（名驩，鲁僖公三十三年即位，在位七年），因其父文公尚未葬，故称其为子。墨，然黑之颜料。衰（cuī），古读崔。一作缞，白色丧服，以麻布为之，或称孝服。古时以亲疏远近关系，有斩衰、齐衰之别。斩衰以粗生麻布为之，衣旁与下之边皆不缝缉。齐（古读咨）衰以熟麻布为之。齐，缉也，缉其边，故曰齐衰。绖（dié），古读垤。亦为丧服。戴于首者曰首绖，系于腰者曰腰绖，皆以麻为之，故后世称为麻冠、麻带。晋襄公这时居丧，应穿白色丧服，但此丧服从戎不吉，故以墨染为黑色，适合于古戎装之色，以便出征。故墨衰绖，即墨其衰与绖也，

〔14〕梁弘：晋大夫，他驾驭出征之战车。

〔15〕莱驹：晋大夫，他为车右武士。

〔16〕夏四月，辛巳：僖公三十三年（公元前627年）四月十三日（或十四日）。

〔17〕败秦师于殽：晋乘秦师归途经殽而截击之。《吕氏春秋·悔过篇》："遏秦师于殽而击之。"《公羊传》："要之殽而击之。"《史记·秦本纪》："遮秦兵于殽击之。"均指此战役。

〔18〕"获百里"句：三帅被俘，秦师尽被歼。《公羊传》、《穀梁传》皆云："匹马只轮无反者。"《史记·秦本纪》："无一人得脱者。"

〔19〕遂墨以葬文公：遂穿墨色丧服以葬文公。

〔20〕晋于是始墨：晋国从此以后开始用黑色衰绖送殡以为常俗。

〔21〕文嬴请三帅：文嬴，秦穆公之女，重耳出亡过秦时穆公妻之者，为文公夫人，襄公之嫡母。请，请求。三帅，指被俘的孟明等三人。此句意为：襄公的母亲文嬴请求襄公将孟明、西乞、白乙三位统帅放归秦国。

〔22〕彼实构吾二君：彼，他们，指三帅。构，进谗言以挑拨离间。此句犹言，他们实在是挑拨离间秦、晋两国国君之人。

〔23〕"寡君"句：寡君，指穆公。不厌，不足。此言秦穆公如能得此三人，虽食其肉都嫌不满足（状恶之之甚也）。

〔24〕君何辱讨焉：君，指襄公。辱，屈辱，委屈。讨，指杀掉。其句意为：您何必委屈自己去惩罚他们呢？

〔25〕使归就戮于秦：放他们回到秦国去被处死（即受穆公之刑戮）。

〔26〕以逞寡君之志：逞，快。逞志，快意。句意为：以满足穆公之意。

〔27〕先轸朝，问秦囚：朝，臣见君曰朝。囚，被拘禁的犯人。此指被俘三帅。

〔28〕舍：同赦，赦免，释放。

〔29〕“武夫”句：力，奋力。原，战场。此句犹言战士们在战场上奋力作战才擒获了他们。

〔30〕“妇人”句：妇人，指文嬴。是先轸怒极而忘记尊卑之口气。暂，仓促之间，一会儿，匆忙之间。一说，诈也。章炳麟《读》曰：“暂借为渐。《书·盘庚》：‘暂遇姦宄’，王引之曰：‘暂读为渐，渐，诈欺也。’《庄子·胠箧篇》：‘知诈渐毒’、《荀子·不苟篇》：‘小人知则攫盗而渐’、《议兵篇》：‘招近募远、隆势诈、尚功利，是渐之也’、《正论篇》：‘上幽险则下渐诈矣’，是诈谓之渐。”《吕刑》曰：“‘民兴胥渐’，渐亦诈也。文嬴言皆诈语也。”吴闿生《文史甄微》说同此。免，舍免，赦宥，释放。国，此指国都，朝廷。此句犹言一个妇人仓促之间就轻易地把他们从朝廷上放走了。

〔31〕堕：同隳（huī），即毁字。毁弃，毁坏，损失。军实，军事上所得的果实，犹言战果，战绩。此指秦囚。一说，指俘囚首馘（guó），割去敌人左耳以献功。《周礼·天官·兽人·郑注》：“珥焉者，取左耳以致功，若斩首折馘，故《春秋传》曰：‘以数军实。’”又一说，指晋士卒而言。杨树达《积微居小学金石论丛·左传军事解》：军实“亦指晋国之士卒为言。先轸盖谓残伤晋国之士卒以得秦俘，今无故舍之以增寇仇之气焰，故愤而言其亡无日也”。亦可备一家之说。此句大意是：毁灭了我军的战果，助长了敌人的气焰，距离亡国的时间没有多久了。

〔32〕不顾而唾：不顾襄公在前，向地上吐唾，写先轸的怒而失礼。按古代礼法，在尊长者之前，不敢随地吐唾或擤鼻涕，如此则失礼。而先轸面向襄公，唾于朝堂之上，极言其气愤也。

〔33〕阳处父：晋大夫，又称阳子。《史记·晋世家》：“轸乃追秦将。”又以为先轸自追之。与《左传》有异。

〔34〕则在舟中：指孟明等三帅已经登舟离岸了。

〔35〕释左骖：古代一车以四马驾之，两旁者为骖，中间者为服。左旁为左骖，右旁为右骖。

〔36〕“孟明稽首曰”句：稽首，古时一种致谢的礼节，拱手跪下，头伏于手上，表示恭敬。纍臣，囚系之臣，俘虏之臣，此为孟明自称。衅鼓：指杀人以血涂鼓。古有衅祭仪式，凡钟鼓等重要器物新成，必杀牲以祭，以血涂之曰衅。故有以俘囚祭鼓者。如昭公五年传：“吴子使其弟蹶由犒师，楚人执之，将以衅鼓。”亦其例也。此句言衅鼓，犹杀戮，不一定为真祭鼓。成公三年传，知罃对楚王曰：“二国治戎，臣不才，不胜其任，以为俘馘，执事不以衅鼓，使归即戮，君之惠也。”与此同义。此句

犹言，孟明等叩谢说，蒙晋君的恩惠，不把我们被俘之臣杀死祭鼓。

〔37〕寡君之以为戮：假设分句，意为寡君若以之为戮。即秦之君主如果把我加以刑戮。寡君，指秦穆公。是孟明向阳处父对本国君主的谦称。

〔38〕死且不朽：诸家解释不同。或以为是死得其所，或以为是虽死而不忘大恩，或以为是虽死犹不死。此处似为当时习惯用语，成公三年、十六年，昭公三十一年传，均有此语。犹言死得其所，虽死犹生也。

〔39〕若从君惠而免之：如果听从晋君的好意而赦免了我们。

〔40〕三年，将拜君赐：此言三年之后再来拜谢晋君的赏赐。孟明未中其计，谓三年之后将复仇也。文公二年（公元前625年）传："二年春，秦孟明视帅师伐晋，以报殽之役。二月，晋侯御之，先且居将中军，赵衰佐之。狐鞫居为右。甲子，及秦师战于彭衙，秦师败绩。晋人谓秦'拜赐之师。'晋人以之讥此语也。"

〔41〕秦伯素服郊次：秦伯，秦穆公。素服，凶服，丧服，即白色孝服。《周礼·大宗伯》及其注，均谓古代凶礼以哀邦国之忧者有五，死亡、凶礼、祸灾、围败、寇乱是也。年不顺成，天子素服，乘素车，食无乐，是凶礼之服；水火为害，君臣素服缟冠，是祸灾之服；此处为围败之服。郊次，一、凡所居皆可曰次。二、丧寝曰次。《仪礼·士丧礼》："主人入就次。"次，倚庐，等待。此句犹言穆公穿上白色丧服在郊外等待（表示哀悼）。

〔42〕乡师而哭：乡，同向，即面向着。乡师，即面向着归来的军队。据此，似晋所释放者不止孟明视等三帅，或有他俘亦随同三帅而归，故《秦本纪》则说："三将至，缪公素服郊迎，饗三人哭曰"云云。或疑为秦兵自殽中逃归者，亦属无据，且穆公未必亲迎也。

〔43〕不替孟明：替，废也。引申为中止、停止、废除、撤换。此言不曾下令撤换孟明。这句话据王引之《经义述闻》说，为左氏记事之词，不是穆公的话。

〔44〕曰：各本无"曰"字，王念孙据《昭明文选·西征赋·注》引《白帖》五十九说："孟明下有曰字，而今本脱之。上文穆公乡师而哭，既罪己而不罪人矣，于是不废孟明而复用之，且谓之曰，孤之过也，大夫何罪云云。大夫二字专指孟明而言，与上文统言二三子者不同。"王引之《述闻》论之甚详。《金泽文库》本及敦煌残卷均有"曰"字，可见王说是正确的。

〔45〕"不以"句：眚（shěng），本指眼翳，引申作过失，错误。此句意为：况且我不因为你们一时的过失就抹杀了大功绩。

秦晋殽之战的史实，见于鲁僖公三十二年与三十三年《左传》。战争的前因后果，可上溯到僖公三十年烛之武退秦师，下迨文公三年秦伯伐晋霸西戎。本文是记述秦晋崤山之战的经过。作者通过蹇叔哭师和秦师骄纵轻狂的描写，反映了春秋时社会基本矛盾之一的大国争霸，指出秦军失败的必然性，总结了“以贪勤民”、“劳师袭远”、“骄兵必败”的教训，至今仍有借鉴意义。

按战争的起因、发展和结局，本文可分为三大段。随着故事的展开，作者创造了秦穆公、蹇叔、弦高、先轸等几个十分生动的人物形象。

第一段，自开头至“秦师遂东”。包括卜偃传命、杞子密报、蹇叔哭师三个情节，这是战争的准备阶段，其中蹇叔哭师是贯穿全篇情节发展的线索。第二段，自“三十三年，春”至“灭滑而还”，叙秦师于行军途中的骄横与袭郑无功的情况，包括王孙满观师、弦高犒师和皇武子辞杞子三个情节，验证蹇叔“郑必知之”、“远主备之”的预言。第三段，自“晋原轸曰”至“且吾不以一眚掩大德”，这是战争的第二阶段，叙写了秦晋殽之战的爆发和结局，包括先轸论战、秦师败于崤山、文嬴请舍三帅、先轸怒唾于朝、孟明辞谢、穆公悔过诸情节，进一步证实蹇叔“晋人御师必于殽”、“吾见其师之出而不见其入”的预言。

总之，文章对战争的性质、起因、经过、结果以及蹇叔、王孙满、先轸对战争的分析等方面均作了深入的描写与发挥，正确地表现了战争中一系列战略策略原则和古代军事辩证法的因素。文章告诉读者，在战争中，能否掌握与分析参战各方的态势，发挥自己的有利因素，制定正确的战略战术，是取得胜利的决定因素。蹇叔所以能作出劳师袭远、出师必败的论断，即在于他能知己知彼，准确地了解秦、晋、郑三方的态势，从政治、地理的形势预见到战争的进程和结局。通过王孙满观师所看到的秦军骄傲轻敌，也说明秦军必会由强转弱。而先轸则指出秦“以贪勤民”、师出不义的根本弱点，充分利用了秦军千里袭远、师老兵疲的有利战机，抓住天时地利，一举击溃秦军，取得了殽之战的重大胜利。这些经验和教训，都为后世杰出的兵家们提供了有益的借鉴。

在《左传》写战争的文字中，殽之战在写作艺术上具有一定代表性。

一是作者善于围绕主题来选择和组织材料，重点突出，详略得当。文章主要是表现不义之战必然失败的主题，因此，作者巧妙地选择了蹇叔哭师、王孙满观师、弦高犒师、皇武子辞杞子、先轸论战等几个情节，表现秦军处处碰壁，出师必败，对战争的不义性质与战略错误作了充分细致的叙述，对战争经过的本身只用“败秦师于殽”一句带过。它对秦、晋、郑三方在军事上的准备和部署均未叙写，因为如此写并不影响突出主题。

在人物的安排与处理上，包括次要人物，都是个个有交代。就连装入棺材的晋文公也带上了“遂墨以葬文公”的一笔。至于蹇叔、穆公、先轸等几个主要人物的刻画，就更有许多点睛之笔了。这种疏密相间的安排，使文章层次分明，结构谨严，重点突出，而又不脱离历史的真实。

二是善于用对话和行动刻画人物形象。例如写先轸。为了晋国的国家利益，当他得知秦囚因文嬴的请求而被晋襄公放走之后，就咆哮着骂起来：“武夫力而拘诸原，妇人暂而免诸国。堕军实而长寇雠，亡无日矣!”并且“不顾而唾”。先轸在盛怒之下，不顾君臣尊卑，竟直呼文公夫人为“妇人”，他不顾当时的礼俗，又以吐唾的行动表示他对襄公纵敌的鄙视与反感，这就把先轸的卓识、粗犷和对晋国的至诚，描写得很传神。其他如穆公、蹇叔、弦高等形象，都能通过人物自己的言论和行动写出了各自的个性，确为成功之笔，值得借鉴。

三是作者在文中对外交辞令表达的委婉含蓄，曲折尽情，体现了《左传》文章的特点。根据礼俗，在外交场合讲话，要求既不失礼，又要充分表达外交官的意图，达到预期的目的，就要通过人物本身的言论来阐明一个事理，即外交辞令。本文中主要写了三段外交辞令，都有各自的特色。弦高犒师的讲话，意在言外，谦恭有礼，恰如其分，既不冒犯强秦，又弦外有音，明确暗示郑已知秦谋，作好了一切防卫的准备，迫使秦师不敢冒进。皇武子辞杞子的话，又是旁敲侧击，在表示抱歉的客气话中婉转而又严峻地揭露了秦人袭郑之谋，下了逐客令，使杞子等觉到很大的威压，只好仓皇出逃。使郑国不动刀枪排除了隐患，表现出郑人对付厉兵秣马的秦国驻军的斗争艺术。孟明谢赐一段，也是绵里藏针，话中有刺。所谓“三年将拜君赐”，从表面上看，是感恩戴德的客气话，实际上隐伏着报仇雪耻的切齿誓言，巧妙地嘲笑了晋君放虎归山的愚蠢，道破阳处父诱捕的意图，流露出自己侥幸生还的得意之情。三年之后（文公三年），果然是秦伯用孟明伐晋，“济河焚舟，取王官及郊，晋人不出，遂至茅津济，封殽中尸而还”。论证了孟明三年报仇的誓言。这就说明孟明谢赐的这段外交辞令，对刻画人物性格，表现大国争霸的矛盾，有其特殊的作用。

补充：

《左传》擅长对重大事件和复杂战争的描绘。作者对战争的叙写，往往把重点放在详细叙述交战双方的政治背景、力量对比、民心向背，以及战略战术的部署等方面。对战斗场面的直接描写则运用少而精的手法，即所谓点睛之笔。无论战争头绪纷繁万千，但总能笔笔有着落，事事有交代，虚中见实，耐人寻味。僖公三十二、三十三年的秦晋殽之战，是秦晋争霸的一场大战。从全文来看，作者对秦所发动的这次掠夺性战争，是持反对和批判态度的。在叙写战争的过程中，作者抓住几个具体典型事件，揭示秦人发动战争的错误与不得人心，暗示出秦兵败北的必然结局。

战争自穆公得杞子、逢孙之密报而决定袭郑开始。首先通过深谋远虑的老臣蹇叔之口。认为“劳师以袭远，非所闻也”，指出战争的不义性质和战略错误。紧接着以蹇叔哭师送子的场面点出秦军必败的结局。接着又通过秦军过周北门时的轻而无礼的弱点，由王孙满断定其必败。至滑，弦高以犒师为名，秘密报告郑国准备防御，这再一次衬托秦军的劳而无功，不可能取得胜利。在形式的逼迫下，秦军只好灭滑而还，归途中，路过崤山时，遇到晋军的突然截击，三帅被俘，全军覆没。证实了蹇叔、王孙满的预言。而对战斗场面的直接描写，作者只用了“夏四月，辛巳，败秦师于殽，获百里孟明视、西乞术、白乙丙以归”的几句话。作者就这样抓住一些从表面看来似与战斗无关而实际上却与战争主题密切相连的典型事件，用十分简洁的语言，动人曲折的情节，把头绪纷繁，人物众多，波澜壮阔的战争过程与场面描绘得有条不紊，发挥了高度的艺术技巧。

此外，文章通过细节描绘，突出人物鲜明的性格特征，也是很成功的。例如晋俘秦三帅之后，晋襄公听信母亲之言，放走三帅。老臣先轸十分愤怒，作者写道：

先轸朝，问秦囚。公曰：“夫人请之，吾舍之矣。”先轸怒，曰：“武夫力而拘诸原，妇人暂而免诸国。堕军实而长寇雠，亡无日矣！”

通过这一细节，不仅显示出老臣先轸高人一等的深谋远虑，预料到释三帅对晋国造成的不利后果，而且也刻画了先轸的怒而失礼的暴烈性格。

（六）勾践灭吴

越王勾践栖于会稽之上[1]，乃号令[2]于三军曰：“凡我父兄，昆弟及国子姓[3]，有能助寡人谋而退吴[4]者，吾与之共知越国之政[5]。”大夫种[6]进对曰：“臣闻之：贾人夏则资皮[7]，冬则资𫄨[8]，旱则资舟，水则资车，以待乏也[9]。夫虽无四方之忧[10]，然谋臣与爪牙之士[11]，不可不养而择也。譬如蓑笠[12]，时雨既至，必求之。今君王既栖于会稽之上，然后乃求谋臣，无乃后乎[13]？”勾践曰：“苟得闻子大夫[14]之言，何后之有？”执其手而与之谋。

遂使之行成[15]于吴，曰：“寡君勾践乏无所使[16]，使其下臣种，不敢彻声闻于天王[17]，私于下执事[18]，曰：‘寡君之师徒[19]，不足以辱君矣[20]；愿以金玉子女赂君之辱[21]。请勾践女女于王[22]，大夫女女于大夫，士女女于士；越国之宝器毕从[23]；寡君帅越国之众以从君之师徒[24]。唯君左右之[25]。若以越国之罪为不可舍也[26]，将焚宗庙，係妻孥[27]，沉金玉于江；有带甲五千人，将以致死[28]，乃必有偶[29]，是以带甲万人事君[30]也。无乃即伤君王之所爱乎[31]？与其杀斯人也，宁其得此国也[32]，其孰利乎[33]？’”

夫差将欲听，与之成。子胥[34]谏曰：“不可！夫吴之与越也，仇雠敌战之国也[35]；三江环之[36]，民无所移[37]。有吴则无越，有越则无吴。将不可改于是矣[38]！员闻之：陆人居陆，水人居水。夫上党之国[39]，我攻而胜之，吾不能居其地，不能乘其车；夫越国，吾攻而胜之，吾能居其地，吾能乘其舟。此其利也，不可失也已！君必灭之。失此利也，虽悔之，必无及已[40]。”

越人饰美女八人，纳之太宰嚭[41]，曰：“子苟赦越国之罪[42]，又有美于此者将进之。”太宰嚭谏曰：“嚭闻古之伐国者，服之[43]而已；今已服矣，又何求焉？”夫差与之成而去之[44]。

注：

〔1〕勾践：越王允常之子。允常与吴王阖庐相怨而互相攻伐。允常卒，子勾践立。元年，阖庐闻允常死，乃乘越之丧兴师伐越，但为勾践所败，史称槜李之役，阖庐伤趾而死，临终告其子夫差必报此仇。（见鲁定公十四年，公元前496年《左传》），后三年，夫差伐越，大败越军，遂入越，史称夫椒之役（鲁哀公元年，公元前494年）。勾践以残兵五千人退保会稽。会稽，山名，在今浙江绍兴东南十二里处。韦注：“山处曰栖。”

〔2〕号令：传告。古时传令于大众，都用传呼之办法，故称号令，号，呼喊。

〔3〕“凡我”句：昆弟，兄弟。国子姓，国君的同姓。一说，子姓，犹言子民，即百姓。

〔4〕退吴：使吴军自越国撤退。

〔5〕共知越国之政：知，主持，参与，管理。此言共同管理越国的政事。

〔6〕大夫种：即文种，字子禽，楚之郢人。曾为楚之宛（河南南阳）令。入越后授予大夫之职，与范蠡同助勾践，终灭吴国。功成后为勾践所忌，被迫自杀。

〔7〕贾人夏则资皮：贾人，商人。资，蓄积，取。此言商人在夏天就要准备皮货。

〔8〕絺：音 chī（痴），亦音 xī（希）。夏布，细葛布，用以制作夏衣。

〔9〕待乏：待，等待，预备。乏，缺乏，可引申为需要。此言等待缺乏时使用。或准备到需要时使用。

〔10〕四方之忧：四方，指四境之邻国。忧，此指外患。此言来自邻国的进攻。

〔11〕谋臣与爪牙之士：谋臣，共谋国事的大臣。爪牙之士，勇敢的卫国将士。其句意为：在平日无外患之时，文臣武将不可不加以培养，以备随时选择录用。

〔12〕蓑笠（suō lì）：雨天用的蓑衣和笠帽。

〔13〕无乃后乎：无乃，亦作毋乃，意思是只怕，恐怕。文言中用“无乃”多半为推测性问句。后，晚，迟。乎，吗，吧。句意为：恐怕太迟了吧？不是太晚了吗？未免太迟了吧？

〔14〕子大夫：子，您，先生，是古人对人的敬称。如“子墨子”。大夫，官职，指文仲。此为双重称呼，表特别尊重对方之意。

〔15〕行成：成，和。行，行人。此指寻求外交手段去解决议和之事。故行成为求和、议和之意。

〔16〕乏无所使：缺乏人才无他人可以派遣为使者。

〔17〕“不敢”句：彻，达。彻声，直达。天王，指吴王夫差，此处为特别尊敬之称。其句意为：我不敢高声讲话，把意见直接转达于吴王。

〔18〕私于下执事：私，低声下气的私语。下执事，即执事。犹言在您手下的执事之人。为表谦恭的外交辞令。

〔19〕师徒：即军队。“师徒，皆众也。”

〔20〕不足以辱君矣：不值得屈辱您亲自来讨伐了。辱，谦词。

〔21〕赂君之辱：赂，以财务奉献于人而有所求。此句意为：越国愿以金玉子女等奉献于吴王，以答谢吴王屈辱光临越国之意。

〔22〕“请勾践女”句：下一“女”字应该读为去声，即充作婢妾之意。其句意为：越王请求吴王允许以勾践之女充作吴王的婢妾。下二句均仿此。

〔23〕宝器毕从：把越国的宝器随同金玉子女全部献给吴国。

〔24〕“寡君帅越国”句：大意是：越王率领越国的兵众跟随在您的军队后面。

〔25〕唯君左右之：左右，动词，处理。其意为：任凭您任意处置这件事情（听从指挥）。

〔26〕“若以”句：此句以下为越国从反面作出的强硬之语。犹言假如吴国认为

越之罪不可舍，而拒绝越之求和，则越将与吴作决死之战。

〔27〕係妻孥：係，同系，以绳缚之。孥（nú），子女。此言将把妻子儿女缚在一起，以求死生共命，如败，不使一人做吴之俘虏（韦注之大意）。

〔28〕致死：效死，拼死命。

〔29〕乃必有偶：偶，旧作对，两个。即加倍之意。汪远孙曰："五千人，人人致死，勇气自倍，一人可得二人之用，故曰带甲万人。"吴曾祺曰："'事君'谓与君战，措词之道则然。"按汪说，即士卒知其不免于死，必然拼命战斗，一人必作两人用。故下文言带甲万人。按吴说，即越人将拼死，一人必然可拼掉一人（以双方拼死之人计，共万人），故下文言万人。即有偶之意。

〔30〕事君：奉侍国君，伺候君王。一说，婉词，实为与吴王作战。古人云："万人必死，横行天下。"

〔31〕"无乃"句：此为当时外交辞令，有恭维吴王之意。犹言吴王如允许，则是推恩于越，越之人民与越之宝器，皆为吴王所爱。如吴不许越和，则越人必拼死决战，而越民与越器，均要遭损伤，如此即损伤了吴王之所爱。或曰，指损伤了吴国的将士。

〔32〕"与其"句：清汪中《经义知新记》："'与其'、'宁其'者，两事相衡，择利而从之辞。"表二者之中有所选择的时候，舍其前者（与其以下的），取其后者（宁其以下的）。此句言与其杀这些人（万人），宁可得这个国家（指越国）。

〔33〕其孰利乎：二者之中，哪一个有利呢？

〔34〕子胥：伍子胥，名员（yún），吴大臣。夫差曾用他为"行人"（主管朝觐聘问等事），尝与其共谋国事。

〔35〕仇雠敌战之国：仇，《说文》："雠也，从人九声。"段注："《左传》曰：嘉偶曰妃，怨偶曰仇。"雠，犹譍也。譍，同应，当也。引申有言语应对之意。雠者以言对之。《诗》曰：无言不雠，故又引申为雠怨。仇雠本有善恶二义，后乃专谓怨为雠。转为同义矣。此句犹言：吴与越两国是互相仇视，互相敌对，互相征战的国家。

〔36〕三江环之：韦注："三江，吴江、钱塘江、浦阳江。环，绕也。"亦有指为长江、吴淞江、钱塘江者。或曰三江，言江水众多也。即江南水乡之意。之，指吴、越之地。

〔37〕民无所移：韦注："此言二国之民，三江绕之，迁徙非吴则越也。"言吴、越两国之民只能在此境内生活而无法外迁。

〔38〕将不可改于是：承上句，言吴、越誓不两立的局面将是再也无法改易的了。

〔39〕上党之国：上党，地名，即今山西太原一带地。此地春秋时属晋，战国时属韩，秦置上党郡。按，上党之命名，旧有二说：其一，上，高。党，同鄙，毗邻。言其地居高与天为邻，故名上党。其二，党，处所，地方，言其地之所在，就我国中原大陆而论，地势最高（山西高原北部），故曰上党。上党之国，是举其地名以代表

中原地区多陆少水的诸侯国，如晋、郑等。（以上两条参用吴曾祺说）。

〔40〕必无及已：已，同矣。此言如失掉这样有利的时机，虽后悔，也必然来不及了。

〔41〕太宰嚭（pǐ）：吴正卿，故楚大夫伯州黎之子。鲁昭公元年，州黎为楚灵王所杀，嚭奔吴，后为太宰，是夫差的亲信。（纳，致送。与现代语交纳义相近，与下文“纳官其子”的纳有别）。

〔42〕“子苟赦”句：您假如赦免越国之罪过，准许越国之求和。

〔43〕服之：使其降顺驯服。

〔44〕与之成而去之：和越国成立和约然后离开越国而回兵归吴。

勾践说于国人[1]曰：“寡人不知其力之不足也，而又与大国执雠[2]，以暴露百姓之骨于中原[3]，此则寡人之过也。寡人请更[4]！”于是葬死者，问伤者，养生者；吊有忧，贺有喜[5]；送往者，迎来者[6]；去民之所恶，补民之不足。然后卑事夫差[7]，宦士三百人于吴[8]，其身亲为夫差前马[9]。

勾践之地，南至于句无[10]，北至于御兒[11]，东至于鄞[12]，西至于姑蔑[13]，广运百里[14]。乃致[15]其父兄、昆弟而誓之，曰：“寡人闻古之贤君，四方之民归之，若水之归下也。今寡人不能，将帅二三子夫妇以蕃[16]。”令壮者无取[17]老妇，令老者无取壮妻；女子十七不嫁，其父母有罪；丈夫二十不取，其父母有罪。将免者以告[18]，公醫守之[19]。生丈夫，二壶酒，一犬[20]；生女子，二壶酒，一豚；生三人[21]，公与之母[22]；生二人，公与之饩[23]。当室者死[24]，三年释其政[25]；支子[26]死，三月释其政，必哭泣葬埋之，如其子[27]。令孤子、寡妇、疾疹、贫病者[28]，纳官其子[29]。其达士[30]，絜其居[31]，美其服，饱其食，而摩厉之于义[32]。四方之士来者[33]，必庙礼之[34]。勾践载稻与脂于舟以行[35]。国之孺子之游者[36]，无不餔也[37]，无不歠也[38]，必问其名[39]。非其身之所种则不食，非其夫人之所织则不衣[40]。十年不收于国[41]，民俱有三年之食。

注：

〔1〕说于国人：说，韦注：“解也。”对越国之民解说。

〔2〕执雠：结仇。韦注：“执犹结也。”

〔3〕中原：指原野之中。

〔4〕更：韦注："更，改也。"犹言改正其错误，即请国人谅解，允其改过之意。

〔5〕"吊有忧"句：此言勾践对越人之有丧事者则往致吊唁，凡有喜事者则往致庆贺。

〔6〕"送往者"句：言勾践对越人之凡有远出者必欢送之，凡有还家者必欢迎之。一说，往来者指他国之人。

〔7〕卑事夫差：言勾践自居于卑贱的地位以侍奉夫差。

〔8〕"宦士"句：宦，指为宦竖（宫中小臣）。此言越派遣士人三百人去吴国作臣仆。韦注："将三百人，以入事吴，若宦竖然。"

〔9〕"其身"句：前马，韦注："前驱，在马前也。"指在马前开道之人。此句言勾践本人亲自给夫差充当马前卒。

〔10〕句无：句同勾，古句与勾同为一字。句无，地名，今浙江省诸暨市南五十里有句无亭，即其地（韦注）。一说，山名，地点于前说同。

〔11〕御兒：地名。韦注："今嘉兴御兒乡是也。"一说，为今浙江崇德县南之语溪。

〔12〕鄞（yín）：地名。今浙江宁波市。

〔13〕姑蔑：古地名。今浙江龙游县北有姑蔑城，当即其地。韦注："今太湖是也。"

〔14〕广运百里：韦注："东西为广，南北为运。"此指当时越国疆域的面积。

〔15〕致：招致，召集，与上文"将以致死"之致有别。

〔16〕"寡人闻古之贤君"以下两句：关于民归的说法，《孟子》中有相似的记载。《梁惠王上》："则天下之民，皆引领而望之矣。诚如是也，民归之，由水之就下，沛然谁能御之?"帅，同率，二三子，你们。此句犹言：我将率领你们夫妇来繁殖生息（韦注："蕃，息也。"）。

〔17〕取：同娶。下文同此。

〔18〕将免者以告：免，同娩，生育。此言妇女将临产时即向官府报告。

〔19〕毉：同醫（医）。此言官家可派医生去看护产妇。

〔20〕"生丈夫"句：丈夫，男子，男孩子。此词专指妇女的配偶，乃后起之义。一犬，官家供给一只狗。古人常以犬为贵重食品。

〔21〕生三人：一胎生三个婴儿。

〔22〕公与之母：公家供予乳母。

〔23〕公与之饩：饩（xì），食物，口粮。此言由公家供应粮食。

〔24〕当室者死：当室者，负担家务的长子，指嫡长子。死，指死于国事。

〔25〕三年释其政：此言如嫡长子因国事而死，死后之三年内，免除其家赋税。政，指有关政治的服役。如徭役之事。一说，政，同征，指征收赋役之类的负担。下文"三月"仿此。

〔26〕支子：庶出之子。韦注：“庶子。”或曰长子外之子。

〔27〕“必哭泣”句：此言对庶子不得歧视，必须哭泣埋葬一如嫡子。朱注以为勾践亲哭如亲生子者似不当。此处似应为嫡庶同等。

〔28〕“令孤子”句：孤，幼年丧父者。寡，指少年丧夫者。疾疹，疹，一作疢，同疢，指患病者。贫病，指贫而无告者。

〔29〕纳官其子：其意为把他们的儿子送入官府，加以教养，供其口粮（韦注大意）。

〔30〕达士：通达之士，知名之士，贤士。

〔31〕絜其居：絜，同潔（洁）。此言官家给达士把住房收拾得很整洁。韦注：“洁其馆舍。”“赐衣服也。”“廪饩多也。”

〔32〕“而摩厉”句：摩厉，同磨砺，即切磋，讨论，互相研究，互相探讨之义。义，指事物正当的道理。此指经国济民之道。此言勾践同达士们共同研讨经国济民之道。

〔33〕四方之士来者：指四方之士来越国者。

〔34〕庙礼之：其意为：对于来越国之四方名士，一定在庙堂（朝堂）之上接见宴飨，以示尊重。又，韦注：“礼之于庙，告先君也。”

〔35〕“勾践载”句：此言勾践带了粮和油等食物，乘舟到各地巡行。韦注：“稻脂，膏糜也。”膏，油类。糜，粥类食物。

〔36〕国之孺子之游者：孺子，本指小孩，此指年轻人。游者，贵游子弟，未仕而在学者。《周礼》师氏：“凡国之贵游子弟学焉。”故此句犹言越国的正在游学中的年轻人。

〔37〕餔（bù）：食也（给以食物吃）。

〔38〕歠（chuò）：同啜，饮也（给以水喝）。

〔39〕必问其名：一定问清他们的姓名，准备以后录用。韦注：“为后将用也。”

〔40〕“非其身”句：其身，他本人，指勾践。此言勾践本人直接参加劳动，不是自己种的粮食就不吃，不是自己的妻子所织之布就不穿。

〔41〕“十年”句：十年不向国人（人民群众）征收赋税。

国之父兄请曰：“昔者夫差耻吾君于诸侯之国〔1〕，今越国亦节矣〔2〕，请报之。”勾践辞曰：“昔者之战也，非二三子之罪也，寡人之罪也。如寡人者，安与知耻〔3〕？请姑无庸战〔4〕！”父兄又请曰：“越四封〔5〕之内，亲吾君也，犹父母也。子而思报父母之仇，臣而思报君之仇，其有敢不尽力者乎？请复战！”勾践既许之，乃致其众而〔6〕誓之曰：“寡人闻古之贤君，不患其众之不足也，而患其志行之少耻也〔7〕。今夫差衣水犀之甲者亿有三千〔8〕，不患其志行之少耻也，而患其众之不足也[9]。今寡人将助天威之[10]。吾不欲匹夫之勇也[11]，欲其旅进旅退[12]。进则思赏，退则思刑[13]；如此，则有常赏[14]。进不用命[15]，退则无耻[16]；如此，则有常刑。”

果行，国人皆劝[17]。父勉其子，兄勉其弟，妇勉其夫，曰：“孰是吾君也[18]，而可无死乎[19]？”是故败吴于囿[20]，又败之于没[21]，又郊败之[22]。

夫差行成，曰：“寡人之师徒，不足以辱君矣！请以金玉子女赂君之辱！”勾践对曰：“昔天以越予吴，而吴不受命；今天以吴予越，越可以无听天之命而听君之令乎[23]？吾请达王甬、勾东[24]，吾与君为二君乎[25]！”夫差对曰：“寡人礼先壹饭矣[26]。君若不忘周室而为敝邑宸宇[27]，亦寡人之愿也。君若曰：‘吾将残汝社稷，灭汝宗庙。’[28]寡人请死！余何面目以视于天下乎？越君其次也[29]！”遂灭吴。

注：

〔1〕“昔者”句：过去吴王夫差在诸侯之国面前使我们的君主蒙受了耻辱。或曰，在各诸侯国面前侮辱了我们的国君（耻，动词，辱，蒙受耻辱）。

〔2〕今越国亦节矣：此句有数解：其一，节，指节度。此言现在越国的发展已走上正轨，一切都上了轨道。韦注：“有节度矣。”其二，节，克制。此言现在越国已经克制够了。其三，节，时机。此与上对待，即此时也是越报吴之时机啊。《荀子》：“节遇之命”。此谓命之适遇其时机也。

〔3〕“如寡人”句：此为勾践自谦之词。大意是：像我这样的人，哪里懂得什么叫蒙受了耻辱呢？

〔4〕请姑无庸战：姑，且，暂且。庸，用。此言我要求大家暂且不用与吴国作战。

〔5〕四封：封，疆界。四封，即四境。

〔6〕致其众：致，聚集，召集。此言勾践召集大家。

〔7〕患其志行之少耻：患，忧虑，忧愁。志行，在心为志，实践其志为行。此言忧虑士卒们的志向行为缺少知耻的精神。即明耻教战，勉励士卒同心同德，同仇敌忾，以报国仇。

〔8〕衣水犀之甲者亿有三千：衣，去声，动词，穿。水犀，犀牛的一种。亿，数词，十万，不同于现代语的万万。有，又。此言吴国有穿着水犀皮制的铠甲的士卒十万三千人。表示兵多将广，装备精良。

〔9〕“不患其”句：此言吴王夫差不忧虑其士卒的志向行为是否缺少知耻的精神，而只是追求人数的众多。表明吴越采用相反的政策。

〔10〕威之：讨伐。一本作灭之。

〔11〕匹夫之勇：匹夫，一个平常人。此言个人逞能的血气之勇。

〔12〕旅进旅退：旅，众也，引申为俱、齐、同。此言士卒进则俱进，退则俱退，行动守军纪，进退听指挥。

〔13〕“进则”句：前进之时可以考虑论军功行赏，后退之时应首先考虑军法的制裁。

〔14〕常赏：常，正常，不变。此言合乎国家规定的正常赏赐。

〔15〕进不用命：进军时不服从命令。

〔16〕退则无耻：不以军令后退，临阵脱逃，就是丧失军人羞耻之心。即退就是无耻。亦即临难苟免，丧失军人品德。

〔17〕“果行”句：果行，果敢坚决的这样去行动。劝，互相勉励。

〔18〕孰是吾君也：孰，谁。此言谁能像我们的君王啊！即赞扬勾践为贤能英明之君，他无论在才智、计谋、远见、作战、治国、安民等方面，均有超人之处。

〔19〕而可无死乎：难道不可以为他效死吗？韦注：“孰，谁也。谁有恩惠如是君者，可不为之死乎？”可通，但不全面，此似不仅指恩惠一个方面。如前注。

〔20〕囿：吴地名。韦注：“囿，笠泽也。在鲁哀公十七年（公元前478年）。”指今太湖一带地。一说，水名，即今之吴淞江。

〔21〕没：吴地名，今已不详所在。

〔22〕又郊败之：又败吴军于吴都城近郊（指吴都姑苏，即今江苏省苏州市）。事在公元前475年。此言越已攻下吴都矣。（鲁哀公二十年十一月。）

春秋末年，吴越争霸，有名的战役有三次。鲁定公十四年（公元前496年）槜李之役，越败吴，阖庐伤趾而死。鲁哀公元年（公元前494年）夫椒之役，吴王夫差报仇而败越，勾践退守会稽。十余年后，于鲁哀公十七年的笠泽之役，越败吴。鲁哀公二十一年（公元前474年）越灭吴（《左传》为二十二年）。

〔23〕“越可以”句：其意为：越国怎能可以不听上天的命令而听吴君的号令呢？

〔24〕达王甬、勾东：达，遣送，送达。王，指夫差。达王，韦注：“出之东境也。”甬，甬江。勾（gōu），句章（在今浙江慈溪市西南）。韦注：“甬，甬江。勾，勾章。”《左传》、《史记·吴世家》均作甬东。近人徐元诰《国语集解》卷二十谓，即今浙江定海县东北海中之舟山群岛。此言我请求把吴王送到甬、勾以东的地方去。

按，《左传》、《国语·吴语》均载此事，而字句略有出入，今录以备考。

《左传》鲁哀公二十二年：“冬，十一月，丁卯（二十七日），越灭吴，请使吴王居甬东（《会笺》：“二十年，越围吴；二十二年灭吴，盖首尾三年也。《越语下》曰：‘居军三年，吴师自溃’，《越世家》亦曰：‘留围之三年’，与《左传》合。”甬东，今浙江定海县东之翁山）。辞曰：‘孤老矣，焉能事君？’乃缢。（据《左传》，自哀元年夫差败越于夫椒至此灭吴，凡历二十二年，即哀元年伍员所谓‘二十年之外，吴其为沼乎。’依《越语》所叙，则自夫椒之役至吴亡，仅历十年，即《越语下》范蠡所谓‘十年谋之’。而以《左传》为正。）越人以归。”

《国语·吴语》：“越王曰：‘昔天以越赐吴，而吴不受；今天以吴赐越，孤敢不听天之命，而听吴君之令乎？’乃不许成。因使人告于吴王曰：‘天以吴赐越，孤不敢不受。以民生之不长（韦注：长，久也），王其无死。民生于地上，寓也（韦注：寓，寄也），其与几何（韦注：言几何时）！寡人其达王于甬、句东，夫妇三百，唯王所安，以没王年。’夫差辞曰：‘天既降祸于吴国，不在前后，当孤之身，寔失宗庙社稷。凡吴土地人民，越既有之矣，孤何以视于天下？’夫差将死，使人说于子胥（韦注：说，告也），曰：‘使死者无知，则已矣。若其有知，吾何面目以见员也？’遂自杀。越灭吴。”

〔25〕“吾与君”句：我与你仍然算是两国的国君啊！

〔26〕礼先壹饭矣：常见的有二解，其一，壹，同一。壹饭，犹言小小恩惠。此言从礼节上讲，我对越王已先有过小小的恩惠了。清汪中说：“礼先壹饭，言昔尝有恩于越，谓会稽之事也。”其二，按长幼之礼言，我（夫差）比您（勾践）多吃了几年饭。即吴王自言年长于越王。这是以长幼关系求您。按，据史实情况，勾践与夫差之父阖庐为同时代人，应大于夫差；而夫差自言年长于勾践，无可信之根据。故应以前说为当（后说用韦注大意）。

〔27〕“君若不忘”句：宸，屋霤（liù），檐下承接流水之物。宇，屋边，檐下。宸宇，即屋檐下。韦注：“宸，屋霤。宇，边也。言越君若以周室之故，以屋宇之余庇覆矣。”此言越国如果看在吴国与周室为同姓之国的关系上，以屋宇之余庇护吴国。

〔28〕“吾将”句：残，古人在灭人之国时，先残其社稷坛。《公羊传》：“掩其上而栈其下。”又：“掩其上使不与天通，栈其下使不与地通也。”此之谓“残”。社，土神。稷，谷神。社稷坛，祭国内四方之土神和四方之谷神。宗庙，祖先之庙。

〔29〕越君其次也：次，韦注：“舍也。”此为居住之意。此句犹言越君你尽管进入吴国来居住吧。

本文选自《国语·越语上》。春秋末年，吴、越为邻。公元前6世纪，越王允常得到楚国之助，开始称王。与吴王阖庐对抗，结成仇怨，时常发生战争。公元前497年，允常死，其子勾践立。次年，阖庐攻越，兵败，伤趾而死，其子夫差即位，立志为父报仇。公元前494年，吴、越战于夫椒，越败吴胜。勾践以五千人退守会稽，派大夫文种向吴请和，夫差允许越为吴之属国。吴王胜越之后，即北上中原，争夺霸权。公元前485年，吴水师自海上攻齐。次年，大破齐师于艾陵（今山东泰安县）。公元前482年，夫差率大军北会诸侯于黄池（河南封丘县），与晋国争霸业。

勾践乘吴国内空虚攻入吴都。夫差惊恐，让晋做盟主。自己匆忙回国，向越求和。此时，勾践估计当时尚不能灭吴，遂允其和。公元前478年，越复攻吴，大破吴师于笠泽。公元前473年，越灭吴。

本文就是记勾践退守会稽，向吴请和以后，用十年生聚，十年教训之战略，富国强兵，终于灭吴的史实，这在我国历史上是一个很有名的故事，读者从中可以吸取有益的历史经验。

全文可分为三大段。第一大段，自开头至“夫差与之成而去之”，写勾践用文种之谋，向吴求和，终于保全国土，避免灭亡之祸。此段在叙述上又分两节。自开头至“其孰利乎”为第一节，叙述夫椒之役勾践战败，使文种求和于吴。文种之言分两层去劝说吴王权衡利害，措辞卑顺，但决心坚定。自“夫差将欲听，与之成”至“夫差与之成而去之”为第二节，叙写伍员谏夫差勿许越和，然太宰嚭以受贿而主和，这反映了吴国的内部矛盾。第二大段，自“勾践说于国人曰”至“民俱有三年之食”，叙写越王勾践十年生聚，十年教训，励精图治，以求复仇。此段也包括两节，自“勾践说于国人曰”至“其身亲为夫差前马”为第一节，写勾践一面抚慰国人，一面卑事夫差，以图报复。自“勾践之地”至“民俱有三年之食”为第二节，叙述了越国的内政措施。即十年生聚，十年教训。而叙写详于生聚，略于教训。因为生聚所以固结民心。如人人均能急公为国，教训之义即自然可见了。第三大段，自“国之父兄请曰”至篇末，叙写勾践依靠民力，终灭吴国。此段仍可分两节。自“国之父兄请曰”至“又郊败之”为第一节，写越人养精蓄锐，一再请战，勾践因许诺而誓师，终于屡败吴国。自“夫差行成”至“遂灭吴”为第二节，叙写夫差求存吴之宗庙社稷而不可得，越王勾践有志竟成，终于灭吴。

这篇文章，分析当时的吴、越形势，判断正确，也很有胆略；语言明晰，很有说服力；故事情节描绘得有声有色，情文并茂，有气势，有感染力，已经接近后来的历史小说的写作方式了。当然，这个故事对戏剧的影响也是十分明显的。

（七）苏秦始将连横

苏秦始将连横[1]，说秦惠王[2]曰：“大王之国，西有巴、蜀、汉中之利[3]，北有胡貉、代马之用[4]，南有巫山、黔中之限[5]，东有肴函[6]之固。田肥美，民殷富，战车万乘[7]，奋击[8]百万，沃野千里，蓄积饶多，地势形便[9]，此所谓天府[10]，天下之雄国也。以大王之贤，士民之众，车骑之用，兵法之教[11]，可以并诸侯，吞天下，称帝而治[12]。愿大王少留意，臣请奏其效[13]。”

秦王曰：“寡人闻之：毛羽不丰满者不可以高飞；文章[14]不成者不可以诛罚，道德不厚者不可以使民，政教不顺者不可以烦大臣。今先生俨然不远千里而庭教之[15]，愿以异日[16]。”

苏秦曰：“臣固疑大王之不能用也。昔者神农伐补遂[17]，黄帝伐涿鹿而禽蚩尤[18]，尧伐驩兜[19]，舜伐三苗[20]，禹伐共工[21]，汤伐有夏[22]，文王伐崇[23]，武王伐纣，齐桓任战而伯天下[24]。由此观之，恶有不战者乎？古者使车毂击驰[25]，言语相结，天下为一，约纵连横[26]，兵革不藏。文士并餝[27]，诸侯乱惑，万端俱起，不可胜理。科条既备，民多伪态[28]，书策稠浊[29]，百姓不足。上下相愁，民无所聊[30]，明言章理[31]，兵甲愈起。辩言伟服[32]，战攻不息，繁称文辞，天下不治。舌弊耳聋，不见成功，行义约信，天下不亲。于是乃废文任武，厚养死士，缀甲厉兵[33]，效胜于战场。夫徒处而致利[34]，安坐而广地，虽古五帝三王五伯，明主贤君，常欲坐而致之，其势不能。故以战续之，宽则两军相攻，迫则杖戟相橦[35]，然后可建大功。是故兵胜于外，义强于内，威立于上，民服于下。今欲并天下，凌万乘[36]，诎敌国[37]，制海内，子元元[38]，臣诸侯[39]，非兵不可。今之嗣主，忽于至道，皆惛[40]于教，乱于治[41]，迷于言，惑于语，沈于辩，溺于辞[42]。以此论之，王固不能行也。”

注：

〔1〕“苏秦”句：苏秦，战国末期洛阳人，为纵横家。战国之时，凡主张合齐、楚、燕、赵、韩、魏六国以抗秦者，称为约纵；凡主张秦与齐、楚等国个别联合以打击其他国家者，称为连横。苏秦最初主张连横，因说秦惠王不听，遂改变主张，往说燕、赵，合六国之纵，同盟抗秦。苏秦出为纵长，因而得名。后纵约为张仪所破。始，当初，最初。将，持，进。

〔2〕说秦惠王：说，劝说。以自己的主张、观点去说服别人听从曰说（shuì）。秦惠王，战国后期秦君，公元前336年至公元前311年在位。

〔3〕西有巴、蜀、汉中之利：巴，以重庆为中心的四川东部地区。蜀，以成都为中心的四川西部地区。汉中，以汉中为中心的陕西省秦岭以南地区。此三地在当时尚未属秦，但在交通、贸易等方面与秦关系密切，故言西有其利也。

〔4〕“北有”句：胡，当时指匈奴族所居住的北方地区，其地多产貉（hé）。貉

形似狸，皮毛很珍贵，可以为裘，故称之为胡貉，即胡地所产之貉也。代，今山西、河北两省北部之地，其地多产良马，故称代马。

〔5〕“南有”句：巫山，山名。其说有二：一、在四川巫山县东，即巫峡。乃巴山山脉特起处，有十二峰，在巫峡中长江北岸，以神女峰最有名，峰下有神女庙。故前人有“云雨巫山十二峰，飘然神女天下宫”之句，正反映了巫峡迷人的景色。二、今山东肥城西北亦有巫山，又名孝堂山。春秋时齐灵公登巫山以望晋师，即此山。黔中，战国时楚地，故城在今湖南沅陵县西。秦昭襄王使司马错发陇西，因蜀攻黔中，即此。始皇时始设郡，辖湖南、贵州一部分地区。限，这里指屏障之意。

〔6〕肴函：指秦函谷关，在今河南灵宝市西南，洛宁县西北。肴，一作殽，又作崤。关在西殽山谷中，深陷如函，故名肴函。秦有其地，约在孝公晚年。

〔7〕战车：指兵车，意谓秦之军事力量强大。

〔8〕奋击：奋力击敌的战士。

〔9〕形便：得其形势，擅其便利。

〔10〕天府：天然富饶的府库。此谓肥沃险固物产饶多的地区。故《史记》称关中为天府之国，《国策》称秦为天府之国，后人称四川为天府之国。

〔11〕兵法之教：此指军事教育，或学习军事，军事训练之事。

〔12〕称帝而治：帝的本意是“天”。如《诗》云“帝命不违”，即不违天命。后引申为神之尊者。至战国之际，各诸侯国之君主，纷纷称王，因而强盛的大国，开始有自称帝号，进行统一准备的。故此指君王之意。

〔13〕效：成效。此指成其帝业之道。

〔14〕文章：此处指法律政令。

〔15〕“今先生”句：俨然，矜庄貌，严肃郑重貌。庭教，在庭堂之上进行指教。

〔16〕愿以异日：愿，表客气的语气，有“请”、“希望”之意。异日，他日。此为请等以后再说吧。即从长计议、慢慢商讨之意。

〔17〕“神农”句：神农，传说中的远古帝王，始教民为耒耜，发明了农业，故称神农氏。又传他曾尝百草、兴医药，以疗民疾，为有道明君。补遂，未详。但也有解为古国名者。

〔18〕“黄帝”句：涿鹿，地名，在河北涿鹿县南。蚩尤，传说为九黎族首领（见神话注）。

〔19〕驩兜（huāndōu）：传说为尧臣。

〔20〕三苗：传说中的古部族名，亦称苗，或称有苗。居住于湖北武昌，湖南岳阳，江西九江一带。

〔21〕共工：传说中的古部族名。与神话中的共工怒触不周山的共工有别。

〔22〕“汤伐”句：指传说中成汤伐夏桀之事。有，古语助词，无实义。

〔23〕崇：古国名，在今陕西户县一带。

〔24〕“齐桓”句：任，事也，用也。伯，义同霸。

〔25〕车毂击驰：车毂（gǔ），车轮中心贯轴之处。击驰：车驰而轮毂相撞击也。此句极言其车多而行急也。

〔26〕约纵连横：南北为纵，东西为横。当时七国诸侯之间有两种政治斗争的策略：东方各国，北起燕，南至楚，联合起来以抗击西方的秦国，称为约纵，或曰合纵。处于西方的秦国，与东方齐、楚等国个别联合，以打击其他国家，称为连横，或称连衡。此句言这两种不同的主张同时都提了出来。

〔27〕文士并餝：文士，此指能言会道之辩士。餝，同饰。此指修饰文辞。此句言那些能言善辩之士，一齐出来，修饰文辞，进行游说工作。

〔28〕“科条”句：各种规章制度的条目已经十分完备，而人民作伪者却愈来愈多。

〔29〕书策稠浊：书策，指各种条文记录。稠，繁多，繁重。浊，混乱不清。

〔30〕聊：依赖，依靠。

〔31〕明言章理：明言，明显之言论。章，同彰，即彰著明显之意。章理，彰著之道理。

〔32〕辩言伟服：辩言，辩论之言，谓不切合实际也。伟服，指奇装异服。

〔33〕缀甲厉兵：缀（zhuì），连接。缀甲，古代武士之甲衣，大都以牛皮或铜铁等金属小方片连缀而成者，故缀甲即制作甲衣。厉，动词，即磨砺。兵，兵器。

〔34〕“徒处”句：徒处，白坐以等待，无所事事地坐等。致，得也。

〔35〕杖戟相橦：杖，动词，持，拿着。戟，合戈、矛而为一的一种武器，可直刺，亦可横击之。橦，读为冲，即冲刺之意。《战国策》鲍彪注作撞，义同，撞击也。

〔36〕凌万乘：凌，乘，升，此处有超越，驾临其上之意。犹言驾临于拥有兵车万乘的大国国君之上。

〔37〕诎敌国：诎，同屈。诎敌国，使敌国屈服也。

〔38〕子元元：子，动词，以民为其子也。元，善也。《易》曰：“元者善之长也。”元元，民也。《战国策》高注云：“元，善也。民之类善，故称元。”此指统一天下。

〔39〕臣诸侯：臣，动词，即以诸侯为臣。

〔40〕惽：同昏，暗也。此指思想不明。

〔41〕乱于治：乱，思想混乱，头脑混乱。治，指治国之事。此句犹言对治国之事，心中无数，头脑混乱。

〔42〕“沈于辩”句：沈，同沉。此句犹言沉溺于烦琐的辩论与无尽的空言之中。

说秦王书十上而说不行，黑貂之裘弊〔1〕，黄金〔2〕百斤尽，资用〔3〕乏绝，去秦而归〔4〕，羸縢履蹻〔5〕，负书担橐〔6〕，形容枯槁，面目犁黑〔7〕，状有归[8]色。归至家，妻不下纴[9]，嫂不为炊，父母不与言。苏秦喟叹曰："妻不以我为夫，嫂不以我为叔，父母不以我为子，是皆秦之罪也。"乃夜发书[10]，陈箧[11]数十，得太公《阴符》之谋[12]，伏而诵之[13]，简练以为揣摩[14]。读书欲睡，引锥自刺其股，血流至足[15]。曰："安有说人主，不能出其金玉锦绣，取卿相之尊者乎[16]？"期年[17]，揣摩成。曰："此真可以说当世之君矣。"于是乃摩燕乌集阙[18]，见说赵王于华屋之下[19]，抵掌而谈[20]，赵王大悦，封为武安君[21]。受相印，革车百乘，锦绣千纯[22]，白璧[23]百双，黄金万溢[24]以随其后，约从散横以抑强秦[25]，故苏秦相于赵而关不通[26]。当此之时，天下之大，万民之众，王侯之威，谋臣之权，皆欲决苏秦之策[27]。不费斗粮，未烦一兵，未战一士，未绝一弦，未折一矢，诸侯相亲，贤于兄弟[28]。夫贤人任而天下服，一人用而天下从，故曰：式于政不式于勇[29]；式于廊庙[30]之内，不式于四境之外。当秦之隆[31]，黄金万溢为用，转毂连骑，炫熿于道[32]，山东之国从风而服，使赵大重[33]。且夫苏秦，特穷巷掘门桑户棬枢之士耳[34]，伏轼撙衔[35]，横历天下，廷说诸侯之王[36]，杜[37]左右之口，天下莫之能伉[38]。

将说楚王[39]，路过洛阳，父母闻之，清宫除道[40]，张乐设饮[41]，郊迎三十里[42]。妻侧目而视[43]，倾耳而听[44]。嫂虵行匍伏[45]，四拜自跪而谢[46]。苏秦曰："嫂何前倨[47]而后卑也？"嫂曰："以季子[48]之位尊而多金。"苏秦曰："嗟乎！贫穷则父母不子，富贵则亲戚畏惧[49]。人生世上，势位富厚，盖可以忽乎哉[50]？"

注：

〔1〕"说秦王"句：十上，屡次上书。十，此处为虚指，意为多次。说不行，指苏秦所持连横之说不被惠王采纳而推行。黑貂，鼠类小动物，毛皮极轻暖。裘，皮袄。弊，破旧。

〔2〕黄金：战国时仍以铜为金，铜可以通货财作货币使用。

〔3〕资用：资财和日用物品。

〔4〕去秦而归：去，离开。归，回洛阳。此言他离开秦国回洛阳老家。

〔5〕羸縢履蹻：羸（léi），同缧、纍，缠绕。縢（téng），裹腿布。履，踏。蹻（jué），草鞋。此言他裹着绑腿，穿上草鞋（便于步行也）。

〔6〕橐（tuó），囊。一本作囊。《战国策》高诱注云："橐，囊也。无底曰囊，有底曰橐。"

〔7〕"形容"句：形，形体。容，容颜。枯槁，瘦瘠。犁，通作黧（lí），黑中略

带黄色。

〔8〕归：似为愧之误。高诱注云："归，当作愧。愧，惭也。音相近，故作归耳。"

〔9〕纴（rèn）：机缕；此言妻不下机缕而织自若也。

〔10〕乃夜发书：乃夜，当天的夜里。发，取出，打开。

〔11〕陈箧：陈，陈列，摆开。箧（qiè），竹箱。此指书箱。

〔12〕"得太公"句：太公，吕尚，或称姜尚。周武王太师（人臣中最高的官职），齐之始祖。《阴符》，太公所著兵书名。谋，谋策，谋略。

〔13〕伏而诵之：埋下头来苦心诵读它。

〔14〕"简练"句：简，选择。练，原指煮缣使之洁白也。故可引申为熟习，熟练。揣，揣度。摩，研摩。此言以我所选择熟练者，揣度研摩其真义，按其时势而用之。

〔15〕足，指足跟。王念孙《读史杂志》以为，当从《史记集解》与《太平御览》所引作踵。

〔16〕"安有说人主"句：安有，哪有。人主，指当时诸侯国的国君。锦绣，以厚缯为地，别以五彩线织之曰锦。以丝刺成者曰绣。取，获得。

〔17〕朞年：周期年，满一年。朞，音（jī）。

〔18〕"于是乃"句：摩，切近。《战国策》校注："近而过之。"阙，门观也。筑二台于门外，作楼观于上，中央阙而为道，故曰阙。后以为天子所居之处的通称。《战国策·秦策》高诱注："阙，塞名。"燕乌集，阙名。

〔19〕"见说"句：见说，请见赵之国王而进游说之说。赵王，赵肃侯，公元前349年至公元前326年在位。华屋，华丽之屋，此指赵王之王宫。

〔20〕抵掌：抵，当作抵（zhǐ），合击。抵掌，即击掌，表示言语投机，心中高兴之意。

〔21〕武安君：武安，邑名，战国时为赵地。即今河南省武安附近。武安君，武安邑之封君（亦说在河北省）。

〔22〕"受相印"句：受相印，指赵王封苏秦为赵相。革车，兵车。纯，古音（tún），布帛一匹曰一纯。

〔23〕白璧：璧，玉环。此字原误作壁，今从雅雨堂本改正。

〔24〕溢：同镒。古二十两为镒，后亦作二十四两，为计重量单位。

〔25〕约从散横：约从，六国相约合纵抗秦。散横，破坏个别国家与秦之联合以离散连横之策，使秦不敢向东侵犯。

〔26〕关不通：关，指函谷关，六国通秦之要道。今六国共同抗击秦国，与秦断绝了来往关系，交通阻塞，故言不通。

〔27〕决苏秦之策：策，策略。此言当时支配六国政策的就是苏秦。决苏秦之策，是说六国的一切均取决于苏秦的策略。

〔28〕贤：作胜解。贤于兄弟，胜于兄弟也。

〔29〕“式于政”句：式，用。此句犹言：运用政治，不运用武力。

〔30〕廊庙：庙，原为君主祭祀之宗庙，其旁为廊。在古代凡国家大事皆在廊庙之内商讨决定，故后世用为朝廷之代称。

〔31〕当秦之隆：秦，苏秦。隆，势盛。此言当苏秦尊显势盛之时。

〔32〕“转毂连骑”句：此指随从车骑络绎于道，耀人眼目。炫熿，同炫煌，光明照耀。

〔33〕“山东之国”句：华山（或云崤山）以东之国家，像风吹草伏一样去拥赵，使赵之地位大大加重起来。谓赵为从约之长，山东诸侯皆尊重之。

〔34〕“特穷巷”句：穷巷，陋巷，狭小之巷。掘门，凿垣以为门。掘与窟通，即窟门、窑门之意。桑户，以桑木为户（门扉）。棬（juǎn）枢，屈树枝以为户枢。

〔35〕伏轼撙衔：伏，俯。轼，车前横木。撙，犹顿。衔，马勒口。所以制驭马之行止者。顿衔，停辔之意。此句犹言，他伏在车前横木之上，拉着马的勒口。

〔36〕“廷说（shuì）”句：在朝廷之上以自己的意见去劝说诸侯王。

〔37〕杜：阻塞，堵塞。

〔38〕伉（kàng）：通抗，匹敌之意。

〔39〕楚王：指楚威王，名商，公元前339年至公元前326年在位。

〔40〕清宫除道：清宫，清扫房屋。除道，扫除道路（清，洒扫。宫，室之高大者，古人常用为居室的通称。道，路。除，辟除芜秽）。

〔41〕张乐设饮：指设置音乐，置办宴席。

〔42〕郊迎：郊，邑外为郊。此指出郊外三十里去迎接。

〔43〕侧目而视：不敢正视。

〔44〕侧耳而听：斜着耳朵迎着话音特别注意去听。此与上句均表示敬畏之意。

〔45〕虵行匍伏：虵，同蛇。蛇行，言掩面于地，如蛇行进的样子。匍伏，即匍匐，谓手足伏地而爬行也。

〔46〕谢：谢罪，即承认错误与罪过。

〔47〕倨（jù）：傲慢。

〔48〕季子：古人习惯，嫂呼小叔子为季子。一说，为苏秦之字。

〔49〕“嗟乎”句：父母不子，父母不以子对待。亲戚，亲人。此指家中的亲属。

〔50〕盖可以忽乎哉：盖，同盍，何也。忽，忽略，忽视，忘却。

本文叙述了苏秦的两段故事。苏秦最初主张连横之说以说秦，但惠王不能用，于是他落得负书担囊，抱愧而归。反而又以合纵之说说赵。结果赵王大悦，封苏秦为武安君，受相印，卒以纵约长而扬名天下。

这两段故事，说明了苏秦升降沉浮的变化，也说明了游说之士宣扬合纵连横之说的目的，完全是为了追求名利地位。苏秦失意归家，妻不下纴，嫂不为炊，父母不与言。及其挂相印，路过洛阳，父母郊迎三十里，妻侧目而视，嫂蛇行匍匐。这说明了封建家庭的亲属关系，是以地位的尊卑，黄金的多寡，决定亲疏爱憎。当然也说明了当时炎凉的世态和产生“士”这个阶层的社会基础。

补充：《战国策》的特点是长于纪事和议论。尤其对谋臣策士纵谈天下形势的游说之词，以及巧嘴利舌，随机应变辩论之词，均极尽铺陈夸张与渲染之能事，使之具有相当的煽动性与说服力。《秦策》的苏秦始将连横说秦王就是一例。文中对策士苏秦的描写即很典型。最初他想用连横的策略说服秦惠王以武力兼并六国，统一天下。他使用了娓娓动听的言辞，盛赞秦之地大物博，国强民富，山川险固，兵多将勇；又称赞秦惠王的贤明有为，引经据典，强化自己的理由，论证连横策略的正确。然而“书十上而说不行”。所以他失败了。这时，他穷愁潦倒，黑貂之裘敝，资用乏绝，只得垂头丧气，去秦东归。作者在这里使用了十分夸张的语言，铺叙排比的手法，把失败后苏秦的狼狈相描写得十分形象生动。到家之后，又是“妻不下纴，嫂不为炊，父母不与言”。虽短短三句，但把苏秦进门时的难堪景象活画了出来。在政治失败，生活上遭受冷遇的双重打击下，他并未灰心，要决心说服人主，取卿相尊位。于是，他发愤读书，体会策略，竟至夜里“引锥自刺其股，血流至足”。一年以后，又用合纵策略说赵王，终于成功。“朝为布衣”的苏秦，却“夕成卿相”。他身挂相印，“革车百乘，锦绣千纯，白璧百双，黄金万溢以随其后”。当他趾高气扬，游说楚王，路过洛阳家门时，他的父母清宫除道，张乐设饮，郊迎三十里。妻子侧目以视，侧耳以听。嫂子蛇行匍匐，长跪谢罪。苏秦问曰：“嫂何前倨而后卑也?”嫂子回答：“以季子之位尊而多金。”作者通过夸张铺陈和对比的方法，把苏秦的奸猾巧诈，权机多变，利欲熏心，失败时穷愁潦倒，狼狈不堪，成功后踌躇满志，自鸣得意的政客形象描绘得惟妙惟肖，刻画得入木三分。同时也反映了当时“贫穷则父母不子，富贵则亲戚畏惧”的庸俗炎凉的世态人情，虚伪的家庭伦常关系。总之，《战国策》中出现了各种类型而又极为复杂的历史人物。其中有权机多变，利欲熏心，为追求富贵功名，不惜采用任何手段的策士苏秦、张仪等；有朝秦暮楚，立场不坚的陈轸等；有不畏强暴，为人排难解纷而无所取的鲁仲连等；有敢于抗暴，当面折服秦王，不辱使命的唐且等；有深谋远虑，为孟尝君经营三窟的食客冯谖等；有出身下层，悲歌慷慨，视死如归的刺客荆轲、聂政等；也有阴险毒狠的贵夫人郑袖；有盛气凌人，色厉内荏的太后；有忠心耿耿，老态龙钟的触詟。还有前倨后卑的苏秦嫂。真是人物众多，性格各异，面目不同，人人形象鲜明，个个栩栩如生。充分表现出战国时代各种历史人物的精神面貌和思想品质。颇具后世小说的特色。所以两千多年来，这些历史人物的故事，总是流传不息的。

（八）冯谖客孟尝君

齐人有冯谖者[1]，贫乏不能自存[2]。使人属孟尝君[3]，愿寄食门下[4]。孟尝君曰："客何好？"曰："客无好也。"曰："客何能？"曰："客无能也。"孟尝君笑而受之曰："诺。"

左右以君贱之也[5]，食以草具[6]。居有倾[7]，倚柱弹其剑[8]，歌曰："长铗，归来乎[9]！食无鱼。"左右以告。孟尝君曰："食之，比门下之客[10]。"居有倾，复弹其铗，歌曰："长铗，归来乎！出无车。"左右皆笑之，以告[11]。孟尝君曰："为之驾，比门下之车客[12]。"于是乘其车，揭其剑[13]，过[14]其友，曰："孟尝君客我[15]！"后有倾，复弹其剑铗，歌曰："长铗，归来乎！无以为家[16]。"左右皆恶[17]之，以为贪而不知足。孟尝君问："冯公有亲乎？"对曰："有老母。"孟尝君使人给其食用，无使乏。于是冯谖不复歌。

后孟尝君出记[18]，问门下诸客[19]："谁习计会[20]？能为文收责于薛者乎[21]？"冯谖署曰："能[22]。"

孟尝君怪之，曰："此谁也？"左右曰："乃歌夫'长铗归来'者也[23]！"孟尝笑曰："客果有能也，吾负[24]之，未尝见也。"请而见之，谢[25]曰："文倦于事[26]，愦于忧[27]，而性懧愚[28]，沉于国家之事[29]，开罪[30]于先生，先生不羞[31]，乃[32]有意欲为收责于薛乎？"冯谖曰："愿之。"于是约车治装[33]，载券契而行[34]，辞曰："责毕收，以何市而反[35]？"孟尝君曰："视吾家所寡有者。"

驱而之薛[36]。使吏召诸民当偿者[37]，悉来合券[38]。券徧合，起，矫命[39]，以责赐诸民。因[40]烧其券，民称万岁。

长驱到齐[41]，晨而求见。孟尝君怪其疾[42]也，衣冠而见之[43]，曰："责毕收乎？来何疾也！"曰："收毕矣。""以何市而反？"冯谖曰；"君云：'视吾家所寡有者'。臣窃计[44]：君宫中积珍宝，狗马实外厩[45]，美人充下陈[46]；君家所寡有者，以义耳[47]。窃以为君市义[48]。"孟尝君曰："市义奈何？"曰："今君有区区[49]之薛，不拊爱子其民[50]，因而贾利之[51]。臣窃矫君命，以责赐诸民，因烧其券，民称万岁。乃臣所以为君市义也[52]。"孟尝君不悦，曰："诺，先生休矣[53]。"

后期年[54]，齐王谓孟尝君曰："寡人不敢以先王之臣[55]。"孟尝君就国于薛[56]。未至百里[57]，民扶老携幼，迎君道中正日[58]。孟尝君顾谓冯谖："先生所为文市义者，乃今日见之。"

冯谖曰："狡兔有三窟，仅得免其死耳。今君有一窟，未得高枕[59]而卧也。请为君复凿二窟。"孟尝君予车五十乘，金五百斤，西游于梁[60]。谓惠王曰："齐放其大臣孟尝君于诸侯[61]。诸侯先迎之者，富而兵强。"于是梁王虚上位[62]，以故相为上将军[63]，遣使者黄金千斤，车百乘，往聘孟尝君。冯谖先驱[64]，诫[65]孟尝君曰："千金，重币也；百乘，显使也[66]。齐其闻之矣[67]！"梁使三反[68]，孟尝君固辞不往也。

齐王闻之，君臣恐惧，遣太傅赍黄金千斤[69]，文车二驷[70]，服剑[71]一，封书[72]谢孟尝君曰："寡人不祥[73]，被于宗庙之祟[74]，沉于谄谀之臣[75]，开罪于君。寡人不足为也[76]，愿君顾先王之宗庙，姑反国统万人乎[77]？"冯谖诫孟尝君曰："愿请先王之祭器，立宗庙于薛[78]。"庙成，还报孟尝君曰："三窟已就，君姑高枕为乐矣。"

孟尝君为相数十年，无纤介[79]之祸者，冯谖之计也。

——见《战国策·齐策四》

注：

〔1〕冯谖（xuān）：《战国策》鲍彪注作冯煖，《史记》作冯驩，音并同。齐士人，孟尝君门客。者，表示语气提顿，相当于：齐国有个叫冯谖的人。

〔2〕自存：自己存在下去，自己生活下去。

〔3〕属孟尝君：属，音义均同嘱，嘱托，告诉，托付。孟尝君，名田文，时为齐相。齐靖郭君田婴少子，为齐之贵族，继其父荫封于薛。为人轻财好士，门下食常数千人，封号为孟尝君，与魏信陵君、赵平原君、楚春申君齐名，称为战国四君子。

〔4〕愿寄食门下：寄食，依附别人而生活。门下，门下之客。此句犹言：愿意在孟尝君门下当食客。

〔5〕左右以君贱之也：左右，指左右办事的人。以，因为。君，孟尝君。贱，轻视，鄙贱。之，代词，指冯谖。

〔6〕食以草具：食（sì），以食物给人吃。草具，原指粗糙的食具，此指粗糙的饮食。

〔7〕居有倾：居，经过。有倾，不多时，时间短暂。此言过了不久。

〔8〕倚柱弹其剑：倚，靠。弹，此指以指敲打他的佩剑。

〔9〕“长铗”句：铗（jiá 或音 qiè），剑把。归，反回。来，语词，无实义。此句谓：长剑啊，咱们还是回去吧。

〔10〕“食之”句：食之，给他吃。比，相同，相等。姚宏云：一本客上有鱼字。吴师道注引《列士传》：“孟尝君厨有三列。上客食肉，中客食鱼，下客食菜。”按，孟尝君接待门下之客有上、中、下三等，所居住之舍叫代舍、幸舍、传舍。代舍之客食肉，幸舍之客食鱼，传舍之客食菜。此言孟尝君令其左右把冯谖当作食鱼之客接待。

〔11〕以告：这在文言文中为省略两宾语的句法，即把冯谖唱的歌告诉孟尝君。

〔12〕“为之驾”句：驾，指马车。为之驾，给冯谖准备车乘。车客，代舍之客，出可以乘车。

〔13〕揭：举，持。此言举着他的剑。

〔14〕过，经过，过从。此指访问、拜访。

〔15〕客我：以我为上客。

〔16〕无以为家：家，古读为 gū。此言没有用来赡养家人的东西，即无钱养家。

〔17〕恶：音 wù，厌恶。

〔18〕出记：出，贴出，拿出。记有两解：一、指书状之类的文件、文告。二、账簿。此言贴出文告或拿出账簿。

〔19〕问门下诸客：询问他门下众多的食客。

〔20〕谁习计会：习，熟悉。计会，即今之会计（计会，原有计算之意）。

〔21〕“能为文”句：文，孟尝君自称其名。责，同债。薛，孟尝君袭其父靖郭君之封，仍以薛为其采邑（今山东薛城县附近）。此句犹言能替田文到薛地去收债吗？

〔22〕署曰：“能。”署，签名于文告之上。并写上能字，表示可以胜任收债之事。

〔23〕“乃歌夫”句：夫，助词，句中用在动词与宾语之间，起调节语气的作用。一说，应训为“那”。故其句意为：就是歌唱那“长铗归来”的人。

〔24〕负：亏待，对不起。表示平日里忽视了冯谖的才能。

〔25〕谢：道歉。

〔26〕倦于事：困倦于琐事，被事务所困。于，被。一说，事，是。此指国事，即国家大事。亦可通。意谓因政事繁忙，无暇招待宾客。

〔27〕愦于忧：愦（kuì），昏乱。忧，思虑。此言因忧虑国事而头脑昏愦心烦意乱。

〔28〕懧愚：懧（nuò），同懦，怯弱。为孟尝君自谦之词，言生性懦弱而愚蠢。

〔29〕沉于国家之事：沉，沉溺。此为埋头。意谓埋头于国家事务之中。

〔30〕开罪：得罪，获罪。

〔31〕先生不羞：不羞，不以此为耻。言外指承蒙你不见怪、能忍耐之意。

〔32〕乃：却，竟。

〔33〕约车治装：准备车马，整理行装。

〔34〕券契：债券。即债务契约。《战国策》鲍彪注：“券亦契。”古之契约以竹木片制成，故以车载。此句犹言车上装载债券而出发。

〔35〕以何市而反：市，买。反，同返。此言买些什么东西带回来呢?

〔36〕驱而之薛：赶着车到薛邑去。之，往，到。

〔37〕“使吏”句：使小吏召集应该还债的老百姓。当偿者，应当偿还债务的人。

〔38〕悉来合券：悉，全部。合券，古时债券写在竹木片上，与今之合同相同，成立时一剖为二，彼此各藏一半，以为凭信，核对时须两相符合。

〔39〕矫命：矫，假托。此言冯谖假托孟尝君的命令。

〔40〕因：于是。

〔41〕长驱到齐：一直不停地赶着车回到齐国。

〔42〕疾：同急，迅速，快。

〔43〕衣冠而见之：衣冠，动词，即穿戴之意。此言穿戴得整整齐齐地接见了冯谖。

〔44〕臣窃计：我私底下考虑。

〔45〕实外厩（jiù）：实，充满。外厩，宫外之马舍。《周礼》：“马有二百十四匹为厩。”

〔46〕充下陈：充，满。陈，《尔雅·释宫》注：“堂下至门径也。”按，指堂下与门之间的通路。此处应指列、位的意思。下陈，即下列、后列。此言孟尝君的堂下或后列站满了美人（也表示古时供玩乐的妇女地位卑贱，故处于后列）。

〔47〕以义耳：以，旧注解为止、仅止，此处亦可引申为“只是”。即只是义罢了。

〔48〕窃以为君市义：以，用。我私底下用债券替你买来了义。

〔49〕区区：小也。

〔50〕“不拊爱”句：拊同抚。拊爱，即抚爱。子，子女。（一说为慈爱）子其民，视民如子。此句犹言不把人民看作是自己的子女一样来抚爱。

〔51〕因而贾利之：因而，此处有还要之意。贾（gǔ），居货待卖的商人，故言行商坐贾。其句意为：还要用商贾之道向人民谋取利息。

〔52〕“乃臣”句：所以，即现代汉语中的“用来……（的方式）”，故其句犹言：这就是我用来替你买义的方式。

〔53〕休矣：犹今言得了，算了。

〔54〕朞年：同期年，满一年。王念孙以为此句下应有脱文。《史记·孟尝君列传》叙此事云：“齐王（湣王）惑于秦、楚之毁，遂废孟尝君。”《史记》之说似近理。

〔55〕“寡人”句：大意为：您是先王的大臣，我是不敢再用您了。这是齐王废

孟尝君的借口。

〔56〕就国：国，指孟尝君的封邑薛。其意为回到了自己的领地。

〔57〕未到百里：距薛邑还有一百里。

〔58〕正日：终日，一整天。意为薛邑人民整天在路上等待迎接孟尝君。一本无此二字，《战国策》鲍彪注本有，故增。

〔59〕高枕：高，动词。此处即垫高之意。高枕，垫高枕头。

〔60〕梁：魏国。因都城在大梁（今河南开封）故亦称梁国。（惠王，名罃，魏武侯太子）。

〔61〕"齐放其"句：放，放逐，弃。诸侯，指其他诸侯国。此句犹言齐国放逐他的大臣，使其见用于其他诸侯之国。此言齐免除孟尝君之相位，正给诸侯以重用他的机会。

〔62〕虚上位：空出最高的职位。此指相位。

〔63〕"以故相"句：故相，原来的宰相。此言把原来的宰相调任大将军，空出相位以待孟尝君。

〔64〕先驱：在前面导行。

〔65〕诫：告诫，提醒。

〔66〕显使：显赫的使节。

〔67〕齐其闻之矣：其，表测度语气，在此有"大概"、"可能"之意。此言齐国大概听说这件事情了吧！

〔68〕三反：往返三次。

〔69〕"遣太傅"句：太傅，古官名，位在太师之次，为国君的老师。赍（jī），携带。同赍，亦音咨，持物以赠人。

〔70〕文车二驷：文车，绘有文采的车。驷，一车四马曰驷。此言绘有花纹的以四匹马拉的车子两辆。

〔71〕服剑：齐王自佩的宝剑。

〔72〕封书：封好了书信。

〔73〕不祥：祥，善也。不祥，不善。

〔74〕"被于"句：被，本为复盖，引申为遭受。宗庙，王公贵族祭祀祖先之宫室。祟，本为神祸，鬼神之灾祸，此指祖宗神灵之祸灾。此句犹言遭受宗庙之中祖宗神灵的祸灾。

〔75〕"沉于"句：沉，沉溺。此处有迷惑之意。谄谀，谄媚阿谀。即今语拍马逢迎。此句言听信了谗臣之言，即被那些谄媚阿谀之臣的谗言所迷惑。

〔76〕不足为：为，顾念，眷念，帮助。不足为，不值得顾念，不值得帮助。

〔77〕统：治理。此与上句意为：我是不值得顾念的，然而希望你眷念齐先王之宗庙，姑且回朝廷管理百姓吧。这是齐王向孟尝君求情的话。

〔78〕立宗庙于薛：在薛邑建立齐国先王的宗庙。孟尝君与齐王为同族，立庙于薛，使薛为齐王所重视，得以保护，免受他国之侵扰。

〔79〕纤介：介，同芥，细小。纤介，微细。极言其小也。

本文选自《战国策·齐策》。战国时代是七雄并立，社会变化异常剧烈，政治形势十分动荡的时代。各诸侯国的当权者，为了维护和扩充自己的势力范围，除在军事上不断地进行兼并战争外，还在内政、外交上四处网罗人才。在这样的形势下，就产生了游说之士这一阶层，因而养士之风也就盛行起来。而孟尝君正是当时以养士闻名的战国四公子之一，门下有食客三千人，冯谖是其中之一。

本文共有四段。第一段，自开头至“于是冯谖不复歌”，介绍冯谖其人，初步刻画了他不凡的见识和才能，显示出他与众不同的性格。第二段自“后孟尝君出记”至“乃今日见之”，叙写冯谖为孟尝君市义的经过，正面表现冯谖初露锋芒时的才能和远见。在上段三次弹铗而歌之后，此段紧接着写了署记、矫命焚券、市义复命三个典型情节，是全文的中心。第三段，自“冯谖曰”至“君姑高枕为乐矣”，叙写冯谖为孟尝君复凿二窟的经过，进一步表现他的处事才能和政治远见。此段叙写再谋相位和请立宗庙二事，终于达到了高枕为乐的目的。第四段，仅最后一句话，点名了本文的主旨，结束了全篇。此段是作者的评论，着重强调孟尝君所以能数十年安居相位，高枕而卧，均得力于冯谖之计，对士这个阶层中的人才，作了画龙点睛的颂扬。

全文情节变化曲折，文笔抑扬顿挫，又多处使用了烘托手法，鲜明地刻画出一个有胆识、有谋略、有才能的策士形象。作者抓住“士”的特征，生动自然地揭示出冯谖的性格特点。开始冯谖自言“无好”、“无能”，受到孟尝君的鄙视和左右的讪笑。三次弹铗作歌以后，又出人意外地署记曰“能”。按常理，下文应写他千方百计，收齐债款，以证“客果有能”。但他到薛后却不收债，而焚券市义，疾速而回，使孟尝君大失所望，只好心中不悦地说：“先生休矣。”直至孟尝君去国就薛，看到“民扶老携幼，迎君道中正日”，才心服冯谖的远见卓识。经过多次起伏之后，冯谖已锋芒毕露，文章似应就此而止。可是，冯谖又提出复凿二窟，引出复谋相位与请立宗庙之事，进一步发展冯谖的性格。情节是人物性格发展的历史，随着波浪起伏的情节层层展开，人物自然浮动于纸上，也增添了文章的声色波澜。

五　诸子散文

（一）四子侍坐章

子路、曾皙、冉有、公西华侍坐[1]。

子曰："以吾一日长乎尔，毋吾以也[2]。居则曰：'不吾知也[3]。'如或知尔，则何以哉[4]？"

子路率尔而对曰[5]："千乘之国[6]，摄乎大国之间[7]，加之以师旅[8]，因之以饥馑[9]；由也为之[10]，比及三年[11]，可使有勇，且知方也[12]。"

夫子哂之[13]。

"求，尔何如[14]？"

对曰："方六七十[15]，如五六十[16]，求也为之，比及三年，可使足民[17]。如其礼乐[18]，以俟君子[19]。"

"赤，尔何如？"

对曰："非曰能之，愿学焉[20]。宗庙之事[21]，如会同[22]，端章甫[23]，愿为小相[24]焉。"

"点，尔何如？"

鼓瑟希[25]，铿尔[26]，舍瑟而作[27]。对曰："异乎三子者之撰[28]。"

子曰："何伤乎[29]？亦各言其志也[30]！"

曰："莫春[31]者，春服既成[32]，冠者[33]五六人，童子六七人，浴乎沂[34]，风乎舞雩[35]，咏而归[36]。"

夫子喟然叹曰："吾与点也[37]。"

三子[38]者出，曾皙后[39]。曾皙曰："夫三子者之言何如？"

子曰："亦各言其志也已矣！[40]"

曰："夫子何哂由也？"

曰："为国以礼[41]，其言不让[42]，是故哂之。唯求则非邦也与[43]？安见方六七十，如五六十而非邦也者[44]？唯赤则非邦也与？宗庙、会同，非诸侯而何[45]？赤也为之小，孰能为之大[46]？”

——见《论语·先进》

注：

〔1〕“子路、曾皙”句：子路，孔子弟子。姓仲名由，字子路。他对政治、军事皆有所长。曾皙，孔子弟子。名点，字皙，是曾参的父亲。皙音析（xī）。冉有，名求，字子有，孔子弟子。公西华，复姓公西，名赤，字子华，也是孔子弟子（学生）。侍坐，陪孔子闲坐。

〔2〕“以吾一日”句：以，因为。一日长，指年岁稍长，这里是孔子自谦之词。毋吾以，旧说把“以”均解为“已”的假借字，其义为“止”。故句意为：因为我比你们都要年长一些，你们就为此止而不言。一说，清人刘宝楠《论语正义》解“毋吾以”的“以”为“用”。今人杨伯峻《论语译注》从之。如此，其句意应为：孔子说：“因为我年龄比你们稍大些（老了），已经没有人用我了。”亦可通。又，朱东润《中国历代文学作品选》以“吾以”为倒用，即“以吾”。故其意为“不要因为我”。

〔3〕“居则曰”句：居，闲居，犹平日，平时。则，犹辄，即每每，常常。不吾知，即不知吾。此句言：你们平日闲居时常说：“没有人知道我啊！”

〔4〕“如或知”句：如，假如。或，无定指代词，有人。以，用，一作将。则何以，即则以何。则何以，那么你拿什么条件去为人家所用。全句说：如果有人知道你们，你们将以什么去为治呢？

〔5〕率尔：急遽貌。即轻率匆忙的样子。因为在孔子弟子中，子路性格最爽直，所以，抢先回答孔子的问题。

〔6〕千乘之国：乘（shèng），兵车量词。此指拥有一千辆兵车的中等诸侯之国。（面积为每边一百里）

〔7〕“摄乎”句：摄，旧注作迫近解，有逼迫，威慑之意。（清）俞樾《群经评议》则认为摄即“縶”，可作“夹”解，此句犹言：夹于大国之间，其义似可从。

〔8〕“加之”句：加，加上，此处有强加之意。师旅，本为古代军队的编制单位名称，兵员达二千五百人为师，五百人为旅。此指战争，战祸，即大国的侵犯。

〔9〕“因之”句：因之，继之。饥馑，荒年，饥荒之灾。《尔雅·释天》：“谷不熟为饥，疏不熟为馑。”此指国中还有饥荒之灾。按，古人在习惯上常说：“大军之后，必有凶年。”所以子路在此把兵与荒同时提出。

〔10〕之：代词，指千乘之国。

〔11〕比及：上句的为，治也。即治理，为政之意。比（bì），近。比及，等到。

〔12〕“可使”句：勇，勇敢，此指勇于为国战斗。方，指义，即道义的方向，礼义。此指明辨是非之理，懂得道义的方向。按，子路在这里说：如果让他治理一个千乘之国，即使这个国家夹于大国之间，它外有战祸，内有灾荒，但他在三年之后，

就能使人民勇于为国家作战，而且使他们能够明辨是非之理，懂得道义的方向与礼法之所宜。说明子路的政治抱负之大，信心之强。

〔13〕“夫子”句：夫子，是古人的一种敬称，犹今言老先生。哂（shěn），微笑。按，孔子见子路毫不谦虚，毫不客气，直言其志，不合礼让的要求，所以在下文中说“其言不让，是故哂之”。

〔14〕求，尔何如：此句和下文中的“赤，尔何如”、“点，尔何如”均为孔子的问话，其前省去了“子曰”，是表示谈话时语气紧接而无间断的意思。

〔15〕方六七十：方，见方，平方。此言有一个六七十平方里的小国。一说，这是古人对土地面积计算的方式，“方六七十”并不等于现在的六七十平方里，而是每边有六七十里长的意思。亦可通。

〔16〕如：或，或者。按上文子路先言能治方百里之国，所以这里冉有谦言他能治方六七十或五六十的百里内的小国。

〔17〕可使足民：足民，使人民富足，使民丰衣足食。

〔18〕如其礼乐：如，至于。此言：至于那兴礼乐施教化之事。意谓兴礼乐施教化之事，非自己的所能。这是谦虚的态度。

〔19〕以俟君子：俟，等待。句意为：只有等待修养更高的君子来完成了。

〔20〕“非曰”句：这是公西华的谦词，其意谓：我不敢说我是能够胜任治国之事的，但是我愿意在工作中学习。

〔21〕宗庙之事：指诸侯国君主祭祀之事。宗庙是国君祭祀祖先的场所。

〔22〕如会同：如，或，或者。会同，即会盟之事。

〔23〕端章甫：端，即玄端，是古代的一种礼服。章甫，古代的一种礼冠。此句犹言自己愿意穿着礼服，戴着礼冠。

〔24〕小相：相，诸侯祭祀、会盟时，为国君主持赞礼或司仪的官，一般分为卿、大夫、士三级。小相，即指最低一级，亦即士的一级。此处仍为公西华的谦词。

〔25〕鼓瑟希：鼓，动词，犹弹。希，应为稀的本字，稀疏之意。此处常见的有二解：其一，曾皙正在鼓瑟，突然被孔子一问，注意力分散，故瑟声逐渐稀疏。其二，曾皙鼓瑟已近尾声，故乐音自然稀疏。二说皆可通。

〔26〕铿尔：铿（kēng），象声词。常见的有二解：旧注均认为是投瑟之声。似不贴切。此处似应指曾皙在鼓瑟时曲终的余音。

〔27〕舍瑟而作：舍，同捨，放下。作，起，站起来。　以上三句，描述曾皙承孔子询问及作答时的动作。

〔28〕“异乎”句：撰，一本作僎，音义似可同“诠”，可作“善言”解，此处指子路等三人说的话。一说，撰，具也，陈述之意，亦指子路等三人之言。故此句意为：我的志向和他们三人所讲的不同。

〔29〕何伤乎：伤，伤害，妨碍。其意为：有什么妨碍呢？有什么关系呢？

〔30〕亦各言其志也：亦，付词，此处有“不过是”、“只是”、“正是”之意。

〔31〕莫：同暮。莫春，夏历三月。

〔32〕春服既成：春服，指袷衣。成，定。《国语·吴语》：“吴晋争长未成。”即争做盟主未定之意。按，初春时寒暖无常，气候多变，所以衣服也要常换。到暮春三月，气候已经稳定，所以说袷衣已经穿定了。

〔33〕冠者：冠（guàn），加冠。冠者，指成年人。古时男子，二十岁为成年，行冠礼。故以冠者称成年人，以未冠少年人称童子。

〔34〕沂（yí）：水名，在今山东曲阜县南。此水和大沂河以及流入大沂河的小沂河有别。此沂水源出山东邹县东北，西流经曲阜与洙水合流，入于泗水。即《左传·昭公二十五年》的“季平子请待于沂上”的沂。据说此水因有温泉流入，故暮春时即入浴。

〔35〕风乎舞雩：风，迎风乘凉。乎，于。舞雩（yú），鲁国人祭天求雨的祭坛，称求雨台。《水经注》云：“沂水北对稷门，一名高门，一名雩门。南隔水有雩坛，坛高三丈，即曾点所欲风处也。”其地在今山东曲阜南。按，雩本为古人求雨时的祭名，行雩祭时有音乐与舞蹈，故此处称舞雩。

〔36〕咏而归：一路上唱着歌曲走回来。

〔37〕“夫子”句：喟（kuì）然：长叹的样子。与（yù），赞许，同意。按，孔子为何同意曾点的主张，后儒的解说很不一致。但我们应从《论语》中找出其原因。孔子生活在中国社会开始大转变的春秋末期，他怀着所谓行道救世之心曾周游列国，然而终不得志，因此他就产生了“道不行，乘桴浮于海”、“欲居九夷”等的想法，所以他说：“饭疏食，饮水，曲肱而枕之，乐亦在其中矣；不义而富且贵，于我如浮云!”这些思想和曾点所言“浴乎沂”三句的意境相类似，因而孔子一面叹息，一面赞同曾点之志，正说明他当时的处境及其安贫乐道的想法，这他是在四处碰壁之后的失望心情的表现。杨树达《论语疏证》说：“孔子所以与曾点者，以点之所言为太平社会之缩影也。”鲁迅先生也说：“孔子曰：‘盍各言尔志’而终于赞成曾点者，就因为其志，合于孔子之道的缘故也。(见《听说梦》)”释此句之意甚为明显。

〔38〕三子：指子路、冉有、公西华。

〔39〕曾皙后：后，动词。留在后面出来。

〔40〕已矣：已，止。已矣，相当于“罢了”。

〔41〕为国以礼：礼，这里指西周以来的各种典章制度和道德规范。此句意为：治理国家要依靠礼。

〔42〕让：谦虚礼让。

〔43〕“唯求则”句：唯，语助词，用于句首，又称发语词，无实义。邦，国，此处亦可指诸侯。与，同欤。此言：难道冉求所说的就不是邦国之事了吗？此与下文“唯赤”句均为孔子自己先从反面发问然后加以说明的诘问句。

〔44〕“安见”句：安见，怎见得。非邦也者，不是治理国家的大事吗？

〔45〕非诸侯而何：不是诸侯之事又是什么呢？

〔46〕“赤也”句：公西华说他愿意作小相，那么谁还能做大相呢？言外之意是说公西华有作大相的才与德。

本文选自《论语·先进》篇，题目是后来的选文者所加。文章记述了孔子诱导学生畅谈个人志向，刻画了他们的志趣、性格和说话时的神态以及孔子对学生志向的评价。表现了儒家的治国理想，是《论语》中一个很好刻画人物的的短篇。

全文可分为三部分。第一段从开头到“则何以哉”，叙述孔子启发诱导学生言志，表现了孔子教学方法的一个侧面。第二段从“子路率尔而对”到“吾与点也”，记述了子路等四人对“言志”问题的回答。第三段从“三子者出”到结尾，是孔子对学生言志的评论，点明了儒家“为国以礼”的政治主张。情节虽然十分简单，但却错综而有波澜，开始为孔子诱导学生说话，子路的“率尔而对”却引起“夫子哂之”的结果。接着冉求、公西华言志之后，其态度虽然小心谦逊，而孔子却不表示自己的意见。到最后曾皙言志以后，他才表示赞许。这样写不仅体现出孔子的师长身份和思想感情，而且能使文章波澜起伏，加强了它的故事性。此外，文章还善于运用对话和动作刻画人物的性格。例如子路的坦率和措辞自信；冉有、公西华的发言谨慎和措辞谦逊；而曾皙是在孔子一再催促下才小心开口，但措辞却很洒脱。人物的口吻、动作和情态，都写得很传神，形象也很生动而逼真，不失为一篇好的短文。

（二）齐桓晋文之事章

齐宣王〔1〕问曰：“齐桓、晋文之事〔2〕，可得闻乎？”

孟子对曰：“仲尼之徒，无道桓、文之事者，是以后世无传焉〔3〕；臣未之闻也〔4〕。无以，则王乎〔5〕？”

曰：“德何如则可以王矣〔6〕？”

曰：“保民而王，莫之能御也〔7〕。”

曰：“若寡人者，可以保民乎哉〔8〕？”

曰：“可。”

曰：“何由知吾可也？”

曰："臣闻之胡龁[9]曰：'王坐于堂上，有牵牛而过堂下者，王见之，曰："牛何之[10]？"对曰："将以衅钟[11]。"王曰："舍之！吾不忍其觳觫[12]，若无罪而就死地[13]。"对曰："然则废衅钟与[14]？"曰："何可废也，以羊易[15]之。"'不识有诸[16]？"

曰："有之。"

曰："是心足以王矣[17]。百姓皆以王为爱[18]也，臣固知王之不忍也。"

王曰："然，诚有百姓者[19]。齐国虽褊小[20]，吾何爱一牛？即不忍其觳觫，若无罪而就死地，故以羊易之也。"

曰："王无异于百姓之以王为爱也[21]，以小易大，彼恶知之[22]！王若隐[23]其无罪而就死地，则牛羊何择[24]焉？"

王笑曰："是诚何心哉[25]！我非爱其财而易之以羊也，宜乎[26]百姓之谓我爱也。"

曰："无伤也[27]，是乃仁术也[28]！见牛未见羊也。君子之于禽兽也，见其生，不忍见其死；闻其声，不忍食其肉；是以君子远庖厨也[29]。"

王说曰："《诗》云：'他人有心，予忖度之[30]。'夫子之谓也[31]。夫我乃行之[32]，反而求之，不得吾心[33]；夫子言之，于我心有戚戚[34]焉。此心之所以合于王者何也[35]？"

曰："有复[36]于王者曰：'吾力足以举百钧[37]，而不足以举一羽[38]；明足以察秋毫之末[39]，而不见舆薪[40]。'则王许之[41]乎？"

曰："否！"

"今恩足以及禽兽[42]，而功不至于百姓者，独何与[43]？然则一羽之不举，为[44]不用力焉；舆薪之不见，为不用明焉；百姓之不见保[45]，为不用恩焉。故王之不王[46]，不为也，非不能也。"

曰："不为者与不能者之形[47]，何以异？"

曰："挟太山以超北海[48]，语人曰[49]：'我不能。'是诚不能也。为长者折枝[50]，语人曰：'我不能。'是不为也，非不能也。故王之不王，非挟太山以超北海之类也；王之不王，是折枝之类也。"

"老吾老，以及人之老[51]；幼吾幼，以及人之幼[52]；天下可运于掌[53]。《诗》云：'刑于寡妻，至于兄弟，以御于家邦[54]。'言举斯心加诸彼而已[55]。故推恩[56]足以保四海，不推恩无以保妻子。古之人所以大过人者，无他焉，善推其所为而已矣[57]。今恩足以及禽兽，而功不至于百姓者，独何与？权[58]，然后知轻重；度[59]，然后知长短。物皆然，心为甚[60]。王请度之。抑王兴甲兵，危士臣，构怨于诸侯，然后快于心与[61]？”

王曰：“否！吾何快于是！将以求吾所大欲[62]也。”

曰：“王之所大欲，可得闻与[63]？”

王笑而不言。

曰：“为肥甘[64]不足于口与？轻煖[65]不足于体与？抑为采色[66]不足视于目与？声音不足听于耳与？便嬖[67]不足使令于前与？王之诸臣，皆足以供之，而王岂为是哉！”

曰：“否！吾不为是也。”

曰：“然则王之所大欲可知已[68]：欲辟土地，朝秦、楚，莅中国，而抚四夷也[69]。以若所为，求若所欲，犹缘木而求鱼也[70]。”

王曰：“若是其甚与[71]？”

曰：“殆有甚焉[72]。缘木求鱼，虽不得鱼，无后灾；以若所为，求若所欲，尽心力而为之，后必有灾。”

曰：“可得闻与？”

曰：“邹[73]人与楚人战，则王以为孰胜？”

曰：“楚人胜。”

曰：“然则小固不可以敌大，寡固不可以敌众，弱固不可以敌强。海内之地[74]，方千里者九，齐集有其一[75]；以一服八，何以异于邹敌楚哉[76]？盖亦反其本矣[77]！今王发政施仁[78]，使天下仕者皆欲立于王之朝，耕者皆欲耕于王之野，商贾皆欲藏于王之市，行旅皆欲出于王之途[79]，天下之欲疾[80]其君者，皆欲赴愬[81]于王：其若是，孰能御之？”

王曰：“吾惛[82]，不能进于是矣[83]！愿夫子辅吾志，明以教我。我虽不敏，请尝试之！”

曰：“无恒产而有恒心者[84]，惟士为能[85]。若民，则无恒产，因无恒心[86]。苟无恒心，放辟邪侈，无不为已[87]。及陷于罪，然后从而刑之，是罔[88]民也。焉有仁人在位，罔民而可为也？是故明君制[89]民之产，必使仰足以事父母，俯足以畜妻子[90]，乐岁[91]终身饱，凶年[92]免于死亡；然后驱而之善，故民之从之也轻[93]。今也制民之产，仰不足以事父母，俯不足以畜妻子，乐岁终身苦，凶年不免于死亡。此惟救死而恐不赡，奚暇治礼义哉[94]！王欲行之，则盍[95]反其本矣！五亩之宅[96]，树之以桑，五十者可以衣帛矣[97]；鸡豚狗彘之畜[98]，无失其时，七十者可以食肉矣[99]；百亩之田[100]，勿夺其时[101]，八口之家，可以无饥矣；谨庠序之教[102]，申之以孝悌之义[103]，颁白者不负戴于道路矣[104]。老者衣帛食肉，黎民[105]不饥不寒，然而不王者，未之有也[106]。”

——见《孟子·梁惠王上》

注：

〔1〕齐宣王：齐宣王，田氏，名辟畺（同疆），齐威王之子，湣王之父。公元前320年至公元前301年在位，共十九年。其时齐国富强，曾召集了许多文学游说之士。关于孟子到齐的时间，旧日说法很多。《史记·孟轲荀卿列传》和赵岐《孟子注》认为是在他到梁国以前；（清）周柄中《四书典故辩证》根据《史记·六国年表》和《魏世家》推定是在他去梁国之后。按，孟子在齐国之时，燕国发生了子哙、子之之乱，而齐曾出兵伐之，这事应在宣王末年，如果根据《史记·六国年表》，则又在宣王之子湣王时，假如孟子先到齐国然后再到梁国，而时间相去就有些太远，所以周说似较近是。杨伯峻《孟子译注》也说：“据推测，孟子在见了梁襄王之后，便离开魏国到了齐国，这时齐宣王即位也不过两年。”

〔2〕齐桓、晋文：齐桓公，名小白；晋文公，名重耳；二人在春秋时曾先后称霸，为五霸之首。宣王问孟子以五霸之事，是因为在宣王即位之后，用田忌、孙膑为将，曾大败魏师，当时被认为是东方的强国；他又喜欢文学游说之士，如邹衍、田骈、慎到等人，皆集中于齐。因此宣王想效法齐桓、晋文，谋争霸主，故以此问孟子。

〔3〕“仲尼之徒”句：道，说，传说。是以，因此。其句意为：孔子的门徒，没有人说齐桓公、晋文公称霸于诸侯的事情，因此后世就没有传闻了。

〔4〕未之闻：即未闻之。此句犹言我从来未曾听说过（指齐桓、晋文之事）。

〔5〕“无以”句：以，同已，停止。杨伯峻《孟子译注》云：“无以，犹言不得已。”王（wàng），动词，称王，即行王道以统一天下。一说，王道，王者之业。朱熹《四书集注》说：“王，谓王天下之道。”此句犹言：一定要说而不得已的话，那就只有谈谈王天下之道吧！

〔6〕“德何如”句：为人君者的德行如何才能推行王天下之道呢？

〔7〕“保民”句：保，安，保护，爱护，使民安居乐业。 莫，无定代词，相当于今语“没有谁”。此句犹言：以保护老百姓利益的办法来治理天下，就没有人能抵御他啊。

〔8〕“若寡人”句：若，像。乎哉，语气词连用，表疑问，反诘，用以引起下文。其句意为：像我这样的人，可以使人民安定吗？

〔9〕胡龁（hé）：齐宣王左右的近臣。

〔10〕牛何之：之，动词，适，往，到。此言牛要牵到哪里去？

〔11〕衅钟：衅（xìn），繁体作釁。王夫之《孟子稗疏》云："衅，祭名，血祭也。凡落成之祭曰衅。"这是古人的一种祭祀礼节仪式，国君或贵族凡遇到一件新的重要器物或宗庙之类开始使用时，都要杀牲来祭，即称为衅。衅钟，就是新钟铸成，杀牲取血涂其隙，因以祭之也。

〔12〕觳觫（húsù）：据赵岐《孟子注》，为形容牛死时恐惧战栗的样子。杨慎丹《铅总录》云："言牛将就屠而体缩恐惧也。"俞樾《孟子平议》把下句"若"字属此句读，杨树达《古书句读释例》又以"吾不忍……就死地"十三字作一句读，均似不妥。

〔13〕"若无罪"句：若，如此，像这样。就，近，趋，走向。就这样没有罪而走向死地。

此连上句，其意为：放了它！我不忍心看见它临死前恐惧战栗的样子，就这样无罪而走向死地。

〔14〕"然则"句：那么就废掉衅钟的祭祀吗？与，同欤。

〔15〕易：交换，代替。

〔16〕不识有诸：识，知道，了解。诸，兼词，之乎的合音。此言：不知道有这件事情吗？

〔17〕"是心"句：是，代词，此，这样。此言有这样的心完全可以称王天下了。

〔18〕爱：爱惜，吝惜，吝啬，舍不得。

〔19〕诚有百姓者：诚，确实。朱熹《四书集注》："言以羊易牛，其迹（行为）似吝，实有如百姓所讥者。"其意为：确实有以为我吝啬的老百姓。

〔20〕褊小：褊（biǎn），狭小，狭隘。褊小，地方狭小。

〔21〕无异：无，同毋。异，动词，奇怪，疑怪。无异，勿怪，莫怪。此句犹言：你不能怪那些老百姓误会你是吝啬。

〔22〕彼恶知之：恶（wū），何，哪里。此言他们哪里知道你的心理呢？

〔23〕隐：怜悯，疼爱。赵岐注云："痛也。"此处有痛惜之意。

〔24〕何择：有什么区别呢。

〔25〕是诚何心哉：这真是一种什么心理啊！

〔26〕宜乎：难怪之意。

〔27〕无伤也：伤，妨害，妨碍。此言没有关系，不要紧，没有什么妨碍。朱注云："言虽有百姓之言，不为害也。"

〔28〕仁术：仁慈的心术，犹仁道，为仁之道。此句犹言这就是仁慈的心术啊。

〔29〕君子远庖厨：君子，有时指有德者，有时指有位（官位）之人，此处二者皆可通。远，动词，远避，远离。庖厨，此指杀牲之处。此句意为：正因为如此，所

以君子们就远离厨房啊。

〔30〕“王说曰”二句：说，同悦，高兴，喜欢。《诗》云，见《诗经·小雅·巧言》篇。忖度（cǔn duó），揣想，揣测，思量。此诗句意为：别人有心事，我能揣测到。

〔31〕夫子之谓也：说的正是老先生您啊。

〔32〕“夫我”句：夫，发语词，无义。乃，这样，如此。

〔33〕不得吾心：得不到我心里所以要这样想的原因来。即说不出所以然来。

以上两句的大意是：我这样做了，但反回头再探求这种做法的原因，却说不出一个所以然来。

〔34〕戚戚：旧注解为心动貌。即心情激动的样子。此处可引申为醒悟明白，心领神会，这里是说，孟子之言打动了齐宣王，使他心里豁然明亮了。

〔35〕“此心”句：此种心理所以符合于施行王道于天下的要求的原因是什么呢？

〔36〕复：旧注作白解，即下级向上级奏事，犹今语禀复，报告。

〔37〕百钧：钧，三十斤。百钧，三千斤。

〔38〕一羽：一根羽毛。

〔39〕“明足以”句：明，视力。察，看清楚。秋毫之末，常见的有二解：一、指秋天鸟兽新生的绒毛的末端；二、指秋天谷粒外壳生长出芒刺绒毛的末端。总之，此处指极其细微难见之物。

〔40〕舆薪：一车薪柴。

〔41〕许之：听信它，同意它。

〔42〕恩：恩惠。及，施及。下句的功，指政绩。亦可释为功德、功绩。“今恩”句以下为孟子之言，前面省去“曰”字，是表示其语气的紧促。

〔43〕独何与：又偏偏是什么原因呢？

〔44〕为：因为。下面两个“为”字其意同。

〔45〕见保：见，被。见保，被保护，受到保护。指百姓得到恩惠。

〔46〕王之不王：前一“王”为名词，指齐宣王。后一“王”为动词，指行王道，称王。

〔47〕形：外形，外表，现象，情状。此指事物外在的区别和表现。

〔48〕“挟太山”句：太山，即泰山。挟，腋下夹着。北海，即渤海。超，跳跃而过。《墨子·兼爱》云：“譬若挈泰山越河济也。”可见这是当时常用的譬喻。

〔49〕语人曰：告诉人说。

〔50〕折枝：按旧注可有三解：一、折取树木之枝条。二、枝，同肢。即为年长者按摩肢体。三、枝，肢之假借字。即对长者屈肢行礼，犹作揖、鞠躬之类。所言三事，皆谓轻而易举之意思。

〔51〕“老吾老”句：前一老字为动词，作尊敬、敬爱解。后一老字为名词，即

老人、父母之意。此句意为：敬爱自己的老人，也要推及敬爱别人的老人。

〔52〕“幼吾幼”句：句法与上句同。前一幼字为动词，作抚爱、爱护解。后一幼字为名词，即幼儿、子弟的意思。此二句皆言推己及人。

〔53〕运于掌：运转于手掌之上。此言行推己及人的王道，治理天下是十分容易的。《列子·汤问》：“大王治国诚能若此，则天下可运于一握。”与此同意。

〔54〕“《诗》云”句：刑，同型，作示范、以身作则解。寡妻，寡德之妻，指嫡妻，国君的正妻。俞正燮《癸巳类稾·寡兄解》又以为此寡字与《尚书·康诰》的“寡兄”、《康王之诰》的“寡命”诸寡字同义，可解为“大也。”御，治理，驾驭。家邦，指国家。诗句见《诗经·大雅·思齐篇》。其意为：首先给妻子做好榜样，然后推及兄弟，以这种德行来治理国家。

〔55〕“言举斯心”句：此为孟子解释《诗经》上三句的意义之词。犹言：这三句诗的意思就是说，把你爱护自己的家人的心，推广开去，加之于他人罢了。

〔56〕推恩：推广恩德。

〔57〕“古之人”句：大过，远远超过。此句意为：古代圣贤之人，所以远远超越于别人之上，没有其他原因，只不过是善于推广他自己的所作所为罢了。

〔58〕权：秤锤。这里作动词用，即称物件的重量。

〔59〕度（duó）：度量的尺寸。这里作动词，即量物件的长短尺寸。

〔60〕“物皆然”句：万物尚且都要经过衡量才能知其轻重长短，而人的心就更加需要客观标准来衡量了。

〔61〕“抑王”句：抑，选择连词，有“或者”、“还是”之意。构，结也。构怨，结下冤仇。

〔62〕大欲：最大的欲望，即最想得到的东西。

〔63〕可得闻与：可以讲出来听一听吗？

〔64〕肥甘：指肥美香甜的食品。

〔65〕轻煖：煖，同暖。轻煖，指贵重的皮衣。因为皮裘愈轻愈暖就愈贵重。此处亦可泛指轻柔暖和的衣服。

〔66〕采色：即彩色。此指艳丽的颜色。

〔67〕便嬖（piánbì）：指国君左右所宠幸的近侍之臣。

〔68〕已：同矣，犹今语“了”。

〔69〕“欲辟土地”句：辟，同闢，开辟，扩张。即扩张领土。朝，动词，使秦、楚等大国来朝拜齐王。莅（lì），临，有居高临下之意。中国，指中原诸侯。四夷，指中原以外的各少数民族或部落。抚，镇抚，安抚，即服四夷。此句的大意是：想扩张领土，使秦、楚等大国都来朝觐称臣，你君临中原各诸侯国之上，镇抚四方的各少数民族部落。

〔70〕“以若所为”句：若，你。或曰“如此”。缘木，攀缘上树。此句犹言：照

你这样的做法来追求你这样的欲望，就像爬到树木上去捉活鱼一样（喻绝不能达到目的）。

〔71〕若是其甚与：是，指示代词。甚，厉害，严重。此言能够就像这么严重吗？

〔72〕殆有甚焉：殆，副词，表示不完全肯定。犹今语“可能”、“大概”、“几乎”、“或者”。有，同又。此言，恐怕比缘木求鱼更甚呢！

〔73〕邹：国名，就是邾国。《公羊传》又作邾娄，国土很小，后为楚所灭。其地在今山东邹县东南的邾城。楚在春秋战国时代均为大国，邹、楚两国强弱极其悬殊。

〔74〕“海内之地”句：海内，即四海之内，按古人习惯，系指天下，亦即全中国。当时学者如阴阳家邹衍等，说中国有九州，九州之外就是大海，并假定天下共有九千平方里。故孟子亦从此说。

〔75〕齐集有其一：集，凑集。此言齐国领土总合起来约有一千平方里。

〔76〕“何以异于”句：何，什么。异，差异，区别。此句犹言：以九分之一的力量去降服九分之八的力量，这和小小的邹国与强大的楚国为敌有什么不同呢？

〔77〕盖亦反其本：盖，同盍，何不。（何不二子的合音）反其本，反回头从根本上寻求解决的办法，即施行仁政。（反，同返。）

〔78〕发政施仁：发布政令，施行仁政。

〔79〕塗：同途，道路。

（上句：商贾，来往贩运货物的叫商。定居一地储货的叫贾。《周礼注》：“行曰商，处曰贾。”藏，此处为“居住”。市，指贸易集市）

〔80〕疾：痛恨，仇恨。

〔81〕赴愬：愬，同诉。此言跑来申诉。

〔82〕惛：同昏，思想混乱、不清醒，糊涂。

〔83〕不能进于是：进，进行，做到。一说，作进一步解。此言不能够进一步做到这样。

〔84〕“无恒产”句：恒产，指人民赖以生活的长期固定的产业。如土地、牲畜、森林等。恒心，长久不变之心，此指安居守分的善心。赵岐注：“人所常有善心也。”

〔85〕惟士为能：此连上句，其意为：平日没有赖以生活的长期固定产业而有安居守分的善心的只有“士”才能够做到这样。

〔86〕“若民”句：若，转折连词，至于。因，因而。则，此处为假设连词，假若。

〔87〕“放辟邪侈”句：放、侈，均作纵逸放荡解，指生活不守法度，越出常轨。辟，同僻，与邪同义。均指不正当的越轨行为。已，同矣。

〔88〕罔：同网。此处用为动词，即张网罗进行捕捉之意，犹今言陷害、坑害。（上句：从，紧跟上，紧接着）。

〔89〕制：规定，订立制度。

〔90〕畜妻子：畜，同蓄，养活，抚养。此言能抚养妻子儿女。

〔91〕乐岁：丰收之年。

〔92〕凶年：灾荒之年。

〔93〕“驱而之善”句：驱，驱使，督促。之，往，向，到。从，听从，接受。轻，轻易，容易。

〔94〕“此惟救死”句：赡（shàn），足够，足，给。不赡，不能自给自足。奚，何。治，修治，讲求。此句犹言：像上述这种情况，人民只考虑把自己从死亡中挽救出来还怕来不及，那里还有闲暇去讲求礼仪呢？

〔95〕盍：何不的合音。

〔96〕五亩之宅：按旧说，一夫（一个有劳动力的男丁）可分得五亩建造住宅的土地，二亩半在田中，二亩半在邑里中（今一亩二分多）。

〔97〕“树之以桑”句：树，动词，种植。朱熹《四书集注》：“田中不得有木。恐妨五谷，故于墙下植桑以供蚕事。”按，《孟子·尽心上》：“五亩之宅，树墙下以桑。”故朱注如此说。帛（bó），丝织品总称，亦可指丝绵絮。朱熹《四书集注》云：“五十始衰，非帛不煖，未五十者不得衣也。”

〔98〕“鸡豚”句：豚（tún），小猪。彘（zhì），大猪。

〔99〕“七十者”句：此言七十岁的人可以吃肉了。《四书集注》云：“七十非肉不饱，未七十岁不得食也。”

〔100〕百亩之田：按旧说，古代行井田之制，一夫可分得百亩土地。

〔101〕勿夺其时：不要夺占农时。

〔102〕谨庠序之教：谨，重视。庠，古代学校名称。据说周曰庠，殷曰序。

〔103〕“申之”句：申，反复叮咛。赵岐注：“申重。”《荀子·仲尼篇》云：“疾力以申重之”。杨倞注云：“申重犹再三也。”此处有反复开导之意。孝悌之义，敬老尊长的道理和品德。

〔104〕“颁白者”句：颁，同斑，黑白相间叫斑。颁白者，头发半白半黑的人。负，背上背东西。戴，头上顶东西。

〔105〕黎民：黑头发的民众，此指青壮年百姓。与上文老者为对文。

〔106〕未之有也：即未有之也。意谓那是从来没有的事。

本文节录自《孟子·梁惠王上》，是《孟子》一书中思想与艺术方面均具有代表性的作品之一。孟子在魏国游说梁惠王不成之后，又到齐国去任客卿。本文就是他与齐宣王的一次谈话的记录。文中通过他要齐宣王放弃霸道，推行王道的劝说，提出了他的仁政主张，表示了他的仁政治国、推己及人的政治理想。全文可分为四部分。

第一部分从开头至“是以君子远庖厨也”，提出了保民而王的仁政主张，肯定齐王有不忍之心是仁术的表现，这就是实行王道的基础。第二部分从“王说曰”至“然后快于心与”，指出齐宣王之所“王之不王”在于不为，而非不能。进而启发他推恩保四海以争取民心，要以仁取天下。第三部分从“王曰：否”至“孰能御之”，揭示齐宣王想以武力称霸的大欲，并阐明这种大欲不仅不能实现，而且还有后灾，只有发政施仁才可以统一天下。第四部分从“王曰：吾惛”至结束，孟子提出了他的以仁政王天下的具体措施。从正面摆出了他的蓝图，就是制民之产和谨庠序之教。

文中表现了孟子高超的辩论技巧，写得曲折入微，雄辩有力，气势充沛，善于援譬说理，富有感染力，表现了孟子散文的特色。例如，文中成功的运用了虚设实击，欲擒故纵的方法造成了气势。作者要劝说齐宣王推恩保民时，先问齐王“今恩足以及禽兽，而功不至于百姓者，独何与?”在这样将了一军之后，紧接着加上一句：“权，然后知轻重；度，然后知长短。物皆然，心为甚。王请度之。”援譬说理，语重心长，语调舒缓，是故纵之笔。在齐王心中已七上八下，矛盾重重之时，不待齐王回答，孟子又更进一步诘问：“抑王兴甲兵，危士臣，构怨于诸侯，然后快于心与?”辞锋犀利，逼使齐王不得不说出“求吾所大欲”，但对其具体内容，却笑而不答。面对这一情况，孟子纵笔迂回，虚设五个有关生活享受方面的问题，连珠炮似的发出诘问：“为肥甘不足于口与？轻煖不足于体与？抑为采色不足视于目与？声音不足听于耳与？便嬖不足使令于前与？王之诸臣，皆足以供之，而王岂为是哉!”这组排偶句式，写来酣畅淋漓，辞锋有逼人的锐气，为文章造成蓄势，然后倚势展开进攻，揭示出齐宣王的大欲就是“欲辟土地，朝秦、楚，莅中国，而抚四夷也。以若所为，求若所欲，犹缘木而求鱼也。”此段文章，确实纵横开阖，气势很盛，如长江大河，一泻千里，使齐宣王难以应付，只好俯首就教。

孟子也和先秦诸子一样，还善于运用比喻来说明事理。如“挟太山以超北海”，“为长者折枝”，“缘木求鱼”等，都用得十分贴切巧妙，生动有趣，增加了语言的形象性。而且寓意深刻，耐人寻味。

（三）许行章

有为神农之言者许行[1]，自楚之滕[2]，踵门而告文公曰[3]：“远方之人，闻君行仁政，愿受一廛而为氓[4]。”文公与之处[5]。其徒数十人，皆衣褐[6]，捆屦织席以为食[7]。

陈良[8]之徒陈相与其弟辛，负耒耜[9]而自宋之滕，曰：“闻君行圣人之政，是亦圣人也，愿为圣人氓。”

陈相见许行而大悦，尽弃其学而学焉。陈相见孟子，道许行之言曰[10]：“滕君，则诚贤君也；虽然，未闻道也[11]。贤者与民并耕而食，饔飧而治[12]。今也，滕有仓廪府库，则是厉民而以自养也[13]，恶[14]得贤？”

孟子曰：“许子必种粟而后食乎？”

曰：“然。”

“许子必织布而后衣乎？”

曰：“否。许子衣褐。”

“许子冠[15]乎？”

曰：“冠。”

曰：“奚[16]冠？”

曰：“冠素[17]。”

曰：“自织之与[18]？”

曰：“否，以粟易之。”

曰：“许子奚为不自织？”

曰：“害于耕[19]。”

曰：“许子以釜甑爨，以铁耕乎[20]？”

曰：“然。”

“自为之与？”

曰：“否，以粟易之。”

“以粟易械器者，不为厉陶冶[21]；陶冶亦以械器易粟者，岂为厉农夫哉？且许子何不为陶冶，舍皆取诸宫中而用之[22]？何为纷纷然与百工交易[23]？何许子之不惮烦[24]？”

曰：“百工之事固不可耕且为也[25]。”

“然则治天下，独可耕且为与？有大人之事[26]，有小人之事[27]。且一人之身而百工之所为备[28]，如必自为而后用之，是率天下而路也[29]。故曰：或劳心[30]，或劳力[31]，劳心者治人[32]，劳力者治于人[33]；治于人者食人[34]，治人者食于人[35]，天下之通义[36]也。

“当尧之时，天下犹未平，洪水横流，泛滥于天下；草木畅茂，禽兽繁殖，五谷不登[37]，禽兽偪[38]人，兽蹄鸟迹之道[39]，交于中国[40]。尧独忧之，举舜而敷治焉[41]。舜使益掌火[42]，益烈山泽而焚之[43]，禽兽逃匿。禹疏九河[44]，瀹济、漯[45]，而注诸海[46]；决汝、汉[47]，排淮、泗[48]，而注之江；然后中国可得而食也[49]。当是时也，禹八年于外，三过其门[50]而不入，虽欲耕，得乎？

“后稷[51]教民稼穑，树艺五谷[52]，五谷熟而民人育。人之有道也[53]，饱食煖衣，逸居而无教[54]，则近于禽兽。圣人有忧之[55]，使契为司徒[56]，教以人伦[57]：父子有亲[58]，君臣有义[59]，夫妇有别[60]，长幼有叙[61]，朋友有信[62]。放勋曰劳之来之[63]，匡之直之[64]，辅之翼之[65]，使自得之[66]，又从而振德之[67]。圣人之忧民如此，而暇耕乎？

“尧以不得舜为己忧，舜以不得禹、皋陶[68]为己忧；夫以百亩之不易为己忧者，农夫也[69]。分人以财谓之惠[70]，教人以善谓之忠[71]，为天下得人者谓之仁[72]；是故以天下与人易，为天下得人难。孔子曰[73]：‘大哉尧之为君！惟天为大，惟尧则之[74]，荡荡乎民无能名焉[75]！君哉舜也[76]！巍巍乎有天下而不与焉[77]！’尧舜之治天下，岂无所用其心哉？亦不用于耕耳。

“吾闻用夏变夷者，未闻变于夷者也[78]。陈良，楚产也[79]，悦[80]周公、仲尼之道，北学于中国[81]；北方之学者，未能或之先也[82]，彼所谓豪杰之士也。子之兄弟，事之数十年[83]，师死而遂倍[84]之。昔者，孔子没，三年之外，门人治任将归[85]，入揖于子贡[86]，相嚮而哭[87]，皆失声[88]，然后归。子贡反[89]，筑室于场[90]，独居三年，然后归。他日，子夏、子张、子游[91]，以有若似圣人[92]，欲以所事孔子事之。强曾子[93]，曾子曰：‘不可，江汉以濯之[94]，秋阳以暴之[95]，皜皜乎不可尚已[96]！’今也，南蛮鴃舌之人[97]，非先王之道，子倍子之师而学之，亦异于曾子矣。吾闻‘出于幽谷，迁于乔木’者[98]，未闻下乔木而入于幽谷者。《鲁颂》[99]曰：‘戎、狄是膺[100]，荆、舒是惩[101]。’周公方且膺之[102]，子是之学[103]，亦为不善变矣[104]。

“从许子之道[105]，则市贾不贰[106]，国中无伪[107]；虽使五尺之童适市[108]，莫之或欺[109]。布帛长短同，则贾相若[110]；麻缕、丝絮[111]轻重同，则贾相若；五谷多寡同，则贾相若；屦[112]大小同，则贾相若。”

曰：“夫物之不齐[113]，物之情[114]也：或相倍蓰[115]，或相什伯[116]，或相千万。子比而同之[117]，是乱天下也。巨屦小屦同贾[118]，人岂为之哉[119]？从许子之道，相率而为伪[120]者也，恶能治国家？”

——见《孟子·滕文公上》

注：

〔1〕“有为神农者”句：为，治，今言研究。神农，传说中的远古帝王，为农业和医药的发明者。《尚书大传》、《白虎通·号篇》等书中以伏羲、神农、燧人为三皇。言，犹“道”，今言学说。先秦诸子，多托古代的所谓圣主以自重，所以孟子也“言必称尧舜”；因而诸子百家中的农家学派也托之于神农。《汉书·艺文志》农家有《神农》二十篇，班固自注云：“六国时，诸子疾时怠于农业，道耕农事，托之神农。”师古注云：“刘向《别录》云：‘疑李悝及商君所说。’”其说在别书中也有。如《吕氏春秋·爱类篇》云：“神农之教曰：‘士有当年而不耕者，则天下或受其饥矣；女有当年而不绩者，则天下或受其寒矣。’故身亲耕，妻亲绩，所以见致民利也。”可知农家者流认为，如果世上所有的男女亲自耕织而食而衣，则可不用刑罚政令而成治世，所以他提倡“君臣并耕”。许行大约就属于这一学派。但许行其人，不见于他书。此句犹言：有一个研究神农学说的人叫许行。

〔2〕自楚之滕：之，往。滕，古国名，在今山东藤县。此言从楚国到了滕国。

〔3〕“踵门”句：踵，至，走到。赵岐注云：“至也。”文公，即滕文公，名宏。告，陈述。此言许行亲自来到门向滕文公陈述。

〔4〕“愿受”句：受，接受，得到。廛（chán），一夫所居之地。氓，指居住乡野之地的人，此处是谦称。《战国策·秦策》云：“不忧民氓。”《淮南子·修务训》云：“以宽民氓。”高诱注皆云：“野民曰氓。”赵岐《孟子注》云：“氓，野人之称。”一说，指自他乡归往之民。段玉裁《说文解字注》云：“自他乡归往之民则谓之氓，故字从民从亡。”按文义后说较安。

〔5〕处：处所，此指田宅。

〔6〕衣褐：衣，动词，穿，着。褐（hè），古代贫贱者所穿的衣服。赵岐在下文“许子衣褐”下注云：“以毳为之，若今马衣者也。或曰，褐，集衣也。一曰，粗布衣也。”可见褐有三解：一、用细兽毛做成的衣，像汉人所谓马衣（即短褂）。此似为后代马褂一词之源。二、用未绩之麻（粗麻）制成的短衣。三、粗布短衣。按陈相对孟子的回答，“否，许子衣褐”。则褐似不必织而可成。段玉裁《说文解字注》：“取未绩之麻，编之为足衣，”故应取第一或第二义为宜。此言褐应为以细兽毛或未绩

之麻编织成的贱者的短衣。

〔7〕“捆屦”句：捆（kǔn），编织。《经典释文》引许叔重曰：“捆，织也。”而高诱《淮南子注》和赵岐《孟子注》都说“捆，叩椓（敲打）也。”编草鞋、麻鞋之人，总是一面编织，一面敲打使之紧缩坚固，因此均可叫捆。所以今天仍以编草鞋叫打草鞋，编毛衣叫打毛衣。所以《玉篇》上说：“捆，织也，纂组也。”屦（jù），草鞋或麻鞋。席，同蓆。以为食，以之为生活。此句言许行和他的弟子们靠打草鞋编席子过生活。

〔8〕陈良：楚国的儒者。梁启超《先秦政治思想史》以为就是《韩非子·显学篇》说的战国时代的儒家八派之一的“仲良氏之儒”中的仲良氏。

〔9〕“负耒耜”句：耒（lěi），木制的耜柄。耜（sì），古代农具，用以起土，其形似后世之锸。朱熹《集注》云：“耜，所以起土。耒，其柄也。”

〔10〕道许行之言：道，动词，说，转述，称引。此言他称引许行的言论。

〔11〕未闻道：道，名词，指治理国家的道理，即治国之道。此言没有听到过完美的治国之道。

〔12〕饔飧而治：饔（yōng），早餐。飧（sūn），晚餐。饔飧，熟食，此处作动词，言自己做熟两顿饭。即自炊。赵岐《注》文与朱熹《注》文均谓“饔飧，熟食也。朝曰饔，夕曰飧”。此言贤者应两餐自炊而兼治民事。

〔13〕厉民而以自养：厉，赵岐注作“病”解。《论语》：“则以为厉己也。”王肃注云：“厉，病也。”朱注同。厉民，犹言使人民受到损害，即害民。一说，依赖农夫。清宋翔凤《过庭录》则释为依赖的“赖”。他说：“《论语》郑（玄）注：‘厉读为赖，恃赖也。’按，《孟子》‘厉民以自养’，厉亦当读赖。谓滕君不与民并耕，则恃以自养矣。下‘厉陶冶’、‘厉农夫’并作此解，乃顺。”以上二解，于义皆通。均可引申为剥削。意谓剥削人民以奉养自己。

〔14〕恶（wū）：疑问代词，何，怎么。

〔15〕冠：此处为动词，戴帽子。

〔16〕奚：疑问代词，何。

〔17〕冠素：素，用生丝织成的未染任何颜色的绢帛之类的织物。冠素，戴着用生丝绢帛制成的帽子，表示极为节俭。

〔18〕与：同欤，疑问助词。

〔19〕害于耕：害，妨碍，影响。此言如自己织布就要妨碍耕田。

〔20〕“许子以釜甑”句：釜，金属锅。甑，旧读 jìng，今多读 zèng，是古人煮饭的一种桶状瓦器，后多以竹木为之，即今之蒸笼（用清人焦循《孟子正义》之说）。爨（cuàn），炊，煮饭。铁，指铁制农具（犁铧之类）。古人有以器物的质料代其器物之名的修辞条例。例如，《孟子·公孙丑下》的“木若以美然”（《集注》云“木，棺木也。……以美，太美也”）就以木代棺。杨树达××《古书疑义举例续补》言之

较详。其句为：许子以锅与甑煮饭，用铁犁耕地么？

〔21〕“以粟”句：械器，指釜、甑、犁、铧等工具。陶，指烧制陶器的匠人。冶，指锻铸铁器的匠人。此句言以粮食去换陶器铁器，不能算作剥削陶匠和铁匠。

〔22〕“舍皆”句：舍，何，什么，甚么。章炳麟先生《新方言》以为“舍”即“啥”，何物也。后人多用作“�”。诸，于，之于的合音。宫中，家中，室中。按，《尔雅·释宫·释文》云：“古者贵贱同称宫，秦汉以来惟王者所居称宫焉。”此连上文，其意为：而且许子为何不去亲自烧窑打铁，无论使用什么东西都由家中供给呢？

〔23〕“何为”句：纷纷然，忙忙碌碌地。百工，各行各业的工匠。此句言：为什么忙忙碌碌地和各行各业的工匠们交易呢？

〔24〕不惮烦：不怕麻烦。

〔25〕“百工之事”句：各行各业工匠的事本来就不是一面耕种一面同时兼干得了的。

〔26〕大人之事：大人，其意与“君子”相似，有时指有德者，有时指有位者，有时也指长辈。此处指有位者。赵岐注云：“大人之事，谓人君行教化也。”

〔27〕小人之事：小人，指被统治的劳动者。有时也指无德者。赵岐注云：“小人之事，谓农工商也。”

〔28〕“且一人之身”句：根据赵岐《孟子注》的解释，是说以一人之身普遍去做百工所有的全部工作。但以上下文来看，似应解释为：一个人所需的生活资料，要依靠各行各业的工匠制作才能供应得齐备。

〔29〕“是率天下”句：率，率领，引导之意。路，常见的有二解：一、道路。朱熹《孟子集注》云：“路，谓奔走道路，无时休息也。”（清）翟灏《四书考异》引《管子·四时篇》的“国家乃路”句注“路谓失其常居”，与朱熹注相通。如此，则连上文的大意为：假如任何东西都必须自己制作然后自己才能使用，这样就是引导天下人过不正常的生活。意谓整天奔忙劳碌于道路，不得安息了。二、困败，宋翔凤《孟子赵注补正》云：“《管子·戒篇》，‘举齐国之幣握路家五十室’，王引之曰：‘握，当读为振。路读为露。露家，困穷之家也。’《方言》：‘露，败也。’《庄子渔父》曰：‘田荒室露。’《管子·四时篇》：‘国家乃露’，路，亦同露，亦训败也。《孟子》：‘率天下而露’，赵注谓：‘羸困之路’，义与《管子》同。”此说亦可通。引申之，也有疲于奔命之意，与前说义近。

〔30〕或劳心：有的人从事脑力劳动。

〔31〕或劳力：有的人从事体力劳动。

〔32〕劳心者治人：劳心者治理众人。

〔33〕劳力者治于人：劳力者则受人治理。

〔34〕食（sì）：动词，奉养之意。此句言被人治理者应该奉养别人。

〔35〕治人者食于人：治理众人者被众人所奉养。

〔36〕通义：普遍公认的道理。

〔37〕登：成熟。

〔38〕偪：古逼字。逼迫，侵占。

〔39〕道：道路。迹，同砯。

〔40〕交于中国：交，交错，错综。中国，指中原地区。此连上文意谓：古时禽兽侵占了人的生活领域，印上鸟兽蹄迹的道路交错地满布于中原地区。

〔41〕“举舜”句：举，选拔，推荐。敷，历来有二解：一、徧也，《诗经·赉》“敷时绎恩。”《传》云：“敷，徧也。”朱熹《集注》云：“敷，布也。”义并同。《尚书·舜典》云：“敷奏以言。”而《史记·五帝纪》则译作“徧告以言”。二、敷治，分治。清焦徇《孟子正义》云：“敷治即分治。尧一人独忧，不能一人独治，故使舜分治之。”二说皆可通。

〔42〕舜使益掌火：益，舜臣，掌火，主管火。古有掌火之官。

〔43〕益烈山泽而焚之：烈，动词，燃起烈火。此言益纵火于深山大泽之间以焚烧驱赶禽兽。

〔44〕疏九河：疏，疏通，治理。九河，相传是夏禹在黄河下游所开凿的九条支流，故孟津以北黄河即分为九条河道。今河北、天津、河间，山东惠民县等地区，皆九河故道。《尚书·禹贡》：“九河既道。”《毛诗·般正义》引郑玄说：“河水自上，至此流盛，而地平无岸，故能分为九以衰其势，壅塞故通利之也。九河之名：徒骇、太史、马颊、覆釜、胡苏、简、絜、钩盘、鬲津。”《尔雅·释水》：“河曲。徒骇、太史、马颊、覆鬴（郝注：‘水中可居，往往而有状如覆釜’）、胡苏、简、絜（洁）、钩盘、鬲津。”

〔45〕瀹济、漯：瀹（yuè 月），疏导。济，水名。源出今河南济源市西王屋山，流经山东入海。焦徇说，今小清河所经历城以东各县，皆故济水所经之处；而大清河所经，自历城以上至东阿，则为济水故道。漯（tà），水名。源出今山东朝城县境内，古时曾为黄河支流。自宋代黄河决口于商胡，朝城绝流。旧迹遂尔淹没。今则由黄河以南，东流入海。

〔46〕注诸海：注，注入。诸，于。

〔47〕决汝、汉：决，开凿。汝，水名。源出河南，东流入淮。汉，汉水。源出陕西省嶓冢山，经老河口，东南流至武汉入长江。

〔48〕排淮、泗：排，排泄，排除水道之壅塞。淮，淮河。源出河南，经安徽流入江苏。泗，泗水，源出山东，流至江苏入淮河。以上两条与下文合为一句，古今争论甚多，因为除汉水外，其余淮、泗、汝诸水都不入长江，而孟子统言流入长江。清焦徇考证，以为盛夏水涨，淮河自上游寿春地方，穿合肥入巢湖，迳入长江。邹汉勋、萧穆等学者，对此均有很详细的考证。此处孟子统言入江，不过是申述大禹治水之功，未必字字句句详为考究，因此可以不必拘泥。

〔49〕“然后”句：赵岐注云：“于是水害除，故中国之地方可得耕而食也。”

〔50〕其门：指大禹自己的家门口。

〔51〕后稷：相传为周人的始祖，姬姓，名弃。帝尧时为农师（主管农事的官）。《诗经·大雅·生民》就是歌颂其功业不凡的乐章。

〔52〕树艺五谷：树艺，种植。五谷，稻（水稻）、黍（黄米之黏着，可以酿酒）、稷（小米）、麦（小麦）、菽（豆类）。赵岐注云：“稻、黍、稷、麦、菽也。”

〔53〕人之有道：有，犹为也。此言人本来就具有为人之道。所以朱熹《集注》说：“人之有道，言其皆有秉彝之性也。”

〔54〕“饱食”句：此句在传统读法上，以“饱食煖衣”为一读，“逸居而无教”为一读，于义似不十分准确。清人崔述《论语余说》云：“‘饱食煖衣逸居而无教’九字一句，谓衣食居三者俱全而惟无教也，与《中庸》‘去谗、远色、贱货而贵德’文意正同。”按崔氏解释此句应为“饱食、煖衣、逸居而无教”，此说较妥当。逸，安逸。教，教化，教育。

〔55〕圣人有忧之：圣人，指尧。有，同又。王引之《经传释词》云：“‘有’‘又’古同声，故‘有’字或通‘又’。……《滕文公篇》曰：‘逸居而无教，则近于禽兽，圣人有忧之。’言圣人又忧之也。”此处“又”字应承上文忧洪水，故言又一次也。

〔56〕契为司徒：契（xiè），相传为殷人的祖先，姓子，舜臣，或曰尧臣（本作偰）。司徒，掌管教化之官。

〔57〕人伦：人与人相处的秩序和关系。

〔58〕父子有亲：亲，指亲属之间的爱，犹今言骨肉之亲。

〔59〕君臣有义：义，指君臣之间的礼仪规范。犹言礼仪之道。

〔60〕夫妇有别：指夫妇之间的爱有男女和内外的区别。

〔61〕长幼有叙：指老少之间有尊卑之次序。

〔62〕朋友有信：指朋友之间有诚信之德。

〔63〕“放勋”句：放勋，尧的称号。按，放，旧读上声，大的意思。勋，功业的意思。这本为史官赞美尧的功业之辞，因以为尧之称号。日，日日，每天。今本作曰。（清）臧琳《经义杂记》、翟灏《四书考异》、焦徇《孟子正义》等书所作的考证，均以为应改为日字，即经常、每日之意。劳，犹言慰劳。来，犹言安抚。此句犹言：当洪水平息之后，帝尧对辛苦的人民则慰劳之，对来归附的人民则安抚之。

〔64〕匡之直之：匡，正其邪心。直，伸其枉曲。此言人民有邪恶之行，尧就纠正他们，人民有枉曲之事，尧就出来作主，使之得以公正解决。朱熹《集注》云：“邪者正之，枉者直之。”

〔65〕辅之翼之：辅，帮助。翼，帮助，此处可引申为保护。此言帝尧对人民经常地帮助他们，保护他们。

〔66〕使自得之：赵岐注："使自得其本善性。"朱熹注："使自得其性矣。"按此句之意，应为使人民都能顺着自己本来的善性去生活、去发展（即人人得以施展其特长）。一说，即各得其所之意。

〔67〕又从而振德之：又从而，犹言再加上。振，同赈，救济，指赈济人民穷困之意。德，动词，指对人民施以恩惠之意。

〔68〕皋陶（gāoyáo）：又作咎繇，相传为虞舜时的司法官，以公正贤明著称。《尚书·舜典》云："皋陶，汝作士。"即称此事。

〔69〕"夫以百亩"句：易，治。《诗经·甫田·毛传》云："易，治也。"此句犹言：那由于百亩田地没有耕种好而感到忧虑的是普通的农夫。

〔70〕"分人以财"句：惠，恩惠。此句言以钱财分给别人的叫恩惠。

〔71〕"教人以善"句：忠，忠诚。此句言以善言正理教给别人的叫忠诚。

〔72〕"为天下"句：仁，爱人。替天下人民找到了出众的人才的便叫爱人。

〔73〕"孔子曰"以下八句：见《论语·泰伯》，但文字颇有些出入。"子曰：'巍巍乎舜禹之有天下也，而不与焉？'子曰：'大哉尧之为君也！巍巍乎唯天为大，唯尧则之。荡荡乎民无能名焉。巍巍乎其有成功也，焕乎其有文章！'"

〔74〕"惟天"句：大，伟大，引申有大公无私之意。则，动词，奉为准则之意。此句大意为：只有天是最大，只有尧能效法天。

〔75〕"荡荡乎"句：荡荡，广远无边之貌。名，形容，赞美。其句意为：尧的伟大是一般人难以窥其边际的，人民简直不知道用什么话来形容和赞美他了。

〔76〕君哉舜也；这时孔子赞美舜的话。其意为：舜真是一个好人君啊！

〔77〕"巍巍乎"句：巍巍，高大貌。与，即参与之与，这里含有"私有"、"享受"之意。不与，不相关，不参以私欲也。朱熹《集注》云："不与，犹言不相关，言其不以位为乐也。"此句大意为：舜虽拥有天子，却好像与己无关，这种身居高位而毫不为荣乐的态度，是多么崇高伟大啊（不以天下为自己）！

〔78〕"吾闻"句：夏，诸夏，指居住于中原地区，而文化又较高的诸侯之国。变，改变，这里含有同化之意。夷，四夷，指居住于边远地区尚未开化，而文化程度较低的诸部族。此言我只听说用诸夏较高的文化去改变尚未开化的四夷之人的风习的，没有听说有文化的中原诸夏反被尚未开化的四夷之人改变和同化了的（变于夷，被夷族改变与同化）。

〔79〕楚产也：出生在楚国的人。楚国的土著。

〔80〕悦：喜欢，爱好，信仰。

〔81〕中国：指中原地区的诸侯之国。楚国地处南方，所以他到北方的中原来游学。

〔82〕或之先：先，动词，超过。朱熹《集注》："先，过也。"或之先，即或先之。此句言北方的学者还没有超过他的。

〔83〕事之：跟从他，即以他为师。事，动词。此句犹言：你们兄弟跟着他学习了几十年。

〔84〕倍：同背，背叛。

〔85〕治任将归：治，整理。任，担，负担。可引申为肩上所担之物，似指行李之类的东西。治任，似指整理行李。一说，任，抱也。《诗经·大雅·生民》："是任是负。"郑玄注："任，抱也。"《国语·齐语注》："任，抱也。"赵岐《孟子注》："任，担也。"焦循《孟子正义》云："《郊特牲注》云：'孕，任子也。'孕怀抱在前，则任之为抱，其本义也。因而担于肩者，载于车者（《淮南子·高诱注》：'任，载也。'），通谓之任，散言之则通也。"将归，当四方之士多来就孔子求学，孔子既死三年，故其门弟子将各自归去。

〔86〕入揖于子贡：入揖，进入室内作揖。子贡，孔子弟子，姓端木名赐。

〔87〕相嚮：嚮，同向。相嚮，面对面，相对。

〔88〕失声：悲不成声，泣不成声。

〔89〕反：同返，回来。

〔90〕筑室于场：场，是坟墓前祭祀用的场地。按，古人有"庐墓"之礼，亲死以后，孝子要在墓侧筑室而居，以尽哀痛之意。子贡对孔子的师生之情很深，故又在坟场筑室而居，和孝子的"庐墓"之礼一样。

〔91〕"他日"句：子夏，姓卜，名商，字子夏，孔子弟子。子张，姓颛孙，名师，字子张，孔子弟子。子游，姓言，名偃，字子游，孔子弟子。

〔92〕有若：姓有，名若，孔子弟子。关于"有若似圣人"的说法，历来相传有两种：一、根据《礼记·檀弓》记载，指有若的言语似孔子。二、根据《史记·仲尼弟子列传》、赵岐《孟子注》的记载，指有若状貌似孔子。因为再无他书可考，只能两说并存。所以朱注就并采两说。《孟子集注·滕文公上》云："有若似圣人，盖其言行气象有似之者。如《檀弓》所记子游谓有若之言似夫子之类是也。"

〔93〕强曾子：勉强曾子照办。

〔94〕江汉以濯之：江、汉，长江、汉水。濯，洗。朱注："江、汉水多，言濯之洁也。"

〔95〕秋阳以暴之：秋阳，秋日的太阳。此指周历的七八月间，即夏历（今农历）的五六月间，是炎夏阳光最强烈的时候。故秋阳实指夏天的太阳。暴（pù），同曝，晒（曝本字）。

〔96〕"皜皜乎"句：皜皜，光明洁白貌。同杲杲。皜皜（hào，或读 gào），赵岐注："甚白也。"朱熹注："洁白皃。"尚，超过。朱熹注："尚，加也。"以上三句之意是说：孔子志行高洁，如长江、汉水之能够洗濯万物，如秋阳之能暴晒大地，其光明伟大，无以复加。言外之意，指有若不能同孔子相比。朱东润在《中国历代文学作品选》中也说："孔子的品质，如同经过长江、汉水洗濯，又经过夏日骄阳暴晒后的

素绢一样，光明洁白，谁也比不上。”但旧日也有另一解释。清毛奇龄《四书索解》，焦循《孟子正义》，都认为“江、汉以濯之，以江汉比夫子也；秋阳以暴之，以秋阳比夫子也；皜皜乎不可上，以天比夫子也。同一水，池沼可濯也，不能及江汉之濯也；同一火，燔燎可暴也，不能及秋阳之暴也；乃以江、汉拟之犹未足也，以秋阳拟之犹未尽也，其如天之不可上矣。”所以他们说：“皜皜谓孔子盛德如天之元气皓旰。”兹录以备考。

〔97〕南蛮鴃舌之人：南蛮，是我国古代中原人对居住于南部边境地区诸部族的通称，由于地域偏见所形成。此处实指楚地。鴃（jué），作鵙，鸟名，即伯劳鸟。鴃舌，指鴃鸟之语。此言他的语言快而难懂，如鸟语一般。孟子此言，对楚人许行的言论是一种讥讽和歧视，这正是当时地域偏见的表现。

〔98〕“吾闻”句：引诗见《诗经·小雅·伐木》，其诗云：“伐木丁丁，鸟鸣嘤嘤。出自幽谷，迁于乔木。”幽谷以喻下流，乔木以喻高尚。其句意为：我只听说过鸟儿飞出深暗的山沟迁往高大树木的，没有听说过离开高大树木飞进深暗山沟的。意指从下流趋向高尚。

〔99〕《鲁颂》：指《诗经·鲁颂·閟宫》。

〔100〕戎、狄是膺：戎、狄，指西周时居住我国西方和北方的部族。所谓东夷西戎，南蛮北狄。是，助词。膺，击退，攻击。

〔101〕荆、舒是惩：西周时居住于我国南方的部族。荆，指楚国。舒，本为临近楚国的小国，后为楚所灭。惩，制止，抵御。

〔102〕周公方且膺之：《閟宫》一诗，自汉以后的儒者的笺注，大都以为是歌颂鲁僖公的作品。但在《孟子》两次提到此诗，皆指为周公之事。清焦循《孟子正义》：“孟子两引此文，皆确指为周公，必有自圣门授受师说，不得以汉儒笺注之讹，反疑孟子。”此说言之成理。例如，《论语·子罕》中引《诗》：“唐棣之华，偏其反而。岂不尔思，室是远而。”今日之《毛诗》中无此诗。《论语·八佾》中子夏引《诗》：“巧笑倩兮，美目盼兮，素以为绚兮。”今本《毛诗》无最后一句。所以，可能孟子之说是另有所传。

〔103〕子是之学：子，你，先生。是，此，指许行的学说。之，助词。学，学习。此言你向许行之学去学习。

〔104〕“亦为”句：此连上文是说：连周公这样的圣人还要攻击他们，而你却去向他们学习，这也真是太不善于变化了。

〔105〕“从许子”句：此句以下至“则贾相若”一段，皆为陈相的答话，前面省去“曰”字，表语气紧接之意。

〔106〕贾：同价。贰，两歧，两样。市贾，市场上的物价。不贰，不会两样。即一致之意。

〔107〕伪：作假，欺骗。

〔108〕五尺之童适市：五尺之童，即幼童。古人尺短，五尺约相当于今之三尺半左右。适，去，往，到。

〔109〕莫之或欺：即莫或欺之。其义为没有任何人来欺骗他。

〔110〕相若：相同，一致，一样。

〔111〕麻缕、丝絮：麻线、丝绵。

〔112〕屦（jù）：古代的一种鞋子。

〔113〕不齐：不一致，不相同。

〔114〕情：自然而然的情状，犹今言实际情况。此连上文，赵岐注云："夫万物好丑异价，精粗异功（功能），其不齐同，乃物之情性也。"

〔115〕倍蓰：倍，一倍。蓰（xǐ），五倍。此句言：有的相差一倍、五倍。

〔116〕什伯：什，同十，十倍。伯，同百，百倍。此句言：有的相差十倍、百倍。下文的"千万"意同，即千倍、万倍。

〔117〕比而同之：比，次也（朱注），犹今言平列。朱东润释为"机械地平列"。得其意。同，动词，等同起来。同之，使之相同，把它们等同看待。

〔118〕"巨屦"句：巨屦，粗糙的鞋。小屦，精致的鞋。赵岐注云："巨，粗屦也；小，细屦也。如使同价而卖之，人岂肯作其细者哉！"朱熹《集注》云："孟子言物之不齐，乃其自然之理，其有精粗，犹其有大小也。若大屦小屦同价，则人岂肯为其大者！今不论精粗，使之同价，是天下之人，皆不肯为其精者，而竟为滥恶之物以相欺耳。"

〔119〕人岂为之哉：人们难道肯去制作么？

〔120〕相率而为伪：率，徇，沿袭。此言彼此互相沿袭去作伪。一说，率，率领。此言是率领大家去相互作伪。

本文选自《孟子·滕文公上》，全文可分为四段。开头至"恶得贤"为第一段，叙述陈相转述许行所倡导的农家学说："贤者与民并耕而食，饔飧而治"的主张，为本文问题的提出。自"孟子曰"至"天下之通义也"为第二段，叙述孟子从合理的社会分工出发得出了"有大人之事"、"有小人之事"、"劳心者治人，劳力者治于人"的结论，这一结论是经过初步论证而得出。自"当尧之时"至"亦不用于耕耳"为第三段，叙述孟子以儒家的圣人，即用尧、舜、禹等人的历史事件为例，进一步论证圣人不能与民并耕的道理，阐明巩固了自己的论点。自"吾闻用夏变夷者"至结尾为第四段，叙述孟子以孔门弟子对孔子的诚敬之心来反驳陈相的错误。

本文的中心内容，是叙写孟子竭其精力去反驳"为神农之言者"的许行与陈相提出的“贤者与民并耕而食，饔飧而治”的政治主张，围绕这一问题辩论，孟子提出了他对于社会分工问题的观点。农家者流的许行、陈相等学者，他们所提出的要求人人必须自己亲身参加劳动的主张，是代表了当时劳动人民反对压迫和剥削的朴素愿望。当然，这个主张也存在着绝对平均主义的弱点。特别是在当时的社会历史条件下，那是不可能实现的空想。所以孟子就从他的剥削阶级偏见出发，全盘加以否定。并且利用了农家主张的弱点，从论证社会合理分工的必要性为其出发点，推论出“有大人之事”、“有小人之事”、“劳心者治人，劳力者治于人”的错误结论，把统治者和被统治者之间、剥削者和被剥削者之间的矛盾和对立，同社会的合理而必要的分工混为一谈，用以证明剥削制度的合理。这就为后世的封建统治阶级提供了有利于他们的统治与剥削的理论依据，这是应该予以批判的。

本文也同上篇一样，有巧于辩论，语言流畅，富于文采和感染力，也不失为一篇很好的论辩文章。

（四）劝学

君子曰[1]：学不可以已[2]。青，取之于蓝[3]，而青于蓝；冰，水为之，而寒于水。木直中绳[4]，輮以为轮[5]，其曲中规[6]，虽有槁暴[7]，不复挺[8]者，輮使之然也。故木受绳则直，金就砺则利[9]，君子博学而日参省乎己[10]，则知明而行无过矣[11]。

故不登高山，不知天之高也；不临深谿[12]，不知地之厚也；不闻先王之遗言，不知学问之大也。干、越、夷、貉之子[13]，生而同声，长而异俗，教使之然也。《诗》曰[14]：“嗟尔君子[15]，无恒安息[16]。靖共尔位[17]，好是正直[18]。神之听之[19]，介尔景福[20]。”神莫大于化道[21]，福莫长于无祸[22]。

吾尝终日而思矣，不如须臾[23]之所学也。吾尝跂而望矣[24]，不如登高之博见也[25]。登高而招[26]，臂非加长也，而见者远[27]；顺风而呼，声非加急也[28]，而闻者彰[29]。假舆马者[30]，非利足也[31]，而致[32]千里；假舟檝[33]者，非能水也[34]，而绝[35]江河。君子生[36]非异也，善假于物也[37]。

南方有鸟焉，名曰蒙鸠[38]。以羽为巢，而编之以发，系之苇苕[39]。风至苕折，卵破子死。巢非不完也，所系者然也[40]。西方有木焉，名曰射干[41]，茎长四寸，生于高山之上，而临百仞[42]之渊。木茎非能长也，所立者然也。蓬生麻中，不扶而直[43]。白沙在涅[44]，与之俱黑[45]。兰槐之根是为芷[46]。其渐之滫[47]，君子不近，庶人不服[48]。其质非不美也，所渐者然也[49]。故君子居必择乡[50]，游必就士[51]，所以防邪僻而近中正也[52]。

物类之起[53]，必有所始[54]。荣辱之来[55]，必象其德[56]。肉腐出虫，鱼枯生蠹[57]。怠慢忘身，祸灾乃作[58]。强自取柱[59]，柔自取束[60]。邪秽[61]在身，怨之所构[62]。施薪若一[63]。火就燥也；平地若一，水就湿也[64]。草木畴生[65]，禽兽群焉[66]，物各从其类也。是故质的张而弓矢至焉[67]，林木茂而斧斤至焉，树成荫而众鸟息焉，醯酸而蚋聚[68]焉。故言有召祸也[69]，行有召辱也，君子慎其所立乎[70]！

积土成山，风雨兴焉[71]；积水成渊，蛟龙生焉[72]；积善成德[73]，而神明自得[74]，圣心备焉[75]。故不积跬步[76]，无以至千里；不积小流，无以成江海。骐骥[77]一跃，不能十步；驽马十驾[78]，功在不舍[79]。锲[80]而舍之，朽木不折；锲而不舍，金石可镂[81]。螾[82]无爪牙之利，筋骨之强，上食埃土，下饮黄泉[83]，用心一也。蟹八跪而二螯[84]，非蛇蟺之穴无可寄托者，用心躁也[85]。是故无冥冥之志者，无昭昭之明[86]；无惛惛之事者，无赫赫之功[87]。行衢道者不至[88]，事两君者不容[89]。目不能两视而明[90]，耳不能两听而聪[91]。螣蛇无足而飞[92]，鼫鼠五技而穷[93]。《诗》曰[94]："鸤鸠在桑，其子七兮[95]。淑人君子，其仪一兮[96]。其仪一兮，心如结兮[97]！"故君子结于一也[98]。

昔者瓠巴鼓瑟而流鱼出听[99]，伯牙鼓琴而六马仰秣[100]。故声无小而不闻[101]，行无隐而不形[102]。玉在山而草本润[103]，渊生珠而崖不枯[104]。为善不积邪[105]？安有不闻者乎[106]？

学恶乎始？恶乎终？[107]曰：其数则始乎诵经[108]，终乎读礼[109]。其义则始乎为士[110]，终乎为圣人[111]。真积力久则入[112]，学至乎没而后止也[113]。故学数有终[114]，若其义则不可须臾舍也[115]。为之，人也；舍之，禽兽也。故《书》[116]者，政事之纪也[117]；《诗》[118]者，中声之所止也[119]；《礼》[120]者，法之大分[121]，类之纲纪也[122]。故学至乎《礼》而止矣。夫是之谓道德之极[123]。《礼》之敬文[124]也，《乐》之中和[125]也，《诗》、《书》之博也[126]，《春秋》之微也[127]，在天地之间者毕矣[128]。

君子之学也，入乎耳，箸乎心[129]，布乎四体[130]，形乎动静[131]。端而言[132]，蝡而动[133]，一可以为法则[134]。小人之学也，入乎耳，出乎口[135]。口耳之间，则四寸耳[136]，曷足以美七尺之躯哉[137]！

古之学者为己，今之学者为人[138]。君子之学也，以美其身；小人之学也，以为禽犊[139]。故不问而告谓之傲[140]，问一而告二谓之囋[141]。傲，非也；囋，非也；君子如嚮矣[142]。

学莫便乎近其人[143]。《礼》、《乐》法而不说[144]，《诗》、《书》故而不切[145]，《春秋》约而不速[146]。方其人之习君子之说[147]，则尊以徧矣[148]，周于世矣[149]！故曰：学莫便乎近其人[150]。

学之经莫速乎好其人[151]。隆礼次之[152]。上不能好其人，下不能隆礼，安特将学杂识志顺《诗》、《书》而已耳[153]！则末世穷年[154]，不免为陋儒而已。将原先王[155]，本仁义[156]，则礼正其经纬蹊径也[157]。若挈裘领[158]，诎五指而顿之，顺者不可胜数也[159]。不道礼宪[160]，以《诗》、《书》为之，譬之犹以指测河也[161]，以戈舂黍也[162]，以锥飡壶也[163]，不可以得之矣。故隆礼，虽未明，法士也[164]；不隆礼，虽察辩[165]，散儒也[166]。

问楛[167]者，勿告也。告楛者，勿问也。说楛者，勿听也。有争气者，勿与辩也。[168]故必由其道至，然后接之[169]，非其道则避之。故礼恭而后可与言道之方[170]，辞顺而后可与言道之理[171]，色从而后可与言道之致[172]。故未可与言而言谓之傲，可与言而不言谓之隐[173]，不观气色而言谓之瞽[174]。故君子不傲、不隐、不瞽，谨顺其身[175]。《诗》曰[176]："匪交匪舒[177]，天子所予[178]。"此之谓也。

百发失一，不足谓善射；千里蹞步不至[179]，不足谓善御[180]；伦类不通[181]，仁义不一[182]，不足谓善学。学也者[183]，固学一之也。一出焉[184]，一入焉[185]，涂巷之人也[186]。其善者少，不善者多，桀纣、盗跖也[187]。全之尽之[188]，然后学者也[189]。

君子知夫不全不粹之不足以为美也[190]，故诵数以贯之[191]，思索以通之[192]，为其人以处之[193]，除其害者以持养之[194]。使目非是无欲见也[195]，使耳非是无欲闻也，使口非是无欲言也，使心非是无欲虑也。及至其致好之也[196]，目好之五色[197]，耳好之五声，口好之五味，心利之有天下[198]。是故权利不能倾也，群众不能移也，天下不能荡也[199]。生乎由是，死乎由是[200]，夫是之谓德操[201]。德操然后能定[202]，能定然后能应[203]，能定能应，夫是之谓成人[204]。天见其明[205]，地见其光[206]，君子贵其全也[207]。

——见《荀子》

注：

〔1〕君子曰：君子，此处指有德者，即有道德有学问之人。古书中凡称引前人有价值的言论，往往以君子曰来概括之。有时也用以概括与表达作者自己的观点，如《左传》中的君子曰，则往往是作者自己的评论。其用法实初见《左传》，意即过去有地位有权威人士的言论，即《庄子》所谓重言（借重于前人言论以证明自己的见解，亦即今之引证）。

〔2〕已：停止，废弃。此言为学是不可以半途而废的。

〔3〕青，取之于蓝：青，青色，染青之颜料。下文青，深也。蓝，草本植物，一曰蓼蓝，俗名靛青，是提取染青颜料的草。此与下文言：靛青这种染料是蓝草中提取出来的，但它的颜色比蓝草更深。比喻经过学习定胜于学习之前。

〔4〕木直中绳：中（zhòng），合于。绳，木工制器求直的工具，即绳墨之绳。此言木性本直合乎绳墨的要求。

〔5〕輮（róu）：即煣的假借字，以火烘木使之弯曲。此言直木以火煣之使弯曲成车轮。

〔6〕规：指圆规，为木工求圆之工具。

〔7〕槁暴：槁，枯，干。暴（pù），晒，同曝。梁启雄《荀子柬释》云："言木性本直，与绳相应；若用人力屈之为轮，则亦能曲而与规相应；虽至枯干，终不复直。以喻人之才质，非由先天本性而定，乃后起人功而定也。"

〔8〕挺：直也。

〔9〕金就砺则利：金，指金属刀具之类。砺，磨刀石。此言金属刀具放在磨石上磨过之后那就锋利了。

〔10〕"君子博学"句：博学，指博览群书，从多方面去进行学习，以打好做学问的基础。日，每天，天天。参省，参，参验，检验。一说，同三，犹今写叁字。即今之参考字，意即用第三者作标准来检验自己。省（xǐng），省察，反省。参省，以所学之道每日检验反省自己的实践。即《论语》所说的"吾日三省吾身"之意。一说，王念孙《读书杂志》引《大戴记》"日参乎己"之文，以为无"省"字，意即言行一致，学以致用。故博学才能智明，日参乎己则可行无过。所以此句之意，即博学而修身。因之《荀子》第一篇为《劝学》，第二篇即为《修身》。

〔11〕"则知明"句：知，同智。其句意为：才智日明而行为无过失了。

〔12〕深谿（xī）：深谷。

〔13〕干、越、夷、貉：干，古小国名，即邗沟（或作汉沟），后为吴国所灭，在今蚌埠一带。此处指吴国。越，即越国。夷，指古代居住于我国东部的部族。貉

（mò），指古代居住于我国东北的部族，即北狄之一支。其字亦作貊。子，指婴儿。

〔14〕《诗》曰：见《诗经·小雅·小明》。

〔15〕嗟尔君子：嗟，感叹词。即：唉，你们君子们啊。

〔16〕无恒安息：无，意同毋，即不要。恒，常常，经常。安息，安居，安处。此句以感叹的语气劝勉君子千万不要经常贪图安逸享乐。

〔17〕靖共尔位：靖，同敬，一心一意。一说，静也，即安，安于其位。又，谋也，即考虑，计划。共，同恭。古代只一共字，恭为后出字，即今言谨慎小心。古写作[illegible]，即双手举物而恭敬之也。位，指职位。

〔18〕好是正直：好，爱好，崇尚。是，此，指正直之道。正直，《毛传》云："正直为正，能正人之曲曰直。"杜预注："正直为正，正己之心；正曲为直，正人之曲也。"此连上文犹言：作为君子，应该考虑忠于你的职守，并能爱好正直之道（一说，正直之士）。俞樾《荀子诗说》云："荀子之意，以人性本恶，比以学正之，故引此诗以证之。"

〔19〕神之听之：听，察觉。此言神明听见了这些，即"神听"之意。

〔20〕介尔景福：介，助，佑，引申为赠予、给予之意。景，大。郑笺："景，大也。"景福，大的幸福，大福。以上四句旧注以为是"言能谋恭其位，好正直之道，则神听而助之福"。故王先谦《荀子集解》说："引此诗以喻劝学也。"

〔21〕神莫大于化道：神，这里指学问修养到达最高境界的精神状态。《孟子·尽心上》："夫君子所过着化，所存者神（君子，此处指王者或圣人。朱熹《集注》云：'君子，圣人之通称也。'其说是。）。"又《尽心下》云："大而化之之谓圣，圣而不可知之之谓神。"这里儒家所谓神，就是圣德表现于外，达到一般不可知的最高境界时那种精神状态。　化道，即化于道，就是为道所化。指受到真理道德的熏陶感染使气质完全改变。

〔22〕福莫长于无祸：福，幸福。《左传》："平安即是福。"《礼记》云："福者备也，无所不顺之谓备。"长，犹大也。此连上文，唐杨倞注云："为学则自化道，故神莫大焉；修身则自无祸，故福莫长焉。"其大意是说：人如为学，则将受到学问的熏陶而气质有所变化，待到修养极高，自然达到人所不能窥测的神明境界；人如修身，自能远祸，远祸之后，百事顺心，就是最大的幸福。

〔23〕须臾：叠韵，即片刻，一刹那，一会儿。《卫灵公》："子曰：'吾尝终日不食，终夜不寝，以思，无益，不如学也。'"《论语》："子曰：'学而不思则罔，思而不学则殆。'"《礼记》："博学之，审问之，慎思之，明辨之。"又，"笃行之。"这是儒家学习方法的重要观点。其意比较全面准确。而《劝学》中此二句之意，则较片面。

〔24〕跂（qǐ）：即今"企"字。企，翘也。故可译为：提起脚后跟。此句意谓：我曾经抬起脚后跟向远眺望，总不如登临高处的眼界广阔。

〔25〕博见：见得多，见得广，视野宽阔。

〔26〕招：向人招手。

〔27〕见者远：即远着见。意谓远处的人也能看得见。

〔28〕急：旧注，壮也。本为急字。急，快也。引申为加强，加大，此处指声音洪亮清晰。

〔29〕彰：旧注，明也。明晰清楚。

〔30〕假舆马者：假，凭借，借助。此言借助于马车的人。

〔31〕非利足：利，便利，迅速，快。利足，脚步便利，即走得快。

〔32〕致，达到。

〔33〕楫（jí）：同楫，船桨。

〔34〕能水：能，读为耐。王引之《经传释词》云："能古读耐，其意仍为能，不作耐义。"能水，泅水，犹今言会游泳，游水。

〔35〕绝：渡过，横过。旧注，通也，反训。本作㡭，反㡭为繼（今之继续二字）。

〔36〕生：王念孙《读书杂志》以为应该读为性。指先天本性。

〔37〕物：指外物，客观存在的事物。梁启雄以为可引申为泛指古代嘉言懿行，贤师益友等。此连上文则句意为：君子的先天本性与一般人并没有什么不同，只是他善于借助外物罢了。即善学也。

〔38〕蒙鸠：又名鷦鷯（jiāo liáo），体小，背赤褐，腹灰褐，短尾，亦名巧妇鸟，善营巢。

〔39〕"而编之"句：发，毛发。一说，柔软细草。苇，芦苇。苕，芦苇嫩花。

〔40〕"巢非"句：此言巢并不是做的不完美，是所系的东西（苇苕）使它这样啊。

〔41〕射干（yègān）：多年生草本植物，高二三尺，夏秋抽花茎，花黄赤色（或曰白花长茎），根可供药用。

〔42〕仞：古代五尺为一仞，亦曰七尺为一仞。一仞也可称一寻。

〔43〕"蓬生"句：蓬，草名，茎高尺余，开小白花。麻，俗作蔴，即大麻。此言蓬蒿生于大麻之中，不用扶持就能生长得笔直。

〔44〕白沙在涅：涅（niè），黑泥。此句连下文是说：白沙渗于黑泥之中，就和黑泥一样黑了。

〔45〕与之俱黑：之，指黑泥。今本《荀子》原脱以上八字，（清）王念孙据《尚书·洪范传》补。王氏《读书杂志》云："善恶无常，为人所习；故白沙在涅与蓬生麻中，义正相反。"蓬、沙二句的比喻义，即"近朱者赤，近墨者黑"的意思。

〔46〕"兰槐"句：香草名，又名兰茝，其苗名兰槐，其根名芷，可供药用。

〔47〕其渐之滫（xiǔ）：其，王引之《经传释词》作"若"解，即倘使，如果。

渐，浸。滫，臭水。此言假若把兰芷浸在臭水中。

〔48〕服，动词，佩戴。

〔49〕“其质”句：白芷的本质并不是不美，而是浸泡它的臭水使它变成这样的。

〔50〕居必择乡：居住时必须选择风俗习惯醇美之乡里。《论语》曰：“里仁为美，择不处仁，焉得知。”正是此意。

〔51〕游必就士：出外交游必须接近有学问，品德高的贤士。

〔52〕“所以防”句：这是为了防止邪恶乖僻而能接近正直之士。一说，近中正，使自己的一言一行都能接近正确的准则。

〔53〕物类之起：起，兴起，起始。或云一起。此言万物择类而聚于一处。物，占有空间者；事，占有时间者。在物类上加以人工即谓之事。故事为物之表现形式。

〔54〕所始：所开始的客观原因。

〔55〕荣辱之来：来，来临。此言获得荣誉或遭受耻辱。

〔56〕必象其德：象，同像，犹言依照、依据。德，得也。此处包含善恶二义。其德，他自己德行的好坏而自然所得结果。此句大意是：一个人的享荣誉或蒙耻辱，完全依据他本人德行的好坏；德行好自享荣誉，德行坏自蒙耻辱，所以《孟子》中说：“人必自侮，然后人侮之。”

〔57〕蠹（dù）：一种蛀坏衣物书籍的害虫，俗名蠹鱼。此言鱼枯烂以后就自然生出蠹虫来。

〔58〕“怠慢”句：怠，惰。慢，迟缓，不殷勤。身，自己。此处引申为切身利害关系。此句犹言：一个人行为失检，懒惰散漫，忘记切身利害，自然要惹起祸灾了。

〔59〕〔60〕“强自”句：朱东润注为：“柱，当读为祝，作断解。这句说，物太刚强，则自取断折，与下句相对。”北大《先秦文学史参考资料》：“柱当读为祝，作断解。王念孙说：‘此言物强则自取断折，所谓太刚则折也。’”“束，即约束之意。言物之柔者，自然容易受到其他东西约束控制。”《经义述闻》也这样解释。按，此说似不十分妥当。因王氏父子引《大戴记》以柱为折，故读为祝。这是《大戴记》的编著者在西汉初年受到盛行一时的黄老思想的影响。王氏父子则根据汉初的儒家观点立说，去解释荀子之文，似不十分恰当。因为荀子的思想观点是褒强而抑柔，与《大戴记》礼家观点，有很多不同之处，故不应以《大戴记》去解《荀子》，且更不应随意改字。此处“柱”与“束”均为动词。柱，作支柱，即支物。束，束缚，即细物。此言强之物可以支物，柔之物可以细物。意即物各按其属性而使用。这正如人各按其言行而定好坏荣辱一样。

〔61〕邪秽：邪恶污秽。

〔62〕构：结，积。此连上文大意为：一个人如有邪恶污秽的行为，怨仇自然就集中到他的身上。

〔63〕施薪若一：施，放置，摆列。若一，假若完全一样。此连下文是说，假若

把柴薪一样的放置在那里，火总是先向干燥之处去烧。

〔64〕水就湿：湿，潮湿。一说，低地。此连上文是说，假如是一样的平地，水总是会向潮湿的地方流去。

〔65〕草木畴生：畴，旧注以为同俦，类也。此言同类的草木总是生长在一起。近人于省吾《双剑誃荀子新证》以为畴是稠的假借字，释畴生为稠生，即丛生。亦可通。

〔66〕禽兽群焉：刘台拱、王念孙以为“群焉”为“群居”之误。梁启雄《荀子柬释》云：“同类为群，如雁与雁聚居，羊与羊聚居，是群居也。”故其意为：同类的禽兽总是群居在一起。《大戴记》正作“群居”，即《易经》上说的“物以群分”。人亦如此，所以古人说：“不知其人，观其友。”这是有道理的。

〔67〕“是故质的”句：质，箭靶。的，箭靶正中的目标（圆心）。此言质的一张挂起来，弓矢自然就向它集中射去了。

〔68〕醯酸而蜹聚：醯（xī），醋。蜹（ruì），一种蚊类小飞虫。

〔69〕言有召祸：言语不谨慎就会招来祸患。

〔70〕慎其所立乎：所立，旧解为指“为学。”近人多解为“立身”。按，应指为学、修身二事。乎，同夫。故所立即所学立身行事之理。

〔71〕“积土”句：此言少量的土，本不会有什么作用，及至积土成高山，就能使气候变化而兴风作雨了。

〔72〕“积水”句：渊，水极深之处。此句连上文以喻为学之道，亦应积少成多，然后始见出好的成绩与效果。

〔73〕积善成德：善，指日常所做善事。德，美德，高尚的道德品质。

〔74〕而神明自得：而，犹则。神明，指高度的智慧。古人云：“存于内为神，表于外为明。”得，得到，掌握。

〔75〕圣心备：圣心，圣人之心，圣人的思想。备，具备。此连上文是说：一个人如果能够积累日常善行，就会自然得到高度的智慧，具备圣人的思想。

〔76〕蹞步：按唐杨倞注，蹞（kuǐ），同跬。跬步，半步。按，《说文》：“趌，半步。”《礼记·祭义》云：“顷步，半步。”故此字似亦可读为“顷”。顷，侧也，今作倾。可引申为“停止”，言每步之后必有短暂小停也。

〔77〕骐骥：良马，骏马，犹言千里马。

〔78〕驽马十驾：驽（nú）马，劣马，笨马。驾，原义为驾车，此指一日之行程。早晨驾马，日暮解车。故以一日之行程为一驾。十驾，十日之程。王先谦考证，此句下则应有“则亦及之”一句。

〔79〕功在不舍：功，成功，功绩，指到达十日之程。舍，同捨，舍弃，停止。梁启雄《荀子柬释》云：“此言驽马十日亦能行千里，所成就与骐骥同，其所以成功者，在不肯放舍而已。”其大意谓：只要努力不懈，虽为驽马也能和骐骥一样成功。

人之为学也如此。《孟子》:“一日曝之,十日寒之。”这就不会有成;而应从《中庸》之说:“人一能之己百之,人十能之己千之。虽柔必强,虽愚必明。”这也正是“骐骥”以下六句之意。

〔80〕锲(qiè):雕刻。(以刀刻之。)

〔81〕镂(lòu):雕刻。

〔82〕螾:同蚓,即蚯蚓。是一种软体动物。

〔83〕黄泉:黄土下的泉水,地下水。

〔84〕蟹八跪而二螯:八,原本作六,清庐文弨据《大戴记》校改为八,以为六乃八之误。今人多从之。按,六字亦可不改。实际上,有一种居于石缝中之蟹,俗名石蟹,确是六足二螯,与水中之蟹不同。跪,足。

〔85〕“非虵蟺”句:虵,同蛇。蟺,同鳝。此与上文言蟹足虽多螯虽利,但它却经常寄托在蛇与鳝的洞穴之中,是因为它心气浮躁,不能专一之故。

〔86〕“是故”句:冥冥,冥(冥),蒙也(《说文》)。《广雅释诂》:“冥冥,暗也。”暗之意在此处为不见外事外物。即思想集中,不受外事外物之干扰。指一个人要真正做学问,必须用心专一,对外界事物要能视而不见,听而不闻。冥冥之志,精诚专一的精神。昭昭,明亮通达(指人的聪明才智)。昭昭之明,对事物之理能豁然贯通,即明亮清楚的智慧。

〔87〕“无惛惛”句:惛惛,惛,与昏同。昏,古作昬,因犯李世民讳,唐人改之。《管子》云:“惛惛,微暗也。”是惛惛与冥冥意同。惛惛之事,是说一个人为学与修身,要有埋头苦干,默默无闻的努力与工作。赫赫,明显盛大。功,此指事业上的成就,业绩,功绩。赫赫之功,明显盛大的功绩。此连上句意为:正因为如此,所以说没有精诚专一的志向,就没有豁然贯通、明白事理的聪明才智;没有默默无闻的工作和努力,就没有显赫盛大的功绩。

〔88〕衢道:四通八达之道的路口。此处犹言歧路,岔路。此谓在歧路上徘徊的人永远走不到目的地。

〔89〕事两君者不容:同时事两君的人,两君皆不能容。

〔90〕明:分明,清楚。

〔91〕聪:明白,清楚。此与上文是说:眼睛不能同时看明白两种东西,耳朵不能同时听清楚两种声音。此即一心不能二用之意。

〔92〕螣(téng)蛇:神话中的动物,属于龙类。传说它能兴云驾雾而游于其中。

〔93〕鼫鼠:鼫(shí),原本作梧,今人选本多据杨倞、王念孙之说校改。又名五技鼠,其形似兔,专吃农作物,为农害。《说文》云:“能飞不能上屋,能缘(爬树)不能穷木(爬到树顶),能游不能渡谷,能穴(打洞)不能掩身,能走不能先人。”技,技能。穷,困窘。杨倞注:“言技能虽多,而不能如螣蛇专一,故穷。”

〔94〕《诗》曰:见《诗经·曹风·鸤鸠》篇。

〔95〕“鳲鸠”句：鳲鸠，布谷鸟。《毛传》云：“鳲鸠之养七子，旦从上而下，暮从下而上，平均如一。善人君子，其执义亦当如鳲鸠之一。执义一，则用心坚固，故曰：心如结也。”此言鳲鸠饲养小鸟，平均对待而始终如一。此二句为比，下文四句为赋，比加赋等于兴，故此诗为兴体。

〔96〕“淑人”句：淑，《毛传》：“善也。”指心地善良之人。仪，（清）马端辰《毛诗传笺通释》以为即仪表，即指人的行动举止，生活态度。一，始终如一，即专一。此言善人君子的行动举止，也如鳲鸠之喂养七子始终专一。

〔97〕心如结：如结，朱熹《诗集传》：“如结，如物之固结而不散也。”此即心之坚固专一。

〔98〕“故君子”句：所以君子的立身行事应把目标集中于一点上。

〔99〕“昔者”句：瓠（hù）巴，楚人，相传是古代善鼓瑟者，他鼓瑟时能使鸟舞鱼跃。《列子·汤问》：“瓠巴鼓琴，鸟舞鱼跃。”流鱼，中流之鱼。一说，流与游通。清庐文弨、王先谦以为是沉鱼。此言瓠巴鼓瑟时，沉在水底之鱼都浮上水面来欣赏。

〔100〕“伯牙”句：伯牙，楚人，古代善鼓琴者。六马，古代天子路车驾六马。仰秣，仰，抬起头来。秣，饲料。此言正在吃草料的马，一听到伯牙的琴音，都抬起头来听了。以上二喻，是说学有专长时可以感动万物。

〔101〕“故声无”句：此言，声音无论怎样微小，没有不被人听见的。

〔102〕形：显露出来。此言行为无论怎样隐蔽，没有不显露出来的。说明只要为学，总会作出成绩，有用于世；只要积善，总会被人所知的。

〔103〕“玉在山”句：此言山中如果蕴藏着宝玉，就是山中的草木都显得特别滋润。

〔104〕“渊生珠”句：深水中如果生长了珍珠，就是崖岸也不至干枯。以上二喻，是说有学问有道德的人，自然会流露出于众不同的气度而有用于世的。

〔105〕为善不积邪：此与下文是荀子针对经常怨叹世人不能了解自己的那些人而说的。邪，同耶，表诘问。其句意为：为善不能积累吧？意谓学问品德之修养必须持之以恒，日积月累，自会有用。

〔106〕安有不闻者乎：安有，那有。此言那里有为善有恒，日积月累而不被人听到的呢？此处以诘问来肯定，言持恒专一者成，分心者败。

〔107〕恶乎：疑问词。恶（wū），与何同意。此二句犹言，学习从何处开始，到何时结束。

〔108〕“其数”句：按传统解释，数，术，即治学的方法、途径、层次、步骤等。一说，即数目，次序，指学习的课程门类，应按其一、二、三的次序排列。经，指儒家的经典，如《诗》、《书》、《易》之类。

〔109〕礼：本字，小篆改为禮，履也。即实践。此指各类典章制度等事。当然礼

也包括于儒家的六经之中。

〔110〕“其义”句：义，意义。此指为学的目的和意义。按，《荀子·修身》《儒效》等篇中说，为学之义在于修身。他把一个人的修身目标分为三等，即士、君子、圣人。首先应从士作起，然后逐步达到圣人。而且他认为只要持恒专一地去为学和修身，圣人是可以达到的。

〔111〕终乎为圣人：即所谓终止于为圣人。

〔112〕真积力久则入：真，真诚，果真。积，积累。力，力行，努力实践。久，长久，持续。入，深入。此句言：一个人为学、修身，就要真诚专一的积累，努力持久的实践，才能深入而有所得。

〔113〕没：同殁，死亡。此句言学习要一直坚持到老死然后才能停止。

〔114〕故学数有终：所以说学习的方法（或课程门类，教材等）有终结之时。

〔115〕“若其义”句：至于为学的意义就不能有片刻之间的放弃。故为之则善，舍之则恶。下文即申述此义。

〔116〕《书》：指《尚书》，即后世儒者所称的《书经》。

〔117〕政事之纪：《尚书》是记载古代重大政治事件的。

〔118〕《诗》：指《诗经》三百五篇。此兼乐而言，因今存三百五篇之诗，均能入乐。

〔119〕中声之所止：中声，中和之声，指最和平醇正的乐调。止，解为存，犹今言集中。此句犹言，诗三百都是中和之声集中起来的乐章。一说，中，读（zhòng），中声，即合乎声律。止，终止。亦可通。

〔120〕《礼》：指儒家经典之一的《礼》，如《周礼》、《仪礼》之类的旧籍。按，荀子认为，礼是施于未然，即今之舆论。法，施于已然，即今之强制。所以《尚书》中说：“刑期无刑。”因此，礼的实践意义是积极的，法的实践意义是消极的，但其最高目标却是一致的。所以荀子把礼视为最高的道德修养的标准。

〔121〕法之大分：法，指礼乐制度，法律政令。大分，大的原则、界限、总纲。此言古圣人的礼制是法律政令的大原则。

〔122〕类之纲纪：类，指礼制法律所没有明文规定而比附类推加以引申的各种律例，纲纪，准则，准绳。此句言礼是一切律例条文的准则。

〔123〕“夫是之”句：夫，表推开一层的语气词。是，此，这。极，最高标准。

〔124〕敬文：敬，指周旋揖让的仪式与细节。文，指车服等级的制度标志。杨倞注云：“礼有周旋揖让之敬，车服等级之文也。”《国语》云：“夫敬文之恭也。”按，此言思想感情藏于内者称敬，表于外者为文。文对质而言。质，指朴素的本质；文，指文采，现象。

〔125〕中和：《中庸》：“喜怒哀乐之未发谓之中，发而皆中节谓之和。”此释中和之义十分明白。

〔126〕《诗》、《书》之博：博，指内容十分广博。如学《诗》可以多识草木鸟兽之名和风土人情之异；学《书》可以多识古代史实与帝王政令；知识范围均十分广泛。

〔127〕《春秋》之微：微，指微言大义。引申有精深、隐微、深奥、微妙之意。按，孔子据鲁史作《春秋》，是通过简洁的语言叙述，遣词造句，寄托他褒贬劝惩的政治观点，亦即用隐微的语言来表达他写书的本意，后人遂称为“微言大义”。这种方法，称之为“《春秋》笔法”，影响至为深远。

〔128〕“在天地”句：毕，尽，完全。荀子认为，天地之间的学问，人类文化的精华，完全包括在《诗》、《书》、《礼》、《乐》、《春秋》等书之中，所以说，“在天地之间者毕矣。”。

〔129〕箸乎心：箸，存，装，引申有牢记之意。此指牢记心中不忘。《古诗十九首》：“裁为合欢被，箸以长相思。”此言君子闻道，则牢记心中而不忘也。一说，箸，通著，明晓也。

〔130〕布乎四体：布，表现，传达。四体，四肢。按旧注，指日常举止有威仪。

〔131〕形乎动静：形，体现。动静，一动一静，指日常行动。此言日常行动都合于礼（道德标准）的要求。

〔132〕端而言：端，读为喘，微言。

〔133〕蝡而动：蝡（ruǎn），微动。此连上文，指细小的言论和行动。蝡，一说，读作（rú，如）。

〔134〕一：皆，都。此连上文是说，君子的极其细微的一言一行，皆可以为人法则。

〔135〕“小人之学”句：此言小人为学，只是道听途说，口头上夸夸其谈而已。

〔136〕“口耳之间”句：则，才。此言口和耳之间的距离才只有四寸啊。

〔137〕“曷足以”句：曷，何，怎么。此言怎么能使自己的七尺之躯得到好处呢！

〔138〕“古之学者”句：此句犹言，古人为学是为提高自己的学问和修养；今人为学是为向别人夸夸其谈。

〔139〕禽犊：指小禽小兽。古人习惯，相见时须以羔雁等小动物作为餽献的礼物，禽犊似即指此而言。杨倞注云：“餽献之物也。”（清）郝懿行《荀子补注》云：“禽犊谓犊之小小者，人喜抚弄而爱玩之。……小人之学，入乎耳，出乎口，无裨于身心，但为玩好而已，故以禽犊譬况之。”此言小人为学，不为自己修身，而只为夸夸其谈，以空言取悦于人。这正如禽犊之为餽献礼物一样。

〔140〕傲：指心气浮躁。俞樾《诸子平议》正作躁解。《论语·季氏》云：“言未及之而言谓之躁（未到说话之时，就抢先发言者谓之急躁）。”此与《荀子》之意可互参。

〔141〕喷：读 zàn，与赞通，助也。亦读如 zá，形容言语繁碎，即嘈喷，指叨絮烦琐（清郝懿行说）。

〔142〕如嚮：原文作嚮，同響，简化为响。此指回响，回声。此言君子对待来请问学业的人，问一答一，不多不少，恰如其分，就好像响之应声一样。《礼记·学记》云：“善待问者如撞钟，叩之以小者则小鸣，叩之以大者则大鸣，待之从容，然后尽其声。”即此意也。

〔143〕“学莫便乎”句：此言为学之道，再没有比接近贤师益友更便利的了。其人，指贤师益友。

〔144〕《礼》、《乐》法而不说：法，指成法，如《礼》之条文，《乐》之声谱。说，解说，指对《礼》、《乐》成法原理的详尽解释。此言《礼》、《乐》仅有成法而无详细的解说。一说，《礼》、《乐》示人以成法，叫人循成法去实践，非徒口说。又，《礼》、《乐》只示人以成法，而并无解说，如只靠自己去学而不求教于贤师益友，那是不会有好的效果的。以示贤师益友之十分重要。按，诸说皆可通。

〔145〕《诗》、《书》故而不切：故，指前代旧事。切，切合当今实际。此言《诗》、《书》所载多为前代旧事，对当前实际情况并不完全切合。

〔146〕《春秋》约而不速：约，指《春秋》的词旨隐约，即上文的“《春秋》之微”。速，旧注均指速晓其义。此言《春秋》含义隐约，不能使人迅速理解其含义。

〔147〕“方其人”句：方，同仿，仿效。其人，指君子，即贤师益友。之，犹而，连接词。君子之说，其人的学说。此言一面仿效其人之为人，一面学习其人的学说。

〔148〕尊而徧：尊，尊贵的人格品德，崇高。或曰指读《礼》。以，犹而。徧，普遍广博的知识。或曰指诵经。梁启雄《荀子柬释》云：“此言贵得师友，胜于读书也。……惟近君子习闻其说，则可以养成尊贵之人格，溥徧之智识，而周于世事矣。”

〔149〕周于世：周，全面理解。世，世事，世务。周于世，周知世事，全面通晓业务。

〔150〕“故曰”句：此言，所以说，为学之道再没有比接近其人更便利的了。

〔151〕“学之经”句：经，王念孙以为同径，指途径、道路、方法。或可解为最高原则，如经典。速，迅速，简捷。好其人，即心目中有一个自己所崇拜悦慕的人，作为自己学习的榜样。此处似指上友古人，下友当代的贤师益友。

〔152〕隆礼：隆，尊崇，重视。此指经常要以礼法检查、约束自己。此句连上文是说，为学的途径最直接迅速的莫过于以自己所心悦诚服的人为师，其次才是以礼法检查约束自己。

〔153〕“安特将”句：安，王引之以为作“于是”或“则”解，即为发语词。特，作仅，只，不过解。王引之说：“此文作‘安特将学杂志，顺诗书而已耳！’志即古‘识’字也。今本并出‘识’、‘志’二字者，校书者旁记‘识’字，而写者因

误入正文耳。‘学杂志’、‘顺诗书’皆三字为句，多一‘识’字”则重复而累于词矣。”按，王引之说有理。杂志，指杂记之书，百家之说。顺，应为训之假借字，训诗、书，指为《诗》与《书》之文，立解说，做注释。已耳，罢了。即除此之外，再无其他了。此句意谓，那仅仅是学到一些百家杂说，并给《诗》、《书》等做些注解而已。

〔154〕末世穷年：末世，即没世，到死之时。穷年，年寿穷尽之日。此言到老为止，即一生，毕生，一世。

〔155〕原先王：原，本也。指推原而所本。此言，如果想追求先王施政之源。

〔156〕本仁义：循仁义的根本。

〔157〕“则礼正”句：经纬蹊径，指道路，途径。此句犹言，那么学礼正是最重要最正确的途径。

〔158〕挈裘领：挈（qiè），拎，举，提起。

〔159〕“诎五指”句：诎，同屈，弯曲。顿，旧注作引解。引申为抖擞使之整齐。按，在提起皮衣之时，必先下顿然后提起，故似应训为下顿，训引似无据。此句犹言，正好像提起皮袍的领子，用弯曲的五指去整理皮衣上的毛一样，整件皮衣上的毛全都顺了。以此比喻，从学礼入手，治学之径是无往而不顺的。

〔160〕不道礼宪：道，由，通过。或曰，应解为“实践”。宪，泛指法令。礼宪，即礼法。

〔161〕犹以指测河：犹，如。此言就像用指头测量河的深浅。

〔162〕以戈舂黍：用戈去捣米使之去皮。按，捣米当然要用杵，此言用戈矛等尖锐的兵器去捣米，自然会劳而无功。

〔163〕以锥飡壶：飡，同餐。壶，壺象形，为古人盛食物器皿。此言以锥子代替筷子去进餐。故下言“不可以得之矣”。之，代词，指以上三事，都是劳而无功，不可能取得什么好效果。按，荀子之意，是说一个人为学，只从《诗》、《书》的文字问题去探求学问，那会是劳而无功的；如要联系实践就只有礼法了。所以为学与修身均应由礼法入手；否则，就会一无所得。

〔164〕法士：遵守礼法之士。

〔165〕察辩：明察善辩。引申有能说会道之意。

〔166〕散儒：散，指不能自我检点和约束。散儒，指不能遵礼守法，自由散漫的儒生。此与法士为对文。

〔167〕问楛：楛，同苦。杨倞注云：“楛，恶也。问楛，谓所问非礼义。”

〔168〕争气：意气用事，无理而争。此言如果有人意气用事，无理而争，则不要与他争辩。

〔169〕“故必由”句：所以说，一定是合乎礼仪之道而来者，然后接待他。

〔170〕“故礼恭”句：恭，古文作共（[illegible]），会意，谓双手举物而恭敬之也。道，

此指儒家的学说、理论。方，旧解作方向、方位。此处似指方法，即哲学上的方法论。此言态度有礼而恭敬，然后即可以与他谈谈学道的方法论。

〔171〕“辞顺”句：辞顺，言语和气谦逊。理，指儒家学说、理论的内容。此言说话和气谦逊，然后可以与他深入地谈论道的内容。

〔172〕“色从”句：色，容色。色从，指来者的容色表现出乐于受教，即表现出心悦诚服的样子。致，极致，极点，指道的最高境界。此言来者的面容和气，表现出心悦诚服，然后就可以和他讨论道的最高境界（极点）了。

〔173〕隐：藏私，有意隐瞒。《论语·季氏》：“言及之而不言谓之隐（应该到说话的时候，却不去说，叫做有意隐瞒）。”

〔174〕瞽（gǔ）：盲，此指盲目行事。《论语·季氏》：“未见颜色而言谓之瞽（不看来者的面色就放肆大言，叫作盲目瞎说）。”

〔175〕谨顺其身：其身，指其人，即前来请教的人。郝懿行说：“此谓君子言与不言，皆顺其人之可与不可，所谓时然后言，人不厌其言也。”此言君子待问者，应不急躁，不隐私，不盲目，要细察来者的情况而决定。

〔176〕《诗》曰：见《诗经·小雅·采菽》篇。

〔177〕匪交匪舒：匪，同非，犹不。交，《经义述闻》与《群经平议》均以交为绞，急切也。俞樾《群经平议》云：“匪交，言不急切。匪舒，言不舒缓。上文‘君子不傲，不隐，不瞽’，傲与瞽皆失之急切，隐则失之舒缓也（即应不急不缓）。”

〔178〕予：赞许。此连上文是说《诗经》上说：“不急切不舒缓的人是天子所赞许的。”

〔179〕“千里”句：蹞步，半步。此句连下文言欲行千里的人，差半步不达终点，就不能说他是善于驾车的人。

〔180〕善御：善于驾车。

〔181〕伦类不通：伦，亦类也。此言不能触类旁通，即不能举一反三。一说，伦，理。类，法。

〔182〕仁义不一：一，专一。即下文之“全”、“尽”、“粹”。与“固学一之也”的“一”同义。此言不能专心致志于仁义。此连上下文意为：不能触类旁通、举一反三，也不能专一于仁义的人，就不能算是善于为学。

〔183〕“学也者”句：此连下文意谓，所谓为学这件事，就是要自始至终坚持专一地学习。一说，一，一致。指实践，即为学与修身要一致。亦可通。

〔184〕一出焉：常见的有三解：一、指一半。此连下文是说，一半出礼，一半入礼。二、对学习不能持之以恒，一会终止，一会继续。三、有的人学习，由于不能坚持，所以一会退回来，一会又钻进去。三说皆可通。

〔185〕一入焉：句法与上同，指学不专一。

〔186〕涂巷：涂，同途。途巷之人，普通人。

〔187〕桀纣、盗跖：桀，相传为夏代亡国之君。纣，商代亡国之君。盗跖，相传为古代反抗奴隶主贵族统治的大盗，与孔子同时。姓展，名跖，字亦作蹠（zhí），因住于柳下，故名柳下跖。《庄子·盗跖》篇以为是柳下惠之弟，文中讲了许多关于跖的故事。

〔188〕全之尽之：全，全面，完全。一说，指全心全意。尽，彻底。一说，指尽其全力，一心一意。此谓为学必须完全而彻底。或曰，为学必须全心全意，竭尽心力地学习。

〔189〕“然后学”句：此连上文是说，学得全面而彻底，然后才能称为真正为学的人（似指所应读之书籍）。

〔190〕“君子知夫”句：君子是懂得学习上不全面不精粹是不能够说它是完美的。

〔191〕诵数以贯之：诵数，犹诵说，指反复诵读，务使贯通其意。一说，数，指六经，即读六经要以礼（实践）一贯之。一说，贯，全面而不偏废。

〔192〕思索以通之：思索，指所读书中之理要加以思考，找出其内在联系。通，与上贯同义，即贯通。亦即伦类以通。《礼记·学记》云：“知类通达。”正是这个意思。

〔193〕为其人以处之：为，效法。其人，为学者心目中最钦佩之人，指古今之贤师益友。处，立身处世。一说，设身处地。王先谦《荀子集解》引郭嵩焘说：“为其人以处之，犹言设身处地，取古人所已行者为之程式，而得其所处之方（生活方式）也。”

〔194〕“除其害”句：除其害，排除妨碍学习的因素，去掉妨害全、粹之学的事物。持养，扶持培养。此句意谓，除去有害于为学的因素，然后扶持培养自己的学问和修养。

〔195〕“使目非是”句：是，此，这。非是，除非这个（指全、粹之学）。此句犹言，使自己的眼睛除此之外，什么也不要去看。以下三句义仿此。

〔196〕“及至其”句：致，极。致好，极好，特别好，最好。此言对你要学的学问爱好到极点。《礼记·学记》：“九年，强立而不反。”即此义也。

〔197〕目好之五色：此下共四“之”字，并同“於”。俞樾《诸子平议》云：“古‘之’字‘於’字通用。此文四‘之’字，并犹‘於’也。目好于五色，耳好于五声，口好于五味，心利于有天下，言所得于学者深，他物不足以尚之也。”梁启雄《荀子柬释》云：“此谓：及至好学乐道达到极致之时，就像目好色、耳好声、口好味、心好利，同一自然，绝不勉强。”

〔198〕心利之有天下：荀子看来，心好利是人之常情，有天下，乃最大之利，故人皆特别好之。

〔199〕“是故权利”以下句：倾，倒。移，迁。荡，动。三字均有变动、改变之意。权利，权势利禄。群众，指别人的非议。天下，指占有天下之大利。《孟子》云：

“贫贱不能移，富贵不能淫，威武不能屈。”其义可互参。

〔200〕“生乎”句：是，此，指为学。由是，义即如此。此言从生到死，都要坚持为学而不改变其初衷。即“鞠躬尽瘁，死而后已”之意。

〔201〕德操：名词，道德情操，指学习中所得之真理。下句的“德操”为动词，指道德情操坚持不变。

〔202〕定：对事物有定见。指有坚定不移的意志和看法。亦即对正确的见解决不改变。

〔203〕应：指适应环境的能力，应付千变万化的各种事物的本领。此连上文犹言：自己的道德情操坚定不移之后，对万事万物就有定见；对事物既有定见，当然就会恰如其分地适应其环境了。

〔204〕成人：大成之人，即达到圣人境界的人，真正有了伟大成就的人。《礼记·学记》云：“知类通达，强立而不反，谓之大成。”即成字之义。《论语》：“见利思义，见危授命，久要不忘平生之言，亦可以为成人矣。”（杨树达《积微居小学述林》：“要，约之借字，穷困之义。”）

〔205〕天见其明：此连下两“见”字，据清俞樾《诸子平议》考证，认为“两见字并作贵。”可通。下文，光，王念孙《读书杂志》：“光，广也。”《中庸》：“高明配天，博厚配地。”与此义近（王先谦《荀子集解》与俞说同）。

〔206〕“地见”句：此连上文犹言：天以明为贵，地以广为贵。

〔207〕君子贵其全：此言君子以自己的学识修养的全和粹为贵。以上三句，前二句是第三句的陪衬。

《劝学》一文是今本《荀子》第一篇，也是荀子的代表作品之一。“劝学”就是劝告勉励学习之意。文中作者旁征博引对为学之道进行了深入的探讨，系统地论述了人的后天学习的重要性，以及学习的态度、途径和方法，强调了修身（实践）、勤学、专一、礼法、贤师益友的作用。这反映了作者在“为学”这一问题上的朴素唯物主义认识论的观点和辩证法思想。这是值得借鉴的。

全文共分四大段。自开头至“君子慎其所立乎”为第一段，主要从修身、远祸方面出发，阐明为学的重要性及其目的，这是全文的中心论题。自“积土成山”至“安有不闻者乎”为第二段。阐明为学的态度要持恒专一，只要肯下功夫，定会有所成就。自“学恶乎始”至“此之谓也”为第三段。申明为学的途径、方法、步骤和求教于人的重要性，兼论接待求教者所应持的态度。自“百发失一”至结尾为第四段。说明为学必须专心一志，以学之全、粹为最终目的。

文章除结构谨严外，在说理上也很精密。开篇第一句就提出全文的中心“学不可以已”，然后在以下各段中用大量的自然界中和日常生活中的事例作为论据，层层推衍，由浅入深，反复论证，把学习的重要性，学习的方法步骤，学习的态度，论证得十分透辟和深刻。文中对比喻的使用尤其多样、巧妙。全篇比喻重叠排列，层出不穷，用法灵活，富于变化，因而比喻虽多，但不觉繁复。其中有正反比喻对照显示喻义的，如蚓用心一和蟹用心躁；有先说比喻后揭示出道理的，如“南方有鸟焉……所系者然也”；有用比喻引出道理以后，再用比喻进一步阐述的，如“积土成山……无以成江海”。这种寓理于比喻之中的艺术方法，能以浅显的事例形象地说明了深刻的道理，增强了文章的说服力。在遣词造句上，也恰当地运用比喻构成排偶句法，如“青，取之于蓝，而青于蓝；冰，水为之，而寒于水。”“不积跬步，无以至千里；不积小流，无以成江海”等，文句均整齐而流畅，读起来觉得辞采缤纷，气势充沛，声音铿锵，都能体现荀子散文的特色。

（五）非攻（上）

今有一人，入人园圃〔1〕，窃其桃李，众闻则非之〔2〕，上为政者得则罚之〔3〕，此何也？以亏人自利也〔4〕。至攘人犬豕鸡豚者〔5〕，其不义又甚入人园圃窃桃李。是何故也？以亏人愈多。苟亏人愈多〔6〕，其不仁兹甚〔7〕，罪益厚〔8〕。至入人栏厩〔9〕，取人马牛者，其不仁义又甚攘人犬豕鸡豚。此何故也？以其亏人愈多。苟亏人愈多，其不仁兹甚，罪益厚。至杀不辜人也〔10〕，扡〔11〕其衣裘，取戈剑者，其不义又甚入人栏厩取人马牛。此何故也？以其亏人愈多。苟亏人愈多，其不仁兹甚矣，罪益厚。当此〔12〕天下之君子，皆知而非之，谓之不义。今至大为不义，攻国〔13〕，则弗知非，从而誉之〔14〕，谓之义。此可谓知义与不义之别乎〔15〕？

杀一人，谓之不义，必有一死罪矣〔16〕。若以此说往〔17〕，杀十人，十重〔18〕不义，必有十死罪矣；杀百人，百重不义，必有百死罪矣。当此天下之君子，皆知而非之，谓之不义。今至大为不义，攻国〔19〕，则弗知非，从而誉之，谓之义。情不知其不义也〔20〕，故书其言以遗后世〔21〕；若知其不义也，夫奚说书其不义以遗后世哉〔22〕？

今有人于此，少见黑曰黑，多见黑曰白，则必以此人为不知白黑之辩矣〔23〕；少尝苦曰苦，多尝苦曰甘，则必以此人为不知甘苦之辩矣。今小为非，则知而非之。大为非，攻国，则不知非，从而誉之，谓之义；此可谓知义与不义之辩乎？是以知天下之君子也[24]，辩义与不义之乱也[25]。

——见《墨子》

注：

〔1〕园圃：园，种植蔬菜、瓜果、树木、花草等有特殊管理办法的土地。圃，与园同义。今泛指种植培育各种幼苗的场所。

〔2〕众闻则非之：群众听到了，都会认为此人的行为是错误的。

〔3〕“上为政”句：上，指在上位者。为政者，指执掌政权的人。得，此处指捕获，逮捕。此句犹言，在上位的执政者抓住了就惩罚他。

〔4〕“以亏人”句：以，因为。此言损人利己，故罚之。

〔5〕“至攘人”句：至，至于。攘，偷盗。

〔6〕苟亏人愈多：此句据清孙贻让《墨子闲诂》补。

〔7〕兹甚：兹，同滋，更加。兹甚，更进一步，更加严重之意。

〔8〕罪益厚：益，更。厚，重。

〔9〕栏厩：栏，饲养牲畜的圈，栅栏。厩（jiù），马棚。

〔10〕不辜人也：辜（gū），罪。不辜人，无罪之人。

〔11〕扡：同拖，此处为夺取之义。

〔12〕当此：犹言当今，现今，现在。

〔13〕“今至大为”句：（清）毕沅在其《墨子注》中说，应根据后文“今至大为不义，攻国”之句，此句应补“不义”二字。故此句犹言：现在甚至于大做不义之事，攻取别人的国家。

〔14〕誉之：称赞他。

〔15〕“此可谓也”句：这样可以说是理解义和不义的区别吗？

〔16〕“必有一”句：必然构成一条死罪了。

〔17〕“若以此”句：假若按照这样的说法类推。

〔18〕重（chóng）：作倍解，下同。

〔19〕“今至”句：见注〔13〕。

〔20〕“情不知”句：情，作诚解，的确，果真，确实。

〔21〕“故书其言”句：书，书写，引申为记载。此连上文意为，有人真是不知道攻人之国是不义的，所以就把对它称誉的话记载下来，遗留给后世。

〔22〕“夫奚说”句：奚，何，什么。即什么理由。奚说，用什么理由来解说。此连上文句意为：假若已经知道攻人之国是不义的，那还有什么理由要把那种不义的行动记载下来遗留给后世呢？

〔23〕“则必以”句：据孙贻让《墨子闲诂》说：“依下文，‘则’下当有‘必’

字，‘人’下当有‘为’字。”今据补。辩，黑白之辩，黑白的区别。

〔24〕“是以知”句：据孙贻让《墨子闲诂》说，此句末尾的“也”字疑是衍文，应删去。

〔25〕乱：指颠倒是非，混淆黑白，以不义之事为义。此连上文意为：正因为如此，所以知道天下的君子是要辨别义和不义的那种是颠倒是非、混淆黑白的说法的。

本文选自清孙贻让的《定本墨子闲诂》。《墨子》文章的特点，是逻辑性很强，语言质朴，本文就是突出的例证。文中善于运用生动的比喻，归纳类比以说明事理，具有独特的风格。

非攻，就是反对无理进攻别国的战争，即反对侵略战争，而不是一般的非战。墨子对于反侵略的防御性战争，他不但不反对，而且是全力支持。《公输》篇就很好地说明了这一问题。正由于他全力制止了楚人攻宋的战争，才免去了宋人的亡国之灾。

（六）公输

公输盘为楚造云梯之械〔1〕，成，将以攻宋。子墨子〔2〕闻之，起于齐〔3〕，行十日十夜，而至于郢〔4〕，见公输盘。

公输盘曰：“夫子何命焉为〔5〕？”

子墨子曰：“北方有侮臣者〔6〕，愿借子杀之〔7〕。”

公输盘不说〔8〕。

子墨子曰：“请献千金〔9〕。”

公输盘曰：“吾义固不杀人〔10〕。”

子墨子起，再拜〔11〕，曰：“请说之〔12〕。吾从北方闻子为梯，将以攻宋。宋何罪之有〔13〕？荆国有余于地〔14〕，而不足于民。杀所不足而争所有余，不可谓智〔15〕；宋无罪而攻之，不可谓仁。知而不争〔16〕，不可谓忠；争而不得〔17〕，不可谓强。义不杀少而杀众〔18〕，不可谓知类〔19〕。”公输盘服。

子墨子曰：“然，胡不已乎〔20〕？”

公输盘曰：“不可，吾既已言之王矣〔21〕。”

子墨子曰：“胡不见我于王〔22〕？”

公输盘曰：“诺！”

子墨子见王，曰：“今有人于此，舍其文轩〔23〕，邻有敝轝〔24〕，而欲窃之；舍其锦绣，邻有短褐[25]，而欲窃之；舍其粱肉[26]，邻有糠糟[27]，而欲窃之。此为何若人[28]？”王曰：“必为窃疾矣[29]。”

子墨子曰：“荆之地方千里，宋之地方五百里，此犹文轩之与敝轝也[30]；荆有云梦[31]，犀兕麋鹿[32]满之，江、汉之鱼鳖鼋鼍为天下富[33]，宋所为无雉兔鲋鱼者也[34]，此犹粱肉之与糠糟也；荆有长松、文梓、楩、枏、豫章[35]，宋无长木[36]，此犹锦绣之与短褐也。臣以三事之攻宋也[37]，为与此同类[38]。臣见大王之必伤义而不得[39]。”

王曰：“善哉！虽然，公输盘为我为云梯，必取宋。”

于是见[40]公输盘。子墨子解带为城[41]，以牒为械[42]，公输盘九设攻城之机变[43]，子墨子九距之[44]。公输盘之攻械尽，子墨子之守圉有余[45]。

公输盘诎[46]，而曰：“吾知所以距子矣[47]，吾不言。”

子墨子亦曰：“吾知子之所以距我，吾不言。”

楚王问其故。子墨子曰：“公输盘之意，不过欲杀臣。杀臣，宋莫能守[48]，可攻也[49]。然臣之弟子禽滑厘[50]等三百人，已持臣守圉之器，在宋城上而待楚寇[51]矣。虽杀臣，不能绝[52]也。”楚王曰：“善哉！吾请无攻宋矣。”

子墨子归，过宋，天雨，庇其闾中[53]，守闾者不内也[54]。故曰：“治于神者[55]，众人不知其功；争于明者[56]，众人知之。”

——见《墨子》

注：

〔1〕“公输盘”句：公输，复姓。盘，人名。一作般，或作班。鲁国人，故亦称鲁班。以善制工巧的器械而闻名于当时，故后世木匠奉之为神。为，犹言给。云梯，攻城的器械，言其梯高可入云，故名云梯。

〔2〕子墨子：前一子字，为对墨子的尊称。犹言夫子，今言老师，先生。因本篇为墨子弟子所记述，故称墨翟为子墨子。

〔3〕起于齐：从齐国出发。《吕氏春秋·爱类篇》作“自鲁往”。

〔4〕郢（yǐng）：楚之国度，在今湖北江陵县。

〔5〕夫子何命焉为：夫子，犹言老先生，是公输盘对墨子的尊称。为，表示疑问的语尾助词。何……焉为，是文言中表疑问的一种句式。此句犹言，先生有何见教？

〔6〕“北方”句：臣，古人对人说表客气时可自称臣，为自谦之意。者，原文无“者”字，依俞樾之说补。侮臣者，欺负我的人。此本无其事，不过是墨子用以试探

公输盘的话。

〔7〕愿借子杀之：愿，希望。借子，借助你的力量。杀之，杀掉他。

〔8〕说（yuè）：同悦。

〔9〕千金：原作“十金”，今据毕沅、孙贻让说改正。此言墨子希望以千金作为请求公输盘杀人的酬谢。

〔10〕“吾义”句：固，本来，表态度坚决之意。此言：我是讲道的人，本不随便杀人。

〔11〕再拜：犹今言再行一个礼。古人再拜，表示礼节特别隆重。

〔12〕请说之：请允许我向你进言。说，为陈说，陈言之意。一说，请你说说这个道理。说，为解说，解释之意。

〔13〕宋何罪之有：即宋有何罪。之，结构助词，表示宾语提前，无实义。

〔14〕荆国有余于地：荆，即楚。古时楚国为荆楚。此言荆国有多余的土地。因战国七雄中楚之疆域最大，故墨子如此说。

〔15〕智：明智，不智，不明智。此连上文意为：楚国有多余的土地，而不足的是人民，今牺牲本来不足的人民去争夺本为有余的土地，不可认为是明智的举动。

〔16〕争：争辩，据理力争。一说，同诤，有谏诤、劝阻之意。

〔17〕得：指取得成功，收到效果。此连上文是说：公输盘明知攻宋是不智不仁的行为，却不向楚王劝阻，就不能算是忠于楚王，如果已向楚王作了劝谏，而没有取得成功，那就不能算是刚强而有毅力之人。

〔18〕义不杀少而杀众：少，少数人，指上文说的北方有侮臣者。众，多数人，指将在楚、宋战争中牺牲的士卒。

〔19〕知类：知，知道，懂得，理解。类，古代逻辑术语，即类推法，比较事物之理而加以推断，得出正确的结论，故亦称推论。（逻辑，古称名学，有名家的《尹文子》、《公孙龙子》等书。在印度梵文中称为因名学，日文称为论理学。此词在古希腊文中为λóYOS，在英文中转化为logic。章士钊先生据英文音译为“逻辑”，今人沿用。孙中山却译为理则学，新中国成立后人们已不用其词了）。

〔20〕胡不已乎：原文作“然乎不已乎”，今据清毕沅、孙贻让说校改。然，如此，即既然如此。胡，何，为什么。已，止，停止攻宋。

〔21〕“吾既已”句：既已，犹今言已经。言之王，即言于王，向楚王说了。王，据孙贻让《墨子年表》，当为楚惠王，名章。墨子止楚攻宋，应在楚惠王五十年（公元前440年）以前。

〔22〕胡不见我于王：见，旧注读如xiàn，介绍，引见。此言为什么不介绍我去见楚王呢？原文当是被动式。

〔23〕文轩（xuān）：有雕饰彩绘的华丽车子。

〔24〕敝轝：轝，同舆，车。敝轝，破旧的车。

〔25〕短褐：短，旧注均以为是裋（shù）的假借字。裋褐，古代贫苦人所穿的粗麻布衣。按，如字读亦通，可不必改字。杜诗《奉先咏怀》：“赐浴皆长缨，与谳皆短褐。”可见“短褐”一词，唐人已用之矣。

〔26〕粱肉：粱，小米。在古代粱肉是富贵人家的精美食品。

〔27〕穅糟：即今言糟糠。穅，与糠为古今字（康、穅、糠，演变之迹甚明）。

〔28〕何若人：何等样的人，怎样的人。

〔29〕窃疾：好偷东西的怪毛病。王念孙《读书杂志》以为“窃疾”上应加一“有”字。

〔30〕“此犹”句：与，和……相比。此言这就好像以雕饰彩绘的车子和破车相比一样。

〔31〕云梦：湖泽名。古云梦跨长江南北，应包括今之洞庭湖、洪湖、白鹭湖等大小湖沼区域。今已分为许多小湖泊。

〔32〕犀兕麋鹿：犀（xī），犀牛，比普通牛大。兕（sì），类似犀牛的野牛，一角，青色。麋（mí），似鹿而大。

〔33〕“江、汉”句：江，长江。汉，汉水。鳖（biē），龟属，俗名甲鱼。鼋（yuán），鳖属，似鳖而大，俗名赖头鼋。鼍（tuó），与鳖、鼋同属爬虫类动物，产于长江下游，今称扬子鳄，俗名猪婆龙。

〔34〕“宋所为”句：为，王引之以为同谓。鲋鱼，原作“狐狸”，今据毕沅、王念孙说校改。今名鲫鱼。

〔35〕“荆有长松”句：长松，即松。文梓，即纹理细密的梓树。按，古人习惯，桑所以养生（饲蚕用），梓所以送死（做棺木），故多种房屋附近，故后多以桑梓指故里。楩（pián），即黄楩木。枏，同楠，即楠树。豫章，即樟树。楩、枏、樟均为生长于我国南方的常绿乔木。

〔36〕长木：大树。

〔37〕“臣以三事”句：孙贻让《墨子闲诂》以为“三事”乃“王吏”之伪。王吏，指楚王派遣攻打宋国的将吏（事与吏古为一字，其文为㕝）。

〔38〕为与此同类：我以为和这个患偷窃病的是同类。

〔39〕“臣见大王”句：我预料大王这样做，必然是损伤道义而无所收获。

〔40〕见：指楚王召见。

〔41〕解带为城：解下一条带子围起来作为一座城池。

〔42〕牒（dié）：小木片。俞樾《诸子平议》以为“牒”为“筴”之假借字，即箸，今称筷子。此言以筷子作兵器。

〔43〕九，指多次。古人以为九是极，故引申为多数。机变，指攻城的机巧变化。

〔44〕距：同拒，抵御。

〔45〕圉：同御。今“墨守”一词即源于此。

〔46〕诎（qū）：同屈，有“穷”、“尽”之意。孙贻让说：“谓般技已，墨子有余。”此言公输子理屈智穷也。

〔47〕“而曰”句：而，表转折。此言我知道用什么办法抗拒你了。

〔48〕宋莫能守：莫，为无定代词，即没有人，或没谁。

〔49〕可攻也：毕沅说：“可”上应有“乃”字，即乃可攻也。

〔50〕禽滑（gǔ）厘：战国时魏人，墨子弟子。《史记》记他先受业子夏，后又师事墨子，尽传其学。

〔51〕寇：转用为动词，即入侵。

〔52〕绝：断，止。不能绝，不能阻止，此呼应上文“而不得”。

〔53〕庇其闾中：庇，荫蔽。闾，里门。古人以二十五家为里，里门即名闾。凡国有大事，令民各守里门，以为警备。时楚将攻宋，故宋之守里门者拒墨子于门外，以防奸细。此言墨子以入宋之里门以避雨。

〔54〕内：同纳，接纳。不内，不容许进里门。孙贻让《墨子闲诂》云：“《周礼·乡大夫》云：‘国有大故，则令民各守其闾，以待政令。’时楚将伐宋，宋已闻之，故墨子归过宋，守闾者恐其为间谍，不听入也。”

〔55〕治于神者：治，致力，专注，着重之意。神，本指人的高超智慧，后用为鬼神字。此指一般人不知不觉，不能揣测的大智慧、大利益。此言如墨子这种致力于消弭战祸于无形的大智大惠，人们往往尚不知其功。

〔56〕争于明者：争，竞，引申有计较之意。一说，同诤，即谏诤。明，本与上文神为对文，即神明。此指一般人都能察知的小智慧、小利益。此言那些急于表现自己，斤斤于小智小惠的人，人们往往很容易知道他。

按，墨子之所以要止楚攻宋，这与他所提倡的兼爱、非攻的学说本相一致，正是体现他的理论主张的实际行动。其目的原为人们谋利益，不是追求个人的私利，所以他是治于神，而不是争于明，因此他的功劳也不求人所知，最后这一节文字，正说明这个意思。

本文选自《墨子》一书第五十篇。墨子，名翟。他生活于春秋末至战国初。其时，各诸侯国之间，争城夺地，战争频繁，社会混乱，人民大众，苦难重重。而楚为当时大国，宋为小国，但宋却处于战略要地，为争霸中原，楚曾多次攻打宋国。本文就是墨子以止楚攻宋的实际行动来贯彻非攻主张的故事。文中通过记述墨子批驳公输盘与楚王的侵略野心，制止了楚国侵宋的战争，赞扬了墨子以道义反对强权反对侵略和扶助弱小的思想。

全文共分四部分。第一段，自开头至“公输盘服”，写墨子为止楚攻宋，不辞辛劳，长途跋涉至郢，终于以道义驳倒了公输盘。第二段，自

“子墨子曰：‘然，胡不已乎’”至“必取宋”，写墨子巧妙地以具体生动的比喻，谴责了楚王恃强凌弱的野心。第三段，自“于是见公输盘”至“吾请无攻宋矣”，写墨子在攻守演习中击败了公输盘，揭露了他企图杀害自己的阴谋，使楚王最终不得不停止攻宋。第四段，最后一节，写墨子归，过宋境而遇雨，竟不为守闾者所纳，赞扬了墨家“摩顶放踵，利天下而为之”的殉道精神。

本文从内容上看是一篇驳论文，从方法上看，使用了辩论文的最高手段——诱导法。所以它情节生动，叙事完整，语言质朴，形象鲜明，辩难析理具有严密的逻辑性。这主要表现在墨子和公输盘、墨子和楚王先后两次的辩论上。驳难公输盘时，先假设一个“借子杀人”的要求，诱导对方提出“吾义固不杀人”的前提，然后以这一前提进行推论，用排比句式一口气提出了“不可谓智”、“不可谓仁”、“不可谓忠”、“不可谓强”、“不可谓知类”的五个责难，自然得出攻宋不义的结论，使公输盘理屈词穷，无法应对。这在逻辑上运用的是演绎推理。驳难楚王时，则是先运用比喻方法，举出具有相同特征的比喻事物，逐步诱导对方得出“必为窃疾矣”的结论，然后以子之矛攻子之盾，从楚欲攻宋的现实分析推论，指出所比喻的两种事物为同类，楚如果攻宋就像患了“窃疾”，迫使楚王不得不愧而称是。这在逻辑上用的是类比推理。像这种文字就具有很强的说服力。

（七）逍遥游

北冥[1]有鱼，其名为鲲[2]。鲲之大不知其几千里也；化而为鸟，其名为鹏[3]。鹏之背，不知其几千里也；怒而飞[4]，其翼若垂天之云[5]。是鸟也，海运则将徙于南冥[6]；南冥者，天池[7]也。《齐谐》[8]者，志怪者也[9]。谐之言曰：“鹏之徙于南冥也，水击三千里[10]，抟扶摇而上者九万里[11]，去以六月息者也[12]。”野马[13]也，尘埃[14]也，生物之以息相吹也[15]。天之苍苍[16]，其正色邪[17]？其远而无所至极邪[18]？其视下也[19]，亦若是则已矣[20]。且夫水之积也不厚[21]，则其负大舟也无力[22]。覆杯水于坳堂[23]之上，则芥为之舟[24]，置杯焉则胶[25]，水浅而舟大也。风之积也不厚，则其负大翼也无力。故九万里则风斯在下矣[26]。而后乃今培风[27]，背负青天而莫之夭阏者[28]，而后乃今将图南[29]。蜩与学鸠[30]笑之曰：“我决起而飞[31]，枪榆枋[32]，时则不至[33]，而控于地[34]

而已矣；奚以之九万里而南为[35]！”适莽苍者[36]，三飡而反[37]，腹犹果然[38]；适百里者，宿舂粮[39]；适千里者，三月聚粮[40]。之二虫，又何知[41]！小知不及大知[42]，小年不及大年[43]。奚以知其然也？朝菌不知晦朔[44]，惠蛄不知春秋[45]，此小年也。楚之南有冥灵[46]者，以五百岁为春，五百岁为秋；上古有大椿[47]者，以八千岁为春，八千岁为秋；此大年也[48]。而彭祖乃今以久特闻[49]，众人匹之，不亦悲乎[50]？

汤之问棘也是已[51]：“穷发之北[52]，有冥海者，天池也。有鱼焉，其广[53]数千里，未有知其修[54]者，其名为鲲。有鸟焉，其名为鹏，背若泰山，翼若垂天之云；抟扶摇羊角[55]而上者九万里，绝云气[56]，负青天，然后图南，且适南冥也。斥鴳[57]笑之曰：‘彼且奚适也[58]！我腾跃而上，不过数仞[59]而下，翱翔[60]蓬蒿之间，此亦飞之至[61]也。而彼且奚适也？’”此小大之辨也[62]。

故夫知效一官[63]，行比一乡[64]，德合一君[65]，而征一国者[66]，其自视也亦若此矣[67]。而宋荣子犹然笑之[68]。且举世誉之而不加劝[69]，举世非之而不加沮[70]，定乎内外之分[71]，辨乎荣辱之境[72]，斯已矣[73]；彼其于世[74]，未数数然也[75]。虽然，犹有未树也[76]。夫列子御风而行[77]，泠然善也[78]，旬有[79]五日而后反；彼于致福者，未数数然也[80]。此虽免乎行[81]，犹有所待者也[82]。若夫乘天地之正[83]，而御六气之辩[84]，以游无穷[85]者，彼且恶乎待哉[86]？故曰：至人无己[87]，神人无功[88]，圣人无名[89]。

尧让天下于许由[90]，曰：“日月出矣，而爝火[91]不息；其于光也，不亦难乎？时雨降矣，而犹浸灌[92]；其于泽也，不亦劳乎！夫子立而天下治，而我犹尸之[93]，吾自视缺然[94]，请致天下[95]。”许由曰：“子治天下，天下既已治也；而我犹代子，吾将为名乎？名者，实之宾也[96]；吾将为宾乎[97]？鹪鹩巢于深林，不过一枝[98]；偃鼠饮河，不过满腹[99]。归休乎君[100]，予无所用天下为[101]！庖人虽不治庖[102]，尸祝不越樽俎而代之矣[103]！”

肩吾问于连叔曰[104]：“吾闻言于接舆[105]：大而无当[106]，往而不反[107]；吾惊怖其言[108]，犹河汉而无极也[109]，大有径庭[110]，不近人情焉。”连叔曰：“其言谓何哉？”曰：“藐姑射之山[111]，有神人居焉；肌肤若冰雪，淖约若处子[112]，不食五谷，吸风饮露，乘云气，御飞龙，而游乎四海之外；其神凝[113]，使物不疠疠而年谷熟[114]。吾以是狂而不信也〔115〕。”连叔曰：“然。瞽者无以与乎文章之观〔116〕，聋者无以与乎钟鼓之声。岂唯形骸有聋盲哉〔117〕！夫知亦有之〔118〕。是其言也〔119〕，犹时女也〔120〕。之人也，之德也〔121〕，将旁礴万物以为一世蕲乎乱〔122〕，孰弊弊焉以天下为事〔123〕！之人也，物莫之伤：大浸稽天而不溺〔124〕，大旱金石流、土山焦而不热〔125〕。是其尘垢秕糠将犹陶铸尧、舜者也〔126〕，孰肯以物为事〔127〕！宋人资章甫而适诸越〔128〕，越人断发文身，无所用之〔129〕。尧治天下之民，平海内之政，往见四子〔130〕藐姑射之山，汾水之阳〔131〕，窅然丧其天下焉〔132〕。”

惠子谓庄子曰〔133〕：“魏王贻我大瓠之种〔134〕，我树之成而实五石〔135〕。以盛水浆，其坚不能自举也〔136〕。剖之以为瓢，则瓠落无所容〔137〕。非不呺然大也〔138〕，吾为其无用而掊〔139〕之。”庄子曰：“夫子固拙于用大矣〔140〕！宋人有善为不龟手之药〔141〕者，世世以洴澼絖为事〔142〕。客闻之，请买其方百金〔143〕。聚族而谋〔144〕曰：‘我世世为洴澼絖，不过数金；今一朝而鬻技〔145〕百金，请与之。’客得之，以说吴王。越有难，吴王使之将，冬，与越人水战，大败越人〔146〕，裂地而封之〔147〕。能不龟手，一也；或以封，或不免于洴澼絖，则所用之异也。今子有五石之瓠，何不虑以为大樽而浮于江湖〔148〕，而忧其瓠落〔149〕无所容，则夫子犹有蓬之心也夫〔150〕！”

惠子谓庄子曰：“吾有大树，人谓之樗〔151〕；其大本拥肿而中绳墨〔152〕，其小枝卷曲而不中规矩〔153〕。立之塗，匠者不顾〔154〕。今子之言，大而无用，众所同去也〔155〕。”庄子曰：“子独不见狸狌〔156〕乎？卑身而伏〔157〕，以候敖者〔158〕；东西跳梁〔159〕，不辟高下〔160〕，中于机辟〔161〕，死于罔罟〔162〕。今夫斄牛〔163〕，其大若垂天之云；此能为大矣，而不能执鼠。今子有大树，患其无用，何不树之于无何有之乡〔164〕，广莫之野〔165〕，彷徨乎无为其侧，逍遥乎寝卧其下〔166〕；不夭斤斧〔167〕，物无害者〔168〕。无所可用〔169〕，安所困苦哉〔170〕！”

——见《庄子》

注：

〔1〕北冥：冥，《释文》说，一本作溟。北冥，北海也。按，海洋中的水，因为过深而现黑色，即称冥。即俗称之黑水洋。南冥，义仿此，即南海。

〔2〕鲲：《庄子集解》：“鲲，鱼子。方以智云：‘鲲本小鱼，庄子用为大鱼之名。’”鲲，可指鱼卵、小鱼，此指大鱼。一本鲲作鲸。

〔3〕鹏：古鳳字，神话中的鸟名。𠤏，古文鳳，象形。相传鳳飞群鸟从以万数，

故用以为朋党字。[illegible]，亦古文鳳。段注云：“既象其形矣，又加鸟旁。蓋朋者最初古文；鹏者踵为之者也。《庄子》书化而为鸟，其名为鹏。”崔云：“古鳳字。按，庄生寓言，故鲲，鱼子也；鹏，群鸟之一也。而皆云大不知其几千里也。”小篆作[illegible]，神鸟也。……从鸟凡声。

〔4〕怒而飞：鼓翼奋飞。怒，同努，奋起。

〔5〕垂天之云：垂，同陲，边。垂天，天边，这句形容鹏翼之大，犹如天边的一大块云。

〔6〕海运：运，有二解：一作“行”解。海行，指鹏鸟将从北海起飞，沿海水飞行，到达南海。《庄子集解》云：“《玉篇》：‘运，行也。’按，行于海上，故曰海运。下云水击是也。”二作“动”解。海动，指海水翻腾动荡。旧日传说，海动时必起大风，鹏鸟即乘风自北海飞往南海。

〔7〕天池：此言南海为造化天然形成，非人力所为，故名天池。

〔8〕《齐谐》：司马彪云：“齐谐，人姓名。”疑非是。似应为书名，符合上下文意。

〔9〕志怪者也：志，记载。怪，怪异之事。此言：《齐谐》是记载怪异之事的书。

〔10〕水击三千里：指鹏初飞时两翼拍击水面而行，行三千里之后始渐升于高空。一说，鹏初飞时举翼击起之水达三千里之远。

〔11〕“抟扶摇”句：抟（tuán），指附翼回旋而上升。章炳麟《庄子解故》以为一本作“搏”者是。搏，拍，附。扶摇，风名，一曰飚，是一种自地面直上高空的迅急暴风。《尔雅》：“扶摇谓之飚。”郭象注：“暴风从下上。”此言鹏借飚之力，拍翼直上九万里的高空。

〔12〕去以六月息者也：此句有三解。一、息，为“愒”、“憩”的假借字，即休息。此言大鹏一飞半年，到南冥之后才休息（马叙伦的《庄子义证》说）。此说较妥。二、息，气息。天地之气息即风。《齐物论》：“大块噫气，其名为风。”《山海经·海外北经》：“息为风。”此言大鹏飞往南海是乘六月的大风的。周六月即夏四月。明僧清云：“周六月即夏之四月，谓盛阳开发，风始大而有力。”三、息，呼吸。此言大鹏一飞半年，至南冥后才呼吸。此说似不妥。以，介词。

〔13〕野马：指春天时野外林泽之中的雾气。因春日阳气发动，远望林莽沼泽之间，有雾气上扬，犹如奔驰的野马，故曰野马。司马云：“野马，春月泽中游气也。”成疏云：“青春之时，阳气发动，遥望薮泽，犹如奔马，故谓之野马。”

〔14〕尘埃：飘扬于空中之土曰尘，细碎之尘粒曰埃。成疏云：“扬土曰尘，尘之细者曰埃。”按，每当阳光充足时，日影所照之处，往往能看到无数细微的尘埃在阳光中动荡不停，此即尘埃之义。

〔15〕“生物”句：生物，指凡有生机之物。息，气息。按王先谦《庄子集解》、

沈雁冰《庄子选注》，以为此连上文意为：野马、尘埃等质微体轻之物，由于被生物的气息所吹拂而在空中动荡不停，较之高飞九万里的大鹏，其大小之差固属悬殊，但均为任自然之力而动则一。

〔16〕苍苍：本指青色，此言深蓝深蓝的颜色。

〔17〕其正色邪：其，表揣测的语气词，犹岂。正色，本色，真正的颜色。邪，同耶。此言天空深蓝深蓝的，这是它真正的颜色吗？

〔18〕“其远”句：至，到达，此指看到。极，极尽之处，尽头，终点。此句犹言：还是天空高远无穷而不能看到它的极尽之处呢？

〔19〕其视下也：其，指飞上九万里高空的鹏。此言大鹏俯视地面。

〔20〕“亦若是”句：若是，像这样。则已矣，一本作而已矣。此言鹏在九万里高空视地，也如同人在地面视天一样，只见一片苍苍之色，不会辨其正色的。大意是说：人自地视天，鹏自天视地，均因相距太远，不一定看到真相。

〔21〕且夫：连词，表示要再说一层理，即推开一层的意思。此句犹言再说水积蓄得不深厚。

〔22〕“则其”句：负，浮。此连上文是说，再说水如积蓄得不深不厚，那就无力浮起大船。

〔23〕坳堂：坳（ào），凹陷之处，洼下之地。坳堂，堂上低洼之处。

〔24〕则芥为之舟：芥，小草。此连上文是说，在堂上低洼之处倒一杯水，那么一根小草就能作它的船。

〔25〕胶：胶着于地而不能动。焉，于此。

〔26〕“故九万里”句：斯，于是。此句连下句言：大鹏飞于距地九万里的高空，那风才能在它的翼下负托着它，然后它才能乘巨大的风力而飞行。

〔27〕而后乃今培风：而后乃今，犹言然后才开始。培，王念孙《读书杂志余编》认为，同凭。培风，即乘风。此言然后才开始乘风飞行。

〔28〕莫之夭阏：夭，闄之假借字，遮拦。阏（è），阻塞。夭阏，中止，阻碍。此言鹏之背上靠青天，再无任何东西阻拦它的飞行了。

〔29〕图南：图谋飞往南冥。

〔30〕蜩与学鸠：蜩（tiáo），即蝉（蝉的总称）。学鸠，学，《释文》“本又作鸴”，音同。小鸟名，即斑鸠。

〔31〕决起而飞：决，同赽，迅疾貌。此言我们迅速地飞起来。

〔32〕枪榆枋：枪，掠过，突过，穿越而过。榆，榆树。枋，即檀木。

〔33〕时则不至：则，王引之《经传释词》以为“则”作“或”解，即或者，或许。此言有时或者还飞不到那么高。

〔34〕控于地：控，投，此指落下。此言就落在地上罢了。

〔35〕“奚以之”句：奚以，哪里，何必。之，往，去。一说，奚，何。以，用。

之，是，犹今言这样。为，表疑问的语尾助词。此句犹言哪里用得着飞上九万里的高空而还要图谋南行呢？所以俞樾《诸子平议》认为“南”上应有“图”字。

〔36〕适莽苍者：适，往，去。莽苍，近郊遥望不甚分明的颜色。此即指近郊。

〔37〕飡，同餐。反，同返。一说，（清）宣颖所著《南华经解》说：“三餐，饭三盂也。”亦可通。

〔38〕果然：饱貌。饱的样子。

〔39〕宿舂粮：舂（chōng），以杵在臼中捣米，使之去皮。此言隔宿即捣米储粮。

〔40〕三月聚粮：可有二解：一、出发前三个月即开始聚集粮食。二、聚集三月之粮。以上三层说明聚粮的多少，应视行路的远近而不同。所以郭象注云：“所适弥远，则聚粮弥多。”以此比喻蜩与学鸠之不足以知鹏鸟。

〔41〕之二虫：之，此，这。二虫，指蜩与学鸠。此言这两个小虫知道什么呢！

〔42〕“小知”句：知，同智，才智，见识。此句犹言小智者所见短浅，是比不上大智者的。

〔43〕“小年”句：年，年限，此指寿命。不及，不能企及。

〔44〕朝菌不知晦朔：朝菌，朝生暮死的菌类。黑夜称晦，黎明称朔。周人习以黄昏为晦，以半夜为朔，故可指一天之始终。一说，晦指月底，朔指月初。《礼记·月令》之说。王先谦《庄子集解》云：“《列子·汤问》篇：‘朽壤之上有菌芝者生于朝，死于晦。’晦谓夜。朔，旦也。”此句犹言，朝生之菌不到半夜间即死去，所以它根本不知什么是黑夜和黎明。

〔45〕惠蛄不知春秋：惠蛄，即寒蝉，一名吉了，又名知了。《集解》：“《释文》：‘惠，本作蟪。’”又，“惠蛄，寒蝉也。一名蝭蟧。春生夏死，夏生秋死。”春秋，指一年。

〔46〕冥灵：此有二解：一、木名。马叙伦以为即（mén）树，乔木，与松柏相类似。二、大海中的灵龟。（明）罗勉道、（清）王夫之均训为灵龟。二说皆可通。《列子·汤问》与此同。

〔47〕大椿：落叶乔木，高三四丈，质料坚实，可制器具。以其味分香椿、臭椿两种，其味香者嫩叶可食，味鲜美。

〔48〕此大年也：今本《庄子》阙此句，兹据宋人陈景元《庄子阙误》本补足者。

〔49〕“而彭祖”句：传说中长寿老人。《世本》谓其姓篯名铿，尧臣，封于彭城，故名。据说，他历虞、夏至商，为守藏史，至周为柱下史。年七百六十七岁而不衰老。久，长久，此指长寿。特，突出，独特，特别。此言彭祖与冥灵、大椿相比，年寿并不算很大，但却以特别长寿而闻名于世。

〔50〕匹：犹比，比较。此言一般人谈到长寿，必举出彭祖来作比较，岂不可悲么！

〔51〕汤之问棘也是已：汤，商汤，商奴隶王朝的开国君主。棘，人名，《列子·汤问》作夏革。相传是汤的大夫，有贤名，汤以他为师。是已，是矣，是也。汤向棘询问有关宇宙问题的道理。汤有“物各有极，任之则条畅”的话，与《逍遥游》一文的思想相一致，所以庄子认为他所问为是。按，这段引文是庄子以前就流行的传说，本文的首段就是根据这一传说写成的。后来到了晋代，今本《列子》的作者却又根据《庄子·逍遥游》之文写成了《汤问》篇的故事。这段文字在本文中是一段附录性质的引文。闻一多《古典新义·庄子内篇校释·逍遥游篇》说：“‘上下当有脱文。此句与下文语意不属，当脱汤问棘事一段。’唐僧神清《北山录》曰：‘汤问革曰：上下四方有极乎？革曰：无极之外，复无极也。’僧惠宝注曰：‘语在《庄子》，与《列子》小异。’按，革、棘古字通，《列子·汤问篇》正作革。神清所引，其即此处佚文无疑。惜句多省略，无从补入。马叙伦疑庄义已阙，伪撰《列子》者谬补其词，读者因据校注于本文下，故《释文》不载。今按，本书佚文之不见《释文》者多矣，焉知《列子》之文，非伪撰者杂取他书以变异庄义，而神清所引，则《庄子》之真乎？马说武断，难为定论。”闻说似有创见，故录以备考。

〔52〕穷发之北：发，指草木。旧说“大地以草木为发。”穷发，不生草木之地，即俗言不毛之地。此句犹言，草木全无的北极之地。

〔53〕广：宽，指鱼的身宽。

〔54〕修：长，指鱼的身长。

〔55〕羊角：风名，风曲而上行如羊角。闻一多《庄子内篇校释》以为“扶摇、羊角本亦风名。《庄子》以为鹏飞之状者，风、凤、鹏古为一字，神话亦以风与凤鹏为一物，故扶摇羊角为风旋上之状，即为鹏旋上之状也。惟庄子用为副词，故谓其直以‘扶摇’‘羊角’之原义状鸟飞可也，谓其风名扶摇羊角者状鸟飞也，亦无不可，独以二者为鸟所乘之风，则误副词为名词，按之语法，为不可通也。”按，闻说于义亦可通，故录以备考。

〔56〕绝：超越，穿过。穿越云层之上。

〔57〕斥鴳：斥，《集解》注云：“斥，本作尺，古字通。”此指小泽。鷃（yān），即鹌。斥鴳，一作斥鷃（yàn），是生活于湖泽之间的一种小雀，头小尾秃，性好搏斗，即今所谓鹌鹑。

〔58〕彼且奚适也：它将飞到何处去呢？

〔59〕仞：故以八尺为一仞。或云七尺。

〔60〕翱翔：盘旋飞舞，逍遥自得的样子。

〔61〕飞之至：飞翔的最高极限。

〔62〕小大之辨：小，指斥鴳。大，指大鹏。辨，分辨，分别，区分。此言这就是小和大的区别啊。

〔63〕“故夫”句：夫，那。知，同智，才智，智能。效，本为功效，此处犹胜

任。一官，一项官职，一项职务。此句犹言，所以那才智仅能胜任一官之职。

〔64〕行比一乡：比，合，迎合，适合。此言品行能适合一乡之人的心意。一说，比，同庇，即庇护。犹言行事仅能庇护一乡之地。

〔65〕德合一君：合，投合，满足。此言道德仅能投合一个国君之心。

〔66〕而征一国者：而读为能。郭庆藩《庄子集释》云："而字当读为能。能、而古声近通用也。"即才能，能力。徵，信。此言才能仅能取信于一国之人。按，以上四层所言，虽然范围一层比一层扩大，但还是指那些无高才大智的浅薄之人。因此下文说，他们自己估计自己，总是自鸣得意，就像斥鴳一样。

〔67〕"其自视"句：其，指以上四种人。此，指斥鴳。

〔68〕"宋荣子"句：宋荣子，即先秦思想家宋钘（jiān），宋国人，其学说接近墨家，主张偃兵、不斗。故荀子以墨翟、宋钘并称。据郭沫若考订，他的遗著有一部分存于今本《管子》中。如《管子》的《心术》上、下，《白心》、《内业》等篇，就是宋钘及其弟子尹文的遗著。犹，同逌，逌然，微笑自得之貌。此言宋荣子对上述四种人加以嗤笑。《集释》云："犹以为笑。"亦通。

〔69〕"且举世"句：举世，整个社会，即俗言世上。一本此与下句"举世"下均有"而"字，王引之以为作"若"解。加，更。劝，勉励，引申为得意。

〔70〕"举世非之"句：非，责难。沮，沮丧。此连上文犹言，宋荣子这人，天下人都称赞他，他也不会更加奋勉有为；天下人都责难他，他也不会更加沮丧。这是说他不会因世人毁誉而加重其得失之心。

〔71〕"定乎"句：内，指自己的内心修养。外，指待人接物。郭象注云："内我而外物。"

〔72〕"辨乎"句：境，一本作竟。《集释》云："《释文》作竟，古竟、境字通。"此句连上文犹言，宋荣子能确定对己对人的分寸；辨清光荣耻辱的境界。

〔73〕斯已矣：斯，此。已矣，止了，罢了。此言宋荣子的修养不过止于此罢了。即如此而已。

〔74〕彼其于世：彼其，两个同一代词叠用，这在古文中用法较特殊。此句犹言，宋荣子这样的人在世上。或他在世上。

〔75〕未数数然也：数数（shuò），频频，常常。此言像宋荣子这样的人在世上是不常见的。一说，数数，犹汲汲，急切貌。此言他对于世俗的名利并不汲汲追求的。

〔76〕未树：树，应为竖的假借，训立。这句的大意是，宋荣子的修养，于世虽已罕见，但他尚未能树立至德，故不足慕。

〔77〕"夫列子"句：列子名御寇，郑人，与郑穆公同时。今《列子·黄帝篇》说："列子师老商氏，友伯高子，进（尽）二子之道，乘风而归。"又云："随风东西，犹木叶幹（乾）殻。竟不知风乘我邪？我乘风乎？"故下文言"泠然善也。"御，驾。

〔78〕泠然善也：泠然，轻妙貌。泠，读（líng）。善，御风技术很好。此言因列子御风技术的高妙，所以他轻妙地飞行。

〔79〕有：同又。

〔80〕彼于致福者：致，得，求。福，备。章炳麟说："备者，百顺之名也。无所不顺之谓备。此福即谓无所不顺。"此言列子御风技术高妙，无往而不顺利，像这样的人，世上也是不常见的。或云，此句意谓，他对于得到御风而行之福并不去汲汲追求的。

〔81〕此虽免乎行：这样虽然免于步行。

〔82〕"犹有"句：还必有待于风。王先谦说："虽免步行，犹必待风，列子亦不足慕。"

〔83〕"若夫"句：若夫，虚词，犹"至于说到那"，"至于"。乘，相当于"驾驭"。正，指万物自然之性。郭象注云："天地者万物之总名也。天地以万物为体，而万物必以自然为正。自然者，不为而自然者也。故大鹏之能高，斥鴳之能下，椿木之能长，朝菌之能短，凡此皆自然之所能，非为之所能也。不为而自能，所以为正也。故乘天地之正者，即是顺万物之性也。"

〔84〕六气之辩：六气，阴、阳、风、雨、晦、明。辩，同变，故字通。指六气的变化。郭象注云："御六气之变者，即是遊变化之途也。"按，上句说明了要顺乎自然界的正常现象；此句即说明还要适应自然界的意外变化。

〔85〕游无穷：游，遨游。无穷，指无穷的宇宙。即指时间的无始无终，空间的至大无外。所以古人说，上下四方谓之宇，古往今来谓之宙。

〔86〕"彼且"句：且，将。恶，何。恶乎待，犹言何所待。连上文犹谓能顺乎万物之性，也能适应意外之变，即可遨游于无穷无尽的宇宙，自不必有待于外物为助了。《集解》云："无所待而游于无穷，方是《逍遥游》一篇纲要。"

〔87〕至人无己：至人，是庄子理想中修养最高的人，能达到任天顺物，忘其自我（即无己）的境界。无己，能任顺自然，忘记自己。亦即无我。这就是说，至人已摆脱了物质世界的制约，而达到无所凭借（即无待）的境地；这正是庄子绝对自由思想的表现。

〔88〕神人无功：神人，是庄子理想中修养达到神化不测境界的人，他也能顺乎自然，不追求事功。唐成玄英疏云："阴阳不测，故谓之神。"无功，指无意于追求有功于世，而自然即为世人造福。即无意求功。

〔89〕圣人无名：圣人，本为儒家理想中修养达到最高境界的人，庄子把他置于至人、神人之后。但解释却与儒家不同，故曰"无名"。无名，无意于求名，即不求名位。按，名位之高下，在人类社会中，一般被认为是荣誉高低的标准。而庄子则以"名"为无用而加以否定，可见他与儒家学说是对立的。

〔90〕许由：隐者。郭庆藩《庄子集释》云："许由，隐者也。姓许，名由，字

仲武，颍川阳城人也。隐于箕山，师于齧缺，依山而食，就河而饮；尧知其贤，让以帝位。许由闻之，乃临河洗耳。巢父饮犊，牵而避之，曰：‘恶吾水也。’死后，尧封其墓，谥曰箕公，即尧之师也。”

附：《集释》云：“尧者，帝喾之子，姓伊祁，字放勋，母庆都，喾感赤龙而生。身长一丈，兑上而丰下，眉有八彩，足履翼星，有圣德。年十五，封唐侯。二十一代兄登帝位，都平阳，号曰陶唐。在位七十二年，乃授舜。年百二十八岁，崩葬于阳城，谥曰尧。依谥法，翼善传圣曰尧，言其有传舜之功也。”

〔91〕爝火：爝（jué）火，火炬，此言光之小者。尧以日月之光喻许由，而以爝火之光自喻。意谓既有日月照耀，则爝火自然微不足道了。

〔92〕浸灌：以水浇灌，言水少。此处尧以时雨喻许由，以浸灌之水自喻。此连上下文犹言：既降充足的时雨，而还要用人力去浇灌，以求其润泽，不就是徒劳而无功吗?

〔93〕“夫子立”句：夫子，老先生。此指许由。尸，古文作[illegible]，或作[illegible]，皆像人形。本指古人在祭祀时以人所饰的神主，后亦指庙中神像。后又引申其义，凡无其实而虚拥其名，空居其位者均称为“尸”。即所谓“尸位”，此处作动词用。即尧自言他是空居其位而无其实的人。《集释》云：“尸，主也。”

〔94〕缺然：不足貌。欠缺的样子。

〔95〕致天下：致，与，奉送。此言请允许我把天下交给您。

〔96〕名者，实之宾：宾，此指从生物，附属物。《尚书·尧典》注云：“宾，从也。”故有从属之意。《庄子集释》引成疏云：“实以生名，名从实起，实则是内是主，名便是外是宾；舍主取宾，丧内求外，既非隐者所尚，故云吾将为宾也。”此言名是依附实而产生的事物。

〔97〕吾将为宾乎：我将追求那徒拥虚名，而无其实的附属物吗?

〔98〕鹪鹩（jiāo liáo）：是一种善于营巢的小鸟，喜居深林之中。此处许由以鹪鹩自喻，以深林喻天下，意谓一只小鸟营巢于深林之中，只不过占据一根树枝就够了；故深林虽大，对鹪鹩并无用处。《集释》云：“鹪鹩。巧妇鸟也。亦名工雀，亦名女匠，亦名桃虫，好深处而巧为巢也。”

〔99〕偃鼠：土鼠名，一作鼹鼠，常穿耕地而行，喜饮河水。此处许由以偃鼠自喻，以河水喻天下。意谓偃鼠饮河水，只需喝饱就足够了；故河水虽多，对偃鼠是没有用处的。

〔100〕归休乎君：君，许由对尧的称呼，犹言“您”。归休乎，回去吧，算了吧，此为倒装句，即“君归休乎”。

〔101〕“予无所用”句：为，语尾助词，表感叹。此言天下对于我是没有什么用处的。

〔102〕庖人：庖（páo），本为厨房，此处引申为厨房里的烹饪之事。庖人，管

理庖厨之事的人。不治庖，未管理好庖厨之事。此处许由以厨工喻尧。

〔103〕“尸祝”句：尸祝，古人称太庙中执掌祭祀之官曰尸祝，因为在祭祀时他执祭板对神主（尸）而祝，故名。在此处为许由自喻。樽，盛酒之器。俎，盛肉之器。皆为庖人所掌管。此言尸祝不得超越职权，代庖人去行事，今言越俎代庖，是说超越本岗位的职权，代他人行事。其言盖出于此。这里是说许由不得代尧去治理天下。

〔104〕“肩吾问”句：肩吾、连叔，旧注以为都是古之怀道者，而实为作者虚构的人物。成玄英疏云：“肩吾、连叔，并古之怀道之人也。”

〔105〕接舆：陆通，字接舆，楚人，与孔子同时，故《论语》有《楚狂接舆章》。他有贤名，狂放而隐逸不仕。成疏云：“接舆者，姓陆名通，字接舆，楚之贤人隐者也。与孔子同时，而佯狂不仕，常以躬耕为务。楚王知其贤，聘以黄金百镒，车驷二乘，并不受。于是夫负妻戴，以游山海，莫知所终。肩吾闻接舆之言过无准的，故问连叔，询其义旨，而言‘吾闻言于接舆’者，闻接舆之言也。”按，接舆之言，实为作者假托。

〔106〕大而无当：大，夸大。当，根底，根据。此言接舆之言过于夸大荒诞而无根据。

〔107〕往而不反：可有二解：一、谓其言说到那里算那里，一点不着边际。二、谓其言越说越离奇怪诞，无法返回来加以印证。

〔108〕惊怖：惊，犹言惊诧。怖，恐惧，畏惧。《广雅》：“怖，惧也。”此言我对他的话感到惊诧畏惧。

〔109〕河汉：指银河。谓其言犹银河之无边无际。

〔110〕径庭：径，门外小路。庭，庭院之中。王氏《集解》引宣颖云：“径，门外路。庭，堂外地。大有，谓相远之甚。”清末马其昶的《庄子故》引明方以智云：“径庭，犹霄壤。言径路之与中庭，偏正悬绝。”这句的大意是说，接舆之言与人情相去太远，极为荒诞。

〔111〕藐姑射之山：藐（miǎo，亦音 mù），《释文》云：“远也。”姑射（yè），传说中仙山名。旧说此山在北海中。而下文却与“汾水之阳”并提，当为山西省境内之山。故有人考证，此山乃山西省平阳（临汾）附近之九孔山。一说，三字连读，山名，亦通。

〔112〕“淖约”句：淖约，同绰约，美好、柔弱貌。处子，即处女。

〔113〕其伸凝：凝，郭注成疏均作“静”解，似不确当。应作凝聚、专一解。

〔114〕“使物不”句：疠疠，疾病。此句意为，由于神人精神意志凝聚专一，则能使天地之间的一切规律正常发展，故万物无病害而农作物自然也就成熟丰收了。即“天地位焉，万物育焉”之意。

〔115〕“吾以是”句：以，因。是，此，指接舆之言。狂，诳的假借。句意为，

我认为这是诳言，因此不能相信它。

〔116〕“瞽者”句：瞽者，盲人。与，参与。文章，指有文采的东西。观，观赏，鉴赏，欣赏。此言目盲的人是无法参与鉴赏有文采的东西的。

〔117〕“岂唯”句：难道只有形体上有耳聋眼瞎么！

〔118〕夫知亦有之：那智力方面也是有这样的缺陷的。

〔119〕是其言也：上面所说的这些话。

〔120〕犹时女也：时，同是。女，同汝，你。此言指的是就是你啊！（你，指肩吾。）

〔121〕之：此。即此人也，此德也。

〔122〕“将旁礴”句：旁礴（bó），广被，覆被，包罗。此处作动词用。一说，是形容无所不包，无所不及的状态。世，世人。一，齐一，一体。即万物齐一之意，蕲，同祈，求。乱，旧说是反训，作治解。

〔123〕“孰弊弊”句：孰，谁。一说，何，何必。弊弊，忙碌、劳苦貌。即形容忙碌劳苦，疲敝不堪之貌。此连上文是说，神人之德，足以广被万物而为一体，使天下归于太平；世人祈求他来治理天下，他哪里肯忙碌劳苦的去干那治理天下的烦琐事务呢？这正是道家“无为而治”思想的具体说明。

〔124〕“大浸”句：大浸，大水。稽，至。溺，淹没。此言神人超于生死，虽是洪水滔天，也不会被淹没的（“物莫之伤”，倒装，即物莫伤之）。

〔125〕“大旱”句：此言大旱之时，金石熔化，土山枯焦，而神人是不会感到炎热的。

〔126〕“是其尘垢”句：尘垢，指身体上所沾的尘埃污垢。秕，谷不熟。糠，谷皮。秕糠，通作粃糠，指糟粕，渣滓等琐细之物。陶，以泥土入模，烧制成瓦质之器曰陶。铸，以金熔化入模，铸造成器物曰铸。此处均作动词用。其句意谓，这个神人身上无用的尘垢秕糠一类琐细之物，都能把尧、舜这样的圣人陶铸出来。这是作者鄙视治天下者的出世思想。

〔127〕“孰肯”句：孰，谁，怎么，那里。此句言他那里肯以治外物（主要指治天下）为自己的事业呢？

〔128〕“宋人”句：资，同货，即采购，贩卖之意。一说，取也。章甫，殷人礼冠。适，往。诸，于。宋为殷后微子所封之地，受儒家思想影响较深，民间亦多讲习礼仪，故以章甫为十分有用之物，于是这个宋人把它当作贵重货物采购，往售于越国。

〔129〕断发文身：断，原作短，郭庆藩《庄子集释》本作断，故据以校改。此言当时越国尚未受中原文化之习染，越人都剪断头发，身涂花纹，根本不用礼冠。以此比喻无为而治的神人视天下为无用之物。

〔130〕四子：指王倪、齧缺、被衣、许由。在《庄子》中，认为都是古时得道

之人，实为虚构的人物。《齐物论》中以为尧之师许由，许由之师齧缺，齧缺之师王倪。

〔131〕汾水之阳：阳，水之北，山之南，皆曰阳。此指山西平阳（今临汾），相传曾为尧都。

〔132〕“窅然”句：窅（yǎo）然，犹怅然。丧，此处作“忘”解。此句言尧见了四子之后，怅然感悟于以往为天下所累，乃心从四子，神游物外，而忘其天下。

〔133〕惠子：即惠施，先秦思想家，属名家学派。他做过魏惠王相，是庄子的好友。但现存于《庄子》各篇中有关庄子与惠子的故事，均属寓言性质，所以不宜据为信史。

〔134〕“魏王”句：魏王，即梁惠王，昔居安邑，国号魏。后为秦所逼，徙居大梁，始称梁。贻，赠与，遗留。瓠（hù），葫芦。

〔135〕“我树之”句：树，种植。实，容纳。此句言我把它种植长成葫芦，中间可以容纳五石的东西。石，十斗一石。或云，如字读，为重量单位，一石为百二十斤，犹今之砝码。

〔136〕“其坚”句：坚，坚硬程度。举，提起。此句犹言葫芦质地脆弱，用以盛水，其坚不能自胜，故无法把它拿起来。

〔137〕瓠落：瓠，此处为廓的假借。廓落，平而浅也。言其形平而浅，注之水则零落无所容。此连上文意谓，如果把葫芦剖开成瓢，其形平而浅，不能容纳任何东西。

〔138〕呺然：呺（xiāo），亦作諤。俞樾《诸子平议》以为是俗字，本作枵，虚也，呺然，虚大貌。成疏以为刺庄子之言与葫芦一样，大而无用也。

〔139〕掊（póu）：击破。

〔140〕拙于用大：拙（zhuō），笨，不灵巧。此言不善于。其意谓不善于把事物使用于大处。

〔141〕不龟手之药：龟（jūn），同皲，因天气冷皮肤冻裂。一说，肤裂如龟纹，亦可通。不龟手之药，预防皮肤冻裂的药。

〔142〕“世世以”句：世世，代代，年年。洴（píng），浮。澼（pì），漂。洴澼，在水中漂洗。一说，击絮之声（卢文弨说）。绒（kuàng），同纩，絮，细棉絮。事，指职业。此言宋人既有预防皮肤冻裂之药，所以世世代代都以在水中漂洗棉絮为职业。

〔143〕百金：古人以体积一方寸，重量为一斤的金块为一金（在先秦时代，金实指铜）。请用一百斤金的代价购买他的药方。

〔144〕聚族而谋：召集全家族来商议。

〔145〕鬻技：鬻（yù），出售，卖。技，指制造不龟手之药的技术。

〔146〕大败越人：吴越比邻，地带江海，世代不和，常发生水战。今吴国军士，

事前皆用不龟手之药进行预防，所以冬天水战，皮肤不会冻裂，因此击败了越人。

〔147〕裂地而封之：吴王划出一块国土，分封给击败越人之客以为采邑，

〔148〕“何不虑”句：虑，可有二解：一、结缀，缚，系。此言将瓠系于腰间，浮于江湖，可以自渡。二、虑是摅的假借字，音义同抒，可作治解，此言挖空。大樽，古人称为腰舟，形如酒器，多以匏瓠等物为之，系于腰间，用于渡水。犹今日之救生圈。

〔149〕瓠落：见前注。

〔150〕“则夫子”句：有蓬，有二解：一、王引之以为“有”，语助词，无义，有蓬，即蓬。古人解为短而不畅之物，此指见识迂曲狭隘。有蓬之心，犹言见识浅陋之心。二、马叙伦以为蓬是蒙的假借字，作蒙蔽解。有蓬之心，指心有所蒙蔽，故所见不远。

〔151〕樗（chū）：俗称臭椿，有臭味，落叶乔木，木质粗劣不成材。

〔152〕“其大本”句：大本，指树木的主干。拥肿，今写作臃肿，指树干上多赘瘤。中，合。绳墨，木工定曲直的工具。

〔153〕“其小枝”句：卷曲，今写作蜷曲。规，木工定圆的工具。矩，木工定方的工具。此连上文犹言，樗树的枝干都不合匠者的要求，不能加工成材。

〔154〕涂：同途。此言大樗树立在路旁，木匠连看也不看。

〔155〕众所同去：此连上文是说，庄子说的话都是虚大而无用，因而被众人共同抛弃了。

〔156〕狸狌：狸，同貍，野猫。狌（shēng，亦音 xīng），即鼬，俗称黄鼠狼。

〔157〕卑身而伏：卑身，低身，压低身体。伏，匍匐于地。

〔158〕敖：同遨，游。敖者，游者，指来来往往的鸡鼠之类的小动物，狸狌取食的对象。

〔159〕跳梁：梁，同踉（liáng）。跳梁，跳跃，窜跃。成疏云：“跳梁，犹走踯也。”一说，跳则跨空，似梁之穹然，故曰跳梁。

〔160〕不辟高下：辟，同避。此言狸狌捕鸡鼠之时，不避地之高下。

〔161〕中于机辟：中（zhòng）。机，弩机，一触即发弩，是一种捕兽的工具。辟，陷阱，也是诱捕野兽的设施。《庄子集解》云：“辟所以陷物。《盐铁论·刑法篇》：‘辟陷设而当其蹊。’与此同义。亦作臂，《楚辞·哀时命篇》：‘外迫胁于机臂兮’，机臂，即机辟也。《玉篇》王注：以为弩身。”此句犹言，狸狌虽灵巧，终不免中机辟而被人诱杀。

〔162〕罔罟：罔，同网，简写为网。罟（gǔ），网的通称。均为捕兽的工具。此言狸狌为网罟所擒，送掉性命。宣颖说：“此见巧便逐物者，自纳于陷罟之区。”上文是比喻有聪明才智之人，终不免为人所害。

〔163〕斄牛：斄（读 máo，或读 lí）牛，即牦牛，产于我国西南部，身躯甚大。

成疏云："山中远望如天际之云。"成玄英、宣颖皆以为是比喻大智若愚之人，虽不能捕鼠，但却能全身远祸。

〔164〕无何有之乡：什么都没有的地方，一无所有之处（成疏见下）。

〔165〕广莫之野：莫，大。一说，无（成疏）。成疏云："无何有，犹无有也。莫，无也。谓宽旷无人之处，不问何物，悉皆无有。故曰：无何有之乡也。"此句犹言，广大辽阔的原野。

〔166〕"彷徨"句：《释文》云："彷徨，犹翱翔。"亦犹徘徊。无为，无所作为，无所事事。逍遥，闲放不拘，怡然自得。此二句描写放情任性，无所用心，逍遥自得之状，这是庄子幻想中的绝对自由的境界。

〔167〕不夭斤斧：夭，夭折，早死。斤，大斧。斧，总名。斤、斧，均指伐木之具。此言樗树不材，故不因为被斤斧砍伐而夭折。

〔168〕物无害者：没有什么外界之物来伤害它。

〔169〕无所可用：它没有什么用处。

〔170〕安所困苦哉：哪里有什么困苦呢？

以上是说，就物之无用而言，似为其缺陷；但就其困苦而言，而无用正是全其大用。《庄子·人世间》说："是不材之木也，无所可用，故能若是之寿。"《山木篇》也说："此木以不材得终其天年。"所以庄子认为，有用于世，可能会招来自身的灾难，不如无用能保全自己。无用才能全其大用，这正是至人无己之意。这是庄子哲学中，利己主义的出世观点的形象说明。王先谦《庄子集解》说："言狸狌之不得其死，斄牛之大而无用，不如樗树之善全，以晓惠施。盖惠施用世，庄子逃世；惠以庄言为无用，不知庄之游于无穷，所谓大智小智之异也。"成疏也说："拥肿不材，拳曲无取，匠人不顾，斤斧无加，夭折之灾，何从而至？故得终其天年，尽其生理，无用之用，何所困苦哉！"都说明这个意思。

《逍遥游》是《庄子》第一篇，就其文章而论，它最能代表庄子的散文思想和艺术的特点。

庄子生活在政治、社会制度大变革的战国时代，各个诸侯国家，普遍地以封建制取代奴隶制。因而新兴地主阶级之间，地主与奴隶主阶级之间，都为自身的利益展开了无休无止的战争，广大的人民大众则处于水深火热之中。没落阶级的思想家庄子，既不满于现实，却又无力挽狂澜于既倒，只好从幻想的境界中寻求思想解脱。《逍遥游》就比较集中地表现了庄子哲学思想的一个重要方面，即绝对自由主义。作者在文中追求的所谓"逍遥游"，正是他自己所幻想的一种绝对自由的境界。作者认为，世界万物，就其形体而言，大至鹏鸟，小至尘埃；就其寿命而言，长若冥灵、大椿，短若惠蛄、朝菌，它们在自己的活动范围内，似乎能各任其性，逍遥自由；然而仍然是犹有所待，受到时间、空间等各种因素的制约。作者认为，只有无己的至人始能达到无待。即始能不需要任何依赖和凭借，可以摆脱任何外界条件的制约。并能与大自然融合为一，达到“无己”，即“无我”的境界。可以在“无何有之乡，广莫之野”获得绝对自由，一切听其自然，无往而不逍遥，随遇亦能自安。这就是本文思想的核心。当然，我们都知道，宇宙间的一切事物，都是互相联系、互相制约的。没有任何一种事物可以获得超脱一切限制的绝对自由。所以说，庄子的这种绝对自由的人生观，只是他头脑中的一种幻想，容易促使思想不健康的人，对现实采取消极的、虚无的态度。因此，对这种反映没落贵族阶级的绝望情绪，对这种已经没落的奴隶主阶级在消极悲观之中，去追求内心调和的哲学，是应当进行批判的。

文章共分四部分。第一大段，自开头至“圣人无名”。主要是借鲲鹏变化为喻，阐明庄子理想中人生的最高境界是“无待”而游于无穷。然后归结为“至人无己，神人无功，圣人无名”。这一段是文章的总论，从总的方面阐述了这种主观唯心主义的绝对自由思想。以下各段就是分论，即分别举例证明圣人无名，神人无功，至人无己，从而进一步发挥了文章的中心思想。第二段，自“尧让天下于许由”至“尸祝不越樽俎而代之矣”。引用许由的故事，说明了圣人无名。第三段，自“肩吾问于连叔曰”至“窅然丧其天下焉”，借肩吾、连叔对话中所谈论的问题，说明了神人无功。第四段，自“惠子谓庄子曰”至末尾，用惠、庄的讨论，阐明了以无用为大用的问题，从而证明至人无己。显然，这一切都是庄子主观唯心主义心造的幻影，在客观世界里是根本不存在的。

《逍遥游》一文，在写作方面，确有相当高的艺术技巧。作者对这种绝对自由思想，不是直接说出，而是通过大量的鸟兽虫鱼的活动、变化和自然事物的关系，通过传说中的故事与人物等活动，用“寓言”、“重言”、“卮言”的方法形象化地表达出来，使读者的思路在不知不觉中走进了文章所创造的意境，受到了文章的感染，从而达到了文学作品吸引人、感染人的目的。例如在第一大段中，自开头至“不亦悲乎”是寓言，描绘了飞上九万里高空的大鹏和生活于蓬蒿之间的蜩与学鸠的形象，说明物无大小都是各有所待的，因而还达不到逍遥游。自“汤问棘”至“此小大之辨也”是重言。所谓重言，就是引证或假托前人之言论或历史故事来说明道理，以增强文章的可靠性和生动性，所以这一节就引述了商汤与棘的问答，重绘了前节的寓言故事，说明小与大在本质上并无不同。自“故夫知效一官”至“圣人无名”是卮言。所谓卮言，就是指文中作者的抽象议论与说理的文字。庄子是以卮言为曼衍的，即由此进行生发推论，由自然界之事物推论到人事，最后归结为“至人无己”，点明了全文的主旨。此外，还有两点，值得注意。

第一，文章善于把抽象的议论与比喻和寓言结合起来，使深邃的哲理具体形象。庄子常“以天下为沉浊，不可与庄语”，因而常用寓言和比喻来巧妙地表达其哲学思想。本文为阐明无待的逍遥自得思想，一开始作者就编织出大鹏乘风南迁，小雀翱翔于蓬蒿之间的寓言故事，暗示这种物任其性，自以为满足的境界并不逍遥，为后文的“乘天地之正，而御六气之辩，以游无穷”的逍遥境界，埋好了伏线。使读者从寓言的形象中理解什么是无待。至于比喻，可以说全篇皆是。寓言本身就是大的比喻，其小者如野马、尘埃、天色、积水负舟、杯水芥舟、朝菌、惠蛄、冥灵、大椿、彭祖、众人、爝火、时雨、瞽者、聋者、大瓠、樗树、贩运章甫、不龟手之药等等，都是比喻，有的还是比中套比，在运用上都能各尽其妙。

第二，文章的构思奇特，意境开阔，想象丰富，富有浪漫主义特色。文章开篇之后，就描绘了大鹏展翅九万里的雄姿；青苍辽阔，广莫无垠的太空，展现了一个广阔壮丽的意境，显示了作者奇特而丰富的想象力。自然，文中的想象离不开高度的夸张。例如，其大到不知几千里的鲲鱼，其翼若垂天之云的鹏鸟；其小到野马、尘埃、杯水、芥舟；长寿到八千岁为春，八千岁为秋的大椿，短命到不知晦朔的朝菌，如此等等，都是对大小、长短、高低、强弱等的夸张。这样就形成了汪洋恣肆，气象万千，开合自如的艺术风格，增强了浪漫主义的色彩。

此外，文章的语言富有节奏感，读起来朗朗上口；在汪洋恣肆，变化超脱中而又词锋逼人，也是《庄子》文章独具的特色。

（八）养生主

吾生也有涯[1]，而知也无涯[2]；以有涯随无涯[3]，殆已[4]！已而为知者[5]，殆而已矣[6]。为善无近名[7]，为恶无近刑[8]；缘督以为经[9]。可以保身[10]，可以全生[11]，可以养亲[12]，可以尽年[13]。

庖丁为文惠君解牛[14]，手之所触[15]，肩之所倚[16]，足之所履[17]，膝之所踦[18]，砉然嚮然[19]，奏刀騞然[20]，莫不中音[21]：合于《桑林》之舞[22]，乃中《经首》之会[23]。

文惠君曰："譆[24]，善哉！技盖至此乎[25]？"

庖丁释[26]刀对曰："臣之所好者道也[27]，进乎技矣[28]。始臣之解牛之时，所见无非牛者[29]；三年之后，未尝见全牛也[30]。方今[31]之时，臣以神遇而不以目视[32]，官知止而神欲行[33]。依乎天理[34]，批大郤[35]，导大窾[36]，因其固然[37]；技经肯綮之未尝[38]，而况大軱乎[39]！良庖岁更刀[40]，割也[41]；族庖月更刀[42]，折也[43]。今臣之刀十九年矣，所解数千牛矣，而刀刃若新发于硎[44]。彼节者有间[45]，而刀刃者无厚[46]；以无厚入有间[47]，恢恢乎其于游刃必有余地矣[48]！是以十九年而刀刃若新发于硎。虽然，每至于族[49]，吾见其难为，怵然为戒[50]，视为止[51]，行为迟[52]，动刀甚微[53]。謋然[54]已解，如土委地[55]。提刀而立，为之四顾[56]，为之踌躇满志[57]。善刀而藏之[58]。"

文惠君曰："善哉！吾闻庖丁之言，得养生焉[59]。"

公文轩见右师[60]而惊曰："是何人也，恶乎介也[61]？天与，其人与[62]？"曰："天也，非人也。天之生是使独也[63]。人之貌有与[64]也；以是知其天也，非人也[65]"。

泽雉[66]十步一啄，百步一饮；不蕲畜乎樊中[67]。神虽王，不善也[68]。

老聃死[69]，秦失[70]吊之，三号而出[71]。弟子[72]曰："非夫子之友邪[73]？"曰："然"。"然则吊焉若此可乎[74]？"曰："然。始也吾以为其人也，而今非也[75]。向[76]吾入而吊焉，有老者哭之如哭其子，少者哭之如哭其母；彼其所以会之，必有不蕲言而言，不蕲哭而哭者[77]。是遁天倍情[78]，忘其所受[79]，古者谓之'遁天之刑'[80]。适来[81]，夫子时也[82]；适去，夫子顺也[83]。安时而处顺[84]，哀乐不能入也[85]。古者谓是'帝之縣解[86]。'"

指穷于为薪[87]，火传也，不知其尽也[88]。

——见《庄子》内篇

注：

〔1〕吾生也有涯：生，生命。涯，限度，边际。此谓我的生命是有限的。

〔2〕知：知，同智，指知识，才智。可引申为指人的思维活动。此言知识是无限的。此连上文是说，一个人的一生，寿命有尽之时，而知识的海洋则是无穷的。

〔3〕“以有涯”句：随，追随，追求。此言以有限的时光去追求无限的知识和事物。

〔4〕殆已：殆，危，危困。已，同矣，句末语助词。意谓是危险的了。

〔5〕已而为知者：已，此。指上文“以有涯随无涯”的事实。

〔6〕殆而已矣：而已，相当于语气词“耳”，表事物“限止”之意，习惯上语译为“罢了”。而、已、矣三词连用，其意亦与“而已”同，但在程度上表示更进一层之意。故此句犹言，那就更危险罢了。此连上文的大意是，一个人如果蹈此“以有涯随无涯”的弊病，但仍自以为智，那就更危险了。《老子》第四十四章说：“知足不辱，知止不殆，可以长久。”正是从另一侧面来解说这一观点。

〔7〕为善无近名：无，无不，没有不。此言做好事的人没有不接近名誉的。

〔8〕为恶无近刑：做坏事没不触刑法的。

以上二句，可有三解，一、成疏云：“为善也无不近乎名誉，为恶也无不邻乎刑戮。”意即忘其善恶荣辱，任其自然而已。二、近人胡远濬以为，世人见为善者，必以荣誉加于其身；见为恶者，必以刑辱加于其身。今我对名誉或刑辱，皆无动于中，但知依自然之理而行事，即所谓无近名，无近刑。三、此二句似应解为“不因喜近荣誉而去有意为善，也不因畏近刑辱而有意不为恶”，即不区分善恶荣辱之意。如此适合于庄子的人生观。

〔9〕缘督以为经：缘，顺，遵循。督，中，中道。缘督，顺乎自然之中道。经，常。清澄之《庄屈合诂》云：“缘督者，顺乎中道；以为经者，安其常分也。”《庄子集解》云：“人身惟脊居中，督脉并脊而上，古训中。王夫之云：‘身后之中脉曰督。缘督者，以清微谶妙之气，循虚而行，自顺以适得其中。’”亦有解为衣之背缝者，也是居中的意思。胡远濬说：“为善无近名，为恶无近刑，缘督以为经，养生主也。”故王先谦《庄子集解》云：“顺事（自然之事理）而不滞于物（外在的物欲），冥情而不樱（yīng，逆，触犯）其天（自然），此庄子养生之宗主（主要关键）也。”所以这是点题之笔。一说，生主，指人的精神。

〔10〕保身：保全其身形。

〔11〕全生：保全其生道（生命之道）。

〔12〕养亲：亲，按庄子哲学是要超脱尘世，所以“亲”应为道家所说的与形骸相对的“亲君”，即今言精神。故养亲者即保养其精神也。

〔13〕尽年：尽其天年，活完自然赋予的年岁。钱澄之说：“保其身，不罹于刑戮；全生者，不戕于思虑与忧怵也；养亲者，不犯难以贻父母忧也；尽年者，修短皆尽其所受，不致中道夭也。”《集解》云：“养亲”、“以受于亲者归之于亲，养之至也。”“尽年”、“天所与之年，任其自尽，勿夭折之，则有尽者无尽”。成玄英疏亦云：“故能保守身形，全其生道；外可以孝养父母，大顺人伦；内可以慑卫生灵，尽其天命。”按，旧解“养亲”一词，似不十分确当，似应解为“亲君”（精神）者

为安。

〔14〕“庖丁”句：庖丁，厨工。一说，丁为姓或名。文惠君，梁惠王。解，宰割，犹今言解剖。成疏云：“庖丁，谓掌厨丁役之人，今之供膳是也。亦言丁，名也。文惠君，即梁惠王也。解，宰割之也。”

〔15〕手之所触：触，接触，此指抓住。

〔16〕倚，靠，仗恃，支依。

〔17〕履：此处作动词，踩，踏。

〔18〕踦（yǐ，或读 qī）：原义为一足站立，此指宰牛时以一腿的膝盖抵住牛，故只一足站立。《集解》云：“《说文》：‘踦，一足也。’膝举则足单，故曰踦。”以上四句写解牛的动作。

〔19〕砉然嚮然：砉（huā，或音 xū），象声词。砉然，皮骨相离声。嚮，同響，假借，今简写为响。训“响应”。此言以刀解牛之时，皮骨分离之声随刀而响应。即皮骨分离发出砉然的响声。马叙伦考订，“嚮”字下不应有“然”字。

〔20〕奏刀騞然：奏，进，刺入。騞（huō）然，以刀解物之声，较砉然之声更大。此言刀刺入牛身声音更响。

〔21〕莫不中音：中（zhòng），合。音，音律，音乐节奏。此言解牛之声没有不符合音律的。

〔22〕《桑林》之舞：桑林，相传为商汤的舞乐名。一说，为宋之舞乐名。此承上文言庖丁解牛之时，手触肩倚，足履膝踦，皆合于桑林之舞的节拍旋律（宣颖说）。

〔23〕《经首》之会：经首，相传为尧乐《咸池》中之乐章名。会，音节，节奏。此承上文言庖丁解牛时的“砉然嚮然，奏刀騞然”之声，皆合于经首这一乐章的音节。

〔24〕譆（xī）：同嘻，赞叹声。

〔25〕技盖至此乎：盖，同盍，义同何，即怎么。此句犹言，噢，好啊！解牛的技术怎么高明到这个地步呢！

〔26〕释：放下。

〔27〕所好者道也：好，爱好，崇尚。道，指事物的规律。这里是对“技”而言。技指一般的技术；道，则指掌握了事物的原理规律之后所获得的高深的修养。

〔28〕进乎技矣：进，超过。乎，于。此连上文犹言，我所爱好的是掌握高深的道，这已经超过一般的技术了。

〔29〕所见无非牛者：我所看见的没有不是全牛的。意为只看见牛的外形是完整的一头牛，看不到牛身可以进刀的空隙。成疏云：“始学屠宰，未见间理，所睹惟牛。亦犹初学养生，未照真境，是以触途皆碍。”

〔30〕未尝见全牛也：此言三年以后，操刀解牛，技术已经很熟练，所看见的就不是一头完整的牛，而只是可以解剖的牛身上的骨节、经络、腠理等结构。

〔31〕方今：当今，犹今言现在。

〔32〕“以神遇”句：此言我现在宰牛只用精神去与牛接触，而不必用眼睛去看了。

〔33〕官知止而神欲行：官知，感觉器官的知觉活动，如目视色，耳听声之类。神欲，头脑的思维活动，精神活动。此言庖丁解牛之时，可以完全不使用感觉器官而只用精神活动去行事。

〔34〕依乎天理：依，按照，顺着。天理，天然的腠理（còulǐ）。指牛身上的自然结构。

〔35〕批大郤：批，击，砍。郤（xì），同隙。指牛身体内筋骨相连的空隙之处。

〔36〕导大窾：导，一作道，循着，顺着。窾（kuǎn），同款，空穴。指牛体内骨节间窍穴。此言打通骨节间的窍穴。

〔37〕因其固然：因，依，循。固然，天然，指牛身体内本来的结构。此句与“依乎天理”相似。

〔38〕“技经”句：技，俞樾以为乃枝之误。《诸子平议》云：“郭注以技经为技之所经，殊不成义。技经肯綮四字，必当平列。《释文》曰肯，《说文》作肎，《字林》同，著骨肉也。一曰，骨无肉也。綮，司马云，犹结处也。是肯綮并就牛身言。技经，亦当同之。技，疑枝字之误。《素问·三部九侯》论治其经络，王注引《灵枢经》曰：‘经脉为裹支而横者为络。’古字支与枝通，枝，谓枝脉；经，谓经脉。枝经，犹言经络也。经络相连之处，亦必有碍于游刃。庖丁惟因其固然，故未尝碍也。”近人王叔岷《庄子校释》亦同俞说。故云：技，同枝，枝脉。枝经，指体内经络相连之处。亦可训为经络。经，经脉。肯，亦读为 kǎi。附着在骨上的肌肉。綮（qìng），筋肉聚结之处。此皆运刀时易被阻碍之处。尝，试。指试刀。此言庖丁解牛之时，没有在经络相连与筋骨肌肉聚结之处去尝试运刀。

〔39〕大軱（gū）：大骨。指股部大骨。《集解》云：“槃结骨。”《释文》引：“向、郭云：‘軱戾大骨。’”马叙伦也以为是股部大骨。

〔40〕良庖岁更刀：良庖，高明的好厨师。岁，年。更，换。此言好厨师一年换一把刀。

〔41〕割也：虽为良庖，但还不是全顺腠理，而是强割。

〔42〕族庖月更刀：族，众也。族庖，指技术一般的厨师。族庖一月换一把刀。

〔43〕折也：俞樾说：“郭注曰：‘中骨而折刀也。’此与文义未合。上文云：‘良庖岁更刀，割也。’割以用刀言，则折亦以用刀言。折谓折骨，非谓刀折也。哀元年《左传》曰：‘无折股。’”故折，指以刀砍折其骨头。

〔44〕“而刀刃”句：发，指将刀磨好。硎，读（xíng），磨刀石。此句犹言，刀刃好像刚刚从磨刀石上磨好的一样。

〔45〕彼节者有间：节，指牛的骨节。间，间隙。此言牛身上的骨节是有间隙的。

〔46〕无厚：没有厚度。形容刀刃薄而锋利。

〔47〕以无厚入有间：以极薄的刀锋刺入有空隙的骨节之中。

〔48〕“恢恢乎”句：恢恢乎，宽绰有余貌。游，运转，挥动。游刃，正在挥动的刀刃。此句犹言，庖丁以极薄的刀刃刺入有空隙的骨节之中，显得非常宽绰，刀刃有足够的运转活动余地。

〔49〕“虽然”句：虽然，即虽如此，虽是这样。族，筋骨交错聚结之处。郭注云：“交错聚结为族。”

〔50〕怵然为戒：怵（chù）然，原义为恐惧，怕；引申为警惕貌。戒，戒备。引申为有谨慎小心之意。此言谨慎小心为之戒备。

〔51〕视为止：视力集中停留在某一点上。

〔52〕行为迟：行动为之迟缓。即慢慢动手，不能急躁。

〔53〕动刀甚微：微，轻。

〔54〕謋（古音 huò，今读 zhé）然：謋，同磔，分解肢体。本为古代的一种酷刑。謋然，骨肉解脱貌。成疏以为是“骨肉离之声也”。《集解》以为训“解脱貌”。

〔55〕如土委地：委，委弃，此为散落，散布。此言牛身迅速地被剖开后，好像泥土散落在地一样。

〔56〕为之四顾：因此向四处看看。形容其心情畅快得意。

〔57〕为之踌躇满志：踌躇，彷徨自得貌，从容自得貌。满志，心满意足。

〔58〕善刀而藏之：善，拭。郭象注云：“拭刀而弢之也。”藏，指把刀藏入弢（刀鞘）中。此言把刀揩干净后，藏入刀鞘之中。

〔59〕得养生焉：得养生之道。成疏云：“魏侯声庖丁之言，遂悟养生之道也。美其神妙，故叹以‘善哉’。”《集解》云：“牛虽多不以伤刃，物虽杂不以累心，皆得养之道也。”

〔60〕公文轩见右师：公文轩，旧注以为复姓公文名轩，宋人。右师，官名。可能因为此人曾任右师之官，故文中借为人名，亦为宋人。

〔61〕恶乎介：恶（wū），义同“何”，为什么。恶乎介，为何介。介，《集释》引《释文》云：“音戒，亦音兀。司马云：刖也。向、郭云：偏刖也。”马叙伦也以为介，应作兀。即失去一足，只剩一足，曰兀。此言这是什么人，他怎么只有一只脚呢？

〔62〕天与，其人与：与，同欤，表疑问的语气词。这是公文轩表惊异的问话，犹言是天命呢，还是人事呢？成疏云：“为禀自天然，少兹一足？为犯于人事，故被亏残？”

〔63〕“天之生”句：是，此，指足。一足称为独。即他是天生的一只足。

〔64〕〔65〕有与：郭象注：“两足共行曰有与。”此连下文，其意谓：天生人之形体，均有两足；今右师只有一足，可知他是由于天命而非由于人事。按，旧注以为

“兀”作“偏刖”解。刖，指砍去两脚，“偏刖”是砍去一只脚。故右师之残，或由于人事而非天然生成者。庄子引右师作比喻，其意为无论是天然生成或由于人事使然，皆由天命而无涉人事。所以，成疏云：“夫智之明暗，形之亏全，并禀自天然，非关人事。假使犯于王宪，致使形残，亦是天生顽愚，谋身不足；直知由人以亏其形，不知由天以暗其智，是知有与独无非命也。”又云：“与，共也。凡人之皃，皆有两足共行，禀之造物，故知我之一脚。遭此形残，亦无非命也。欲明穷通否泰，愚智亏全，定乎冥兆，非由巧拙。达斯理趣者，方可全生。”这说明形虽残而神可全也。

〔66〕泽雉：生活在野外草泽中的雉鸟。一说，泽，亦鸟名。成疏云：“泽，似雉而非。泽尾长而雉尾短。”

〔67〕“不蕲”句：蕲，同祈，求。樊中，笼中。旧注以为樊，同藩，所以笼雉。此言雉鸟不希望关在笼中畜养。

〔68〕“神虽王”句：王，同旺，旺盛。此句犹言雉鸟如被关入笼中，即使精神旺盛，但也并不感到舒畅。成疏云：“雉居山泽，饮啄自在，心神长王，志气盈豫。当此时也，忽然不觉善之为善。既遭樊笼，性情不适，方思昔日甚为清畅。鸟既如此，人亦宜然。欲明至适忘适，至善忘善。”

〔69〕老聃：即老子。相传姓李名耳，字伯阳，外字老聃。楚苦县（原陈国）厉乡人。《史记·老庄申韩列传》说他自函谷关著书而去，莫知所终。此处言“老聃死”，为寓言故事，以明生死之理。

〔70〕秦失：人名，似为老子的好友。一本作佚。成疏云：“秦失者，形秦名失，怀道之士，不知何许人也。”

〔71〕三号而出：号，此处指哭（原训大呼）。此言秦失吊老聃丧，仅号哭三声而出。

〔72〕弟子：指老子的门人。

〔73〕非夫子之友邪：夫子，指老子。犹今言老先生，老师。此言老子门人嗔怪秦失对老聃的情感太淡薄，故而惊疑，发出非友之问：“你不是老师生前的好友么？”

〔74〕“然则吊”句：这是老子门人指责秦失之言，其意谓你吊唁好友，礼当尽哀，可是仅三号而出，未免过于冷漠。

〔75〕“始也”句：其人，那些人，此处犹言我们这些人。按，庄子之意，是说老聃和秦失皆为看轻生死，游于方外之得道之人，所以秦失才对老子门人回答说：起初我以为你们都是齐生死、游方外的得道之人，而现在看来，你们并不是这种人。

〔76〕向：原指从前，从开始到现在，向来。按文义此处是指现在，刚才。

〔77〕“彼其”句：彼，他们，此指来吊唁而痛哭的老者、少者。会，聚集。不蕲，即不期，犹不期望，不想，不愿之意。故此句大意为，他们这些人所以聚会到这里，必然都有重生死之心，他们本不想说，不想哭，但由于情不自禁，故终于伤痛的哭诉了。

〔78〕遯天倍情：遯，同遁，逃避，亦作违反解。倍，同背，违。亦训为加。情，实情，引申为真实。此作真理解。此句犹言这些人过分悲痛，是违反天然，违背真理的举动。一说，成疏云："倍，加也。言逃遯天然之性，加添流俗之情，忘见死之可哀，故忘失所受之分也。"

〔79〕忘其所受：按庄子之意，人受命于天，始有生有死，而这些人却好生恶死，就是忘掉他们受命于天的规律。

〔80〕遁天之刑：遁，违背，逆。刑，刑罚，可引申为过错，因过而得惩罚。故遁天之刑，犹逆天之过。就是说伤痛过分，使自己的精神受到损害，即是因违反天然之道的过错而得到的惩罚。

〔81〕适来：适，偶然，方才。来，指生。

〔82〕夫子时也：夫子，指老子。时，旧注以为指时间，时机。北大《先秦文学史参考资料》云："时，疑应作常解。"

〔83〕"适去"句：去，指死。顺，指顺乎自然之意。此连上文犹言：老聃偶然之间生到世上来，本为他适应了自然的正常规律，偶然之间死去，也是他顺乎自然的必然结果。成疏云："秦失叹老君大圣，妙达本源；故适而生来，皆应时而降诞，萧然而去，亦顺理而返真耳。"

〔84〕安时而处顺：此言人于生死之际，皆能安于常分，顺其自然。

〔85〕"哀乐"句：言哀乐的感情自不能侵入内心了。

〔86〕"古者"句：古者，古人。帝，上帝，造物者。縣，同悬。解，解脱。《释文》："解，音蟹。"此句意为：人之死亡，正如上帝将悬挂着的解脱下来，使其复返于自然。王先谦《集解》云："《释文》：'悬，音玄。'成云：'帝，天也'。按，《大宗师篇》云：'得者时也，失者顺也。安时而处顺，哀乐不能入也。此古之所谓縣解也。'与此文大同。来去得失，皆谓生死。《德充符》郭注亦云：'生为我时，死为我顺；时为我聚，顺为我散也。天生人而情赋焉，縣也。冥情任远，是天之縣解也'，言夫子已死，吾又何哀。"

此段中有些注释，采用近人阮毓崧《庄子集注》之说。

〔87〕〔88〕"指穷于为薪"句：三句为一段。按前人旧注，此段之解释，众说纷纭，莫衷一是。《文学史参考资料》以为，此三句之上下疑有脱文。"指"字见于墨子、公孙龙子等人的书中，也见于《庄子·齐物论》中，都似乎作"概念"、"观念"，或者"共相"来解释。在这里似亦应训为"概念"或"共相"。当然，庄子对于"概念"的解释，和名家者流的惠施、公孙龙子是不同的。惠子认为概念和本质（即共相和个体）是浑然不分的。公孙龙子则以为概念或共相就是本质，可以离开具体的事物而独立存在。庄子却与他们不同。所以，在这里庄子以为"指"是概念而非本质。这正如用薪柴点火一样，从这一块薪柴燃烧到另一块薪柴。如只从现象观察，每一块薪柴都是很容易燃尽的，然而火种还是由延烧传播下去，人亦不觉其薪柴之

尽。所以说，“薪”是概念，“火”是本质。因此，“薪”并不能代替“火”，因为薪有尽而火无穷也。故此处庄子似以火喻人类的精神文明，即“知”；以薪喻人的肉体，即“形”，亦即文章开篇所说的“生”。说明人生虽短（“生也有涯”），而精神却可长存（“知也无涯”），亦即阐明了形灭而神存之理。郭庆藩《庄子集释》云：“家世父曰：薪尽而火传，有不尽者存也。太虚来往之气，人得之以生，犹薪之传火也；其来也无与拒，其去也无与留，极乎薪而止矣。”俞樾《诸子平议》云：“《广雅·释诂》：‘取，为也。’然则，为亦犹取也。‘指穷于为薪’者，指穷于取薪也。以指取薪而燃之，则有所不给矣。若听火之自传，则忽然而不知其薪之尽也。”王夫之《庄子解》云：“薪可屈指数尽，火自传于他薪。岂念昔薪之尽而代为之哀邪？尽，古烬字。”“以有涯随无涯者，火传矣，犹不知薪之尽也。夫薪可以屈指尽，而火不可穷。不可穷者，生之主也。……”闻一多《庄子内篇校释》云：“指穷于为薪，而火传也，不知其尽也。”“薪下本无‘而’字，从《御览》三七〇引补。朱桂曜曰：‘指为脂之误或假。’《国语·越语》：‘勾践载稻与脂于舟以行。’注，‘脂，膏也’。脂膏可以燃烧之薪，故《人间世篇》曰：‘膏火自煎也’此言脂膏有穷，而火之传延无尽，以喻人之形体有死，而精神不灭，正不必以死为悲。按，朱说是也。古所谓薪，有爨薪，有烛薪。爨薪所以取热，烛薪所以取光。古无蜡烛，以薪裹动物脂肪而燃之，谓之曰燭，一曰薪。烛之言照也，所以照物者谓之曰烛。此曰‘脂穷于为薪’，即烛薪也。崔注曰：‘薪火，爝火也。’此误以火属上读。爝火即古取光之烛，故《逍遥游》篇曰：‘日月出矣，而爝火不息，甚于光也，不亦难乎？’《释文》：‘爝亦作燋。’《礼记·少仪》：‘主者执烛抱燋。’郑注曰：‘未爇曰燋。’是爇者曰烛也。以爝释薪，而爝燋即未爇之烛，是崔意薪即烛薪矣。”闻一多之说，似较合理。其他各家之说，也有很多言之成理者，兹录以上数条，以作备考。

《养生主》一文，是《庄子》内篇的第三篇。自古以来，谈哲学以老庄并称，谈文学则以庄屈并称。《南华经》文辞与思想，的确很像一首绝妙的诗，这应该说是众人都承认的。《养生主》这篇文章，也是一个很好的明证。在这篇文章中，作者在说理的过程中，通过人物的动作、姿态、神情的生动逼真的描摹，运用精练准确的语言，论证了待人接物处事，必须顺从自然规律的养生之道。

全文分一段总论和五段比喻。第一段自开头至“可以尽年”为总论，从正面说理，阐明了养生的原则，提出了养生之道的纲要是“缘督以为经”，即要顺乎自然之中道作为常法的处世哲学。所以王先谦说：“从正意说入，一篇纲要；下设五喻以明之。”第二段自“庖丁为文惠君解牛”至“得养生焉”。以庖丁解牛的寓言为喻，用全刀之理，说明人生活在错综复杂的社会之中，应找出能回避现实矛盾以保全自己的养生之道，以加强其论点。这段寓言故事，仅能作为说理的论据，并非理论的本身。因而可以给故事赋予新义，去说明世间一切事物都有它内在的规律。所以，只要通过长期的反复实践，定会逐步认识和掌握运用的，加之聚精会神，专心致志，自能收熟能生巧之效。第三段自“公文轩见右师”至“非人也”，引兀者为喻，说明形体的残缺对精神（指养生）并无影响。故清人郭嵩焘说：“善养生者养以神，神全则生全。形虽介（兀），有何不可也!”第四段自“泽雉”至“不善也”，以泽雉为喻，说明精神如受到桎梏，正是养生之大害。此段与前段对照，前者言神全而形亏，也碍于养生；后者却说身入樊笼，虽饮食无缺，也并不舒畅。说明养生以逍遥自得为主。第五段自“老聃死”至“帝之縣解”，以秦失之言为喻，说明人之生死是自然现象，死生齐一，不必悲痛；否则，即有碍于养生。最后三句为第六段，以薪与火为喻，说明形灭而神存之理，以证养生之道应注重精神活动，要置生死于度外。

（九）韩非子寓言五则

1. 南郭吹竽

齐宣王使人吹竽[1]，必三百人[2]。南郭处士[3]请为王吹竽。宣王说[4]之，廪食以数百人[5]。宣王死，湣王立，好一一听之[6]，处士逃[7]。

——节录《韩非子·内储说上》

注：

〔1〕竽（yú）：古代乐器名，属笙类，其状如今之笙。

〔2〕必三百人：每次吹必须三百人一起吹。

〔3〕南郭处士：南郭，有二解：其一，指复姓。其二，郭，外城。南郭，南边外城，为处士之居处。处士，指有识有才有德而隐居未仕的士子。此言为居住于南边外城里的一个处士。二说皆可通。

〔4〕说：同悦。

〔5〕廪食以数百人：廪（lǐn），谷仓。廪食，由官廪供给粮食，犹今之薪俸。以，作及解。此句犹言，吹竽者由官廪供给粮食的已达数百人。一说，南郭处士与数百人一样由官廪供给他粮食。后说较切合其内容。

〔6〕“湣王立”句：湣（mǐn），同闵。好，喜欢。一一听之，一个一个的听其吹竽。

〔7〕处士逃：南郭处士本来不会吹竽，只是混在三百人的乐队中充其数而已。现在却要分别独奏，所以只好逃走。

这个故事，比喻没有真才实学，只能充数。所以后来演变为“滥竽充数”这个成语，就是要求人们待人接物要具体地逐一考察，方不至上当受骗。

2. 买椟还珠

楚王谓田鸠〔1〕曰：“墨子者，显学也〔2〕。其身体则可〔3〕，其言多不辩〔4〕，何也?”

曰：“昔秦伯嫁其女与晋公子〔5〕，令晋为之饰装〔6〕，从衣文之媵七十人〔7〕。至晋，晋人爱其妾而贱公女。此可谓善嫁妾，而未可谓善嫁女也。楚人有卖其珠于郑者，为木兰之柜〔8〕，薰以桂椒〔9〕，缀以珠玉〔10〕，饰以玫瑰〔11〕，辑以羽翠〔12〕。郑人买其椟而还其珠。此可谓善卖椟矣，未可谓善鬻〔13〕珠也。今世之谈也，皆道辩说文辞之言；人主览其文，而忘其用。墨子之说，传先王之道，论圣人之言，以宣告人〔14〕；若辩其辞，则恐人怀其文〔15〕，忘其用〔16〕，直以文害用也〔17〕。此与楚人鬻珠，秦伯嫁女同类。故其言多不辩。”

——节录《韩非子·外储说左上》

注：

〔1〕田鸠：齐人，习墨子之学。鸠，一作俅。《汉书·艺文志》著录《田俅子》三篇，今已佚。疑即其人著作，

〔2〕“墨子者”句：墨子，名翟，鲁人，著有《墨子》七十一篇，今存五十三篇，主张兼爱、非攻、尚同、节用、尚贤、节葬、非乐、非命、天志、明鬼等说。《庄子·天下篇》称他是“其生也勤，其死也薄，日夜不休，以自苦为极”。显学，显于当世的大学派。《韩非子·显学篇》论述当世显学，曾以儒、墨并称。

〔3〕其身体则可：身，自己，指墨子。体，动词，犹言力行。身体，亲身实行。此言墨子自己对他的主张的实践还是不错的。

〔4〕不辩：不讲求修饰文辞。墨子的文章，在先秦诸子中，比较质朴，不尚文采，所以说他语言缺少文饰。按，“不辩”上本有“而”字，后据王先慎说删（辩，巧于辞令）。

〔5〕“昔秦伯”句：秦伯，似指秦穆公。女，似指文嬴等五人。晋公子，似指晋

文公重耳。按，此故事可能是作者假设的比喻，未必完全合于史实。因为秦、晋世代联姻，故韩非子据以为说耳。

〔6〕“令晋”句：“令晋”，一本无此二字。见王先慎引《御览》。饰装，置办嫁妆。

〔7〕“从衣文”句：从，跟随。衣，动词，穿着。文，文采锦绣。媵（yìng），陪嫁之侍妾。此句言跟随着身穿文采锦绣衣服的陪嫁侍妾七十人。

〔8〕木兰：香木名。皮似桂而香，状如楠，树高数仞。此言以木兰木制成的匣子盛宝珠。

〔9〕薰以桂椒：桂椒，皆香料。按，原本为“薰桂椒之椟”，今人据王先慎说校改。

〔10〕缀以珠玉：缀（zhuì），联结，此指镶结、装饰。犹言用珠子和玉石装饰在匣子上。

〔11〕饰以玫瑰：玫瑰，即火齐珠。是彩色而有光的宝珠之一种。一说，美石也。按，《宝货辨疑》以为，火齐似云母，色紫而有光泽，薄如蝉翼，可制作装饰品。

〔12〕辑以羽翠：辑，集。一说，与缉通。此言以翠鸟的羽毛装在匣子上。

〔13〕鬻（yù）：出卖。

〔14〕以宣告人：即以之宣传告诉别人。此言墨子以先王之道，圣人之言，宣传劝告众人。

〔15〕“则恐”句：就唯恐人们爱他的文辞而忘掉它的内容上的实际用处。按，原本无“用”字，今人以清顾广圻说校补。

〔16〕见上一条按语。

〔17〕“直以”句：直，简直。此句犹言，那简直是因为文辞太华丽而妨碍了内容的实用价值啊。一说，按原文此句是“则恐人怀其文，忘其直，以文害用也”。故“直”，疑为“悳”之误，“悳”，即德字，指先王之道与圣人之言。亦可解。

作者以楚人鬻珠，秦伯嫁女为喻，告诉人们要正确处理其主与次、形式与内容的关系。故事通过楚人来批评今世之谈士，往往是以文害用。后人多用《买椟还珠》来讽刺那些舍本逐末，本末倒置的人。

3. 郢书燕说

郢人有遗燕相国书者〔1〕，夜书〔2〕，火不明，因谓持烛者曰：“举烛!”而误书“举烛”。“举烛”，非书意也〔3〕。燕相受书而说之，曰：“举烛者，尚明也〔4〕。尚明也者，举贤而任之。”燕相白〔5〕王，王大悦，国以治〔6〕。

治则治矣，非书意也！今世学者，多似此类[7]。

——选自《韩非子·外储说左上》

注：

〔1〕郢：楚国都城。遗（wèi），送给。书，名词，书信。

〔2〕书：动词，书写。

〔3〕非书意：此言书信上误写“举烛”二字，并不是所写书信的原意。上文“而误书‘举烛’”句，原作“云而过书‘举烛’”，为编者校改。

〔4〕尚明：崇尚明察，以明察为贵。

〔5〕白：告诉。

〔6〕国以治：以，因此。此言国家因此治理得很好。

〔7〕“今世学者”句：此言今世学者，征引解释古代典籍，往往不顾原意，断章取义，穿凿附会，任意发挥，此与燕相解郢书颇相类似。

故事是对当世学者误解前代典籍的批评。后人因以“郢书燕说”比喻和批评穿凿附会，曲解愿意的臆断做法。

4. 狗猛酒酸与社鼠

宋人有酤[1]酒者，升概甚平[2]，遇客甚谨[3]，为酒甚美，县帜甚高著[4]，然而不售[5]。酒酸，怪其故，问其所知闾长者杨倩[6]。倩曰：“汝狗猛耶？”曰：“狗猛则酒何故而不售？”曰：“人畏焉！或令孺子怀钱[7]，挈壶罋而往酤[8]，而狗迓而龁[9]之，此酒所以酸而不售也。”

夫国亦有狗。有道之士，怀其术，而欲以明万乘之主[10]；大臣为猛狗，迎而龁之。此人主之所以蔽胁[11]，而有道之士所以不用也。

故桓公问管仲曰：“治国最奚患[12]？”对曰：“最患社鼠[13]矣！”公曰：“何患社鼠哉？”对曰：“君亦见夫为社者乎[14]？树木而涂之[15]，鼠穿其间[16]，掘穴托其中。燻之则恐焚木[17]，灌之则恐涂阤[18]，此社鼠之所以不得也[19]。今人君之左右，出则为势重而收利于民[20]，入则比周而蔽恶于君[21]，内间主之情以告外[22]。外内为重[23]，诸臣百吏以为害[24]，吏不诛则乱法，诛之则君不安[25]。据而有之[26]，此亦国之社鼠也。

故人臣执柄而擅禁[27]，明为己者必利，而不为己者必害[28]，此亦猛狗也。夫大臣为猛狗而龁有道之士矣！左右又为社鼠而间人主之情！人主不觉。如此，主焉得无壅[29]，国焉得无亡乎？

——节选自《韩非子·外储说右上》

注：

〔1〕酤：同沽，卖。

〔2〕升概甚平：升，量器。古人用升斗作量酒的器具。概，刮平斗斛的用具，如木棍、木板等物。此处似用作动词，可作量解。此言这位宋人，量酒甚为公平。

〔3〕遇客甚谨：招待顾客很谨慎周到。

〔4〕"县帜"句：县，同悬，挂。帜，标帜，即后世的酒旗，卖酒的幌子。高，指酒旗挂很高。著，显著，引人注目。一本作"县帜甚高，著然不售"。著，同贮，积贮起来。故此句犹言，酒旗高挂，可酒总是越积越多，卖不出去。亦可解。

〔5〕不售：卖不出去。

〔6〕"怪其故"句：怪其故，对酒所以不售的缘故感到奇怪。闾长者，闾，里巷，里门。长者，老年人。此言宋人卖酒者对酒不售的原因感到奇怪之后，就去向一位他所熟识的邻人叫杨倩的询问究竟。

〔7〕"人畏焉"二句：焉，代词，指狗。孺子，童子，小孩。

〔8〕"挈壶"句：挈（qiè），携带。亦读为（qiè），义同。罋（wèng），同甕（瓮），盛酒的瓦壶。酤，买。

〔9〕迓而龁：迓（yà），相迎，迎面走来。龁（hé），咬。

〔10〕"欲以明"句：明，白，晓谕，陈述。万乘之主，拥有兵车万乘的国君，指大国之君。

〔11〕蔽胁：蔽，受蒙蔽。胁，受胁制，受胁迫。此……所以……，即今语这就是……的原因。

〔12〕治国最奚患：治国以何者最为患。即治理国家最害怕的是什么？

〔13〕社鼠：社，古代民间多植树而祀之，称为社神，或社主，所以祈福也。以二十五家主一社，以树为社神而祀之，逐渐演化而为后世之土地庙，故社即土神。社鼠，即藏于社树中的老鼠。按，此指民间私社，非国家之社。

〔14〕"君亦见"句：国君您也见过民间植树为社的情形么？

〔15〕"树木"句：树木，植树。涂，指在树上涂泥。

〔16〕鼠穿其间：老鼠把社树打穿，挖成洞穴，托身于内。

〔17〕"熏之"句：以火熏鼠，怕把社树烧掉。

〔18〕"灌之"句：阤（tuó），同陀，崩落，剥落。一说，音义同堕，落下。亦读 zhì，塌下。又，音义同弛，松弛，引申为散落。涂，指所涂于社树上的泥土。此句犹言，用水淹灌老鼠，又恐涂于社树上的泥土崩落下来。

〔19〕"此社鼠"句：这就是社鼠始终捕捉不到的原因。

〔20〕“出则”句：到外面，就倚仗国君权势之重大，去向人民搜刮财利。

〔21〕“入则”句：比周，互相勾结，结党营私。此言在朝内，就结党营私，在国君之前，互相掩蔽自己的罪恶。

〔22〕“内间”句：间（jiàn），窥探，侦察。此言在朝内，就窥探国君的隐情以泄露于外人。

〔23〕外内为重：在外在内，相互勾结，造成他的重大权势（权倾当朝）。

〔24〕“诸臣百吏”句：害，原本“富”，王先慎说，当作“辅”，乃声之误。又，《诗经·瞻仰》云：“何神不富。”《毛传》：“富，福也。”故此句之意，似为“诸臣百吏以为福”。言上下内外互相串通一气也。今据《韩非子纂闻》改富为害，言臣民皆以君主之左右为祸害。二说均可通。

〔25〕“吏不诛”句：执法之吏不依法惩办，就造成违法乱纪的行动；如依法惩办，那么国君左右缺乏亲信阿谀之人，则居为之不安。

〔26〕据而有之：据，依。有，保有。此言这些亲信依靠国君保有他们的权势地位。

〔27〕执柄而擅禁：执，执掌，掌握。柄，权力。执柄，掌握大权。擅，专擅，指专断独行。禁，禁令，法令。此言人臣大权在握，擅行法令。

〔28〕“明为己”句：明，明白，知道。为己，对自己有好处，为了自己的利益。此句犹言，只要知道某人是为了自己的私利就一定加以优待（给他以好处），如某人对自己不利就一定加以陷害。

〔29〕“人主”以下句：壅，蔽塞，闭塞。“人主不觉”为句，指人主不能察觉“大臣为猛狗”与“左右为社鼠”之情。如此以往而“主焉得无壅”亦可以。“而间人主之情矣”为句，下文即为“人主不觉如此，主焉得无壅……”其意为：“为人君者昏昧不觉，到了如此地步……”亦可通。

狗猛与酒酸，喻权臣当道则阻塞贤路。

5. 扁鹊见蔡桓公

扁鹊见蔡桓公〔1〕，立有间〔2〕，扁鹊曰：“君有疾在腠理〔3〕，不治将恐深〔4〕。”桓侯曰：“寡人无疾。”扁鹊出，桓侯曰：“医之好治不病以为功〔5〕！”居十日〔6〕，扁鹊复见，曰：“君之病在肌肤〔7〕，不治将益深。”桓侯不应。扁鹊出，桓侯又不悦。居十日，扁鹊复见曰：“君子病在肠胃，不治将益深。”桓侯又不应。扁鹊出，桓侯又不悦。居十日，扁鹊望桓侯而还走〔8〕。桓侯故使人〔9〕问之，扁鹊曰：“疾在腠理，汤熨之所及也〔10〕；在肌肤，鍼石〔11〕之所及也；在肠胃，火齐〔12〕之所及也；在骨髓，司命之所属，无奈何也[13]。今在骨髓，臣是以无请也[14]。”居五日，桓公体痛，使人索[15]扁鹊，已逃秦矣。桓侯遂死。

——节选自《韩非子·喻老》

注：

〔1〕扁鹊见蔡桓公：扁鹊，传说中的上古名医。春秋时，秦越人医术高明，所以人们就用扁鹊的名字来称他。蔡桓公，蔡国（周初封国，在今河南省上蔡县一带）国君。下文称桓侯。但据前人考证，蔡桓公与扁鹊相距二百余年，故有人以为蔡桓公是晋文公之误。按，这个故事属于寓言，不必拘泥于信史。

〔2〕立有间：站了一会儿。

〔3〕腠（còu）理：皮下肌肉的纹理，此指皮肤，表皮。

〔4〕将恐深：深，甚，厉害，严重。此言不医治恐怕病情将要发展得严重。

〔5〕“医之好治”句：好（hào），喜欢，爱好。此句犹言，医生们喜欢治疗无病之人，作为自己的功劳。

〔6〕居十日：居，停留，此指时间间隔，或经过。居十日，过了十天。

〔7〕肌肤：此指肌肉。

〔8〕还走：还（xuán），同旋，指转身。走，即今言跑，此言扁鹊望见桓侯转身就跑。

〔9〕故使人：特地派人。

〔10〕汤熨之所及：汤，指煎熬的药汤。一说，同烫，即用热水焐（wù），今言热水敷。熨（wèi），以药物热敷。旧读 yù。汤熨，是中医外科治疗的一种。及，达到。此言是汤熨的力量所能达到的。

〔11〕鍼石：鍼，同针，指金属针。石，指石针。这是中医刺穴位的用具。针刺治疗也是中医传统疗法之一种。

〔12〕火齐：以火煎熬的药剂，多用于消炎清火。齐（jì），同剂。

〔13〕无奈何：没有办法。

〔14〕是以：即以是，因此。请，请求。无请，即毋请，不再请求。此言桓侯已病入骨髓，我因此不再请求为他治病了。

〔15〕索：寻求，寻找。此处表急切欲得之意。

本文选自《韩非子》。故事中的扁鹊，原名秦越人，渤海郡鄚（今河北河间地）人，年轻时曾受禁方于长桑君，遂在陕西、山西、河北一带行医，因善于诊脉，医术高明，人们始用传说中黄帝时候的名医扁鹊的名字来尊称他。后来为秦太医李醯所嫉杀。这个故事，《史记》卷一百五

《扁鹊仓公列传》也有记载，只是蔡桓公作齐桓侯。字句也有出入。

这则故事告诉读者，任何祸患都像疾病一样，起于微小，所以必须察微知著，只要不讳疾忌医，防微杜渐，自能消除祸患。否则，让错误任其发展，就会深受其害。

本文共分三段。第一段自开头至“扁鹊望桓侯而还走”，通过扁鹊四次见桓公，叙述蔡桓公病情的发展和他讳疾忌医的固执态度。第二段自“桓侯故使人问之”至“臣是以无请也”，写扁鹊分析桓侯病情一步步恶化的原因，在于病于萌芽状态时未能及时治疗，到病入骨髓时，医药就无能为力。从而形象地阐明了防微杜渐和不可讳疾忌医的道理。第三段自“居五日”至末尾，写桓侯病发死亡，证实扁鹊诊断的正确和讳疾忌医必然导致的恶果。

这则寓言故事，作者按时间顺序依次记述，所以文章的层次分明，前后互相照应，文思十分细密。第一段紧扣题意，叙述扁鹊四次见桓侯，既写了桓侯的病情怎样由腠理到肌肤，到肠胃，到骨髓的发展过程，也写了扁鹊的三次忠告和桓侯的固执己见，讳疾忌医。第二段叙写扁鹊的医学理论，与第一段的忠告和病情发展情况紧密照应，说明防微杜渐的重要。第三段，以桓侯讳疾忌医所造成的必然结果来结束全文，与开头的“不治将恐深”互相照应，这就用事实阐明了人们应该怎样正确地对待错误，应该如何防患于未然。

（十）谋攻篇

孙子曰：凡用兵之法，全国为上〔1〕，破国次之〔2〕；全军〔3〕为上，破军次之；全旅〔4〕为上，破旅次之；全卒〔5〕为上，破卒次之；全伍〔6〕为上，破伍次之。是故百战百胜，非善之善〔7〕者也；不战而屈人之兵〔8〕，善之善者也。

故上兵伐谋〔9〕，其次伐交〔10〕，其次伐兵〔11〕，其下攻城。攻城之法，为不得已。修橹轒辒〔12〕，具器械〔13〕，三月而后成〔14〕，距闉又三月而后已〔15〕；将不胜忿〔16〕，而蚁附之〔17〕，杀士三分之一，而城不拔者，此攻之灾〔18〕也。故善用兵者，屈人之兵，而非战也；拔人之城，而非攻也；毁人之国，而非久也〔19〕。必以全争于天下〔20〕，故兵不顿〔21〕，而利可全〔22〕，此谋攻之法也。

故用兵之法，十则围之〔23〕，五则攻之〔24〕，倍则分之〔25〕，敌则能战之[26]，少则能逃之[27]，不若则能避之[28]。故小敌之坚[29]，大敌之擒也[30]。

夫将者，国之辅也[31]，辅周则国必强[32]，辅隙[33]则国必弱。

故君之所以患[34]于军者三：不知军之不可以进，而谓[35]之进；不知军之不可以退，而谓之退；是谓縻军[36]。不知三军之事，而同三军之政者[37]，则军士惑[38]矣。不知三军之权[39]，而同三军之任[40]，则军士疑矣。三军既惑且疑，则诸侯之难至矣[41]。是谓乱军引胜[42]。

故知胜有五：知可以战与不可以战者胜[43]；识众寡之用者胜[44]；上下同欲者胜[45]；以虞待不虞者胜[46]；将能而君不御者胜[47]。此五者，知胜之道也[48]。

故曰：知彼知己者，百战不殆[49]；不知彼而知己，一胜一负[50]；不知彼，不知己，每战必殆[51]。

——选自《十一家注孙子》

注：

〔1〕全国为上：全，保全，保持完整。此句犹言，凡属用兵作战的法则，使敌方举国完整地屈服就是上策。

〔2〕破国次之：破国，攻破敌人之国。次之，次一等，差一等，其次。此言用兵力打破敌人之国是其次的策略了。曹操注曰："兴师深入长驱，距其城郭，绝其内外，敌举国来服为上；以兵击破，败而得之，其次也。"李筌注云："不贵杀也。韩信虏魏王豹，擒夏说，斩成安君，此为破国者。及用广武君计，北首燕路，迁一介之使，奉咫尺之书，燕从风而靡，则全国也。"张预注云："《尉缭子》曰：'讲武料敌，使敌气失而师散，虽形全而不为之用，此道胜也。破军杀将，乘堙发机，会众夺地，此力胜也。'然则所谓道胜力胜者，即全国、破国之谓也。夫弔民伐罪，全胜为上；为不得已而至于破，则其次也。"

〔3〕全军：军，古代军队编制名称。曹操、杜牧皆注云："《司马法》曰：'一万二千五百人为军。'（一曰，一万五千五百人）"何氏曰："降其城邑，不破我军也。"

〔4〕旅：曹操注云："五百人为旅。"

〔5〕卒：《孙子十一家注》曰："李筌曰：'百人以上为卒。'杜佑曰：'一校（旅）下至百人也。'"

〔6〕伍：《十一家注》云："曹操曰：'百人以下至五人。'何氏曰：'自军至伍，皆次序上下言之。此意以策略取之为妙，不惟一军，至于一伍，不可不全。'张预曰：'周制，万二千五百人为军，五百人为旅，百人为卒，五人为伍。自军至伍，皆以不战而胜之为上。'"军、旅、卒、伍都是古代军队的编制单位。春秋以后，各诸侯国发

展情况不同，军队编制不完全一样。

〔7〕善之善：第一个善字，是泛指好办法，或高明办法；第二个善字，是指好办法中最好的办法，或指最高明的办法。

〔8〕屈人之兵：使敌人之兵不战而屈服。杜牧注云："以计胜敌。"

〔9〕上兵伐谋：上兵，上等的用兵之道，犹言最好的战略。伐谋，似有二解：其一，以计谋伐敌，即用智谋战胜敌人。其二，伐敌人之谋，即乘敌人开始谋伐我之时，从而伐之，以破敌谋也。杜牧注曰："晋平公欲攻齐，使范昭往观之，景公觞之。酒酣，范君请君之罇酌。公曰：'寡人之罇进客。'范昭已饮，晏子彻罇更为酌。范昭佯醉，不悦而起舞，谓太师曰：'能为我奏成周之乐乎？吾为舞之。'太师曰：'瞑臣不习。'范昭趋出。景公曰：'晋，大国也，来观吾政。今子怒大国之使者，将奈何？'晏子曰：'观范昭非陋于礼者；且欲慚于国，臣故不从也。'太师曰：'夫成周之乐，天子之乐也，惟人主舞之；今范昭人臣，而欲舞天子乐，臣故不为也。'范昭归报晋平公曰：'齐未可伐。臣欲辱其君，晏子知之；臣欲犯其礼，太师识之。'仲尼曰：'不越罇之间，而折冲千里之外，晏子之谓也。'春秋时，秦伐晋，晋将赵盾御之。上军佐臾骈曰：'秦不能久，请深垒固军以待之。'秦人欲战，秦伯谓士会曰：'若何而战？'对曰：'赵氏新出其属曰臾骈，必实为此谋，将以老我师也。赵有侧室曰穿，晋君之婿也，有宠而弱，不在军事，好勇而狂，且恶臾骈之佐上军。若使轻者肆焉其可。'秦军掩晋上军，赵穿追之不及，返，怒曰：'裹粮坐甲，固敌是求，敌至不击，将何俟焉！'军吏曰：'将有待也。'穿曰：'我不知谋，将独出！'乃以其属出。赵盾曰：'秦获穿也，获一卿矣；秦以胜归，我何以报？'乃皆出战，交绥而退。夫晏子之对，是敌人将谋伐我，我先伐其谋，故敌人不得而伐我。士会之对，是我将谋伐敌，敌人有谋拒我，乃伐其谋，敌人不得与我战。斯二者，皆伐谋也。故敌欲伐我，伐其未形之谋；我若伐敌，败其已成之计。固非于一也。"张预注曰："敌始发谋我，从而攻之，彼必丧计而屈服，若晏子之沮范昭是也。或曰：伐谋者，用谋以伐人也，言以奇策秘算，取胜于不战，兵之上也。"孟氏注曰："九攻九拒，是其谋也。"故此句犹言，领兵作战的上策，是要在总的计谋上战胜敌方。

〔10〕其次伐交：伐交，亦有二解：其一，指从外交上战胜敌方，即使敌方在外交上处于孤立无援之境。其二，指敌我交兵之际，设疑兵以惧之，使敌进退不得，因而屈服。杜牧注曰："张仪愿献秦地六百里于楚怀王，请绝齐交。随何于黥布坐上杀楚使者，以绝项羽。曹公与韩遂交马语，以疑马超。高洋以萧深明请和于梁，以疑侯景，终陷台城。此皆伐交。权道变化，非一途也。"何氏曰："杜称以上四事，乃亲而离之之义也。伐交者，兵欲交合，设疑兵以拒之，使进退不得，因来屈服。旁邻既为我援，敌不得不孤弱也。"张预注曰："兵将交战，将合则伐之。《传》曰：'先人有夺人之心。'谓两军将合，则先薄之，孙叔敖之败晋师，厨人濮之破华氏是也。或曰：伐交者，用交以伐人也。言欲举兵伐敌，先结邻国为掎角之势，则我强而敌弱。"秦

以远交近攻而灭六国可证。

〔11〕伐兵：以兵伐之。兵，武器的总名。曹操注曰：“兵形已成也。”李筌注曰：“临敌对阵，兵之下也。”张预注曰：“不能败其始谋，破其将合，则犀利兵器以胜之。兵者，器械之总名也。太公曰：‘必胜之道，器械为宝。’”至于攻城，则更为下策。故张预注曰：“夫攻城屠邑，不惟老师费财，兼亦所害者多，是为攻之下者。”

〔12〕修橹轒辒：修，制造。橹（lǔ），进攻时用以蒙头的大盾牌。轒辒（fēnwēn），攻城用的四轮车，以大木制成，上盖生牛皮，内可容十人。上二器至仍延用，橹称彭排，轒辒称木驴。曹操注云：“修，治也。橹，大楯也。轒辒者，轒床也。轒床其下四轮，从中推之至城下也。”李筌注云：“橹，楯也，以蒙首而趋城下。轒辒者，四轮车也，其下藏兵数十人，填隍推之，直就其城，木石所不能坏也。”杜牧注曰：“橹，即今之所谓彭排。轒辒，四轮车，排大木为之，上蒙以生牛皮，下可容十人，往来运土填堑，木石所不能伤，今俗所谓木驴是也。”张预注云：“修橹，大橹也。《传》曰：‘晋侯登巢车以望楚军。’注云：‘巢车，车上为橹。’又晋师围偪阳，鲁人建大车之轮，蒙之以甲以为橹，左执之，右拔戟，以成一队。注云：‘橹，大楯也。’以此观之，修橹为大楯明矣。”或云，橹为大楯者非。或云，橹为轒床上革屋。众说不一。

〔13〕具器械：具，准备。器械，攻城的工具，如飞楼、云梯、板屋之类。曹操注云：“具，备也。器械者，机关攻守之总名，飞楼、云梯之属。”

〔14〕“三月”句：时间约数，不必实指三个月，其大意为多费时日。

〔15〕距闉：闉，一作堙（yīn），土山也。距闉，筑造高出城墙的土垒，以之侦察敌情和居高临下射击敌人。曹操注云：“距闉者，踊土积（稍）高而前，以附其城也。”张预注云：“三月者，约经时成也。或曰：孙子戒心忿而亟攻之，故权言以三月成器械，三月起距闉，其实不必三月也。城尚不能下，则又积土与城齐，使士卒上之，或观其虚实，或毁其楼橹，欲必取也。土山曰堙，楚子反乘堙而窥宋城是也。器械言成者，取其久而成就也。距堙言已者，以其经时而毕上也。皆不得已之谓。”

〔16〕将不胜忿：将，指作战的指挥官。忿，愤怒。此言将帅愤怒得沉不住气。

〔17〕蚁附之：令士兵像蚂蚁爬墙一样去爬城进攻。曹操注云：“将忿不待攻城器，而使士卒缘城而上，如蚁之缘墙，杀伤士卒也。”杜牧注云：“此言为敌所辱，不胜忿怒也。后魏太武帝率十万众寇宋臧质于盱眙。太武帝始就质求酒，质封溲便与之；太武大怒，遂攻城。乃命肉薄登城，分番相代，坠而复升，莫有退者，尸与城平。复杀其高粱王。如此三旬，死者过半。太武闻彭城断其归路，见疾疫甚众，乃解退。《传》曰：‘一女乘城，可敌十夫。’以此校之，尚恐不啻。”张预注曰：“攻逾二时，敌犹不服，将心忿躁，不能持久，使战士蚁缘而登城，则其士卒为敌人所杀三中之一，而坚城终不可拔，兹攻城之害也已。或曰：将心忿速，不俟六月之久，而亟攻之，则其害如此。”

〔18〕灾：灾害，祸灾。

〔19〕“故善用兵”数句：其大意为：所以说，一个善于指挥战争的人，应是屈服敌方的军队而不用硬打，夺取敌军的城堡而不用硬攻，消灭敌人的国家而不需旷日持久。

〔20〕“必以全争”句：全，即前文“全国”之全。此言一定要用全胜的计谋争胜于天下。梅尧臣注云：“全争者，兵不战，城不攻，毁不久，皆以谋而屈敌，是曰谋攻。”张预注云：“不战则士不伤，不攻则力不屈，不久则财不费。以完全立胜于天下。”

〔21〕兵不顿：顿，停顿。又，与钝通，故可作“不利”、“受挫”解。曹操注曰：“不顿兵血刃也。”张预注云：“故无顿兵血刃之害，而有国富兵强之利，斯良将计攻之术也。”

〔22〕利可全：胜利可以完满地取得。

〔23〕十则围之：此言我有十倍优势的兵力就包围敌兵。曹操注曰：“以十敌一，则围之，是将智勇等而兵利顿均也。若主弱客强，操所以倍兵围下邳生擒吕布也。”杜牧注云：“围者，谓四面垒合，使敌不得逃逸。凡围四合，必须去敌城稍远，占地既广，守备须严，若非兵多，则有阙漏，故用兵有十倍也。吕布败是上下相疑，候成执陈宫委布降，所以能擒，非曹公兵力而能取之。若上下相疑，政令不一，设使不围，自当溃叛，何况围之，固须破灭。孙子所言十则围之，是将勇智等而兵利钝均，不言敌人自有离叛。曹公倍兵降布，盖非围之力穷也，此不可以训也。”

〔24〕五则攻之：此言我有五倍优势的兵力，即可以进攻敌方。曹操注曰：“以五敌一，则三术为正，二术为奇。”何氏曰：“愚智勇怯等，量我五倍多于敌人，可以三分攻城，二分出奇以取胜。”张预注曰：“吾之众五倍于敌，则当惊前掩后，声东击西；无五倍之众，则不能为此计。曹公谓三术为正，二术为奇，不其然乎？若敌无外援，我有内应，则不须五倍，然后攻之。”

〔25〕倍则分之：此言我只有一倍优势的兵力，就要分散敌人的兵力。曹操注云：“以二敌一，则一术为正，一术为奇。”张预注云：“吾之众一倍于敌，则当分为二部：以一当其前，以一冲其后，彼应前则后击之，应后则前击之，兹所谓一术为正，一术为奇也。”按，旧说兵分为奇，聚则为正。何氏注云：“兵倍于敌，则分半为奇，我众彼寡，足可分兵。主客力均，善战者胜也。”

〔26〕敌则能战之：敌，相等，犹言势均力敌。能，尽一切可能，即充分发挥主动性（如设伏诱敌之类）。此言与敌兵力相等，即可设计战胜他。何氏注曰：“敌，言等敌也。唯能者可以战胜也。”张预注云：“彼我相敌，则以正为奇，以奇为正，变化纷纭，使敌莫测；以与之战，兹所谓设奇伏以胜之也。”

〔27〕少则能逃之：逃，避开，退却，摆脱。此言我如少于敌之兵力，就要设计摆脱敌之袭击。曹操注曰：“高壁坚垒，勿与战也。”张预注云：“彼众我寡，宜逃去之勿与战，是以为将智勇等而兵利钝均也。若我治彼乱，我奋彼怠，则敌虽众，亦可以合战。若吴起以五百乘，破秦五十万众；谢玄以八千卒，败符坚一百万，岂须逃之乎？”一本作“少则能守之”。

〔28〕不若则能避之：不若，不如。避，避敌之锋，避免不与敌决战。杜牧注云："言不若者，势力交援俱不如也，则须速去之，不可迁延也。如敌人守我要害，发我津梁，合围于我，则欲去不复得也。"张预注云："兵力谋勇皆劣于敌，则当引而避之，以伺其隙。"

〔29〕小敌之坚：小敌，弱小的军队，弱小的兵力。坚，坚守，固守，硬拼。即不能适应情况，不承认有退却的必要，固执坚守一城一地。张预注云："小敌不度强弱而坚战，必为大敌所擒，息候屈于郑伯，李陵降于匈奴是也。孟子曰：'小固不可以敌大，弱固不可以敌强，寡固不可以敌众。'"

〔30〕大敌之擒：大敌，强大的军队。敌，指兵力或军队。擒，俘虏。

〔31〕国之辅也：国，国家，国君。辅，助，助手。此言将帅是国王亲密的助手。

〔32〕辅周则国必强：辅周，有二解：一是助手与国君的关系密切，故周可解为亲密无间。二是指将帅的才智兼备。何氏注曰："周，谓才智具也。得才智周备之将，国乃安强也。"

〔33〕辅隙：隙（xì），缺陷，裂痕。李筌曰："隙，缺也。将才不备，兵必弱。"张预注曰："将谋周密，则敌不能窥，故其国强；微缺则乘衅而入，故其国弱。太公曰：'得士者昌，失士者亡。'"

〔34〕患：害，危害，贻害。此句一本作"军之所以患于君者三"。

〔35〕谓：告诉，此处引申为命令。

〔36〕縻军：縻（mí），羁縻，束缚，绊住。縻军，束缚住军队行动的手脚，使军队不能根据具体情况相机而动。杜牧注云："犹驾御縻绊，使不自由也。君，国君也。患于军者，为军之患害也。"贾林注云："军之进退，将可临时制变；君命内御，患莫大焉。故太公曰：'国不可以从外治，军不可以从中御。'"梅尧臣曰："君不知进退之宜，而专进退，是縻系其军，《六韬》所谓军不可以从中御"。

〔37〕"不知三军"句：同，参与，干涉。政，行政事务，此指军队行政。此句连下文之意是说，国君不懂得军事本身的特殊规律，如果不从实际出发，而去参与军队行政，包办代替，对军队作不必要的干涉和牵制，是会造成军事上的失败的。梅尧臣注云："不知治军之务，而参其政，则众惑乱也。"何氏注云："军国异容，所治各殊；欲以治国之法以治军旅，则军旅惑乱。"张预注云："仁义可以治国，而不可以治军，权变可以治军，而不可以治国，理然也。虢公不修慈爱，而为晋所灭；晋侯不守四德，而为秦所克。是不以仁义治国也。齐侯不射君子，而败于晋；宋公不擒二毛，而衄于楚。是不以权变治军也。故当仁义而用权谲，则国必危，晋、虢是也。当权诈而尚礼义，则兵必败，齐、宋是也。然则治国之道，固不可以治军也。"

〔38〕惑：迷惑。

〔39〕三军之权：权，权谋，权变。杜牧注云："谓将无权智，不能铨度军士，各任所长，而雷同使之，不尽其材，则三军生疑矣。黄石公曰：'善任人者，使智、使

勇、使贪、使愚；智者乐立其功，勇者好行其志，贪者邀趋其利，愚者不顾其死。'”何氏注云：“不知用兵权谋之人，用之为将，则军不治而士疑。”

〔40〕任：指任用将帅，指挥军队等事。

〔41〕“则诸侯”句：此言各诸侯国乘隙进攻的灾难就临头了。李筌注云：“兵，权道也，不可谬而使处。赵上卿蔺相如言：‘赵括徒能读其父书，然未知合变；王今以名使括，如胶柱鼓瑟。此则不知三军之权，而同三军之任。’赵王不听，果有长平之败，诸侯之难至也。”张预注云：“军士疑惑，未肯用命，则诸侯之兵乘隙而至。是自溃其军，自夺其胜也。”

〔42〕乱军引胜：自己扰乱自己的军队，等于引导敌人夺取胜利。杜牧注云：“言我军疑惑，自致扰乱，如引敌人使胜我也。”

〔43〕“知可以战”句：此句犹言，凡是能看清情况，知道可以打或不可以打的，可以胜利。张预注云：“可战则进攻，不可战则退守；能审攻守之宜，则无不胜。”

〔44〕“识众寡”句：识（shí），认识，懂得。众寡，指兵多和兵少。李筌注云：“量力也。”张预注云：“用兵之法，有以少而胜众者，有以多而胜寡者，在乎夺其所用，而不失其宜则善。如吴子所谓用众者务易，用少者务隘是也。”按，此言将帅善于根据敌对双方兵力对比的众寡形势，正确采用不同的作战方法的，可以取胜。

〔45〕“上下同”句：上下，指君与臣，或将帅与士卒。上下同欲，犹言君臣同心，官兵一致。何氏注云：“《书》云：‘受有亿兆夷人，离心离德；予有乱臣十人，同心同德。商灭而周兴。'”张预注云：“百将一心，三军同力，人人欲战，则所向无前矣。”按，人和是重要的。

〔46〕“以虞待”句：虞，有准备。一说，度也。即正确地估计和判断敌我形势。此句犹言以自己有准备而等待敌人的疏忽懈怠的，可以取胜。

〔47〕“将能”句：能，指有指挥作战的才能。御，驾驭。这里指牵制，控制，干涉。曹操注云：“《司马法》曰‘进退惟时，无曰寡人’也。”张预注云：“将有智勇之能，则当任以责成功，不可从中御也。”

〔48〕“此五者”句：这五条就是预见胜利的规律啊！

〔49〕“知彼知己”句：殆，危险。此言既了解敌人，也了解自己，百战都不会有危险。

〔50〕“不知彼”句：此言不了解敌人而了解自己的，胜败的可能各占一半。李筌注云：“自以己强，而不料敌，则胜负未定，秦主符坚以百万之众南伐，或谓曰：‘彼有人焉，谢安、桓冲，江表伟才，不可轻之。’坚曰‘我以八州之众，士马百万，投鞭可断江水，何难之有？’后果败绩，则其义也。”

〔51〕“不知彼，不知己”句：此言不了解敌人也不了解自己，那是每战都有危险的。故李筌说：“是谓狂寇，不败何待也。”

本文是《孙子》上卷中的第三篇。孙子在本篇中阐明了一个非常有价值的军事思想，即："知己知彼，百战不殆"；"不知彼，不知己，每战必殆。"文中孙子用简洁、鲜明的语言，指明了一个战争指导者对于敌我双方情况的了解和认识，与战争胜负之间的关系，揭示出指导战争的普遍规律。孙子的这一思想是很宝贵的遗产，是《孙子兵法》中的精华部分之一，毛泽东同志曾给予了高度评价。他在《论持久战》中说："战争不是神物，仍是世间的一种必然运动，因此，孙子的规律'知己知彼，百战不殆'仍是科学的真理。"

孙子主张在优势情况下与敌作战，反对在劣势情况下与敌硬拼，这是正确的。从这点出发，他提出了"十则围之，五则攻之，倍则分之，敌则能战之，少则能逃之，不若则能避之"的用兵之法，强调根据敌对双方兵力对比的不同而采用不同的作战方法。他提醒说："小敌之坚，大敌之擒也。"弱小的军队如果只知坚守硬打，就会成为强大敌人的俘虏。

在本篇中，孙子还提出了"上兵伐谋，其次伐交，其次伐兵，其下攻城"的作战思想。他认为运用政治、外交谋略来取胜于敌为上策。但是我们知道，无论是古今中外的任何规模的战争，"伐谋"、"伐交"是对敌斗争不可缺少的重要手段，但是这只能与"伐兵"的军事手段相配合，才能发挥其作用。从战争的实质上讲，决定性的手段还是"战而屈人之兵"。因此，孙子将"不战而屈人之兵"看成是"善之善者"，并且把它当作普遍的战争指导原则，是不切合客观实际的。

（十一）谏逐客书

臣闻吏议逐客[1]，窃以为过矣[2]。昔缪公[3]求士，西取由余[4]于戎，东得百里奚[5]于宛，迎蹇叔[6]于宋，求丕豹、公孙支于晋[7]，此五人者，不产于秦，而缪公用之，并国三十，遂霸西戎[8]。孝公用商鞅之法[9]，移风易俗，民以殷盛[10]，国以富强，百姓乐用[11]，诸侯亲服，获楚魏之师[12]，举地千里，至今治彊[13]。惠王用张仪之计[14]，拔三川之地[15]，西并巴蜀[16]，北收上郡[17]，南取汉中[18]，包九夷[19]，制鄢郢[20]，东据成皋[21]之险，割膏腴之壤[22]，遂散六国之从[23]，使之西面事秦，功施到今[24]。昭王得范雎[25]，废穰侯，逐华阳[26]，强公室，杜私门[27]，蚕食诸侯，使秦成帝业。此四君者，皆以客之功。由此观之，客何负于秦哉[28]？向使四君却客而不内[29]，疏士而不用[30]，是使国无富利之实[31]，而秦无强大之名也。

今陛下致昆山之玉[32]，有和随之宝[33]，垂明月之珠[34]，服太阿之剑[35]，乘纤离之马[36]，建翠凤之旗[37]，树灵鼍之鼓[38]：此数宝者，秦不生一焉，而陛下说之，何也？必秦国之所生然后可，则是夜光之璧[39]，不饰朝廷；犀象之器[40]，不为玩好；郑卫之女[41]，不充后宫；而骏良駃騠，不实外厩[42]；江南金锡不为[43]用，西蜀丹青不为采[44]。所以饰后宫、充下陈[45]、娱心意、说耳目者，必出于秦然可，则是宛珠之簪[46]，傅玑之珥[47]，阿缟之衣[48]，锦绣之饰不进于前，而随俗雅化[49]，佳冶窈窕[50]，赵女[51]不立于侧也。

夫击瓮叩缶[52]，弹筝搏髀，而歌呼呜呜快耳者[53]，真秦之声也[54]。郑、卫桑间[55]，韶虞武象[56]者，异国之乐也。今弃击瓮叩缶而就郑卫，退弹筝而取韶虞，若是者何也？快意当前，适观[57]而已矣。今取人则不然，不问可否，不论曲直，非秦者去[58]，为客者逐，然则是所重者在乎色、乐、珠、玉，而所轻者在乎人民也，此非所以跨海内、制诸侯之术也[59]。

臣闻地广者粟多，国大者人众，兵强者则士勇。是以泰山不让[60]土壤，故能成其大；河海不择细流，故能就[61]其深；王者不却众庶[62]，故能明其德[63]。是以地无四方，民无异国，四时充美[64]，鬼神降福，此五帝三王之所以无敌也[65]。今乃弃黔首以资敌国[66]，却宾客以业诸侯[67]，使天下之士，退而不敢西向，裹足不入秦，此所谓藉寇兵而赍盗粮者也[68]。

夫物不产于秦，可宝者多；士不产于秦，愿忠者众。今逐客以资敌国，损民以益雠[69]，内自虚[70]而外树怨于诸侯，求国无危，不可得也。

——选自《史记·李斯列传》

注：

〔1〕吏议逐客：指当时秦国的一些宗室大臣和执政官吏们商议决定，上言秦王，驱逐在秦为官的客卿之事。

〔2〕窃以为过：窃，私自，私下。在文言文中，向别人，特别是向上级或尊长表示自己的意见、认识、听闻等情况时，常用“窃”、“窃闻”、“窃以为”等词，表示自谦、恭敬的态度。过，指过失，错误。

〔3〕缪公：缪，一作穆，两字在谥法上可以通用。指春秋时称为五霸之一的秦穆公，是始皇的前十九代祖，公元前659年至公元前621年在位，秦称大国，自穆公始。

〔4〕由余：原为晋人，后至西戎（当时对西方少数民族的总称）为官。西戎王

派他出使秦国，回戎后穆公遂使人离间了由余与西戎王的关系，迫使由余降秦。穆公用其谋伐戎王，益国十二，开地千里，遂霸西戎。

〔5〕百里奚：原为楚宛人。春秋时为虞大夫，晋灭虞后，晋献公把他作为陪嫁之臣仆（实即奴隶）赠秦。他中途又逃回宛（今河南宛县）地，为楚之边兵俘获。穆公知其贤，遂以五张羊羔皮赎买，以表轻贱。入秦后，穆公任命为上大夫。

〔6〕蹇叔：岐州人，游于宋。百里奚荐于穆公，穆公遂以厚币迎之，入秦，任命为上大夫。

〔7〕“求丕豹”句：丕豹，丕，亦作邳。晋大夫丕郑之子，因其父被晋惠公夷吾所杀，遂自晋奔秦，为穆公所重用。

以上诸事，皆见于《史记·秦本纪》。

公孙支，岐州人，游于晋，后归秦，即秦大夫子桑。他有远见，预料夷吾不能安定晋国，又劝穆公救济晋国灾荒，以争取民心，在政治上取得了成功（详情史无记载）。

〔8〕并国三十：一作“并国二十”，这些国均属于西戎部落。三十，指合由余等五人之功绩而言。

〔9〕“孝公”句：孝公，秦穆公第十四代孙，公元前361年至公元前338年在位。商鞅，战国时卫人，姓公孙名鞅。少学刑名之学，入秦后，得到秦孝公的重用，实行了变法，讲求耕战，对外破坏了六国联合，执政十年，使秦国富强。他因战功而封为商君，故后亦称商鞅。但由于他实行变法，打击和损害了秦国旧贵族的特权和利益，所以孝公死后，商鞅被车裂而死（事见《史记·商君列传》）。

〔10〕殷盛：殷实而强盛。

〔11〕乐用：乐于被使用，意即乐于为国家出力（为国君尽忠）。

〔12〕获楚魏之师：获，俘获，此指战胜。秦孝公二十二年，商鞅击败魏军，获魏公子卬（ǎng），魏人被迫割河西之地以求和。楚宣王三十年，秦封卫鞅于商，南侵楚（其他未详）。

〔13〕“举地千里”句：举，攻取，攻占。治彊：政治安定，国家强大。

〔14〕惠王用张仪之计：惠王，孝公子，初号惠文君，至十四年称王，（秦称王自此始）遂称为惠文王。张仪，战国时魏人，纵横家，与苏秦同时，以善于游说著称。为秦相后，力劝山东诸侯事秦，拆散了苏秦的六国合纵政策。秦武王继位，张仪被疏，回魏后，不久病死。

〔15〕拔三川：拔，攻占。三川之地，指今河南西北部的黄河、洛水、伊水流经之地，原为韩国之地，后为秦所占领。按，据史书记载，拔取三川之地，乃是秦武王时之事，其时，张仪已死。故此处恐李斯有误。或为文章连带述及，不计较史实。

〔16〕巴蜀：秦惠王八年，张仪复相位。九年，司马错伐蜀，灭之。后又灭巴。

〔17〕上郡：指今陕西西北部的绥德至榆林一带地。原属魏国。惠文君十年，因屡败魏兵，魏遂献上郡十五县于秦。

〔18〕汉中：秦惠王十三年，攻楚汉中，取地六百里，置汉中郡。

〔19〕包九夷：包，兼并。九，泛言其多，非实数。夷，本为先秦人泛指住在东方的少数民族，此处是泛指当时散居楚国境内的若干少数民族。

〔20〕制鄢郢：制，控制，占领。鄢（yān），在今湖北宜城市境，曾做过楚之首都。郢（yǐng），当时楚之首都，在今湖北江陵境内。

〔21〕成皋：古代有名的军事要塞，又名虎牢，在今河南荥阳境内。

〔22〕膏腴之壤：膏腴，肥沃。壤，土地。

〔23〕散六国之从：散，解散，拆散。六国，指韩、赵、魏、齐、楚、燕，当时称为山东六国。从（zòng），以抗秦为目的的六国联盟。史称合纵。

〔24〕功施到今：施（yì），延，延续。此言功绩一直达到现在。

以上诸事，均见《史记·张仪列传》。

〔25〕“昭王”句：昭王，即秦昭襄王，秦武王的异母弟。初质于燕，武王死后无子，才接他回国继位。（公元前306年至公元前251年在位）。范雎（suī），魏人，相秦，封应侯。史称他献了远交近攻的策略，不断地蚕食诸侯，大大地扩大了秦的疆土。

〔26〕“废穰侯”句：穰（ráng）侯，即魏冉，为昭王母宣太后的异父弟，曾为秦相，封于穰邑，故称穰侯。华阳，即华阳君，名芈（mí）戎，宣太后同母弟，因封于华阳，故称为华阳君。两人都因宣太后的关系而专权骄横。为了加强王权，昭王用范雎计，废太后，赶走穰侯与华阳君，及其帮手高陵、径阳二君（皆昭王之弟），使昭王直接掌握了大权。

〔27〕“强公室”句：强，加强。公室，王室，朝廷。此指昭王的王室，即加强了王权。杜，塞，堵绝。杜绝了私家专权的门路为杜私门，意即削弱了专横骄奢的旧贵族势力。

〔28〕“客何负”句：客，客卿。负，辜负，对不起。此言客卿有什么对不起秦国之处呢?

〔29〕“向使”句：向，假若，假设，倘若。一说，过去，昔日，从前。二说皆可通。四君，指穆公、孝公、惠王、昭王。却，拒绝。内，同纳。不内，不接受。

〔30〕疏士而不用：疏远贤士而不任用。

〔31〕是：这是。

〔32〕“今陛下”句：陛下，古人对国王的尊称。致，得。昆山，亦称昆冈，是昆仑山的简称。昆仑山北路的和阗，以产美玉而著名，世称和阗玉，即昆山之玉。

〔33〕和随之宝：和，指卞和之璧，世称和氏璧。相传，楚人卞和得一璞玉，献于楚厉王，厉王认为是石头，说他欺君，砍掉他的左脚。武王即位，卞和再献此璞，武王仍认为是石头，说他欺君，又砍掉他的右脚。至楚文王即位，卞和抱璞在荆山下痛哭。文王派玉工理璞，果得一块绝世美玉，世称为和氏之璧，确为一件稀世之宝。

据说，后来秦始皇统一天下，把它雕刻为传国玉玺。随，指随侯之珠。随侯，是春秋时姬姓诸侯。据《淮南子·览冥训》中说，一日，他见一大蛇被斩为两截，于是他就把蛇身联结在一起，上了药。后来大蛇养好了伤口，就从江中衔出一颗大珠来报答他的救命之恩。其珠藏于暗室能发光，故世称明月之珠，或称随珠，亦为稀世之宝。

〔34〕垂明月之珠：垂，挂。明月之珠，光如明月的宝珠，亦称夜明珠。

〔35〕服太阿之剑：服，佩带，佩挂。太阿之剑，宝剑名，相传为春秋时吴国干将所铸。据《越绝书·外传》记载，楚王令风胡子之吴，见欧冶子、干将使作剑，二人凿茨山，泄其溪，取铁英作铁剑三把，第一把名龙渊，第二把名太阿，第三把名工布。这些都是古代最名贵的宝剑。

〔36〕乘纤离之马：纤离，古代骏马名。一说，北狄国名纤犁，该国出名马。世称纤离。

〔37〕建翠凤之旗：建，树立。翠凤之旗，以翠羽制成凤鸟形状而装饰成的彩旗。

〔38〕树灵鼍之鼓：树，制作。灵鼍（一本作鱓）之鼓，以鱓皮蒙的鼓。鼍(tuó)，即鼍龙，俗名猪婆龙，属鳄鱼类，皮可蒙鼓，鼓声洪大，声传很远。

〔39〕夜光之璧：美玉名。据说其光夜可鉴，能制酒杯，名夜光杯，亦为名贵珍宝。

〔40〕犀象之器：以犀角象牙所制之器具。

〔41〕郑卫之女：此处泛指美女。郑卫之女，一本作赵卫之女。古人以为赵、卫之地多美女，且善于歌舞。

〔42〕駃騠（jué tí）：骏马名。一说，即骡。因古人多以骡为珍贵动物。厩(jiù)，马棚。

〔43〕为：被。

〔44〕丹青：即丹砂、青雘（hù）之类，多产于西蜀之地，是贵重的绘画颜料，故后人常以丹青作为画的代称。采，同彩，彩饰。

〔45〕下陈：后列，指站在后列的侍妾之属。

〔46〕宛珠：小珠，即珍珠。宛珠之簪，即嵌有小珍珠之簪。一说，宛，地名，即今之南阳，其地近汉水，多产珍珠。

〔47〕傅玑之珥：傅，附着，或辅佐之意。玑，珠的一种，即不圆的珠子。此处泛指珠。珥，即瑱，以玉制成的耳饰。此指用珠玉缀结制成的耳环之类。

〔48〕阿缟（gǎo）：阿，细缯。缟，白色丝织品。此指绸缎一类的贵重织物。一说，齐国东阿地方（今山东东阿县境）以出产贵重帛缯闻名，故以此种绸缎名阿缟。按，此与下句“锦绣之饰”为对文，似应作优质丝绢理解，于义较安。饰，指衣服及领袖边缘的花纹之类。

〔49〕随俗雅化：闲雅变化，皆能随俗。

〔50〕佳冶窈窕：佳，美好。冶，艳丽。窈窕，悠闲（指仪态闲雅）。

〔51〕赵女：据说古赵国地方多善于歌舞之美女。

〔52〕击瓮叩缶：瓮，汲水用的瓦罐。缶（fǒu），瓦盆类的器具。此言敲打瓦罐瓦盆充作乐器。

〔53〕弹筝搏髀：搏，打击，敲打。髀（bì），人的腿骨。搏髀，指歌唱时在腿骨上打节拍的原始形式。快耳，使耳朵感到愉快。即好听。

〔54〕真秦之声：真正的秦国声调。

〔55〕郑、卫桑间：郑、卫，指郑国、卫国的民间乐曲。桑间，原为卫国的地名，在濮水上（今河南濮阳地区），当时那里的地方乐曲，特别是民歌，非常有名。故桑间，即桑间之音。即郑、卫之地的民间音乐。

〔56〕韶虞武象：韶虞，箫韶相传是虞舜的乐曲。武象，周乐。相传周武王的乐曲称武，乐舞称象。武象是表演作战的乐舞曲。

〔57〕适观：适于观赏，舒适的去观赏。

〔58〕非秦者去：不是秦国的一律离去而不用。

〔59〕“此非”句：跨，占有。制，控制，征服。术，方法。

〔60〕泰山不让：泰山，一本作太山。让，辞退，拒绝，放弃。

〔61〕就：成就，完成。

〔62〕不却众庶：不拒绝群众庶民。

〔63〕明其德：明，发扬光达。德，德政。

〔64〕地无四方：无，不分。此言要对普天下一视同仁。民无异国，视别国人民同本国人民一样。四时充美，四时，一年四季。充，完满。此言一年四季都很完满美好。指四季风调雨顺，国泰民安。

〔65〕“此五帝”句：五帝，据《史记》以黄帝、颛顼、帝喾、尧、舜为五帝。三王，三代之王，指夏禹、商汤、周文、武王。

〔66〕“今乃弃黔首”句：黔，黑，指黑头巾。秦时称百姓为黔首，或称黎民。即今言人民群众之意。资，给，帮助，资助，供给。

〔67〕业诸侯：业，动词，成其事业之意。此言使诸侯成其功业。

〔68〕藉寇兵而赍盗粮：藉，同借。兵，武器。赍（jī），以物赠人。此连上文犹言，排斥外来宾客造成的后果，就好像借给贼寇武器，赠给强盗粮食一样。

〔69〕损民以益雠：损，损伤，损害。益，增加。此言损害人民利益而增加了敌人的力量。

〔70〕内自虚：内，内部，国内。虚，虚弱。此言自己削弱了自己的力量。

本文选自《史记·李斯列传》，是李斯在秦国做客卿时给秦王的一封奏书。书中劝阻秦王不要驱逐六国流亡到秦国来做客卿的人。秦王政十年（公元前237年），韩国使者水工（懂水利者）郑国（人名）到秦国，帮助设计修筑了一条灌溉渠，这渠虽对秦之农利，但对于秦国进攻韩国造成不便，同时也消耗了不少人力财力。于是秦之宗室大臣，为进一步巩固和加强自己的权势，就进言秦王，说客卿都是为他们本国的利益而工作的，并不真心为秦，要求把客卿一律逐出。当然，作为楚人的李斯也在被逐之列。李斯即作《谏逐客书》上秦王。书中对灌溉渠事一字未提，只是从各个方面阐述和分析客卿对秦的利害，说明逐客并不是跨海内、制诸侯之术，以打动秦王。秦王终于采纳了李斯的意见，收回了逐客令。据汉刘向的《新序》说："斯在逐中，道上上谏书，达始皇，始皇使人逐之骊邑，得还。"遂恢复李斯官职。

这篇文章的特色，是列举大量的比喻，从正面说明不应"非秦者去"的道理。比喻新而恰当，排偶句多，语言富有形象性，音节铿锵，辞藻丰富，声调、色彩都很讲究。不仅具有战国时代纵横家文章的特色，而且为后来的辞赋闯开了门径。

文章开头两句是总提全文的主旨，点明逐客为过。然后分三层阐述理由。自"昔缪公求士"至"而秦无强大之名也"为第一层，引据秦国发展的历史事实，说明重用客卿是对秦之强大有利。自"今陛下致昆山之玉"至"制诸侯之术也"为第二层，根据当前的事实，以秦王的爱好为例，用大量的比喻，阐明只要可珍贵的就应该不分畛域，充分运用，这才是跨海内、制诸侯之术。自"臣闻地广者粟多"至"此所谓藉寇兵而赍盗粮者也"为第三层，说明逐客就是以人才去资敌国，对秦之统一大业不利，这不是成就帝业的气度。自"夫物不产于秦"至结尾为结束语，概括以上三层大意，申明逐客与否的利害关系，与开头所说"以为过"相呼应，总结了全文。组织结构十分紧密严整，真不失为一篇千古传诵的优秀散文。

附录：作者部分手迹

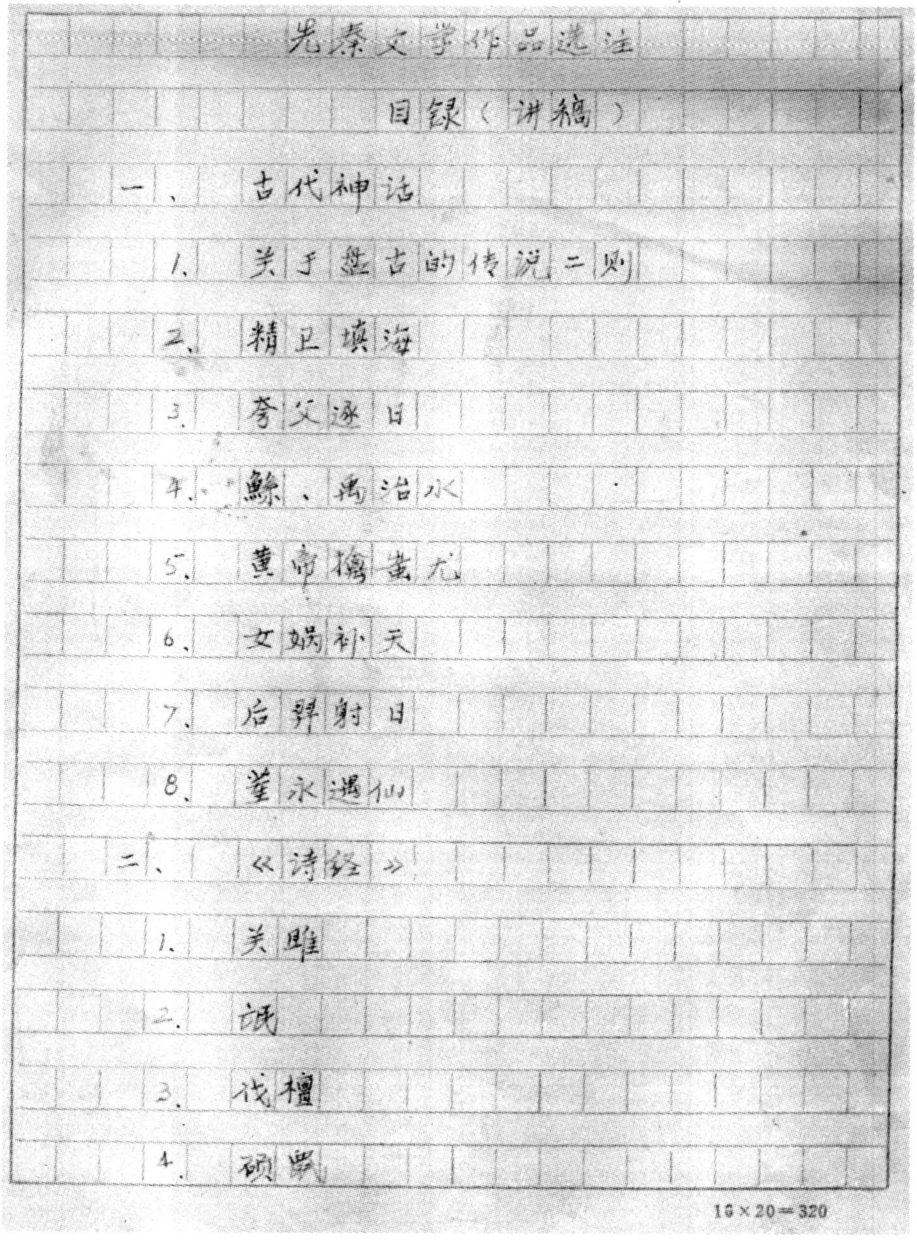

先秦文学作品选注

目録（讲稿）

一、古代神话

1、关于盘古的传说二则

2、精卫填海

3、夸父逐日

4、鲧、禹治水

5、黄帝擒蚩尤

6、女娲补天

7、后羿射日

8、董永遇仙

二、《诗经》

1、关雎

2、氓

3、伐檀

4、硕鼠

16×20=320

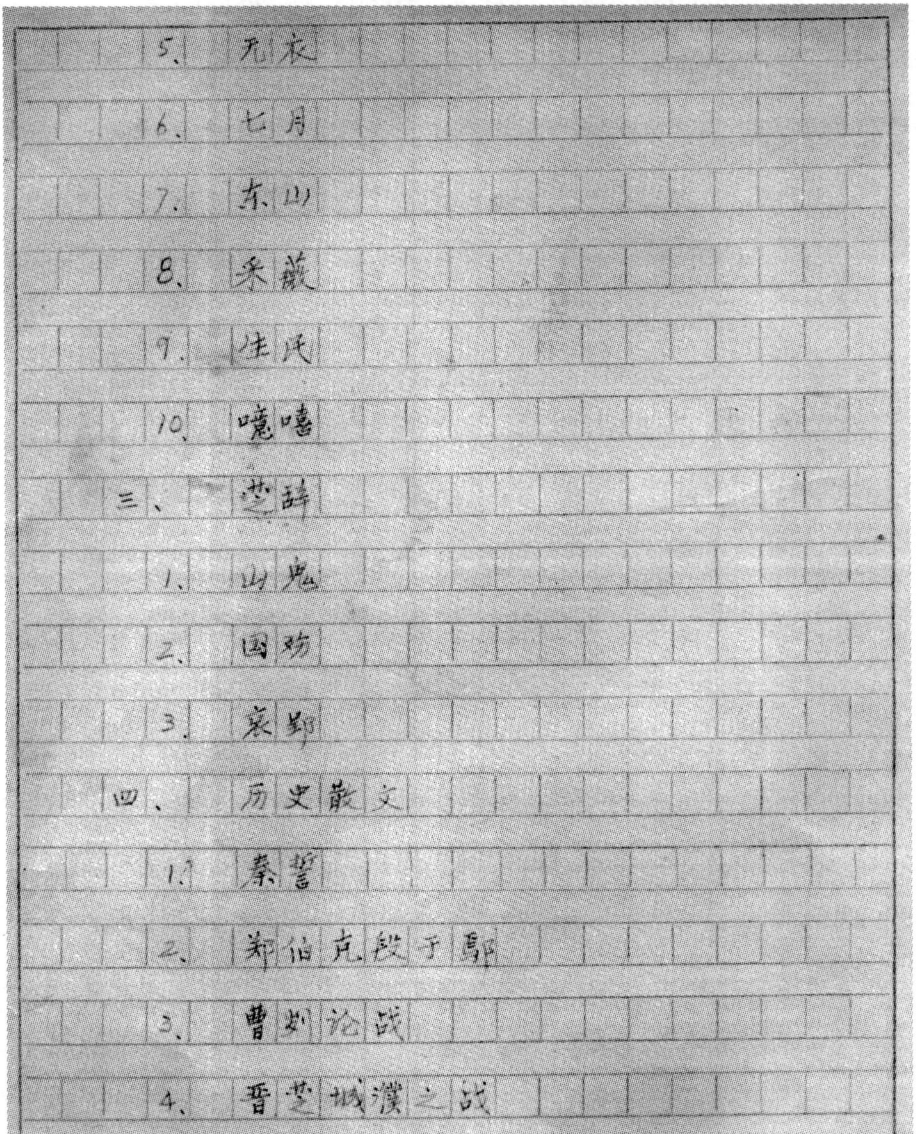

5、无衣

6、七月

7. 东山

8、采薇

9. 生民

10、噫嘻

三、楚辞

1、山鬼

2、国殇

3. 哀郢

四、历史散文

1. 秦誓

2、郑伯克段于鄢

3、曹刿论战

4、晋楚城濮之战

5、秦晋殽之战

16×20=320

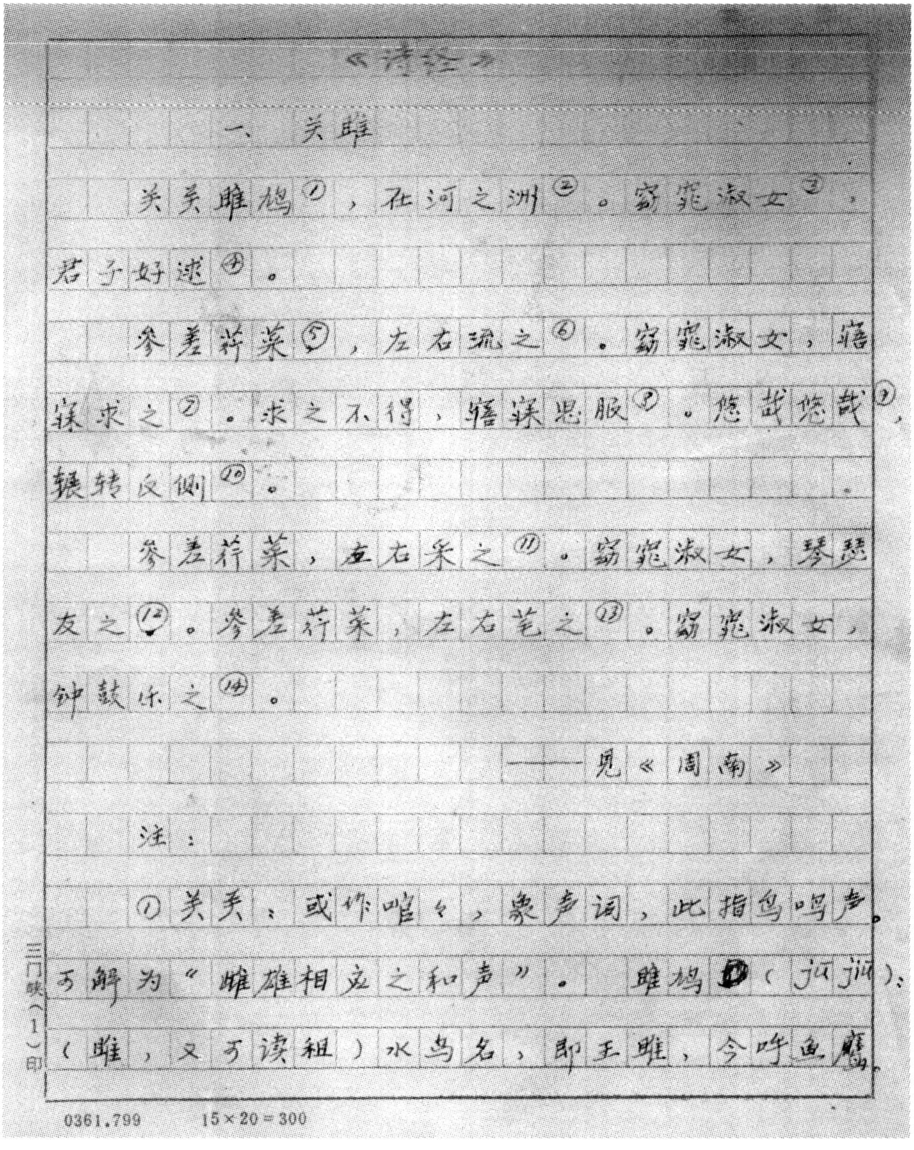
《诗经》

一、关雎

关关雎鸠①，在河之洲②。窈窕淑女③，君子好逑④。

参差荇菜⑤，左右流之⑥。窈窕淑女，寤寐求之⑦。求之不得，寤寐思服⑧。悠哉悠哉⑨，辗转反侧⑩。

参差荇菜，左右采之⑪。窈窕淑女，琴瑟友之⑫。参差荇菜，左右芼之⑬。窈窕淑女，钟鼓乐之⑭。

——见《周南》

注：

①关关：或作喧喧，象声词，此指鸟鸣声。可解为"雌雄相应之和声"。雎鸠（jū jiū）：（雎，又可读祖）水鸟名，即王雎，今呼鱼鹰。

三门峡（1）印

0361.799　15×20＝300

单应震云："雕首觜头，鹭毛鸣雪，[illegible]
色黑如鸟"。《本草纲目》云："雌雄相得，
挚而有别，交则双翔，别则异处"。《韩诗章
句》云："雎鸠贞洁慎匹"。张超《诮青衣赋》：
"感彼关雎，性不双侣"。这些传说以为雎鸠
鸟情意专一，不乱其匹。因而闻一多在其《诗
经通义》中说，相传这种鸟雌雄情意专一，其
一或死，其一亦忧思不食，憔悴而死，极笃于
伉俪之情，故本诗以之起兴。鸠在《国风》中
凡四见，都是以之比喻女性。故本诗以之比喻
淑女之宜配君子和彼此感情的融洽。但也有人
根据明高启题《芦雁图》故事，认为本诗是以
关雎求鱼象征男子求女。《蓬轩杂记》云："高
季迪年十八未娶，妇翁周建仲出《芦雁图》命
题，李迪赋曰：'西风吹折荻花枝，好鸟飞来

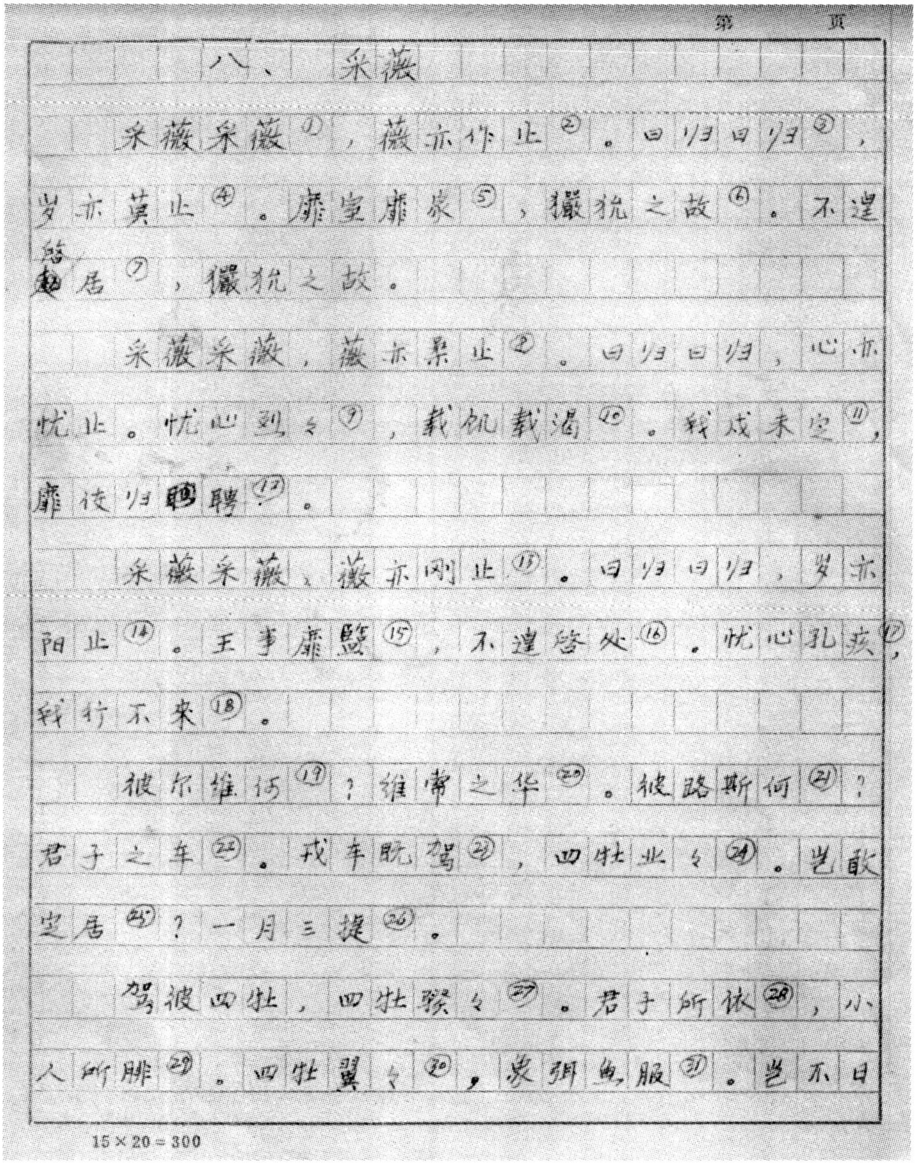
第　页

八、采薇

采薇采薇①，薇亦作止②。曰归曰归③，岁亦莫止④。靡室靡家⑤，玁狁之故⑥。不遑启居⑦，玁狁之故。

采薇采薇，薇亦柔止⑧。曰归曰归，心亦忧止。忧心烈烈⑨，载饥载渴⑩。我戍未定⑪，靡使归聘⑫。

采薇采薇，薇亦刚止⑬。曰归曰归，岁亦阳止⑭。王事靡盬⑮，不遑启处⑯。忧心孔疚⑰，我行不来⑱。

彼尔维何⑲？维常之华⑳。彼路斯何㉑？君子之车㉒。戎车既驾㉓，四牡业业㉔。岂敢定居㉕？一月三捷㉖。

驾彼四牡，四牡骙骙㉗。君子所依㉘，小人所腓㉙。四牡翼翼㉚，象弭鱼服㉛。岂不日

15×20=300

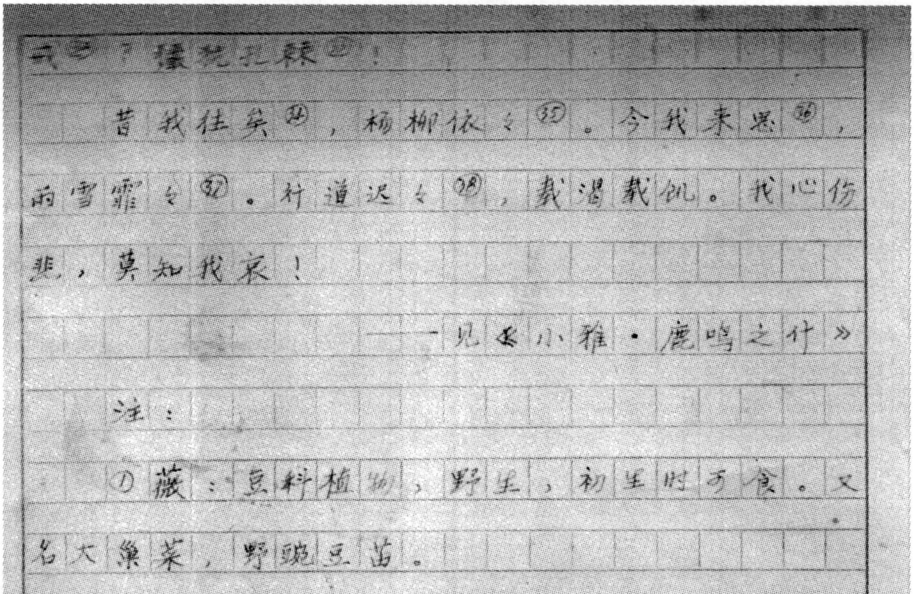

[illegible]？玁狁之故㉝！

昔我往矣㉞，杨柳依依㉟。今我来思㊱，雨雪霏霏㊲。行道迟迟㊳，载渴载饥。我心伤悲，莫知我哀！

——见《小雅·鹿鸣之什》

注：

①薇：豆科植物，野生，初生时可食。又名大巢菜，野豌豆苗。

②作止：作，生出，此指初生。止，语尾助词，无实义。

③曰归：说是要回去。曰，言，说。一说语首助词，无实义。

④莫：古暮字。莫，《说文》：“日且冥也。从日在茻中。”段注：“且冥，将冥也。”按，茻，《说文》：“众草也。”即今莽字。即日没

15×20=300

第　页

《楚辞》

一、山鬼

若有人兮山之阿①，被薜荔兮带女罗②。既含睇兮又宜笑③，子慕予兮善窈窕④。乘赤豹兮从文狸⑤，辛夷车兮结桂旗⑥。被石兰兮带杜衡，折芳馨兮遗所思⑦。

余处幽篁兮终不见天⑧，路险难兮独后来⑨。表独立兮山之上⑩，云容容兮而在下⑪。杳冥冥兮羌昼晦⑫，东风飘兮神灵雨⑬。留灵脩兮憺忘归⑭，岁既晏兮孰华予⑮！

采三秀兮於山间⑯，石磊磊兮葛蔓蔓⑰。怨公子兮怅忘归⑱，君思我兮不得闲⑲。山中人兮芳杜若⑳，饮石泉兮荫松柏㉑。君思我兮然疑作㉒。靁填填兮雨冥冥㉓，猨啾啾兮又夜鸣㉔。风飒飒兮木萧萧㉕，思公子兮徒离忧㉖。

15×20=300

第　页

——见《楚辞·九歌》

注：

①若有人兮山之阿：若，语气词。如"粤若稽古"，"王若曰"，"若夫"之若均其例，非"如象"或"恍惚"之意。但有人译为彷彿，亦可通。若有人，即彷彿有人。人，指山鬼，亦即山中女神。阿，曲隅，曲处曰阿。山之阿，指山深处。

②被薜荔兮带女罗：被，同披。女罗，亦名松罗，蔓生植物，即兔丝。此指以女罗为带。薜荔，亦为蔓生香草名。

③含睇：睇（dì），微视也。含睇，秋波含情而视。宜笑，是说口齿美丽，最适宜于嫣然浅笑。（笑得极为自然）

④子慕予兮善窈窕：子，指山鬼所思念的

15×20=300

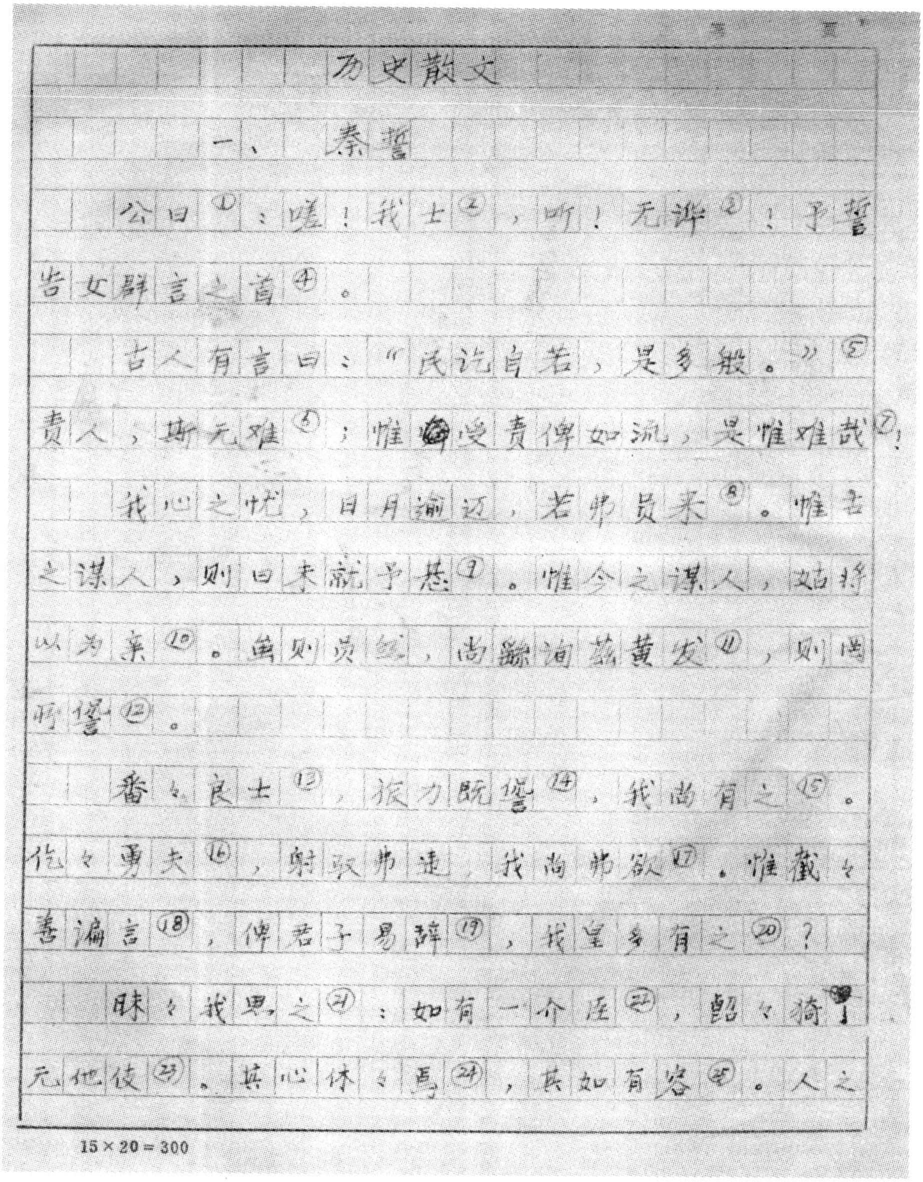

历史散文

一、秦誓

公曰①：嗟！我士②，听！无哗③！予誓告女群言之首④。

古人有言曰："民讫自若，是多盘。"⑤责人，斯无难⑥；惟受责俾如流，是惟难哉⑦！

我心之忧，日月逾迈，若弗员来⑧。惟古之谋人，则曰未就予忌⑨。惟今之谋人，姑将以为亲⑩。虽则员然，尚猷询兹黄发⑪，则罔所愆⑫。

番々良士⑬，旅力既愆⑭，我尚有之⑮。仡々勇夫⑯，射御弗违，我尚弗欲⑰。惟截々善谝言⑱，俾君子易辞⑲，我皇多有之⑳？

昧々我思之㉑：如有一介臣㉒，断々猗，无他技㉓。其心休々焉㉔，其如有容㉕。人之

15×20＝300

有技，若己有之㉖；人之彦圣，其心好之㉗，弗啻若自其口出㉘。是能容之㉙。以保我子孙㉚，黎民亦职有利哉㉛！人之有技，冒疾以恶之㉜；人之彦圣，而违之，俾弗达㉝。是不能容㉞。以不能保我子孙，黎民亦曰殆哉㉟！

邦之杌陧㊱，曰由一人㊲；邦之荣怀㊳，亦尚一人之庆㊴。

——见阮刻《尚书注疏》，用敦煌《尚书》残卷参校。

注：

①公：指穆公（秦）。

②我士：《史记》作“士卒”。而《孔传》却说：“誓其群臣，通称士也。”此说较为确当。《诗经·文王》篇的“多士”、“殷士”，均指群臣。按本文的内容，主要也是对其群臣

15×20=300

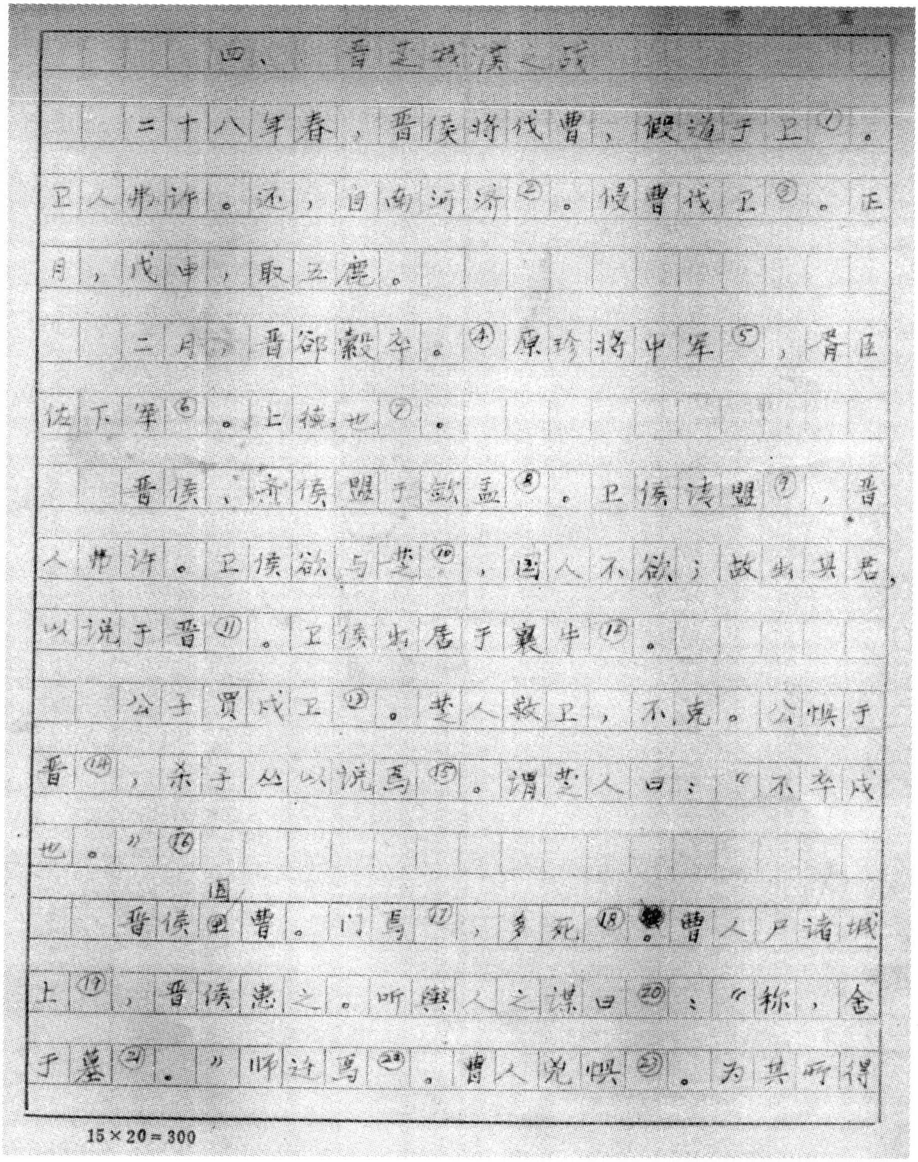
四、晋楚城濮之战

二十八年春，晋侯将伐曹，假道于卫①。卫人弗许。还，自南河济②。侵曹伐卫③。正月，戊申，取五鹿。

二月，晋郤縠卒④。原轸将中军⑤，胥臣佐下军⑥。上德也⑦。

晋侯、齐侯盟于敛盂⑧。卫侯请盟⑨，晋人弗许。卫侯欲与楚⑩，国人不欲；故出其君，以说于晋⑪。卫侯出居于襄牛⑫。

公子买戍卫⑬。楚人救卫，不克。公惧于晋⑭，杀子丛以说焉⑮。谓楚人曰："不卒戍也。"⑯

晋侯围曹。门焉⑰，多死⑱。曹人尸诸城上⑲，晋侯患之。听舆人之谋曰⑳："称，舍于墓㉑。"师迁焉㉒。曹人兇惧㉓。为其所得

15×20=300

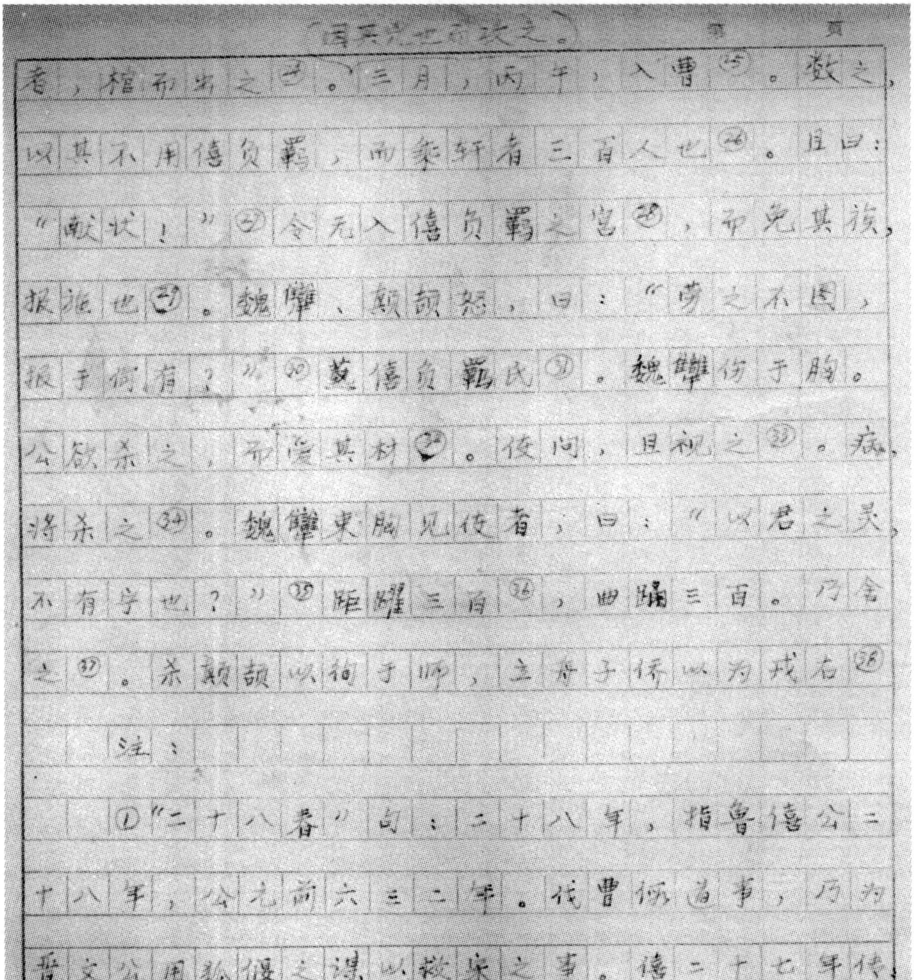

（因其凶也而攻之。　　　　第　页

者，棺而出之㉔。三月，丙午，入曹㉕。数之，以其不用僖负羁，而乘轩者三百人也㉖。且曰："献状！"㉗令无入僖负羁之宫㉘，而免其族，报施也㉙。魏犨、颠颉怒，曰："劳之不图，报于何有？"㉚爇僖负羁氏㉛。魏犨伤于胸。公欲杀之，而爱其材㉜。使问，且视之㉝。病，将杀之㉞。魏犨束胸见使者，曰："以君之灵，不有宁也？"㉟距跃三百㊱，曲踊三百。乃舍之㊲。杀颠颉以徇于师，立舟之侨以为戎右㊳。

注：

①"二十八春"句：二十八年，指鲁僖公二十八年，公元前六三二年。伐曹卫之事，乃为晋文公用狐偃之谋以救宋之事。僖二十七年传："冬，楚子及诸侯围宋。宋公孙固如晋告急。先轸曰：'报施救患，取威定霸，于是乎在矣；

15×20＝300

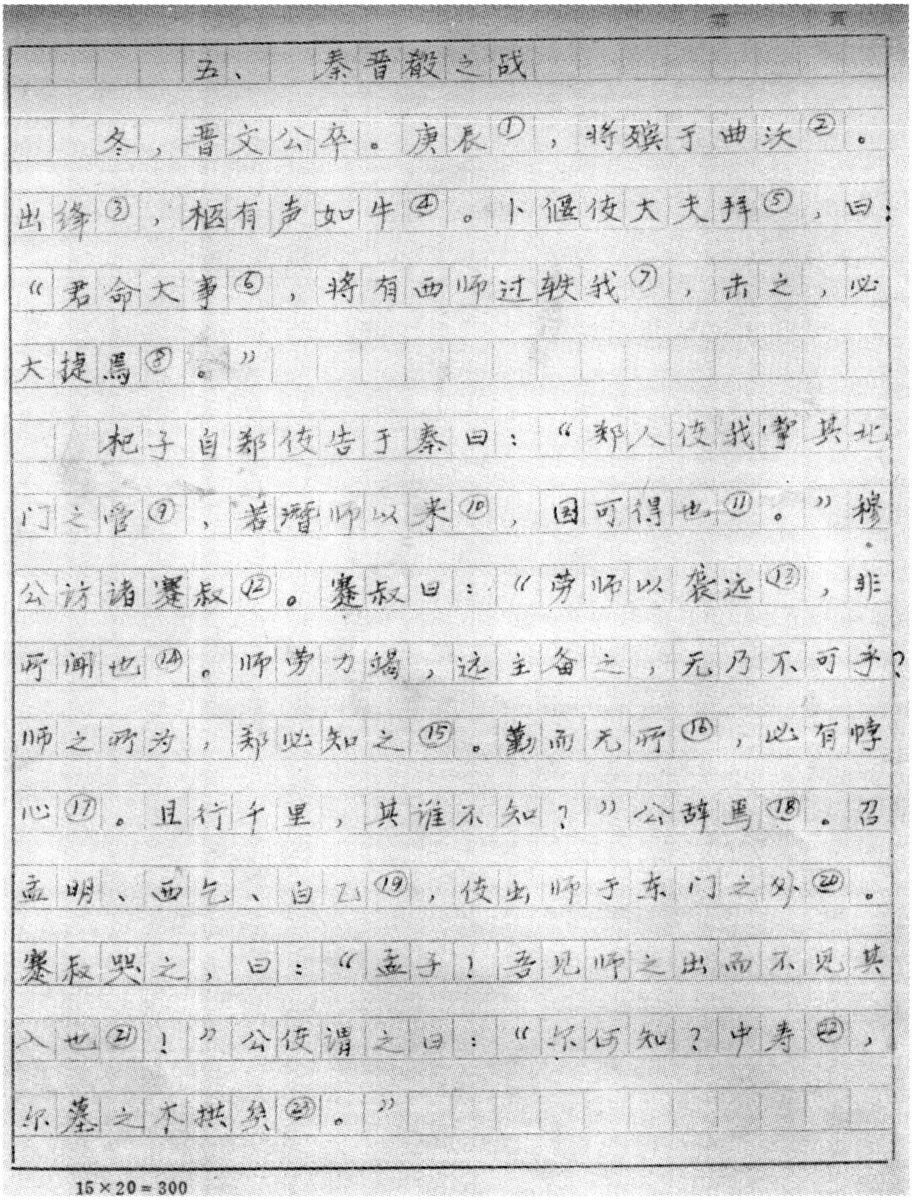

五、秦晋殽之战

冬，晋文公卒。庚辰①，将殡于曲沃②。出绛③，柩有声如牛④。卜偃使大夫拜⑤，曰："君命大事⑥，将有西师过轶我⑦，击之，必大捷焉⑧。"

杞子自郑使告于秦曰："郑人使我掌其北门之管⑨，若潜师以来⑩，国可得也⑪。"穆公访诸蹇叔⑫。蹇叔曰："劳师以袭远⑬，非所闻也⑭。师劳力竭，远主备之，无乃不可乎？师之所为，郑必知之⑮。勤而无所⑯，必有悖心⑰。且行千里，其谁不知？"公辞焉⑱。召孟明、西乞、白乙⑲，使出师于东门之外⑳。蹇叔哭之，曰："孟子！吾见师之出而不见其入也㉑！"公使谓之曰："尔何知？中寿㉒，尔墓之木拱矣㉓。"

15×20＝300

蹇叔之子与师，哭而送之㉔，曰：“晋人禦师必于殽㉕，殽有二陵焉㉖。其南陵，夏后皋之墓也㉗；其北陵，文王之所辟风雨也㉘。必死是间㉙，余收尔骨焉！”

秦师遂东㉚。

注：

①庚辰：僖公三十二年十二月十日或八日。《春秋经》则曰：“冬十有二月己卯（九日），晋侯重耳卒。”

②殡于曲沃：周人礼制，人死，敛尸于棺，于西阶掘一坎地停柩。《左传》记载，僖八年、襄四年均有不殡于庙为非礼的说法。而曲沃（山西闻喜县）为晋宗庙所在，因殡于庙故往曲沃也。故殡，为停棺待葬之义。可知春秋时代尚有殡庙之礼。一说，殡，埋棺于墓穴，

15×20＝300

成王封其弟姬叔虞于唐（都于今翼城西），因之有晋水，后改称晋。春秋时武公迁曲沃，献公迁绛，景公又迁于新田（曲沃县西南）。

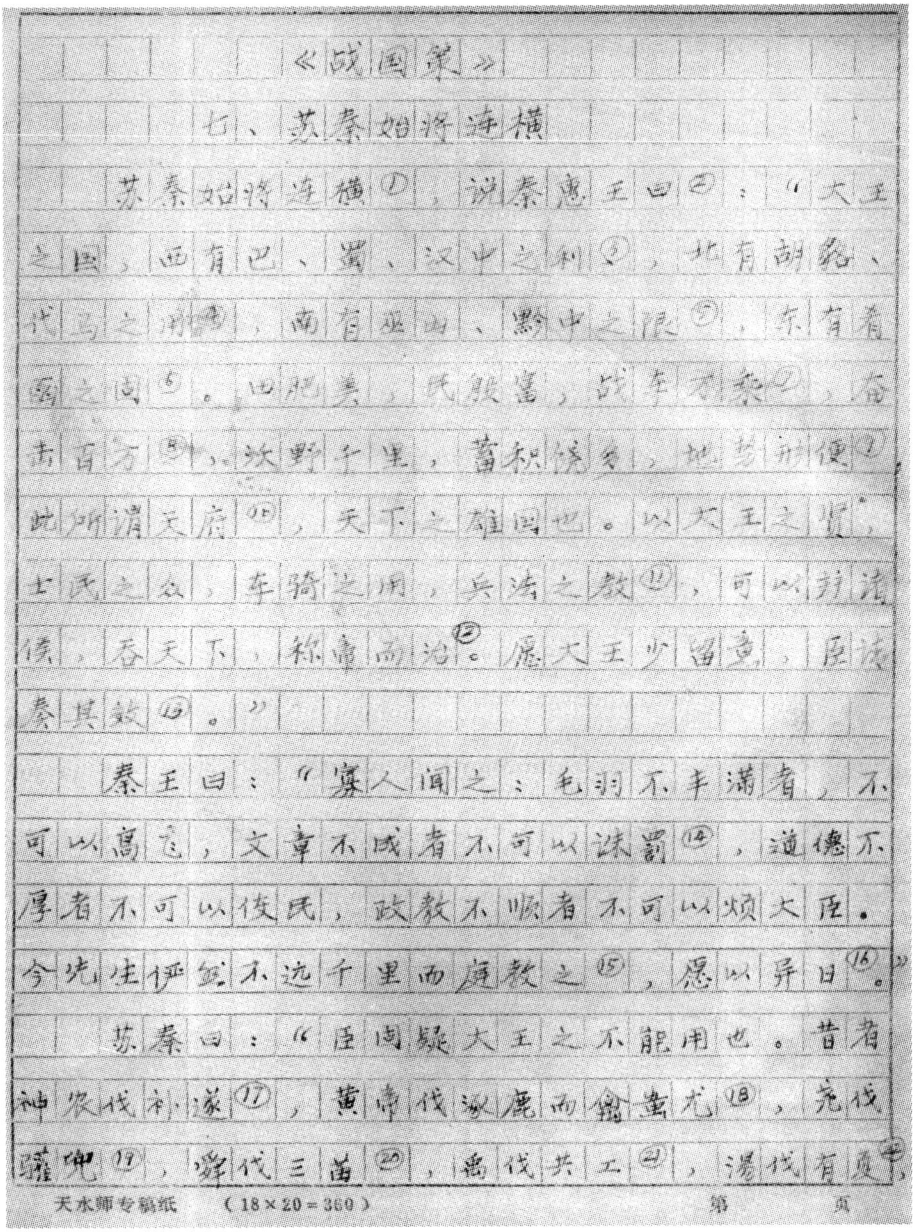

《战国策》

七、苏秦始将连横

苏秦始将连横①，说秦惠王曰②："大王之国，西有巴、蜀、汉中之利③，北有胡貉、代马之用④，南有巫山、黔中之限⑤，东有肴、函之固⑥。田肥美，民殷富，战车万乘⑦，奋击百万⑧，沃野千里，蓄积饶多，地势形便⑨，此所谓天府⑩，天下之雄国也。以大王之贤，士民之众，车骑之用，兵法之教⑪，可以并诸侯，吞天下，称帝而治⑫。愿大王少留意，臣请奏其效⑬。"

秦王曰："寡人闻之：毛羽不丰满者，不可以高飞，文章不成者不可以诛罚⑭，道德不厚者不可以使民，政教不顺者不可以烦大臣。今先生俨然不远千里而庭教之⑮，愿以异日⑯。"

苏秦曰："臣固疑大王之不能用也。昔者神农伐补遂⑰，黄帝伐涿鹿而禽蚩尤⑱，尧伐驩兜⑲，舜伐三苗⑳，禹伐共工㉑，汤伐有夏，

天水师专稿纸　（18×20=360）　第　页

文王伐崇㉓，武王伐纣，齐桓任战而伯天下㉔。由此观之，恶有不战者乎？古者使车毂击驰㉕，言语相结，天下为一，约从连横㉖，兵革不藏。文士并饬㉗，诸侯乱惑，万端俱起，不可胜理。科条既备，民多伪态㉘，书策稠浊㉙，百姓不足。上下相愁，民无所聊㉚，明言章理㉛，兵甲愈起。辩言伟服㉜，战攻不息，繁称文辞，天下不治。舌弊耳聋，不见成功，行义约信，天下不亲。於是乃废文任武，厚养死士，缀甲厉兵，效胜于战场。夫徒处而致利㉝，安坐而广地，虽古五帝三王五伯，明主贤君，常欲坐而致之，其势不能。故以战续之，宽则两军相攻，迫则杖戟相橦㉟，然后可建大功。是故兵胜于外，义强于内，威立于上，民服于下。今欲并天下，凌万乘㊱，诎敌国㊲，制海内，子元元㊳，臣诸侯㊴，非兵不可。今之嗣主，忽于至道，皆惛于教㊵，乱于治㊶，迷于言，惑于语，沈于辩，溺于辞㊷。以此论之，王固不能行也。”

天水师专稿纸 （18×20=360） 第 页

注：

①"苏秦"句：苏秦，战国末期洛阳人，为从横家。战国之时，凡主张合齐、楚、燕、赵、韩、魏六国以抗秦者，称为合从；凡主张秦与齐、楚等国个别联合以打击其他国家者，称为连横。苏秦最初主张连横，因说秦惠王不听，遂改变主张，往说燕、赵，合六国之从，同盟抗秦。苏秦出为从长，因而得名。后从约为张仪所破。始，当初，最初。将，持，进。

②说秦惠王：说，劝说。以自己的主张、观点去说服别人听从曰说（shuì）。秦惠王，战国后期秦君，公元前三三六年至公元前三一一年在位。

③西有巴、蜀、汉中：巴，以重庆为中心的四川东部地区。蜀，以成都为中心的四川西部地区。汉中，以汉中为中心的陕西省秦岭以南地区。此三地在当时尚未属秦，但在交通、贸易等方面已很频繁，故言西有其利也。

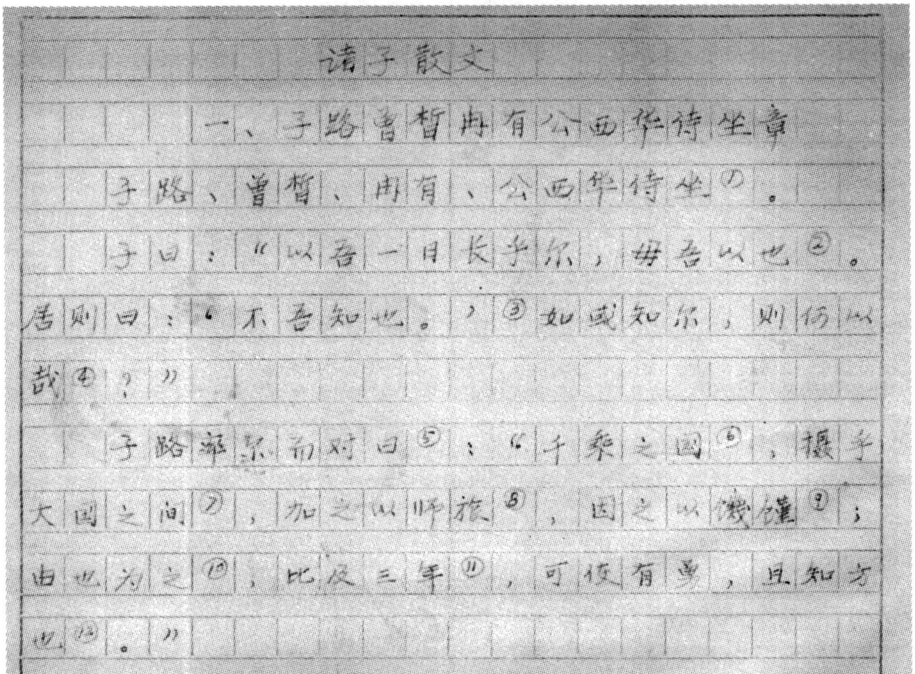

诸子散文

一、子路曾晳冉有公西华侍坐章

子路、曾晳、冉有、公西华侍坐①。

子曰："以吾一日长乎尔，毋吾以也②。居则曰：'不吾知也。'③如或知尔，则何以哉④？"

子路率尔而对曰⑤："千乘之国⑥，摄乎大国之间⑦，加之以师旅⑧，因之以饥馑⑨；由也为之⑩，比及三年⑪，可使有勇，且知方也⑫。"

夫子哂之⑬。

"求，尔何如⑭？"

对曰："[redacted]方六七十⑮，如五六十⑯，求也为之，比及三年，可使足民⑰。如其礼乐⑱，以俟君子⑲。"

"赤，尔何如？"

对曰："非曰能之，愿学焉⑳。宗庙之事㉑，如会同㉒，端章甫㉓，愿为小相焉㉔。"

天水师专稿纸 （18×20＝360） 第 页

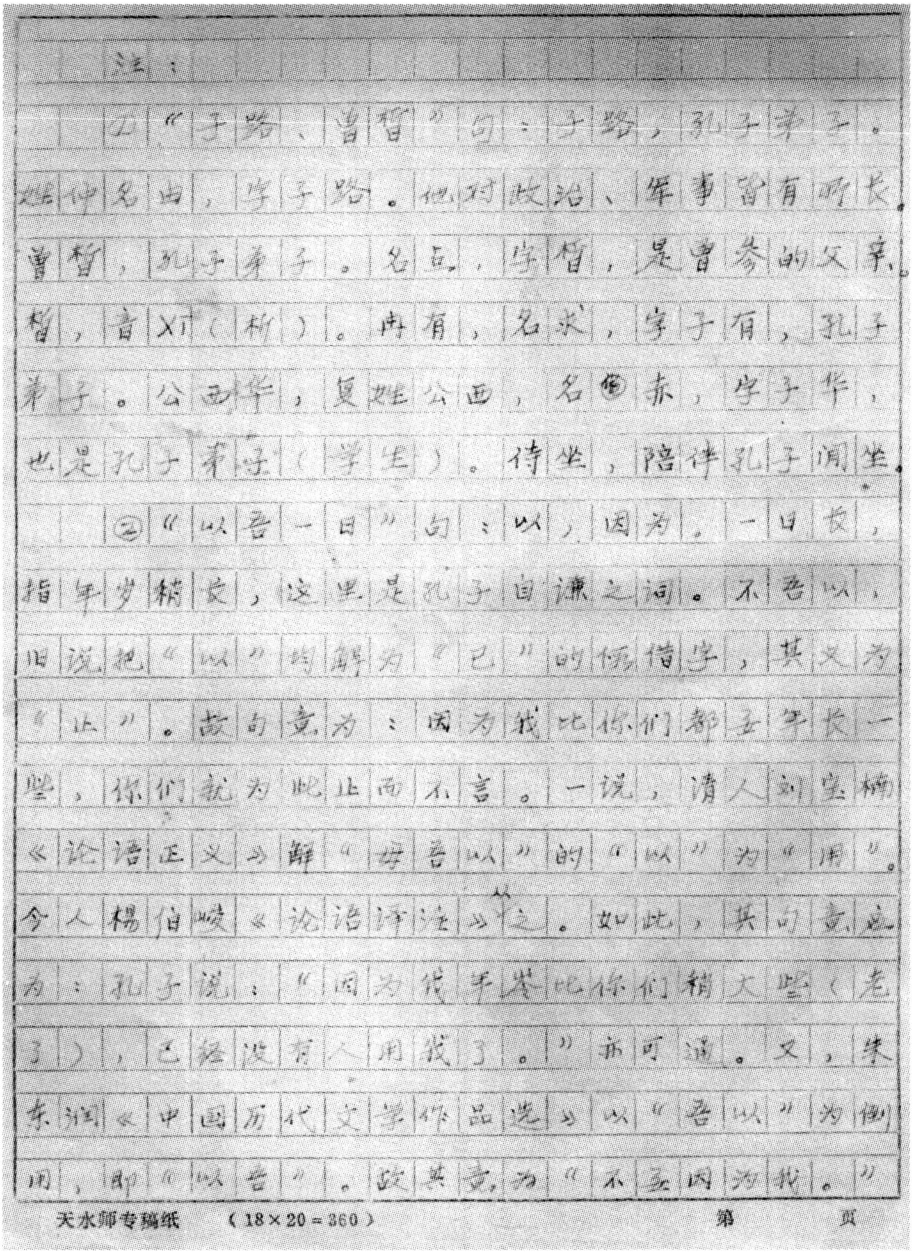

注：

①“子路、曾皙”句：子路，孔子弟子。姓仲名由，字子路。他对政治、军事皆有所长。曾皙，孔子弟子。名点，字皙，是曾参的父亲。皙，音xī（析）。冉有，名求，字子有，孔子弟子。公西华，复姓公西，名赤，字子华，也是孔子弟子（学生）。侍坐，陪伴孔子闲坐。

②“以吾一日”句：以，因为。一日长，指年岁稍长，这里是孔子自谦之词。不吾以，旧说把“以”均解为“已”的假借字，其义为“止”。故句意为：因为我比你们都年长一些，你们就为此止而不言。一说，清人刘宝楠《论语正义》解“毋吾以”的“以”为“用”。今人杨伯峻《论语译注》从之。如此，其句意应为：孔子说：“因为我年岁比你们稍大些（老了），已经没有人用我了。”亦可通。又，朱东润《中国历代文学作品选》以“吾以”为倒用，即“以吾”。故其意为“不要因为我。”

天水师专稿纸 （18×20=360） 第 页

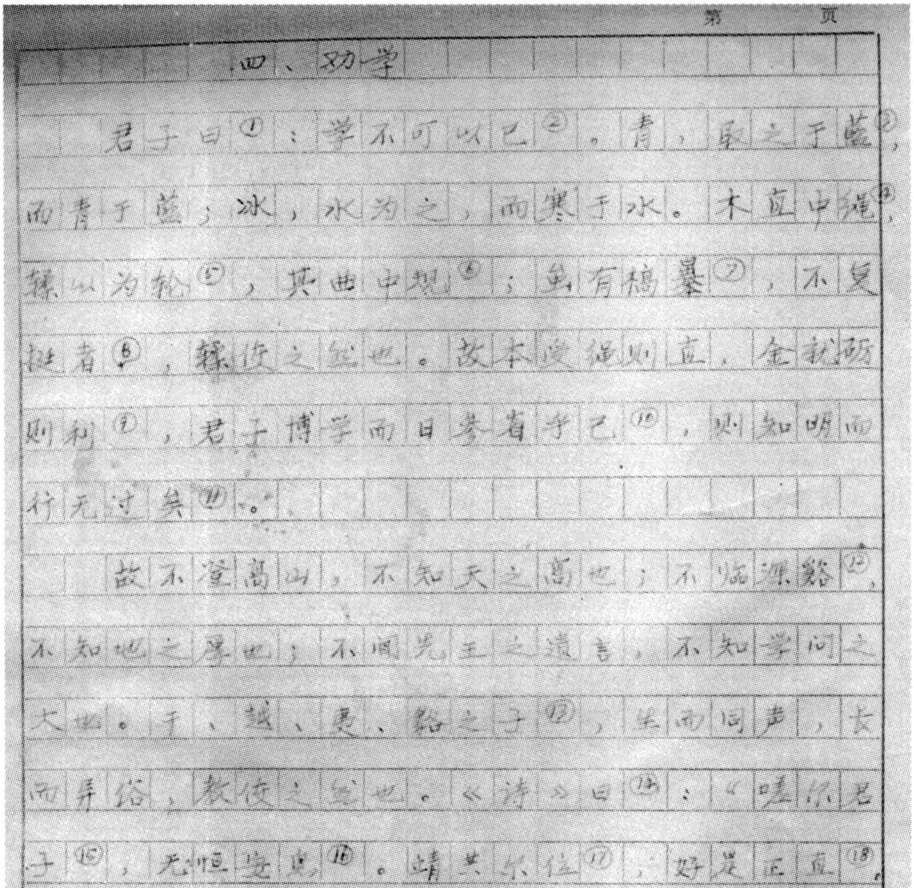

第 页

四、劝学

君子曰①：学不可以已②。青，取之于蓝③，而青于蓝；冰，水为之，而寒于水。木直中绳④，輮以为轮⑤，其曲中规⑥；虽有槁暴⑦，不复挺者⑧，輮使之然也。故木受绳则直，金就砺则利⑨，君子博学而日参省乎己⑩，则知明而行无过矣⑪。

故不登高山，不知天之高也；不临深溪⑫，不知地之厚也；不闻先王之遗言，不知学问之大也。干、越、夷、貉之子⑬，生而同声，长而异俗，教使之然也。《诗》曰⑭："嗟尔君子⑮，无恒安息⑯。靖共尔位⑰，好是正直⑱，神之听之⑲，介尔景福⑳。"神莫大于化道㉑，福莫长于无祸㉒。

吾尝终日而思矣，不如须臾之所学也㉓。

15×20＝300

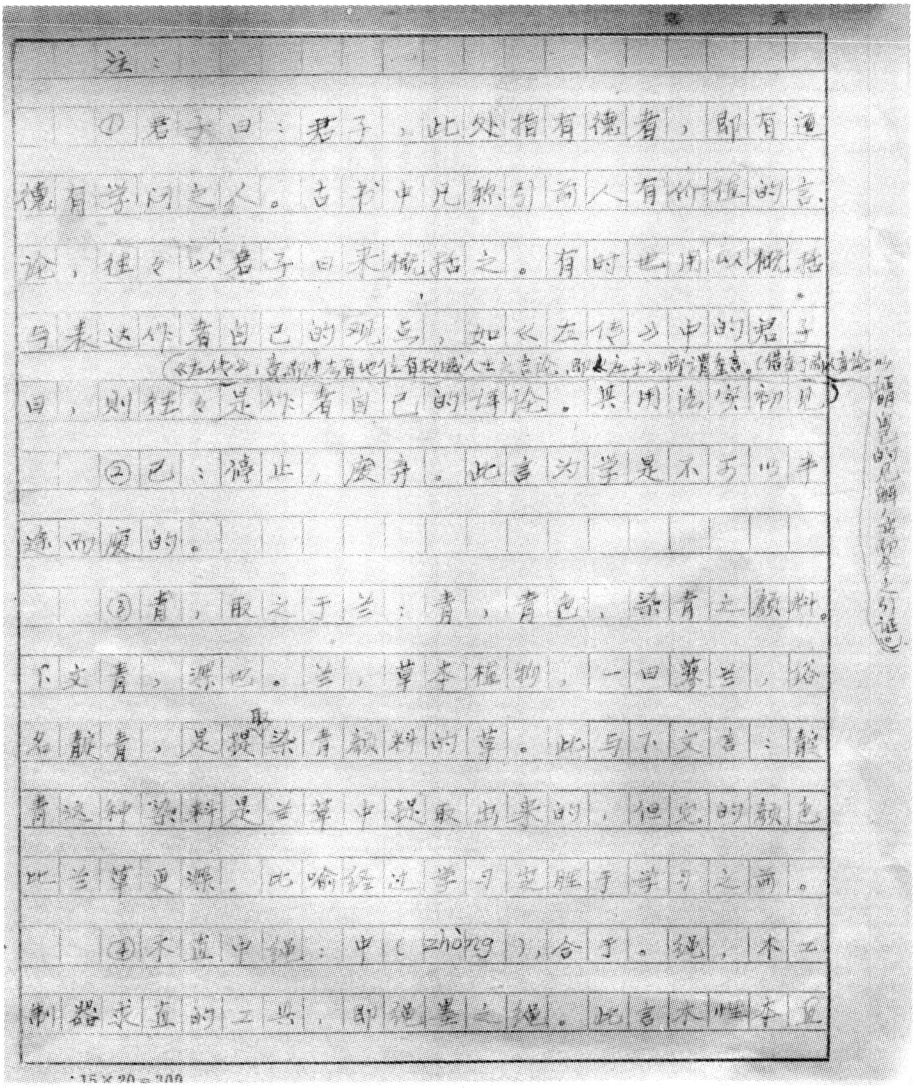

注：

①君子曰：君子，此处指有德者，即有道德有学问之人。古书中凡称引前人有价值的言论，往往以君子曰来概括之。有时也用以概括与表达作者自己的观点，如《左传》中的君子曰，则往往是作者自己的评论。其用法实初见[illegible]

②已：停止，废弃。此言为学是不可以中途而废的。

③青，取之于蓝：青，青色，深青之颜料。下文青，深也。蓝，草本植物，一曰蓼蓝，俗名靛青，是提（取）深青颜料的草。此与下文言：靛青这种染料是从蓝草中提取出来的，但它的颜色比蓝草更深。比喻经过学习定胜于学习之前。

④不直中绳：中（zhòng），合于。绳，木工制器求直的工具，即绳墨之绳。此言木料本直

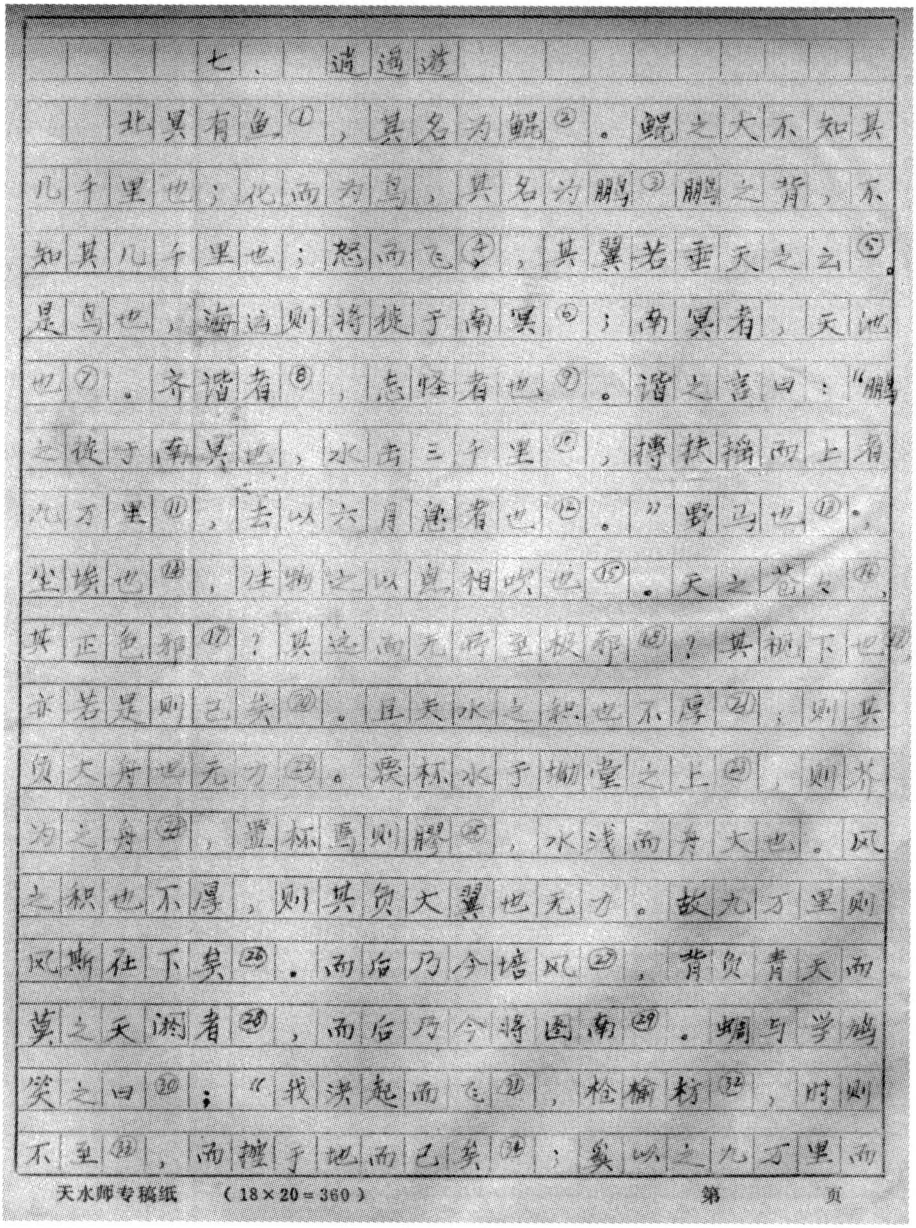

七、逍遥游

北冥有鱼①，其名为鲲②。鲲之大不知其几千里也；化而为鸟，其名为鹏③。鹏之背，不知其几千里也；怒而飞④，其翼若垂天之云⑤。是鸟也，海运则将徙于南冥⑥；南冥者，天池也⑦。齐谐者⑧，志怪者也⑨。谐之言曰："鹏之徙于南冥也，水击三千里⑩，抟扶摇而上者九万里⑪，去以六月息者也⑫。"野马也⑬，尘埃也⑭，生物之以息相吹也⑮。天之苍苍⑯，其正色邪⑰？其远而无所至极邪⑱？其视下也⑲，亦若是则已矣⑳。且夫水之积也不厚㉑，则其负大舟也无力㉒。覆杯水于坳堂之上㉓，则芥为之舟㉔，置杯焉则胶㉕，水浅而舟大也。风之积也不厚，则其负大翼也无力。故九万里则风斯在下矣㉖，而后乃今培风㉗，背负青天而莫之夭阏者㉘，而后乃今将图南㉙。蜩与学鸠笑之曰㉚："我决起而飞㉛，枪榆枋㉜，时则不至㉝，而控于地而已矣㉞；奚以之九万里而

天水师专稿纸 （18×20=360） 第 页

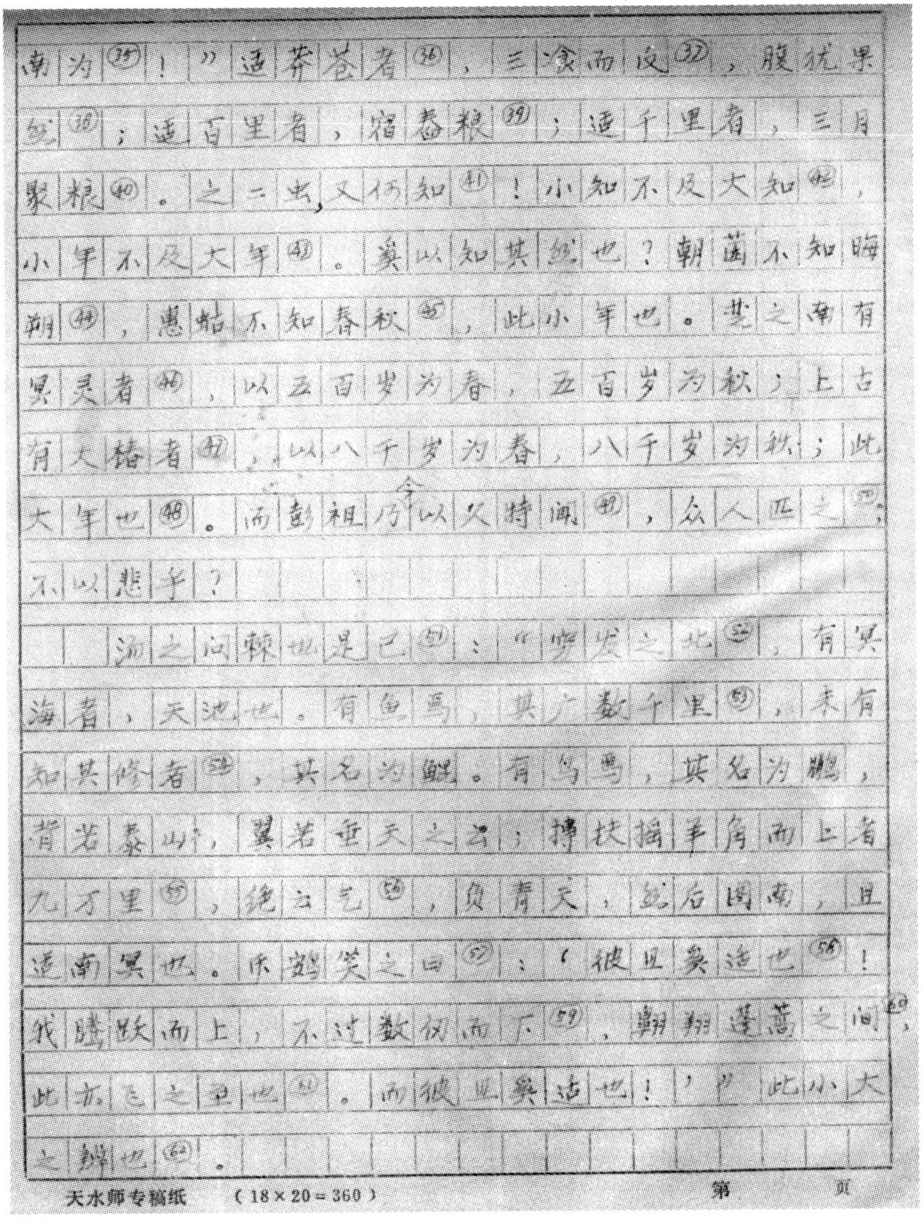

南为(35)！”适莽苍者(36)，三飡而反(37)，腹犹果然(38)；适百里者，宿舂粮(39)；适千里者，三月聚粮(40)。之二虫，又何知(41)！小知不及大知(42)，小年不及大年(43)。奚以知其然也？朝菌不知晦朔(44)，蟪蛄不知春秋(45)，此小年也。楚之南有冥灵者(46)，以五百岁为春，五百岁为秋；上古有大椿者(47)，以八千岁为春，八千岁为秋；此大年也(48)。而彭祖乃今以久特闻(49)，众人匹之(50)，不以悲乎？

汤之问棘也是已(51)：“穷发之北(52)，有冥海者，天池也。有鱼焉，其广数千里(53)，未有知其修者(54)，其名为鲲。有鸟焉，其名为鹏，背若泰山，翼若垂天之云；抟扶摇羊角而上者九万里(55)，绝云气(56)，负青天，然后图南，且适南冥也。斥鴳笑之曰(57)：‘彼且奚适也(58)！我腾跃而上，不过数仞而下(59)，翱翔蓬蒿之间(60)，此亦飞之至也(61)。而彼且奚适也！’”此小大之辨也(62)。

天水师专稿纸　（18×20=360）　第　页

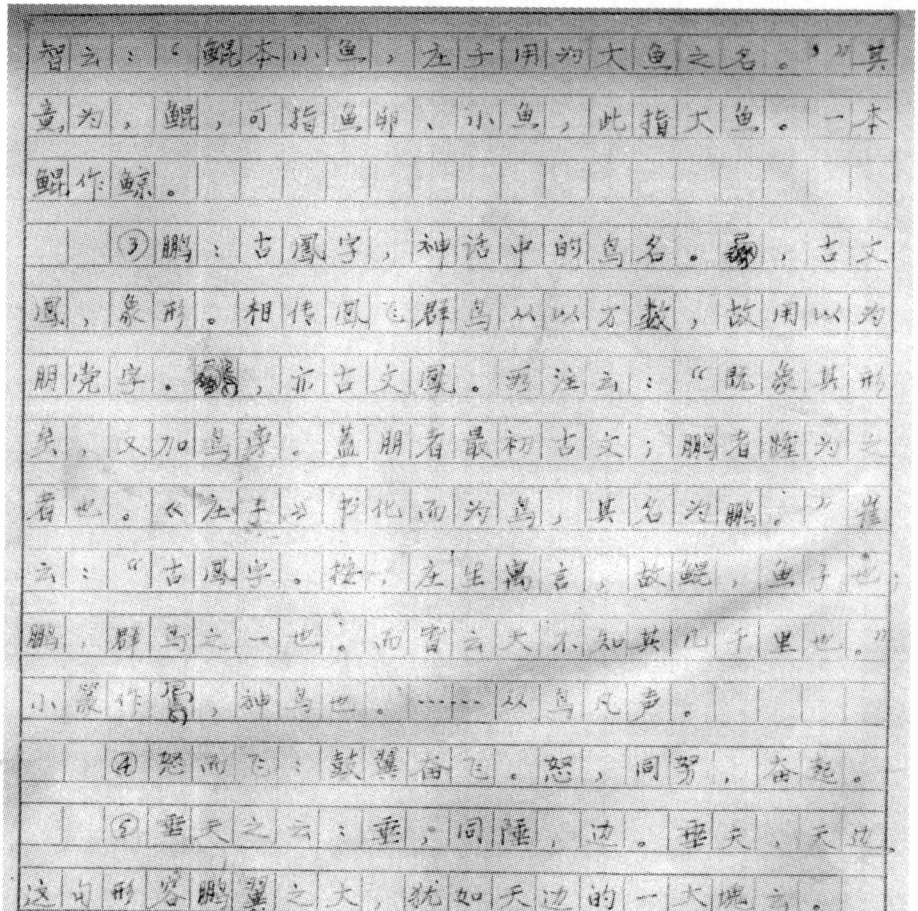

智云：'鲲本小鱼，庄子用为大鱼之名。'"其实为，鲲，可指鱼卵、小鱼，此指大鱼。一本鲲作鲸。

③鹏：古凤字，神话中的鸟名。[illegible]，古文凤，象形。相传凤飞群鸟从以万数，故用以为朋党字。[illegible]，亦古文凤。段注云："既象其形矣，又加鸟旁。盖朋者最初古文；鹏者踵为之者也。《庄子》书化而为鸟，其名为鹏。"崔云："古凤字。按，庄生寓言，故鲲，鱼子也；鹏，群鸟之一也。而皆云大不知其几千里也。"小篆作[illegible]，神鸟也。……从鸟凡声。

④怒而飞：鼓翼奋飞。怒，同努，奋起。

⑤垂天之云：垂，同陲，边。垂天，天边。这句形容鹏翼之大，犹如天边的一大块云。

⑥海运：运，有二解：一作"行"解。海行，指鹏鸟将从北海起飞，沿海水飞行，到达南海。《庄子集解》云："《玉篇》：'运，行也。'按，行于海上，故曰海运。下云水击

天水师专稿纸　（18×20=360）　第　页

参考文献

1.（梁）萧统编，（唐）李善注：《文选》，中华书局 1983 年版。

2. 国学基本丛书，（宋）朱熹注：《四书章句集注》，商务印书馆 1947 年版。

3. 国学基本丛书简编，郑玄注：《周礼郑氏注》，商务印书馆发行。

4. 国学基本丛书简编，洪亮吉编著：《春秋左传诂》，商务印书馆发行。

5. 精校（仿宋版）《幼学故事琼林》，上海东华书局 1935 版。

6. 毛亨传，郑玄笺，孔颖达疏：《毛诗注疏》，商务印书馆 1940 年版。

7.（清）王夫之著，王孝鱼点校：《庄子解》，中华书局 1981 年版。

8.（宋）丁度：《集韵》，中国书店 1983 年版。

9.（清）焦循：《孟子正义》，中华书局 1957 年版。

10.（清）戴震：《原善——孟子字义疏证》，据上海图书馆藏清光绪二十二年影印本，上海古籍出版社 1984 年版。

11.《太平御览》，中华书局 1960 年版。

12.《诸子集成》，中华书局 1986 年版。

13.《十三经注疏（附校刊记）》，中华书局 1980 年影印版。

14.（清）王念孙撰：《广雅疏证》，江苏古籍出版社 1984 年版。

15.《说文解字（段注）》，国学整理社 1936 年影印版。

16. 中研院历史语言研究所，李孝定编述：《甲骨文字集释》，1960 年再版。

17.（清）崔述著，顾颉刚编订：《崔东壁遗书》，上海古籍出版社 1983 年版。

18.（清）马瑞辰撰：《毛诗传笺通释》，中华书局 1929 年版。

19.（清）蒋骥：《山带阁注楚辞》，中华书局 1958 年出版。

20.（清）王念孙：《读书杂志》，同治庚午十一月金陵书局印刷。

21.（清）江永：《群经补义》，商务印书馆影印文渊阁《四库全书》本，

1983 年发行。
22. （清）郝懿行：《尔雅义疏》，上海古籍出版社 1983 年版。
23. （晋）孔晁注：《逸周书》，商务印书馆 1937 年版。
24. （唐）孔颖达疏：《尚书注疏》，故宫博物院 1982 年版。
25. （清）刘宝楠：《论语正义》，同治五年初刻本。
26. （清）钱澄之：《庄屈合诂》，康熙二十九年斟雉堂刻本。
27. （明）杨慎撰：《庄子阙误》，1912 年鄂官书局重刊。
28. （清）周柄中撰：《四书典故辩证》，光绪十二年刻本。
29. 《古诗十九首》，中华书局 1977 年版。
30. （汉）司马迁：《史记》，中华书局 1959 年版。
31. （清）俞樾：《诸子平议》，中华书局 1954 年版。
32. （清）俞樾：《群经平议》，清同治十年刻本。
33. （清）王先谦：《经传释词》（附孙经世补及再补），中华书局 1956 年版。
34. （唐）徐坚奉敕撰：《初学记》，中华书局 1962 年版。
35. 《宋本广韵》，中国书店 1982 年影印版。
36. 百部丛书集成，（清）毛奇龄：《四书索解》，艺文印书馆印行。
37. （清）顾炎武：《音学五书》，中华书局 1962 年影印版。
38. 《章太炎全集》，上海人民出版社 1982 年版。
39. 《王国维遗书》，上海古籍书店 1983 年 9 月印行。
40. 郭沫若：《青铜时代》，新文艺出版社 1951 年版。
41. 郭沫若：《奴隶制时代》，人民出版社 1954 年版。
42. 郭沫若：《屈原研究》，群艺出版社 1946 年版。
43. 郭沫若：《殷周青铜器铭文研究》，人民出版社 1954 年重印本。
44. 郭沫若：《卜辞通纂》，日本东京文求堂 1933 年版。
45. 郭沫若：《两周金文辞大系图录考释》，科学出版社 1958 年版。
46. 《说文释例》，扫叶山房商标 1915 年石印本。
47. 顾颉刚编著：《古史辩》，上海古籍出版社 1982 年版。
48. 朱东润主编：《中国历代文学作品选》，上海古籍出版社 1979 年版。
49. 《闻一多全集》选刊：《古典新义》，中华书局 1956 年版。
50. 闻一多：《天问疏绎》，上海古籍出版社 1985 年版。
51. 闻一多：《离骚解诂》，上海古籍出版社 1985 年版。

52. 闻一多：《九歌解诂》，上海古籍出版社 1985 年版。
53. 闻一多：《楚辞校补》，重庆国民图书出版社 1942 年版。
54. 杨伯峻编著：《春秋左传注》，中华书局 1981 年版。
55. 杨伯峻编著：《孟子译注》，中华书局 1963 年版。
56. 杨伯峻编著：《论语译注》，中华书局 1963 年版。
57. 北京大学中国文学史教研室选注：《先秦文学史参考资料》，高等教育出版社 1960 年版。
58. 袁珂校译：《山海经校译》，上海古籍出版社 1980 年版。
59. 阮毓崧：《庄子集注》，中华书局 1936 年版。
60. 马叙伦：《说文解字研究法》，商务印书馆 1957 年版。
61. 王力：《诗经韵读》，上海古籍出版社 1980 年版。
62. 王力：《楚辞韵读》，上海古籍出版社 1980 年版。
63. 于省吾：《译螺居诗经新证》，中华书局 1982 年版。
64. 游国恩主编：《离骚纂义》，中华书局 1980 年版。
65. 郑振铎：《中国文学研究》，作家出版社 1957 年版。
66. 马茂元选注：《楚辞选》，人民文学出版社 1961 年版。
67. 王伯祥选注：《史记选》，人民文学出版社 1961 年版。
68. 吴则虞：《晏子春秋集释》，中华书局 1982 年版。
69. 姜亮夫：《楚辞今绎讲录》，北京出版社 1981 年版。
70. （宋）洪兴祖撰：《楚辞补注》，中华书局 1983 年版。
71. 詹安泰：《屈原》，上海人民出版社 1957 年版。
72. 北京大兴县红星人民公社理论小组、北京大学哲学系工农兵学员编：《孙子兵法新注》，人民出版社 1975 年版。
73. 沈玉成译：《左传译文》，中华书局 1981 年版。
74. 陈鼓应注译：《庄子今注今译》，中华书局 1983 年版。
75. 钱基博：《古籍举要》，世界书局 1935 年版。
76. 杜国庠：《先秦诸子的若干研究》，生活·读书·新知三联书店 1963 年版。
77. 沈德潜选：《古诗源》，文学古籍刊行社 1957 年版。
78. 杨树达：《词诠》，中华书局 1962 年版。
79. 陈子展：《诗经直解》，复旦大学出版社 1983 年版。
80. 袁梅：《诗经译注》，齐鲁书社 1980 年版。

81. 杨树达：《积微居小学金石论丛》，商务印书馆 1937 年印行。
82. 《元和郡县志》，（台北）商务印书馆 1986 年影印版。
83. 黄焯：《毛诗郑笺平议》，上海古籍出版社 1985 年版。
84. 郭沫若：《屈原赋今译》，人民文学出版社 1953 年版。
85. 朱季海：《楚辞解故》，中华书局 1963 年版。
86. 方濬益：《缀遗斋彝器考释》，涵芬楼 1935 年石印本。
87. 杨树达：《积微居小学述林》，科学出版社 1954 年版。
88. 《十一家注孙子》，中华书局 1961 年影印本。
89. 王叔岷：《庄子校释》，商务印书馆 1947 年版。
90. 梁启超：《先秦政治思想史》，中华书局 1944 年版。
91. 马叙伦：《庄子义证》，商务印书馆 1930 年版。
92. 茅盾：《中国神话研究 ABC》，世界书局 1929 年刊行。

后　　记

《先秦文学作品选注》是我爷爷王义在天水师专中文系当教师时的授课讲稿，已经在书架上躺了近三十年，最近由我姑父王德泰教授整理，终于出版与读者见面了。

出版此书的目的主要是怀念爷爷，同时也希望爷爷珍贵的学术成果能被更多的人了解与受益。

1919 年，我爷爷出生在甘肃陇南的大山深处，交通不便，信息闭塞，文化落后。爷爷排行老七，出生后四十天母亲去世，七岁时父亲离世，在哥嫂的关怀下成长。爷爷童年时期的甘肃政治黑暗，社会动荡不安，人民生活困难。爷爷小学毕业即辍学，在村里学校当了一年教师。爷爷不甘心一辈子待在山里，他向往大山以外的世界，走出大山，继续求学是爷爷的梦想。后来，爷爷在亲戚的资助下，开始了继续求学之路。

亲戚的资助毕竟非常有限，仅限于出山和报考学校的费用。读初中三年要花一大笔学费和生活费，按照爷爷家的经济状况，根本拿不出钱来。为了有学上，1940 年 8 月，爷爷去兰州报考了远在数千里之外的酒泉政治分校（当时在兰州设考点）初中部，后来改名为国立肃州师范学校。酒泉政治分校，是一所国家为扶植边疆地区教育事业而建的全免费学校，当时许多经济困难的学生都报考这样的学校，以致酒泉政治分校非常难考。所幸爷爷考上了，开学时，爷爷背上一些干粮，跟着丝绸之路上的马队，走了整整两个月，步行到了酒泉。上学三年期间，爷爷从来没有回过家。

1943 年 6 月，爷爷毕业于国立肃州师范学校，考上了甘肃学院（后来的兰州大学）附中读高中。读高中期间，家里给爷爷经济上的支持非常有限。1944 年 12 月，在经济上实在支撑不下去的时候，适逢国家在学生中招收青年军，当时中国人民的抗日战争已经进入全面反攻阶段，爷爷遂投笔从戎，参加了青年军，在 206 师炮兵部队当上了一名炮兵，走上抗日斗争前线。

抗日战争胜利后，爷爷于1946年5月从青年军复原，被保送到了兰州大学。当时参加青年军的都是学生，抗战胜利后，国家鼓励这部分人考大学，继续完成学业。考不上的被保送上大学，但保送的都是普通学校。虽然保送的是一般学校，可国家免学费、生活费。爷爷当时考上了西北大学，由于生活困难，自己拿不出学费、生活费，故最后没有上西北大学。

1948年，爷爷加入中国共产党。1949年新中国成立前受党组织委派回到家乡武都，参加龙一飞领导的中共陇南地下党领导的游击大队，并担任甘南区武都北乡第十一支部书记。后陇南游击大队与国民党起义部队整编为中国人民解放军西北独三军。1950年2月部队番号撤销，爷爷回乡担任武都一中党支部书记兼中文教员。

在武都一中工作期间，由于所谓的政治历史问题原因，爷爷在政治运动中受到不公正待遇，中共党员身份不予确认，武都一中党支部书记职务也被免去。1959年4月，天水师范专科学校成立，爷爷调到天水师范专科学校任教师直至退休。“文化大革命”结束后，爷爷得以平反，恢复中共党籍，退休后按离休对待。1987年12月，爷爷因病去世。

爷爷性格温和，待人宽厚，说话和声细语，从不与人争利。爷爷长期从事天水师范专科学校中文系先秦文学的教学工作，在教学中，他勤勤恳恳，任劳任怨，一丝不苟，精益求精。爷爷购买了许多古典文学书籍，花费大量时间认真备课，写下了30余万字的先秦文学作品选注讲稿。讲稿写在300字一页的稿纸上，从头至尾，每格一个字，一笔一画，书写非常工整，现在看起来就像一件书法艺术品，体现出了爷爷认真的工作态度；先秦文学作品，相对艰涩难懂，爷爷对所选作品中的每一个字、每一句话，都能做到旁征博引，有理有据，内容翔实，意思清楚，书中引用文献达100余种。对不同的学术观点，爷爷尽量做到详细介绍，指出优劣，引发学生思考，表现了严谨的治学态度；爷爷对所讲先秦文学作品的课程内容比较熟悉，许多内容能够熟练背诵，对内容中不同字词的意思熟烂于心，讲解时做到了随口随心。即使这样，每到上课之前，爷爷总是对所讲内容补充完善，重新备课。爷爷的先秦文学课深受学生的喜欢。

缘此，相信此书的出版对于人们学习先秦文学会有一定的帮助。

需要说明的是，《先秦文学作品选注》一书是爷爷生前上课的讲稿，内容中所有注释只列出了作者及作品名称，没有将注释具体到原作品的页码，故我姑父王德泰教授（天水师范学院历史文化学院）在整理出版时只列出了部分参考书目，没有作注释，是本书的不足之处，敬请读者谅解。

此书出版受天水师范学院经费资助，在此向天水师范学院表示衷心感谢！同时，我的姑父王德泰教授为整理、打印、校对讲稿花费了大量的精力和时间，我的父亲王建新对讲稿作了认真的校对，在此一并表示感谢！

王 昉

2014年10月1日 于美国芝加哥